孝庄皇后

早年与姑姑结盟,受封庄妃;中年与多尔衮联手,儿子得继大统;晚年悉心培养孙子成为一代大帝。

陈之喆 著

华文出版社
SINO-CULTURE PRESS

图书在版编目（CIP）数据

孝庄皇后 / 陈之喆著. -- 北京：华文出版社，2019.8（2023.12重印）
 ISBN 978-7-5075-5160-0

Ⅰ.①孝… Ⅱ.①陈… Ⅲ.①长篇历史小说－中国－当代 Ⅳ.①I247.5

中国版本图书馆CIP数据核字(2019)第167770号

孝庄皇后

作　　者：陈之喆
责任编辑：胡慧华
出版发行：华文出版社
地　　址：北京市西城区广安门外大街305号8区2号楼
邮政编码：100055
网　　址：http://www.hwcbs.cn
电　　话：总 编 室 010-58336239　发行部 010-58336202 58336212
　　　　　责任编辑 010-58336197
经　　销：新华书店
印　　刷：三河市航远印刷有限公司
开　　本：710×1000　1/16
印　　张：19
字　　数：270千字
版　　次：2019年8月第1版
印　　次：2023年12月第4次印刷
标准书号：ISBN 978-7-5075-5160-0
定　　价：48.00元

版权所有，侵权必究

目 录

第 一 章　血色斜阳／1

第 二 章　爱的苦涩／11

第 三 章　阴　谋／19

第 四 章　魂飞魄散的宫闱之夜／32

第 五 章　兵者，诡道也／51

第 六 章　捉　奸／67

第 七 章　命运不由天／76

第 八 章　反害了卿卿性命／89

第 九 章　壮志未酬／100

第 十 章　谁挽狂澜／122

第十一章　一六四四，历史为女人生新／137

第十二章　雷雨之夜／152

第十三章　得不到的才是最好的／169

第十四章　断虹桥／183

第十五章　从大清门抬进来的皇后／203

第十六章　野火扑不灭／215

第十七章　母亲的心不如媳妇的泪／230

第十八章　白发人送黑发人／253

第十九章　除鳌拜平三藩／265

第二十章　叮　咛／290

第一章　血色斜阳

从萨尔浒来的强盗们七扭八歪地躺靠在敖包堆下,望着草原远方的部落。远远的,一个白衣蒙古女孩儿牵着一匹白色的小马,孤独地在草原上走着。女孩儿被高天上的一只苍鹰吸引,那鹰无声地盘旋,越飞越低。顺着鹰的视线寻去,翠绿的草丛里,一只灰褐色的野兔小心地探出头来觅食,蹦蹦跳跳,自得自乐,全然不知鹰的俯视。鹰并不急于扑食,它又扬起翅膀,飞向高空,继续第二轮的盘旋,这只鹰对即将到手的猎物很有耐心。

强盗首领探出头,死盯着越来越近的女孩儿。几个强盗蠢蠢欲动,强盗头子向远处的部落看了一眼,用手按住了同伙,强盗们躺回敖包,放弃了行动。女孩儿从敖包的另一侧向不远的月亮河走去,与强盗们擦肩而过。

一个流浪者的出现救了她。

这是一位老年红衣喇嘛,像草原上的草,弓着腰,左手捻着佛珠,右手拄着禅杖。红衣喇嘛一身风尘,缓缓来到女孩儿跟前。

"阿弥陀佛!贫僧巧遇小施主,不知施主可否施舍?"红衣喇嘛深施一礼。

女孩儿吓了一跳,刚刚只顾看那草丛里的小兔子,不知何时身边突然冒出一个人来。见是位流浪喇嘛讨施舍,小姑娘紧忙还礼,窘迫地解下白马身上挂着的银饰,递给红衣喇嘛。

"这位过路师傅,原谅我没有钱粮,把这个拿去吧,或许可以换些盘缠。"

"谢谢小施主,不知姑娘姓甚名谁?"

"我叫布木布泰,赛桑是我的阿爸。"

"布木布泰,好名字,姑娘,你是天降的贵人啊!"

"谢谢师傅夸赞。"布木布泰不好意思地笑了。

"太阳就要落山了,在黄昏草原里游荡着的不仅仅有僧人,还有强盗,姑娘早些回家吧! 阿弥陀佛,贫僧祝小施主平安!"红衣喇嘛说完,高举佛珠,拄起禅杖,转身向草原深处走去。

科尔沁左翼中旗、前旗之主赛桑贝勒是成吉思汗的后裔。公元13世纪初,在成吉思汗统一蒙古部落和对辽、金、夏的战争中,一位英俊威猛的年轻人驰骋在漠南蒙古的大地上,他就是成吉思汗的二弟大蒙古国"箭圣"——博尔济吉特·哈布图·哈撒尔。他的骁勇善战令敌人闻风丧胆,被人称为"带弓箭的割尔臣"。他的俊朗潇洒使女人爱情燃烧,"箭圣"所到之处,美丽的草原少女们用蒙古语痴迷地喊着"科尔沁! 科尔沁!"科尔沁弯弓跃马的英俊勇士带走了多少姑娘的芳心。赛桑是哈布图·哈撒尔的第十九代孙。

今天赛桑府七岁的小格格布木布泰有些郁闷,倒霉的事全找上她。午后学堂里,老师巴格希哈图正在摇头晃脑地诵读汉儒学《孝经》:"夫孝,天之经也,地之义也,人之行也……"布木布泰爱看巴格希哈图老师津津有味的模样,本来很抽象的道理,被他抑扬顿挫地这么一唱,就变得有趣起来。阳光从窗外洒进帐篷,暖烘烘的空气令人放松,先生的絮絮叨叨变成催眠曲,四哥满珠习礼打起瞌睡。布木布泰坐在后边,教室里老的戴着花镜埋头一摇一晃地读书,小的托着头在一上一下地迷糊,这样的景象让她想笑。一股顽皮升起,布木布泰拿起桌上的书,悄悄探过身子,对着满珠习礼后背"啪"地猛打一下,又迅速坐回,一本正经地看起书来。这"啪"的一声,先生吃一惊,唱诵声停止,头从书本后缓缓抬起,从老花镜上方翻着眼珠看满珠习礼;满珠习礼吓一跳,以为是先生戒尺打来,惶惶坐直了身子,迷迷糊糊地看先生,一老一小呆呆对视,全然不知是布木布泰的恶作剧。布木布泰本想装作无事,可又憋不住要笑,赶紧在心里念叨"夫孝,天之经也",忍住了。

布木布泰正得意,忽听身后"哼!"的一声。

"站起来!"

是阿爸!

赛桑贝勒原本是找巴格希哈图先生商量给孩子们加课的事情,进得书房,看见布木布泰正在淘气。这个丫头,一点也不像海兰珠,总能想出鬼点子。赛桑贝勒看得出来,布木布泰不是一般的女孩子,他把她当男孩儿培养,训斥起来很严厉,这份苦心小布木布泰并不理解。

"你们两个站起来!"赛桑再次命令道。

布木布泰和满珠习礼低头红脸站了起来。

赛桑贝勒对一旁惶恐不安的巴格希哈图先生说:"行戒尺!"

"这、这……"

"打!"

巴格希哈图先生看看赛桑贝勒,又看看两个学生,举起了戒尺。

下了课,布木布泰挨打的手还疼着,更伤心的事来了。大哥吴克善本来说送给她的金丝腰带,就因为阿爸说了一句海兰珠配着比布木布泰好看,漂亮的礼物就没了。

海兰珠仰着美丽的脸儿,露出胜利者得意的微笑,系着腰带在妹妹布木布泰眼前扭来转去,布木布泰眼巴巴地撅着小嘴向阿妈诉苦。

阿妈说:"好马不在鞍鞯,人美不在衣裳,孔雀看自己的花翎,君子看自己的行踪;小布木布泰今生要做好马,做君子,虽然没有金丝腰带,但仍然美丽,因为容让了姐姐,美在心里呀!忍让一小步,换来一片天,谁说这不是好事呢?"

布木布泰觉得阿妈说得有道理,可心里就是转不过弯。姐妹之间要容让,为什么姐姐不让,凡事都是自己让呢?府上的大人们聊着大人们的事,没人回答她的问题,布木布泰决定离家出走。

布木布泰向西方望去,一轮大大的斜阳垂在地平线,万道余晖喷薄而出，草原的葱郁被尽染成灿灿金黄。为僧人施舍让她心情大好，自己赌气出来，不知家里阿妈该有多么着急，想到这里她悔意顿生，回头寻找那刚刚离去的流浪喇嘛，茫茫草原竟杳无人迹，那红衣喇嘛不知去向。布木布泰好生奇怪，翻身上马，往家里跑去。余晖撒在如繁星般散落着的蒙古包上，令人心旷神怡，书房的沉闷被一扫而光，她忘了挨打的事情，原谅了姐姐，在家的不愉快烟消云散，欢乐重又回到她的心窝，她一脸阳光。忽然，她发现前方有一团熊熊火光，给草原更添一层血色，布木布泰迎着火跑去。

起火的是一个蒙古包，大火中人影闪动。

"强盗来了！抓强盗啊！"有人大声喊叫着。

几个强盗"嗷！嗷！嗷——"地狂叫，肆意地掠抢着牧民的财物，手持火把的强盗头子骑在马上正在点燃蒙古包。

布木布泰吓坏了，她躲在一座八个哈那的蒙古包后面。草场一片狼藉，粮食、衣物散落在地上，强盗们拖出一个小姑娘，将她捆在拴马桩上。

蒙古包里跌跌撞撞跑出一位老阿爸，一位老阿妈，发疯似的喊着："还我女儿！"

"行行好，还我女儿！"

"求求你，还我女儿！"

强盗头子扔下火把，扬起手中的刀，向跑在前面的老阿爸砍去，"咕噔"，老阿爸应声倒下，鲜血横飞气绝身亡。后面的老阿妈扑过去，死死拽住杀人的强盗头子，一口咬住他的手。

强盗头子疼得大叫一声，另一只手扬起锋利的匕首向老阿妈的后心猛地刺去！一声惨叫，老阿妈松开手。又一个强盗上来，挥刀将老阿妈砍成两截，老阿妈滚落在草地上，身下的草浸泡在鲜红的血泊中。

"阿妈！阿爸——"捆着的女孩儿失声大哭，凄厉的呼嚎划破草原。

强盗们蜂拥般扑向不远处另一个蒙古包，远远传出一阵打砸抢的声音。

眼前暂时静了下来，强盗们遗落在地上的火把无力地吐着星星火苗，燃烧着，余火发出"嗤嗤"的声音。有一刻布木布泰吓得浑身发抖，幸福安逸的王府格格从来没见过这样残酷的情景,在自己阿爸的领地上强盗们竟然丧尽天良!强盗杀人不眨眼的行径让她愤怒。捆在拴马桩上的女孩儿还在惊恐地哭泣着,布木布泰镇静下来,还好,强盗们还没发现自己,她决定,无论如何要救女孩儿逃走。

"别害怕,我来救你!"布木布泰飞身冲到女孩儿跟前,急速地解绳子。

绳扣紧紧的,布木布泰的小手抠出了血,绳扣还是解不开。

快,快,快呀!一会儿强盗们就要回来了!她拼尽全力用牙咬,绳扣还是纹丝不动。

布木布泰急出一身汗,她看见已经有扛着粮食的强盗远远地往这边走来了!怎么办,再解不开绳扣,救人的机会就没有了,她可能会被发现,还可能会被强盗捉住!就在绝望的时候,她看到了躺在地上燃烧着的火把,灵机一动,她捡起火把,急促地对女孩说:"别怕,闭上眼睛!"

布木布泰烧断了绳索,一把拉起女孩,两人翻身跳上白马迅速逃离。

远处的强盗发现了她们,穷凶极恶的大汉们呼喊着向她们追来,布木布泰扬起马鞭,长鞭炸响,马儿如呼啸的风,向前奔去。

"逃啊,快逃啊,不能被强盗们追上!"

"伟大的成吉思汗保佑我们吧!"布木布泰心中祈祷着。

当西边那个大大的太阳跳下地平线,黄昏时分草原变暗的时候,两个小姑娘气喘吁吁终于冲进赛桑府。

远远的,强盗们勒住马,失望地披着血色退去。

被救的女孩儿叫苏茉尔,赛桑贝勒收留了她。

"苏茉尔,你比我大一岁,你是姐姐,我们在一起好吗?"布木布泰搂着苏茉尔的肩。

"格格,你是我的救命恩人,苏茉尔会永远跟随你,忠心侍奉你一生!"苏茉尔跪下,双手扑地,头深深地埋下去,长拜不起。

"苏茉尔,我带你去见海兰珠姐姐。"

从此,苏茉尔作为随身侍女,跟随布木布泰一生,不离不弃。

十二岁这年，布木布泰有了一个小秘密，来了女人每个月都要有的那个事，阿妈说她长成了。农历六月初六，草绿花红、羊肥马壮，一年一度的传统盛会那达慕就要开始了，正赶上老贝勒莽古思六十岁大寿，科尔沁草原热闹非凡。一个消息让布木布泰兴奋不已，姑姑哲哲一家回来了。

想当年，爷爷莽古思率"九部联军"合攻努尔哈赤，不料兵败，此后努尔哈赤建州女真势力日益强大，开始绥服蒙古。爷爷与建州女真结盟修好，漠南蒙古科尔沁贵族与努尔哈赤家族和亲通婚，在布木布泰两岁的时候，十五岁的姑姑就带着满蒙部落联姻的使命，嫁给了努尔哈赤的第八个儿子——后金四大贝勒之一的四贝勒爱新觉罗·皇太极。

刚刚起床的布木布泰一头秀发来不及扎，急急跑了出去。

苏茉尔追上来，一把拽住她："我的小姐，这样披头散发去见姑姑可不好啊！"被苏茉尔一说，布木布泰才停下。

"苏茉尔，我们先回去，帮我打扮好再出去！快快！"布木布泰拉着苏茉尔，一阵风似的又往回跑。

在蒙古包拐角处，她和一个人撞了个满怀，双方都吃了一惊。

就是这一撞，撞出了一个让布木布泰一生一世也忘不了的人。

布木布泰一个趔趄站住了，定睛看去，这是一位陌生的青年男子，满族骑士装扮，身材高大，英俊帅气。小伙子惊讶地看着她，四目相对，一时都愣在那里。布木布泰想不到那小伙子竟然先红了脸，她就感觉有一种啥东西，先是烧向自己的心，再往上烧向自己的脸，她猛然想到自己尚未梳理不宜见生人，低头赶紧就走。那人紧忙闪开身，擦身的瞬间，不由自主，布木布泰抬头看了他一眼，那小伙子竟然也正侧着身看她，再次的四目相对使她心儿突突跳起，她不好意思了，一溜烟儿跑回自己房间。

梳妆镜里出现一个满脸通红的女孩儿。刚才那一撞让布木布泰心乱，那个年轻人他在对我笑，是笑我莽撞？他是谁？乱麻麻的感觉弥漫周身。她静下心来，穿上镶着金色花边儿的白色蒙古袍，显露出女孩儿纤细的腰身。布木布泰将秀发用红绸高高扎起，在镜子前照了又照，格外细心，白皙粉嫩的脸上弯弯的柳叶眉，黑黑的眼，高挺的鼻子，小巧的嘴,尖尖的下颚透着俏皮,镜中的女孩是那样的美丽,一切突然变得那么美好。草原上的女孩儿,天地精华养育,纯洁雨露滋润,布木布泰情窦初开了。

草原上,洁白的哈达飘飘,缤纷的彩旗猎猎,领地上的牧民们身着节日盛装,那达慕大会开始了。一支浩浩荡荡的祭祀队伍缓缓走进会场,敖包披满哈达,萨满神像被高高挂起,祭祀开始了。乐手们吹起雄浑的蒙古牛角笳,喇嘛们焚香点灯,围绕着神圣的敖包,念经诵佛,祈求神灵保佑草原消灾消难,风调雨顺。

布木布泰看见了早上撞见的那个人,他站在姑父皇太极身后,蓝色铠甲战袍,银色盔胄金银镶嵌,头顶一缕红色络缨分外醒目。她偷偷打量,小伙子身高八尺开外,人长得剑眉秀目,鼻梁高挺,坚毅的嘴角带着男人的自信,年轻的他雄姿英发,格外风流倜傥。"好帅气呀!"布木布泰心中感叹。

那个人的视线转向自己,视线相碰的一瞬,两个人又不约而同地把目光转向别处。布木布泰心怦怦跳,正不知如何是好的时候,听见姑姑叫她。姑姑拉着她一起给爷爷行过礼,来到皇太极面前。

"夫君,看看我们的小布木布泰,真像一朵含苞待放的草原花呢!"

爷爷莽古思慈爱地抚摸着布木布泰的头说:"孩子,快给姑父行礼!"

"布木布泰见过姑父,给您行礼了!"布木布泰红着脸施礼。

眼前的女孩儿含羞带笑礼仪大方,大家闺秀,皇太极心中喜欢,笑着说:"小布木布泰,听说你的骑射功夫在科尔沁草原是有名的好,今天你参加比赛吗?"

"我要参加。"布木布泰小心答道。

"嗯,一会儿就看你大显身手了!不过,今天我们也有骑手和你比一比,恐怕第一名你是拿不到啦,"皇太极回过头,指着多尔衮,"这是多尔衮,一会儿要和你一同比赛!"

"在下多尔衮见过格格!"多尔衮对布木布泰抱拳施礼。

布木布泰心慌慌的,多尔衮,姑姑的小叔!听姑姑说过,姑父的几个弟弟全都能征善战,其中十四弟多尔衮最有才华,聪明过人,姑父最喜欢他。布木布泰笨手笨脚慌忙还礼,不知说啥才好。

自从早上在蒙古包拐角处撞上布木布泰那一刻起,多尔衮就像被什么夺去了魂儿,他被她的美貌惊呆了。那长长的黑发如瀑布般垂下,那清明透彻的双眼闪动着爽直的、阳光般的灿烂,一眼就可以看出,这是个纯真而欢乐的女孩儿,她那未施粉黛的脸儿,更衬托了她的白皙柔美。多尔衮没想到赛桑贝勒家竟有这样漂亮的女孩儿,他猜这一定是小格格布木布泰。

赛马和射箭夺羊比赛就要开始了,布木布泰一身白色蒙古短装,在众多的男骑手中一支独秀,格外引人注目,她看见多尔衮雄姿威武,骑在一匹高大的栗色马上。令发后,骑手们纵马扬鞭,风驰电掣,人人争先,马群扬起烟尘,骏马腾空,如在云雾中飞行。布木布泰巾帼不让须眉,箭一般向前,快到箭靶了,她抽箭搭弓,瞄准射靶,"嗖、嗖"几支弩箭命中靶心。她听见了一阵喝彩,不由得精神抖擞,双腿夹紧马肚,马儿如离弦之箭。耳边风声呼呼,草原空阔,纵横驰骋,布木布泰感受着草原的亲切和驾驭自己命运的力量。兴奋的人们山呼海啸,整个赛场沸腾了。

多尔衮落在布木布泰身后。起跑时他只瞄了一眼那令他心动的白衣女孩儿,便被骑手们甩在身后,多尔衮奋力直追。飞马射箭的小姑娘箭箭中的,激发了他的斗志,他的箭也支支射中靶心,赢得了阵阵喝彩。多尔衮全力驾驭住他的栗色马,超过一个又一个骑手,前面还有一匹马,他就可以追上布木布泰了。然而,在他前头的骑手威猛娴熟,激奋地呐喊着,一步不让。骑手身下是一匹同样栗色的母马,人马合一如轻燕随行,风中散发着母马奔跑的汗酸气味,一阵阵向后飘来,仿佛在诱惑着身后的雄马。

多尔衮的马速慢了下来,和着母马的步伐悠悠地跑着,不再发力。多尔衮有些着急,狠狠地磕了下马肚,马儿快跑起来。前面是一道土坎儿,多尔衮的栗色马像一只灵敏的猎豹,在跳跃中伸长了它的马蹄轻轻越过。好漂亮!他为自己的马感到骄傲。又是一道上坡土坎儿,马儿们攀比着，像几道波浪飞越过去；多尔衮胯下的马飞腾起来，马儿高高跃起的时候，多尔衮看到了布木布泰美丽的身影。就在这一瞬间，多尔衮的动作失控了，雄马只顾跟随母马，没有领会主人的失态，多尔衮从马上落了下来。凭着高强的武功，他踉跄几下站稳，拉住马匹，没有受伤。

多尔衮有些懊恼，后边骑手们如飞般超过，前面的布木布泰已从他的视野中消失，追上那个骑白马的小姑娘是不可能的事了。他牵着马掉转身，离开了赛马场。栗色马摇了摇尾巴，似乎对主人的坠落有些歉意，浑身汗津津地跟着主人讪讪走去。

布木布泰跑在最前，遥远的草原迎面扑来，偶尔冲到她前边疾速奔跑着的骑手给了她更加向前的力量，多尔衮落马她全然不知。快到终点了，布木布泰加劲儿冲刺，骏马再生双翼，一马当先冲到了众骑手的前面。终点的台子上放着象征胜利的山羊，谁抢到它，谁就是今天的英雄！布木布泰探出身子，一把抓住山羊，就在这时，身后响起急促的马蹄声，又一位骑手赶到，是多尔衮吗？布木布泰心里希望是他，整个赛程，她感觉到多尔衮一直在自己身后跟着，是他吗？布木布泰不禁回头扫了一眼。三哥索诺木风驰电掣般从身后赶到，伸出强壮的手，几乎与妹妹同时抓住山羊，从布木布泰手中一把抢走了山羊。骑手们陆续到达终点，布木布泰唯独不见多尔衮，听说多尔衮因落马退出了比赛，她顾不得和索诺木争辩谁先抓到了山羊，是否第一已经不重要了，他受伤了吗？一定要找到多尔衮。

多尔衮牵着马独自来到月亮河边，布木布泰那双迷人的眼睛让他有生以来第一次爱意萌发，他现在心意烦乱。落马并没有让他难受，他惶惑的是他就要结婚了，人生第一大喜事就要来临，可是他高兴不起来。这次和八哥皇太极一起来科尔沁，不仅仅是来给莽古思拜寿，对于多尔衮，主要是相亲定亲。婚事是八哥给安排的，新娘是嫂子哲哲的堂兄科尔沁博尔济吉特氏家族青巴图鲁桑台吉的女儿小玉儿，是布木布泰的堂姐。在到达赛桑府的前一天，他们一行住在青巴图鲁桑台吉府，多尔衮的婚事在那里已经订好，婚礼将和他哥哥阿济格的婚礼一起举行。

爱新觉罗·多尔衮是努尔哈赤的第十四个儿子,这个略带几分忧郁的年轻人比布木布泰大一岁。生母是努尔哈赤的大妃乌拉纳喇氏·阿巴亥,多尔衮出生未满百日,父亲努尔哈赤率大军灭了母亲阿巴亥的娘家乌拉部,他和一母同胞的哥哥阿济格、弟弟多铎三人处境一度艰难。多尔衮母亲阿巴亥美丽乖巧,施展心计,博得努尔哈赤欢心,在母亲的保护下,兄弟三人长大成才。多尔衮特殊的童年使他如母亲狐狸般冷静深沉,善于韬晦,聪明过人,同时又具备父亲熊一样的执著凶猛,刻苦勤勉,坚韧不拔。众兄弟中,多尔衮敬佩八哥皇太极的学识渊博、处事老练、武艺高强,八哥天命元年就被封为和硕贝勒,在兄弟争斗中,皇太极总是保护着他这个十四弟,跟着八哥,多尔衮感到安全,他对皇太极惟命是听。

月亮河盘绕在科尔沁草原上,缓缓地流入霍尔查干湖,河水清澈见底,青色小鱼欢快地在水里游动,两岸花草繁茂。一棵百年老树横卧河床,大树的枝叶低垂向河面,如女人的小手般,轻抚月亮河的脸。栗色马在河边静静地饮水,多尔衮远远地坐在河边,想着心事。昨天他见到了自己的新娘——青巴图鲁桑台吉的女儿小玉儿,在那副刻板、严肃的脸上,他找不到女人的柔美,尽管这位准新娘长得也很标致,但是却激不起他雄性的荷尔蒙,奉命成婚是一种任务。布木布泰的身影再一次在他眼前出现,清纯羞涩,袅娜欢快,多尔衮心底涌起一股颤热和酸楚。晚了,命运真会捉弄人,赛桑府的小布木布泰勾走了他的魂儿。

忽然,多尔衮看见自己的栗色马不安起来,血色斜阳中,马蹄焦躁地刨着草地,马儿头看着自己,高高扬起脖子,"呜——"发出低沉的长长嘶鸣。多尔衮警觉起来,他挺直身子刚要起身,就觉得身后一双手重重地扑在他的肩头上,一下子就把他按在了原位。是谁?是什么人在这个陌生的地方和他开玩笑?马儿的惊恐使多尔衮感觉到来者不善。他机智地半坐在那里,没有回头,本能地迅速抬起手,向后摸去,心头一阵发凉。多尔衮明白了,那不是手,那是两只毛茸茸的爪子!

第二章　爱的苦涩

　　这是一匹真正的草原狼,灰褐色,躯体硕大。远处的那达慕大会惊跑了小动物,几天没有找到猎物,饥饿让它在太阳还没有下山的时候就来到了草丛茂密的河边觅食。它发现了目标,先是那匹栗色的马,这匹狼想扑过去咬死它。可是,马儿发现了它,愤怒的嘶鸣声让它改变了主意,攻击这个河边坐着的人可能会更易于得手,味道也会比那个四条腿的家伙更鲜美。可坐着的人全然不知身后的危险,直看着嘶叫的马。狼无声地潜到人身后,拿出它攻击人的高超本领,搭背噬喉,带着凉气"嗖"地将一双前爪从后面搭上人的肩膀。只要这个人一回头,它的利齿就会刺透他的喉咙,再也不会松开!一顿美餐就要到嘴了。

　　白山黑水的女真人能骑善射,骁勇威猛,多尔衮对长白山森林里的猛兽并不陌生,科尔沁草原狼的这个伎俩,他懂,他绝不回头。多尔衮沉住气,两腿微微叉开,两脚抓地,两只大手向后紧紧握住狼爪,气从丹田冲起,翻腕,一个大背胯将这只狼从地上掀起,向前猛抢!"噗腾"一声,这只狡猾的草原狼被摔得半死,接着,多尔衮飞起一脚,踢中狼的脑袋,狼滚了两圈,垂死向多尔衮反扑,多尔衮迅速弯腰,从腿边拔出匕首,就要往狼心窝刺去。说时迟那时快,一只锋利的箭,夹带着哨音"嗖——"一下子射中了狼的心窝,这只狼四脚朝天抽搐一下,口吐白沫死了。

　　这支箭是布木布泰射出来的。

　　她寻找落马的多尔衮,不知不觉来到了月亮河边。她有一种感觉,多尔衮会在河边,那里是她多次幻想遇见白马王子的地方,果然,布木布泰真的就在这里看见了多尔衮。小伙子微侧着脸,神情专注,仿佛超然物外,他就坐在那儿,望着河水,如此安静,如此忧郁。布木布泰不忍打破沉静,悄悄欣赏着自己喜欢的年轻异性。

忽然,布木布泰听见马的嘶鸣,就见一匹硕大的草原狼从后面扑向多尔衮!她瞬间被惊呆了,多尔衮和草原狼搏斗的过程她全看在眼里,小伙子冷静沉着,临危不惧,勇猛过人让她惊叹。见狼向多尔衮反扑,她立刻取出箭,不失时机发射出去,帮助多尔衮射死了狼。

布木布泰拍马上前,她对眼前这个男人钦佩不已,多尔衮征服了她的心。下马的时候,多尔衮向她伸过手来,这是一只修长又温暖的手,这只手散发着磁力,吸引她产生冲动。布木布泰握住他,差点就要顺势抱住他,但是,初次触碰异性的异样感觉和少女的羞涩让布木布泰忍住了。

"你的手在流血?"多尔衮握着她的手没有松开。

"是刚刚射箭急了,箭峰刮了一下,没关系。"布木布泰擦去手上的血,打狼的人没有受伤,旁观的人却流了血,她有些不好意思。

那支射中野狼的箭就是从这只柔嫩的小手发出的,真不可思议!握住她手的那一刻,这个勇敢的男人浑身发热,多尔衮爱上她了,他要拥有她,他想和她一生一世!他感受到布木布泰小手微微的、柔柔的颤动,这是她的心声,她爱我!

"这个送给你,射箭拉弓时戴在大拇指上,就不会伤手了。"多尔衮退下自己手上的扳指,放到布木布泰手中。

这是一枚翠绿色的玉扳指,玉脂滑润,清澈精致,简约高洁。

"这怎么可以!不行的!你也要用的。"布木布泰拒绝着,将扳指退回。

"这玉扳指是一对儿,我还有一只,有的用。你是我的救命恩人,这是我的心意,请你接受他!"多尔衮把扳指戴在布木布泰的大拇指上,深情地握着她的手,紧紧地不松开。

空气中充满炽烈的真诚,他们对视着。年轻的心在交融,爱意浓浓,多尔衮情不自禁一把拥抱了她,这是多尔衮有生以来第一次拥抱一个女孩儿!

这也是布木布泰有生以来的第一次！她羞怯万分，浑身发抖，她感觉到呼吸急促，就要融化在他的怀里。她慌忙推开多尔衮，红着脸翻身跳上白马，"哒、哒、哒"跑开了。布木布泰喜欢多尔衮的鲁莽，喜欢他的男人气，他们一见钟情，他是她的白马王子，扳指在她手上，她带走了多尔衮的心。

手心里留着布木布泰小手的温香，这个俊俏的鬼丫头没给多尔衮留下更多表达的机会，但是她接受了他的心意，她心里有他！他跳上马背，满脸幸福，双脚轻轻磕了下马儿，马儿悠悠往回走去。路过昨天来时的马道，一丝忧愁钻进他的心，他想，来日方长，他是男人，要做的事谁也阻拦不了，他俯下身亲亲栗色马，"布木布泰，今生我一定要得到你！"多尔衮立下了誓言。

这一晚，布木布泰和哲哲姑姑促膝聊到后半夜。哲哲说得最多的是姑父皇太极和公公努尔哈赤在萨尔浒战役中的英雄故事，布木布泰希望能听到多尔衮的事情，可是每当布木布泰把话题引到多尔衮这里，姑姑就不往下接，于是话题又回到姑父那里。布木布泰不好意思直接问多尔衮的事情，怕姑姑疑心。临睡前，姑姑意味深长地问布木布泰："丫头，将来和姑姑一起去东京，愿意吗？"

布木布泰想着到东京就可以有机会和多尔衮在一起，她点点头，欣然说道："姑姑，我当然愿意啦，那样我们就可以在一起了！"布木布泰的"我们"，是指的姑姑还是多尔衮，她自己也说不清。

第二天，省亲的马队走了。布木布泰的心被那个跟在姑父身后的年轻人带走了。那个人骑在高高的马上，起初对自己看也不看一眼，让布木布泰体会到了惆怅的滋味儿。马队渐远，就在布木布泰几乎绝望的时候，多尔衮回过头来，看似无意地向她微微一笑，这一笑只有布木布泰懂得；这一笑是只给她一个人的；这一笑勾走了布木布泰的初恋。

一连几天，布木布泰提不起精神，上课时巴格希哈图先生摇头晃脑的诵读，再也引不起她的兴致，心思常常溜号。练习骑射，她会不由自主地来到月亮河边，把弓箭搭在马背上，一个人靠在河边斜斜的老树身上，攥着玉扳指想心事。对多尔衮的美好印象和感觉，已深刻于心，无法抹灭。多尔衮是拥抱她的第一个男人,这个拥抱是那样的重要;手中的玉扳指是他留下的心;还有,离别时他在马上的那一丝微笑,他们心有灵犀,她在那里读到了他让她等他的约定,她明白今生与多尔衮的纠结已悄然注定。

然而,日子无情地过去,多尔衮一去几个月没有消息,布木布泰备受煎熬。就在布木布泰日思夜想的盼望中,在一个漫天飞雪的日子里,传来了青巴图鲁桑台吉家的女儿,也就是她的堂姐小玉儿结婚的消息。让布木布泰想不到的是,堂姐的新郎竟然就是让她朝思暮想的多尔衮!听到消息的那一刻,布木布泰头上像是响了一个炸雷,懵了。阿妈说这是全家人早就知道的事情,唯独她不知道!

布木布泰埋怨苏茉尔不告诉自己,苏茉尔也不知格格的心事,她奇怪,格格的那个堂姐,平时古板怪怪的,赛桑家的兄弟姐妹们全不喜欢她,很少和她往来,她结婚的事和格格没关系,可格格为什么这么不高兴呢?

布木布泰沉闷下来,原本朗朗欢笑的人,没了笑声。失恋是一种刻骨铭心的痛,布木布泰还没有来得及体会爱情的甜蜜,就立即尝到了爱一个人的苦涩。家人不知其故,阿妈以为布木布泰生病了,嘘寒问暖。布木布泰水晶般聪明的人儿,自己的心事不想让外人知道,就顺势下来,真的推病躺了一天。她把苏茉尔支走,蒙着被子,痛痛快快地哭了一大场。

布木布泰坚信多尔衮不会骗她,她忘不掉多尔衮那多情而忧郁的眼神,忘不掉临别时他那深情的一瞥。她和他一见钟情,她相信他爱自己,她也爱他,爱他的英俊、他的潇洒、他的勇猛、他的沉着,还有他的忧郁,她相信她的眼力,多尔衮是优秀的。布木布泰天性快乐、宽容,现在她知道了多尔衮的忧郁来自哪里,多尔衮订婚在先,婚姻是缘分,她不怪他,命运有时就是这样捉弄人,没有缘分的人却偏偏要相互吸引。许多东西未必一定要找到,许多事情未必要有个结果,况且,他们没有许诺什么。巴格希哈图先生说过,人生有许多事情要做。布木布泰想,爱情之于人生,并非是唯一的事物,梦中情人不能成为事实,最好的结果是及早忘却,但愿时间能抚慰一切。她摘下碧玉扳指,小心翼翼地放入锦盒珍藏起来。

第二天一早,布木布泰换上自己喜欢的白色裙袍,在镜子前精心打扮一番。她戴上毛茸茸的银狐小帽,背上弓箭,临出发前,她再次照着镜子看自己,对镜子里那个可爱的姑娘耸耸鼻子做出了个鬼脸儿,里面的女孩儿同样对自己做着鬼脸儿,她笑了,对自己很满意。她要让心情快乐起来,让过去像风儿一样过去,她叫上苏茉尔,主仆两个骑上马,精神焕发地去雪原打猎去了。太阳照在茫茫雪原上,曾经在夏日里绿色的大地,如今变得是那么洁白、旷远,如棋子般散落在雪原里的蒙古包也身披银装,矮矮的烟囱冒着袅袅轻烟,生活依旧美好,布木布泰的心情好起来。两匹马儿在雪地中奔跑,扬起两道白白的雪粉,弓箭飞处传来布木布泰依然爽朗的笑声。

这个冬天很快就要过去,然而,历史注定要在这个冬天改写一个人的命运。

天命十年(1625)一月的一天,一位信使飞马雪原,风尘仆仆踏进了赛桑家的大门,送来一封决定布木布泰一生的长信。这天晚上,赛桑府的灯光很晚才熄灭。第二天一早,阿妈来到了布木布泰的蒙古包与女儿长谈。阿妈告诉布木布泰,哲哲姑姑怀孕了,姑姑恳求哥哥嫂嫂,要布木布泰嫁给后金汗努尔哈赤第八子四贝勒皇太极,父母和家族成员决定答应这个请求。

布木布泰半晌儿没有说话,多尔衮辜负了她的期待,已经离她远去,可婚姻大事这样快的来临,这是她没有想到的,况且,那个人还是她尊敬的姑父!她轻声对阿妈说:"阿妈,您让我想一想。"

"桃之夭夭,其叶蓁蓁。之子于归,宜其家人。"布木布泰放下《诗经》,掩卷长思,书里说得多好啊,桃花鲜美,树叶茂密,这个姑娘出嫁了,她让全家人都和睦。和多尔衮是不可能的事了,但她想着如意郎君是和多尔衮一样的小伙子,然而,她眼前浮现的那个男人,阿妈说爱新觉罗·皇太极比自己大二十一岁,三十四岁的男人那是长辈啊!她嫁给他,姑父就变成丈夫！要是不答应这门亲事，会怎样？阿爸阿妈已经决定的事情，能改变吗？《大学》里说"宜其家人，而后可以教国人"，满蒙联姻是家族的重大使命，守护科尔沁部在后金的地位，这是让科尔沁和后金和睦、满蒙民族都安定的大事。遇到多尔衮时，她想过婚姻是和心爱的人儿在一起共度一生，婚姻就是甜蜜幸福，可一桩桩满蒙结姻的现实告诉她，那只是对美好爱情的憧憬，婚姻可以做交易，婚姻也是一场政治游戏。多尔衮的婚姻也悲哀地政治化了，如今，这场政治也临到了自己头上，她茫然。布木布泰心中的姑父是英雄，哲哲姑姑讲过，皇太极稳重深沉，自强奋发，平日博览群史，军事上有勇有谋，颇有建树，萨尔浒大捷四贝勒皇太极的表现最是出色。布木布泰转念想，皇太极和多尔衮一样相貌堂堂，比多尔衮更多一份成熟稳重，气度恢弘，或许听从阿爸阿妈的安排，奉命成婚更好。

  布木布泰答应了。二月初一，赛桑贝勒把盛装的小女儿送到大门口，大福晋珠泪长流。吴克善把小妹妹抱上五彩的喜车，亲自率领送亲队伍出发。阳光洒在春雪初融的草原上，几十名送亲的护卫身穿鲜艳的服装，骑着高头大马，苏茉尔的轿车跟在新娘彩车后边，十八匹骏马驮着嫁妆，浩浩荡荡顺大路南行而去。赛桑家的蒙古包渐行渐远，布木布泰深情地回望这片养育过自己的草原。别了，茫茫的科尔沁草原，我把我无忧无虑欢乐的童年留给你；别了，静静的月亮河，我把我的初恋尘封在你怀里；再见了阿爸阿妈，我的至亲至爱，请不要忘记您的女儿！布木布泰泪眼模糊，她放下窗帘，任由泪水簌簌下落。

  天命十年（1625）二月初八，后金汗王努尔哈赤的第八个儿子、四贝勒爱新觉罗·皇太极与蒙古科尔沁部赛桑贝勒小女儿博尔济吉特·布木布泰，在辽阳东京四贝勒府，按照女真族的古朴习俗举行了隆重的婚礼。努尔哈赤对这场婚姻极为重视，亲率诸贝勒及众福晋出迎十里，将新娘接进辽阳东京城。一时间，城内旌旗招展，鼓乐齐鸣，人群涌动，百姓争先恐后一睹新娘芳容，盛况空前。这一年，新娘布木布泰十三岁，皇太极三十四岁。

四贝勒府张灯结彩,喜庆的宫灯将府邸照得通明。婚宴从中午一直延续到傍晚,娘家贵宾及前来贺喜的官员、亲友喜气洋洋,有一个人却喜不起来,此人就是多尔衮,八阿哥皇太极娶了布木布泰对他是个巨大的打击。自从离开科尔沁草原,多尔衮跟八阿哥皇太极出讨毛文龙,战后又忙着完成已定的婚事,可他对布木布泰一天也没有忘记,月亮河畔那个白马少女的身影,不时出现在他的脑海里。他想向父汗请求再娶新人,他找母亲大妃阿巴亥试探过,大妃坚决制止了他,说他刚刚娶了科尔沁贵族的公主为妻,年纪轻轻,战功不足,现在还没有再娶资格,闹不好要惹父汗不高兴,招来杀身之祸。他私下想慢慢来,会有机会的,布木布泰一定会娶过来。一个月前,八阿哥皇太极喜气洋洋地告诉他,父汗同意他再娶新人,新娘就是科尔沁的布木布泰。多尔衮当时如五雷轰顶,差点没晕倒。八阿哥娶新妻是顺理成章的事,嫂嫂有孕在身,可以举荐新人进门,这是家族里的规矩,是正室的贤惠美德,受人称赞,做小弟的应该给八哥祝贺。可是,八阿哥,世上的漂亮女子千千万万,你娶哪个不行?为何偏偏要娶布木布泰!八哥,你抢走了我的心上人,你能不能把布木布泰让给我!多尔衮想哀求八阿哥,可理智告诉他这样的话万万不能说,他心比黄连还苦。晚上和那个僵尸似的夫人小玉儿躺在一起的时候,他思绪纷纷,黑夜中他居然还想过派人在接亲的路上把布木布泰抢走,可等天一亮他又笑自己的想法幼稚,八阿哥是他最佩服的兄长,兄长喜欢的人,自己就忍下了吧!

　　婚礼上,多尔衮有太多的伤感,他懒得与兄弟们笑谈豪饮,一个人闷闷不乐。天生丽质的布木布泰蒙着红盖头,更有一番动人魂魄的韵味。新娘被两个伴娘从轿中搀出,踏着软软的红地毯,徐徐走进大门。新婚夫妇行合卺礼,喝交杯酒,入洞房,多尔衮的心一阵阵发疼,一幕幕的情景残酷地刺激着他!皇太极持弓箭向喜轿连射三箭驱除"红煞",他想,那射箭的人应该是我;皇太极用喜杆儿挑开新娘喜轿的门帘儿,他想,那个挑喜帘儿的人应该是我;新娘在新郎陪同下,在大院内临时搭起的帐篷中静静地"坐帐",多尔衮又想,坐在新娘旁边的应该是我。

　　多尔衮梦想娶布木布泰的事情已经根本不可能了,布木布泰已做他人妇！他后悔在科尔沁草原月亮河边为什么没有再大胆一些，向布木布泰说出来他要娶她，他甚至可以直接就占有了她！或许布木布泰根本不知道自己的意思，才答应了皇太极的这桩亲事。在战场上杀人如麻的战士，不知伤心为何物，如今他感觉到了伤心和挫败。

还有让他多尔衮感觉到难为情的事。父汗努尔哈赤被母亲紧紧地拥着和贝勒贝子坐在上席，在人们醉眼蒙眬的时候，多尔衮看见自己的母亲松开父亲，走到大贝勒代善面前，双眼闪着秋波，那用旗袍也掩不住的丰满的胸脯高耸着，在代善的脸颊处晃来晃去，两个人像情人般地谄媚地笑着，碰杯、干杯。他早就听到过母亲和大阿哥之间的风言风语，他起初不相信，他原谅过母亲，他明白母亲做的一切事情全是为了他们三个兄弟。如今代善、阿敏、莽古尔泰、皇太极并称"四大贝勒"，代善和皇太极是努尔哈赤的嫡出，大贝勒代善功勋卓著，素有"仁孝、宽厚"的名声，他和父汗一样领有两旗，是很受父汗宠信的第二号人物，掌握了部分国政，可就是有些好色。母亲阿巴亥是怕年长三十一岁的父汗死后没有靠山，她在利用大贝勒的弱点，拉拢自己的势力。她本可以用其他方式来表达母妃对代善的善意，多尔衮不明白母亲为何当着父汗的面，在大庭广众之中对儿子辈的代善这样放浪下贱，做如此失态之举！他怒火中烧，快步走到母亲身边，抓住母亲的肩膀说："额娘，请您自重，孩儿敬您一杯！"说毕，一扬脖，将杯中酒一饮而尽。他倒握着空酒杯，借着酒劲儿，一把拉开母亲："额娘，请您回到自己的座位吧！"

多尔衮无心再饮酒吃席，摇摇晃晃向院外走去。

大门外，一个急急忙忙走路的士兵没有注意到他，撞到他的身上。多尔衮大怒，抽出鞭子，狠狠地抽向这个不长眼的家伙，将一肚子火气全撒在这个倒霉鬼身上。士兵们一看是多尔衮，谁也不敢拦，那个挨打的士兵吓得也不敢叫喊，只得乖乖地挨着。多尔衮出完气，走出院外。一阵冷风吹来，多尔衮打了个寒战，一股酒气从心底涌上来，他嘴一张，吐了。

第三章　阴　谋

　　洞房内,大红喜字贴在朝南的墙上,厅内高挂着贴着金色双喜字的红灯。八仙条案上点燃着一对巨大的龙凤喜烛,红红的火苗跳着欢快的舞蹈,映红了洞房内低垂的纱幔。喜床上大红的绸缎被褥在烛光下更加耀眼,三支喜箭插在喜床中央,布木布泰盖着红盖头,静静地端坐在喜床边,在伴娘和亲友们送新娘子入洞房后,苏茉尔寸步不离陪伴着她。

　　有生以来,布木布泰第一次享受到这么大的场面。花轿进城的时候,她从喜轿的窗帘缝偷偷地向外看,华盖彩幢遮挡住她的视线,她看不见都市的天空,只看见街道两边旌旗招展,那样多的人群,簇拥着迎亲队伍。科尔沁大草原人烟稀少,就是每年的那达慕大会,也没有这样多的人,更没有这样的花花绿绿,缤纷缭乱。婚礼开始时鼓乐齐鸣,她从盖头后面感受到乐手们的倾注,悠扬好听的满族乐曲充满喜庆欢乐,别有韵味,她陶醉其中。几天前科尔沁的小妞还闻着草原的乡土气,今天就成了后金的主角儿,体会到了嫁入豪门众人瞩目的幸福。她听着司仪的指令,被人牵着,按着满族的规矩,行礼、叩拜,做着各种规定动作。她拜天、拜地、拜神、拜祖,跪下起来又跪下起来;她记得给汗王努尔哈赤和大福晋跪拜时,她说了感激的话,她感谢父汗为她举办了这样盛大的婚礼仪式,深深地向老汗王行礼,努尔哈赤惊讶她的懂事,满意地笑了。她对脚下的新花盆鞋很不习惯,不像在草原上她穿着马靴,可以尽情地跳呀跑呀的,她的动作不由自主地扭捏,笨拙起来,反更增添了她的美丽,她骨子里的贵族气质让她更显高贵。其实,她知道要是没有苏茉尔搀扶着她，要是没有皇太极牵着她的手，恐怕她就会不止一次地摔倒。

还有，刚刚在婚礼上，她见到了多尔衮。她看到多尔衮面色发白，沉着脸坐在阿哥席中，那双曾经打动她心的眼睛更显忧郁。她的心轻轻掀起了一阵波澜，很快，理智告诉她，如今她已为人妇，必须忘掉这个人，女人对丈夫的忠贞是金子，要珍惜。她的眼睛再也没有看他。

暂时地离开繁杂和喧闹，兴奋、开心和激动渐渐平息下来，接下来又会是什么？她在等待着。一丝乡愁涌上来，布木布泰在远离家乡的东京，想起了阿爸阿妈，还有护送她来的吴克善哥哥，亲人们，你们在哪里？我想你们。

"苏茉尔，现在是什么时辰了？"布木布泰蒙着盖头，看不见外面已经渐渐暗下来，她轻轻地问。

"格格，快到戌时了。"苏茉尔回答道。

夜幕已经降临。

脚下的火盆发着热气，烘得她的双脚暖暖的，炭火在噼噼啪啪发出醉人的声音，屋内温暖如春。苏茉尔点燃了室内的熏香炉，一股茉莉花香飘了出来，香气淡雅宜人，给洞房内增添了温情，布木布泰想着那一刻即将到来，心中忐忑不安。

一阵喧哗涌进洞房，门开了，有人进来了。

"格格，四贝勒爷来了！"苏茉尔对布木布泰小声说，她用香火点起床头的长明灯，与侍女们急急退下。

洞房的门被关上，喧闹声被阻隔在外面，洞房安静下来。

脚步声，一阵稳重的脚步声，一步一步走过来。透过低垂的盖头，一双男人的大脚停在她身前，莫名的紧张涌上来，心扑通扑通跳个不停。

皇太极在她身旁轻轻坐下，并没有急着掀她的盖头，一只大手轻轻拉起她的小手，另一只手压在她的手上，紧紧地压着，攥着。

"本布泰，我来了。"皇太极在她的耳边轻轻地呼唤。

除了姐姐，没有人叫她本布泰，如今，他叫她本布泰，这个人是她的夫君，她的天，她的一生将托付给他。他的大手温暖地握着她的手，一股热流传遍她的全身，布木布泰感到了幸福。

布木布泰靠身过去,皇太极抬起手,用一支包金的秤杆挑下新娘的盖头,轻轻抚摸她的头发。布木布泰知道,秤杆掀盖头是"称心如意"的意思,抚摸头发,象征着白头偕老。皇太极拉起她,她站了起来,腿有点儿坐得麻了。她抬起头,皇太极的眼里满是柔情,那个威严盛气的姑父不见了,这是一个多情的男儿。

"本布泰,从今天起,你就是我的福晋了!"

布木布泰娇羞地点点头,笑而不语。

"跟我来。"皇太极牵起她的手,布木布泰跟随着。

他带她来到洞房右面的跨间,这是一间小书房,左边靠山墙处有一台大大的紫檀木书桌,书桌后面垂着一面大大的粉色绸幔。皇太极一把拉开绸幔,一排闪亮的紫檀木书橱显露出来,八个书橱整整一面墙,里面摆满了琳琅满目的书籍!布木布泰惊讶了,她看着眼前的书橱,里面有许多精美书籍,满文的、汉文的、藏文的,数也数不过来。

"本布泰,早就听说你喜欢读书,这是我送给你的新婚礼物!喜欢吗?"皇太极看着她,期待着。

布木布泰眼睛湿润了,使劲地点点头,哽咽着说:"喜欢,我喜欢!"

"这个礼物就是送给你的,这是独一无二的礼物,本布泰,你明白吗?"皇太极深情而又凝重地看着她说,"你年纪还小,我们爱新觉罗家不同于别人家,这个你以后慢慢体会。我看出来你和别的福晋不一样,我希望你把这里的书好好读一遍,以后会用得到。记住要恪守家规,谨思慎行,王者之家没有小事,凡事要多用心!懂吗?"

布木布泰认真地听着,这个伟岸的男人竟有如此之深刻的眼力和细腻的感情,她懂得了夫君对自己寄予的重望,心底陡然喷薄出浓情爱意,郑重地说:"夫君,谢谢你,我懂了!你的话我会牢记一生!"

皇太极点点头,小姑娘善解人意,极具可塑性,秀美的脸庄重而又羞涩。皇太极爱意涌起,一把抱起布木布泰,走回洞房,把新娘轻轻放在喜床上。

喜床前烟罗色纱帐上透进来的烛光柔和,令人心醉迷离。

皇太极把喜床上的三只花箭拔下,放在枕头下面,一把将她拢入怀中,手轻轻抚摩着她乌黑的刘海儿、她秀丽的眉尖、她清明透彻的眼,她光洁的脖子,慢慢地向下滑去,布木布泰身子酥软了,她是他的女人;此刻,他也不是贝勒爷,他是她的男人。他雄壮的身躯向她压过来,有一刻,布木布泰感觉喘不上气来,她恐惧紧张,不知道他接下来会怎样,她顺着他,任由他摆布。皇太极看着身下的她,像一只受惊的小鹿,妩媚的秀目半开,长长的睫毛颤抖,红红的双唇微张,本布泰是那般的清纯,此刻,他爱极了她。

"别怕,抱紧我!"他贴着她的脸,在她耳边轻轻地说。

她像抓住一根救命的稻草一样,抱紧了他。

他进入的时候,布木布泰感到了一阵刺心的痛,她不由自主"啊"地叫了一声,皇太极那一刻停了下来,爱抚地吻着她的脸。一滴鲜血流淌下来,布木布泰身下洁白的绢帕上开出了一朵鲜艳的牡丹花,她完成了女人一生中最重要的蜕变。她明白了姐姐为什么说女人只有出嫁了,才能够成为女人,现在她已经成为了真正的女人。

第二天一早,按照爱新觉罗家族的规矩,新娘布木布泰穿上满族媳妇的日装,到大福晋哲哲那里请安,大福晋哲哲让元福晋钮祜禄氏代她陪伴新人拜祖归宗行家族礼。在祖圣殿,高高的神台上供奉着爱新觉罗家族的祖宗先人,布木布泰跟在皇太极身后,接过皇太极递过来的香火,小心地将神灯一一点燃,夫妇两个心怀崇敬深深跪下,叩拜爱新觉罗列祖列宗的牌位。拜礼毕,他们在众人的簇拥下,来到父汗的大政殿。大政殿宏伟庄严,殿内金碧辉煌,令人敬畏,她小心翼翼地牵着夫君的手,一步一步走在通往至高无上权利的通道上。甬道的尽头是汗王的宝座,父汗和大福晋阿巴亥高高地坐在上面,族中尊长及各位兄嫂分列两边,在座的贝勒们个个是那样的威风,众福晋们是那样的美丽多姿,还有衣着华丽的小孩子们。家族礼让她体会到嫁到满洲帝王家的不凡,见识了这个伟大家族的成员,她风光无限,感叹万分。现在她还不知道、也想不到这个家族的背后,有多少政治风云将要磨砺她,又有多少刀光剑影在等着她。

"奉汗王旨,封博尔济吉特·布木布泰为四贝勒皇太极府庄福晋!"

礼官洪亮的颂唱声在大政殿回响,布木布泰沉醉其中,全然没有看到女眷群中皇太极继福晋乌拉纳喇氏在恶毒地撇着嘴。

从这一天起,新娘布木布泰被封为皇太极的庄福晋,成为了爱新觉罗家族中的重要一员。

四贝勒府庭院春意盎然。继福晋乌拉纳喇氏微闭双眼,半躺在躺椅上想着心事,侍女青莲在轻轻地给她捶腿。她看见庄福晋容光焕发地去了大福晋哲哲那里,继福晋心里嫉恨,皇太极已经有一段时间没到她这里来了,她冷清寂寥,而这一切,全是因为这个科尔沁来的庄福晋!同样是侧福晋,你看她的婚礼,父汗亲迎十里,婚礼规模就和娶正福晋那样宏大,又是摆家宴,又是请戏班,举城庆贺轰轰烈烈。当年自己娶进这个家门时,就因为娘家是败落的乌拉纳喇氏,一台小轿,从侧门静悄悄就进来了。还有那个得势的大福晋哲哲,不就是因为她们是科尔沁的博尔济吉特氏吗!我给四贝勒爷生了两个儿子和一个格格,豪格还是长子,按常理,先进门资格老,又生子功劳高,地位也应该高,可现在这样被冷落!继福晋心里像打翻了五味瓶,愤愤不平。大福晋哲哲刚刚怀孕时,她认为加强自己势力的时候到了,曾把表妹献给四贝勒爷,结果是表妹白白陪了爷一宿,天刚一亮就给打发了!现在,哲哲的亲侄女儿风风光光地嫁进来,这四贝勒府没有我说话的份儿了!继福晋恨得牙齿嘎嘎响!

门"吱扭"响了,有人进来。继福晋睁开眼,大福晋的侍女婉儿来了。

"哟,是婉儿来啦?"继福晋的笑容来得快,

婉儿向继福晋请安,说:"大福晋叫您过她那里一趟。"

"好吧,我这就到!"继福晋让侍女青莲扶她起身,十足的奶奶范儿。

王府庭院响起一阵嘈杂声,布木布泰推窗向外看去,府里大大小小的仆人在管家哈济的带领下,齐齐地站在庭院中。继福晋站在正房的高台阶上,趾高气扬地训话:"大家听清楚了,大福晋委派我代她行事儿。这两天大家要各尽其职,把府里的一应物件儿收拾好,特别是马匹要饲

喂好,轿车要保养好,这是出远门儿,大意不得!"

三月初三就要迁都了,各房都在收拾准备。人和人是有眼缘儿的,有的人一见面就想接近,有的人一见面就不喜欢,特别是女人,具有比男人更细腻的直觉,直觉来自于敏感,而女人的敏感是天赋的。王府里,元福晋老实本分,是属于没心计的人;而继福晋拿腔作势,眼神里透着凶气,看得出很干练,不是个善主儿!怪不得姑姑对府里的事情很担忧,身边有这样的人,是不让人省心。正想着,只听继福晋又在大声地呵斥一个小丫头,大概是嫌她多嘴多舌,多问了一句什么。布木布泰觉得闹心,关上窗户,耳不闻心静,让那个继福晋耍自己的威风去吧。

布木布泰想不到,一个阴谋正在悄悄地降到她的头上,危险在等着她。

哲哲让继福晋主持府里搬家的事,领命回来,继福晋心里好高兴。这下用着我了吧,我要让你们看看我乌拉纳喇氏的能耐!她故意把仆人们召集在庭院中,让各房的姐妹看看她理家的本领,一通指手画脚,发号施令,下面的仆人对她弓腰俯首,好不痛快!

回房后,她对侍女青莲挥挥手,"你去吧,我一个人静静。"

此刻继福晋不是累了,而是她心里有了盘算。她对自己说,出气的时候到了,这是千载难逢的好机会。对大福晋哲哲,她不敢,闹不好就要丢了自己的性命!她想要下手的是那个刚刚来的庄福晋,她恨她,趁着她还没有站稳脚跟,出了事情好收场。院中仆人们来来回回地搬运着东西,一个马夫牵着马穿过。这个马夫继福晋认得,叫乌仑嘎,是自己出嫁时跟进四贝勒府的陪送仆人,这么多年了,继福晋差点就忘了他,这个人是自己人。远远地看到,车马房前高大豪华的轿车停了一大排,这是福晋们的专用轿车,轿夫们在精心地擦拭着车子,继福晋心中一动,一条毒计涌上心头,"有了,就这么办!"继福晋咬着牙恶狠狠地心里说"庄福晋,我让你出了辽阳四贝勒府门,进不了沈阳的家门!"

吃过晚饭,继福晋对青莲说:"你去到车马房,把马夫乌仑嘎叫到我这里来。"

"乌仑嘎?那个马夫?主子叫他?"

"让你叫,你就叫,别问了,快去。"继福晋不耐烦地挥挥手。

马夫乌仑嘎来了,土灰的脸,塌鼻子,一双小眼透着狡猾。在四贝勒府多年,继福晋从来没有正眼看过自己,今天是为了什么呢?乌仑嘎小心翼翼地站在门口,不敢往里面走。

继福晋招招手说:"过来,坐下。"

"奴才不敢。"乌仑嘎不敢相信,继福晋要他近前坐下,只往前蹭了几步,就又站住了。

"没听见那,奶奶让你过去坐呢。"青莲在一旁推了一下他。

乌仑嘎颤颤巍巍地坐下,屁股半欠着凳子。

"家里还有什么人吗?"继福晋透着关心地问他。

"回主子,家里人全没有了,还是在古勒山之战时父母就双亡了,奴才从小做奴仆,跟了奶奶以后才有了吃饱饭的日子。奴才感恩主子!"乌仑嘎给继福晋跪下。

继福晋摆摆手说:"起来吧,我们乌拉纳喇氏几经战乱,好在我们跟了四贝勒爷有享不尽的荣华富贵,这几年你在府里我也是关照着呢,自己人嘛。"

主子竟然和自己聊起了同族之事,乌仑嘎诚惶诚恐不知如何答话。

继福晋把手中的茶杯放下,皱着眉说:"今儿个叫你来,是和你通个信儿,早上我到大福晋那里去,正听见庄福晋对大福晋说什么想从科尔沁带几个年轻马夫来,庄福晋说科尔沁的小伙子个个都是驯马的好手,车驾娴熟,他们来了就把府里几个旧马夫替换下来,赶出府!"

继福晋故意停了一下,"大福晋说现在正在搬家,迁都是大事,等到沈阳安顿好了,再向四贝勒爷说!"

她抹搭着眼接着说:"庄福晋说替换的马夫里就有你乌仑嘎,这是要夺你的饭碗!"继福晋把茶杯往桌上重重地一砸,愤愤地说:"乌仑嘎这么多年勤勤恳恳为四贝勒府做事,如今要被这个庄福晋小妖精赶出府去!"

乌仑嘎一听傻了眼:"啊?"张着嘴半晌说不出话来,真要这样自己就没有活路了。他扑腾一下又跪在继福晋脚下,苦苦哀求:"奶奶,求求您,救奴才一命吧!"

"唉,我就是因为没有办法救你,才把你叫来的,只能跟你通个气儿,没有办法呀,现今儿四贝勒爷很少到我这里来,那姑侄儿俩就把爷给把持了,我说不进话呀!"继福晋显出一脸无奈。

"那可该怎么办好呢?"乌仑嘎眼巴巴看着继福晋。

"办法是有,不过……"

"有什么办法主子您快说!"

"除非让庄福晋说不了话,就没有人再提换马夫的事了!"继福晋眼中凶光一闪而过,她又换上怜悯的表情:"可是我不能让你这样做呀!"

乌仑嘎的眼珠转了几转说:"现在也没别的办法,只此一招儿,这招儿也不是主子出的,是奴才自己想的,主子在上面为奴才撑着就行了!"

"你想要怎样?"继福晋急急地问。

"主子,我要叫庄福晋到不了沈阳!"乌仑嘎恶狠狠地说完,凑过身对继福晋小声如此这般说了一番。

"乌仑嘎,好聪明! 不过,我不赞成你这样做,但是为了生存,你这也是被逼的,她不死,你就要流浪街头,对吧?"

继福晋把火拱满、气儿打足后,还假惺惺充好人。

乌仑嘎起身走时,继福晋拿出一大串天命通宝钱币,放在乌仑嘎手中说:"你跟了我这么多年,拿去置些衣物。要小心!"

乌仑嘎躬身道:"主子的好,奴才记着,这事儿绝不连累奶奶!"

乌仑嘎走了,继福晋长出了一口气,就等着瞧好吧!

三月初三,天不到四更。同屋的仆人们还在打着鼾,乌仑嘎无声地溜出来,掩上门,踩着漆黑的夜,悄悄来到车马房。他走到一排豪华的轿车前,主人的身份不同,轿车也不尽相同,那个最豪华、宽大的车是大福晋的,其他稍稍窄小些的是侧福晋们的。他找到了庄福晋的车。马房内外一片静悄悄,只有马儿沙沙地在咀嚼着夜草。他鬼鬼祟祟四处张望,府里的人们正酣睡,打更的人也不知蹲在哪里瞌睡去了。暗夜给乌仑嘎壮了胆儿,他迅速打开庄福晋乘坐的轿车轱辘的护盖儿,用力拔掉车轴轴头上的铁销,换上一根腐朽的细木棍插在轴孔上,完成了以后,又飞快地把护盖儿装好。贼人胆虚,乌仑嘎额头上出了一层虚汗,他用手抹着汗向四处张望,见一切平安无事,便又悄悄潜回下人的住房。这一晚,天上没有星月,这一切,没有人看见。

　　乌仑嘎躺在床上想象着,天一亮,庄福晋坐在那辆被拔了铁销子的车上面。只等出了辽阳城,上了大道路途颠簸,用不了多一会儿,那个朽了的木棍儿就会被磨断,行进着的马车轱辘会脱离车轴飞出,那时人仰马翻,马儿受惊奔跑,车上的人,就是那个庄福晋,说不定会被甩出车外,被马踏死、被车压死……乌仑嘎兴奋得睡不着了。

　　布木布泰回头环顾四贝勒府,她有些恋恋不舍,在这里她变成为女人。温馨甜蜜的新房,幽香淡雅的书房,如今人未去楼已空,新的家在等待着她,新家一定会比这里华丽,但她将永远记住辽阳东京的家。

　　车门棉帘儿上的流苏在轻轻摆动,布木布泰的车是崭新的,婚礼后她只坐过一次,马车的轮毂上镶满铁钉,车轮足足有五尺高,车里面全新的软座软靠,脚下是绸锦棉垫儿,舒适可人。布木布泰打开车门帘儿,只见长长的队伍一眼望不到头,八旗勇士个个威武,辽阳城旌旗招展,车马隆隆,尘烟滚滚,遮天蔽日,好不壮观!

　　继福晋的车走在布木布泰的前边,她从车窗向后望,看见庄福晋只顾看着队伍,小脸儿兴奋得红红的。她想到底是小丫头,没见识,看什么都新鲜,全然不知一会儿就要完蛋了。这个乌仑嘎还真是用对了,招儿够高,手段够毒辣,待一会儿出了事,那个朽木销子早就掉了,谁会想到是偷换了车轴销子!当然不会怀疑到我这里。要怪就怪那个倒霉的车夫,最好赶车的也跟着庄福晋一起去死,那就死无对证了!她稳稳地就等着那一刻的到来,得意极了。

　　马车就要出辽阳内城了,襄平城门洞开,欢送的人群拥挤着,队伍缓慢下来,家眷马车停在路边,等待出城。就在这时,婉儿跑来气喘吁吁地向苏茉尔说:"姐姐,大福晋说前面路途太遥远,一个人闷得慌,要庄福晋与她同乘一车,两个好聊天儿。"她又拉着苏茉尔的手说:"姐姐,你也过来啊,主子在里面聊,我们在外边聊!"

苏茉尔也愿意和婉儿在一起聊天儿,这么远的路,有个伴儿在一起说笑解闷儿多好,可主子的车空着还是要有个人押车。她笑着说:"妹妹,你回吧,我就不过去了。"

哲哲的轿车宽大豪华,双人软靠像一张小床,侧面还有一个小沙发座位,布木布泰让姑姑舒服地半躺在靠椅上,自己坐在侧面。车窗外一架华丽的王后轿车快马驶过,哲哲赶忙对布木布泰说:"你看,这是大妃阿巴亥的轿车,多漂亮。"带着几分羡慕。

布木布泰忙往外看,她看见车里面坐着两个人,大妃妆容艳丽,春风满面,一只胳膊还搭在那个男人身上,这个男人好像是大贝勒爷代善,一阵放荡的笑声从车里传出来。

"姑姑,你看,好像是大贝勒爷!"布木布泰好奇地说。

"哪里是好像,就是他!"哲哲摇摇头,"汗王安排大贝勒爷负责内宫搬迁,他不去督办,反而在这里和大妃同乘一辇,真是鬼迷了心窍!前程早晚毁在这个女人手里!"

"大妃阿巴亥和大贝勒真有事吗?"

"唉,庶妃代音察和阿济根没少在父汗那里告密揭发,他们也不避讳。父汗倒是好几次在公开场合说过,自己年事已高,将来百年之后要把阿巴亥的享用权转让给代善,可这只不过是父汗酒后之言,大贝勒还当真了。"

"姑姑,贝勒们是有势力的人,要是大妃阿巴亥仅仅是联络一下母子感情,总归是不能有错的,您说是吗?"

这个刚刚做了庄福晋的侄女儿,心地善良,富有同情心,竟然把事情看得这样简单,哲哲微微一笑说:"唉,事情可不像你想的,阿巴亥是算计着父汗身后的事呢,宫里面的事情很复杂,阴谋到处都有哇!"

"阴谋?"布木布泰不明白。

一道漫长的高坡出现在眼前,路面坑坑洼洼,再往上是一道高高的黄土堤坝,马车正在吃力地向上爬着。

"到辽河堤坝了,一会儿就要过辽河大桥了。"哲哲说。

布木布泰往后边自己的车看去,苏茉尔稳稳地坐在车夫旁边。

车速加快,下坡了,车开始更剧烈的颠簸,布木布泰急忙用双臂紧紧地护着姑姑,生怕姑姑身体吃不消。就在这时,就听后面"哐当"一声巨响,紧接着是一阵噼里啪啦的巨大的破碎之声,又传来一阵马的悲惨嘶鸣声。布木布泰一把拉开车帘儿,探出身去往后一看,倒吸了一口凉气,她的马车,那个崭新的庄福晋的马车,一只车辖辘飞出,远远地还在顺着陡直的堤坝往下跳跃着、滚着,轿车翻倒在地,厢体已经摔裂,马儿被翻倒的车辕压着、推着,发出绝望的嘶鸣。马儿的挣扎并没有阻止马车的下滑,眼瞧着,那个破碎的马车带着强大的惯力,连马带车翻进了滚滚的辽河!

布木布泰瞬间不知所措,可是,她马上想起了苏茉尔,苏茉尔还在车上!她急促地对婉儿说了一声"婉儿,你照顾好大福晋。"一下子跳下车,拼命向河边奔去,边跑边大声呼喊:"苏茉尔!苏茉尔!"

望着波涛滚滚的辽河水,布木布泰哭了。自从在科尔沁草原遇到强盗的那一天起,和苏茉尔就再也没有分开过,苏茉尔忠心耿耿,无微不至,情同姐妹,想不到苏茉尔没有被强盗杀害,却死于自己的疏忽!布木布泰万分后悔刚刚没有坚持让苏茉尔一同到姑姑的车上来。落水的马儿在水中拼命地挣扎,马头在水面一起一伏,车辕压着它,让它无法摆脱,几个士兵跳下冰冷的水中,奋力地解救。

"苏茉尔!苏茉尔!"布木布泰哭喊着,全然忘记了自己福晋的身份。

"主子,我在这里,我在这里!"身后远远地传来苏茉尔的呼声。

布木布泰猛然转身,看见苏茉尔抱着毛毯,正气喘吁吁地从高高的坝上往下跑。有片刻,布木布泰竟然不相信自己的眼睛,大喜过望,迎着苏茉尔跑过去。

主仆二人紧紧抱在一起,"苏茉尔,真的是你吗?你真的没有事吗?"

"主子,是我,是我!我没有事儿!"苏茉尔哭了。

原来,苏茉尔怕主子受凉,转身从车厢里拿出毛毯,趁着车速慢下来的时候从车的一侧跳下,准备追上前面的车给布木布泰送过去。就在这时,马车突然一歪,一只车轮猛地飞出,甩向高空又砸向地面,车身一下子侧翻,马儿被车厢砸倒,紧接着车厢又一次向前翻滚,直至巨大的惯性带着马儿滚到河里!苏茉尔吓坏了,腿一软,瘫坐在坝上,半天起不来。惶恐间,忽然听见有人在大声呼喊着她的名字,是主子!是主子焦急的呼喊声。苏茉尔急忙起身,只见主子一边喊,一边发疯似的往河边跑,患难见真情,苏茉尔感动了,此时此刻,主子为了她一个仆人,竟如此不顾安危!

　　车队停了下来,马儿凭借着水性被士兵们救出拉上岸,那架破碎的车厢,一点点儿地沉了下去。布木布泰拉着苏茉尔上了姑姑的马车。被救的马儿浑身水淋淋地发抖,布木布泰吩咐车夫把马儿身子擦干,再把自己的毛毯给马儿披上。哲哲捂着胸口念着:"阿弥陀佛,佛祖保佑,人畜平安是万幸啊!"

　　这场车祸没有出人命,大家松了一口气。但是继福晋立马儿紧张起来,庄福晋竟然躲过了一劫,她什么时候跑到大福晋的车上的呢?自己的一番苦心白费了,这事儿会如何处理!一路上,继福晋心中七上八下。

　　当天晚上,迁都的队伍在沈阳郊外虎皮驿扎营住宿。闻听白天辽河大桥发生了翻车事故,皇太极从前方赶回来探望,见家眷安然无恙,方才放下心来。同来的还有十四弟多尔衮,他跟在八阿哥身后,礼貌地给嫂嫂们一一问安,到了庄福晋面前比对别人多了一句"还好吗?"只这一句,布木布泰已领会到了他的苦心。她故作不知,淡淡地答道:"还好,叔叔不必挂记。"

　　第二天一早,努尔哈赤骑着高头大马率领着耀武扬威的八旗大军开进沈阳城,完成了后金史上自辽阳后再一次的重大迁都。清太祖努尔哈赤自以其父的十三副遗甲起兵至建立后金政权,曾先后四次迁都,从明万历十五年(1587)在费阿拉称王;到明万历四十四年(1616),也即后金天命元年开国建都赫图阿拉称汗;攻陷辽阳后,天命六年(1621)迁都辽阳建东京城;仅四年,天命十年(1625)三月又迁都沈阳。从此沈阳这块"凤落龙潜"的风水宝地,成为后金政权的统治中心。对布木布泰来说,未来盛京的生活,将是她经历夫君皇太极建立大清朝和对大清朝治理、发展的人生历程,在这里她将切身体会到奋斗的艰辛,成功的欣慰,挫折的苦涩,还有亲情的牵挂。盛京,是她成为杰出的女政治家必不可少的课堂。

第四章 魂飞魄散的宫闱之夜

几天来,辽河大桥翻车事故让布木布泰无法释怀,事情真的就是巧合吗?自己的轿车是新的,为什么车轮会飞出呢?难道真的就像姑姑说的,宫里的事情要复杂得多?自己刚刚来到这个大家族里,没和谁有过节,又能得罪谁呢?家里人人见面三分笑,和和气气,怎么会有人给自己下毒手呢?

大福晋哲哲对这个事情很清醒,这是有人冲着她们姑侄儿来的!庄福晋出了事情谁会高兴?这个家里能看笑话的就是继福晋,难道是她?搬家时是让她操持一应事务的,从事理上看,她应该有嫌疑;可从事件上看,车子是在半路上坏的,她会有这样巧的算计吗?也不大可能。在这几天里,大福晋找管家哈济问过话,管家哈济跟随自己多年了,是个可以信得过的人。又让哈济找车夫问话调查,也没发现有反常举动。不管怎么说,这个事情虽然查不出来,但决不能不了了之。

庄福晋的车夫因此被罚出府,管家哈济因办事不力被扣一个月的薪俸,继福晋因管理不周受到了大福晋责备。继福晋受训斥时,装出一副可怜样,低眉垂眼认错。布木布泰看着继福晋,直觉告诉她,这个女人一定和这个事情有关系!继福晋平日里在人前仰脸朝天,不可一世,今天在威严的大福晋面前却像只可怜的狗,看来,只要有了地位和权力,就可以让这种小人低头!

这年盛夏八月,蒙古察哈尔林丹汗兴兵入侵科尔沁,父汗努尔哈赤调遣精骑五千人，由皇太极和莽古尔泰率领，出发援助科尔沁。大军威震百里，刚刚行至农安塔，正在围攻科尔沁的察哈尔军队就丢下驼队、马匹、武器、物资连夜撤退逃跑，后金军队不战自胜。喜讯传来，父汗努尔哈赤大喜，迁都以来几战全胜，后金吉兆洪天，他亲自出城迎接胜利归来的勇士，又乘兴带众贝勒出城围猎三天。四贝勒皇太极因大福晋哲哲临产，自己也热伤风身子不适，未跟随父汗围猎。

父汗出城的第二天夜晚，大福晋哲哲突然打发婉儿叫布木布泰，布木布泰以为姑姑是要马上生了，匆匆跑来。

哲哲一脸焦急地说："大妃阿巴亥来人把四贝勒爷请走了，说是有要事商谈！四贝勒爷感觉事情有些蹊跷，怕是阿巴亥搞什么鬼花活，临走时带上了管家哈济，还嘱咐如果时间长了，就让你去汗宫找他们。"

布木布泰也觉得奇怪，父汗出外围猎，莫不是有了什么意外不成？要是真有了意外，也不应该是大妃来人找贝勒爷呀？这个事还真是大意不得。

哲哲接着说："刚刚我已着人打听过，父汗在外一切平安，并无事故发生。大妃这样深更半夜地召见贝勒爷，很是反常，现在又已经有一会儿了，你就赶紧去汗宫找一下吧！"

"好吧，姑姑放心，我这就去。"

布木布泰带上苏茉尔和婉儿，三人打马向汗宫赶去。

汗宫，宫门半开，汗王不在，院内侍卫少了许多。皇太极他们走到内宫大门时，管家哈济被侍卫挡在了内宫门外，说大妃有吩咐，只有四贝勒爷可以进去。

内宫院内夏虫低鸣，廊上宫灯高挂，热风刮过，树影婆娑。皇太极疑虑间，不觉已来到大妃门前，他站住脚，大声向门内通报："儿臣拜见大妃！"

大妃的贴身侍女乌云从里面迎出来，向皇太极施礼道："大妃请您进去说话。"说完，闪过门一侧，低头站在门外。

皇太极跨进门来。屋内红烛闪烁，幔帐低垂，不知是因为天热还是故意,大妃阿巴亥仅穿着一件小内衣,故弄风骚地在凉榻上歪着,手里懒懒地摇着绢扇纳凉。屋内并无他人,皇太极心中不禁一惊,又见大妃肌肤袒露,面露轻浮,双乳喷薄欲出,一道深深的乳沟像要勾着人的眼睛往深处探索,他扭头就往外走。

大妃捏着嗓子喊道:"回来!"

皇太极背对大妃,冷冷地说:"母妃,父汗不在,不知何事,深夜召儿臣至此?"

"你父汗不在,难道就不可以召见你们了吗?"大妃从凉榻上坐起,扭了扭腰肢,"听说四贝勒爷身体不适?"

"回母妃,儿臣的病已经好了。"皇太极仍然没有回头。

"哈哈,堂堂七尺高的汉子,为何如此胆小如鼠?"大妃放荡地笑着说。

皇太极感到被耍弄,"父汗不在,请母妃自重!母妃如无他事,儿臣告辞!"

"好个自重!四贝勒爷,这也是你对母妃说的话吗?"大妃并不介意皇太极的话,她边笑边把衣襟系好,从凉榻上起身,走到皇太极身边。

"别害怕,一会儿大贝勒爷也会来的,我已经打发人叫他了。前儿朝鲜特使给汗王进献了高丽参红茶,新鲜着呢,咱们娘儿三个品尝品尝,好好唠唠嗑儿,我还有心里话要说呢。"

一股刺鼻的香气飘过来,皇太极心中一阵恶心。这个淫荡的女人,父汗曾贬罚她一年多,她居然不改,还背着父汗做如此勾当!

"四贝勒爷,你我虽有母子之名分,但爷们儿年岁比我还要大呢,不是吗?你父汗不在,何必拘礼节呢?"皇太极感到阿巴亥的声音就像从自己的脊梁骨后边发出来的,让他阵阵发冷。

大妃的手从后面扶上了他的肩,皇太极一闪身,躲开了。他急忙去开门,想逃离这里,可是,门已经从外面关上了。

皇太极一把没有推开门,转身怒道:"你,你想做什么?"

大妃悻悻地扭回桌旁,端起茶盅,翘着莲花指,招呼皇太极:"干吗急着走嘛,先坐下,人家的事情还没有说呢。"

阿巴亥乜斜着眼,随着话音,一只赤裸的胳膊白晃晃伸过来。

皇太极怒不可遏,死死盯住阿巴亥的脸,阿巴亥以为皇太极动了心,就大胆地挺着双乳,轻扭腰肢,端着茶盅往前凑来。

"啪!"皇太极扬手,一把将茶盅打翻在地,碎片四散开去。大妃阿巴亥一愣,脸儿有些挂不住。

"你、你,你别不识抬举!"

"哼,父汗待你恩重如山,想不到你却是这样的不知廉耻!"皇太极一脚踢飞地上的碎瓷片,愤然道。

大妃恼羞成怒:"我不知廉耻?好你个八阿哥,真把自己当回事儿,以前我给你们送些饮食,不过是表表我的心意,谁让我喜欢你们呢?你不吃就算了,还让汗王知道了,害得我放逐到山沟吃了那么多的苦!我还没有找你算账,你倒说我不知廉耻!"

"你这个恶毒阴险的女人,是你自作自受,你背着父汗,别有用心地拉拢我们兄弟,三天两头往代善府里跑,大贝勒代善被你勾引得五迷三道,现在又来勾引我,成何体统!奉劝你,请珍重父汗的独宠信任,再说,你亲生儿子阿济格、多尔衮如今已成大金精英,他们需要母亲的尊严!请你悬崖勒马,今晚有事说事,无事告辞了!"

"想走?没那么容易!"阿巴亥冷笑一声,"这深更半夜的,你私闯后宫,我要是叫起来,你的前程尽毁于一旦!还是乖乖地听话吧。"

"你!"

马蹄急促地敲打着盛京夏夜无人的街道,布木布泰一行策马疾行,刚刚走到汗宫大门前,卫兵就气势汹汹拦了过来。

"汗王府邸,闲人不可擅入!"

布木布泰见此阵势,知道汗王府不好进,她们三个小女子硬闯不如巧取。她掩饰住心中的焦虑,不慌不忙跳下马,在下马石上拴好马。布木布泰笑嘻嘻走近卫兵,轻施以礼:"侍卫兄弟,想来你是不认识我,我们可不是闲杂人等,我是四贝勒府的庄福晋,大妃今晚叫我们进府有事,刚刚不是四贝勒爷已经来了吗?"

卫兵见来人贵妇装束,年轻漂亮,地位不低,又自称庄福晋,跟随两位侍女,也是气质不俗,而且刚刚确实四贝勒进去过,于是,自矮了三分,不敢造次。

"那,你们在此等候,待我去通报大妃!"

通报大妃?这可万万使不得!布木布泰板下脸吓唬卫兵道:"兄弟,大妃刚刚召见我们,我们已经来迟了,再在门外等你通报,就更晚了,一会儿大妃怪罪我们,我们可就说是你们不让进啊!"

"啊?这……"卫兵被布木布泰唬住了。

正在卫兵犹豫间,布木布泰暗暗向身后边的苏茉尔她们使了个手势,回手轻轻一推侍卫:"兄弟,给我们好好看着马,我们进去了啊!"说着,三个人笑哈哈地闯进宫来。门外的卫兵傻傻地看着三个仙女般的女子进了汗宫。

布木布泰无心欣赏后宫的美景,三步并作两步,急向内宫跑去。只见内宫大门外,管家哈济被侍卫拦着,急得搓着手,伸脖子往里面看。

"哈济,你怎么在这里?四贝勒爷呢?"布木布泰焦急地问。

"回主子,四贝勒爷一个人进去了,奴才被拦下进不去。"

布木布泰见内宫侍卫凶巴巴的,知道来软的是不行了,于是她昂起头,径直带着苏茉尔和婉儿大步往里闯。内宫侍卫急忙喊:"站住!大妃有话,除四贝勒爷以外,任何人不许进!"

布木布泰不理他,仿佛根本没有听见,继续往里面走。"呼啦",侍卫横起戟杖将布木布泰拦住。布木布泰面无惧色,一把握住杖杆,就像在草原上降服烈马一样,用力一拉又一推,拨开了戟杖。侍卫没想到看似美貌娇柔的小女人,竟然有如此之大的胆量和力气,又因为四贝勒爷在里面,看这气势这位肯定也是爷的得宠福晋,不敢真的动用武力。犹豫间,布木布泰带着众人闯了进去,侍卫急忙在后边追。

大妃的房门紧闭,几个宫女在外边守着,见有人闯进来,慌忙站成一排围过来。一位看上去地位高的侍女站出来,"啊,庄福晋来了?没听四贝勒爷说带着家眷来呀?怎么也没有通报一下呢?"

"哦?看来,四贝勒爷真的在里面啦,你不让我们进去见四贝勒爷和大妃,我们大福晋那里出了危险,我看你们谁负得起这个责任!"布木布泰说罢一把奋力推开拦着的侍女,不管三七二十一,就要硬闯。猛然,布木布泰发现,房门被从外面锁着,想起这是母妃的房间,不可硬闯。她一把拉过那个领头侍女,使出拉弓的劲头攥住她的胳膊,那个侍女痛得"哎呀"一声,心说这位娇滴滴的福晋,怎么有这样的力气?遂不敢和布木布泰再拉扯。布木布泰瞪着眼命令她说:"烦请你给大妃通报一下,我有紧急的事情,耽误不得!"侍女怕她再使劲儿,扭断了自己的胳膊,无可奈何打开了房门,布木布泰立刻半推着她进了大妃的房间。

房间里,大妃淫笑着,一只手解着罩裙的扣袢,一只手揽着长长的秀发,步步向前,"四贝勒爷,别害怕,你和大贝勒都是你父汗的宠儿,你父汗偏心,说他百年之后把我许给大贝勒享受,可我偏偏是喜欢你,你比大贝勒年轻有才干,身材高大,相貌英俊,我早就看出来了,你一定比大贝勒有出息,将来我们母子们说不定就要靠你关照呢!今天趁你父汗不在,你就享用了我吧!"

皇太极喉咙发紧,身后门被反锁,他没有退路,他感觉喘不上气来,快要被阿巴亥逼得走投无路。这个战场上杀人不眨眼的硬汉子,面对他的母妃,一时不知该如何是好,接下来会发生什么?他不由自主地用手摸着腰间的匕首,他会杀了她吗?

正在这万分紧急的关头,门"哗啦"一声开了。皇太极回头一看,是布木布泰推着阿巴亥的侍女进来了。

大妃"啊"一声,双手慌忙捂住了即将滑落的纱裙。

布木布泰拉着侍女跪下,侍女结结巴巴地通报:"主子,庄福晋有、有、有急事……"

不等侍女通报完,布木布泰立刻一拜,大声说:"母妃在上,孩儿给您请安!"

大妃见庄福晋喊她母妃,谨遵礼仪没有异样,立即顺下情理,掩饰瞬间的惊慌,接着端出母妃的架子说:"不经我召见,深夜来此做什么?还有急事,什么急事!"阿巴亥不愧聪明有机变,反被动为主动,先向布木布泰发难。

布木布泰没有被阿巴亥的气势镇住,她不慌不忙地说:"母妃,儿臣知道我们四贝勒爷在这里议事,我是奉我家大福晋之命,一来给母妃报个喜讯,二来,也是紧迫的事,就是请求母妃帮助。"

"哦?"阿巴亥有些意外。

"一喜是四贝勒爷刚刚出门后,我们大福晋的肚子就有了动静,快要生了,大福晋就让我马上给您报信儿来了!第二个也是要紧的,我们大福晋是头一胎,年岁又大,临产有些怕,听说母妃您的贴身郎中接生最有经验,想请求您,让您的郎中到我们府上给大福晋接生!"布木布泰语言恳切,面露渴求,又接上一句"母妃可否应许呢?"

"哎呀,哲哲要生产了,那可是喜事呀,这个喜讯是要报的。还有我的郎中去给哲哲接生,那是当然的啦,我也早就想着呢,你们不说我还要派他去呢!"

阿巴亥有了台阶,当然就下了。刚刚没有出现尴尬局面,真是万幸,如果庄福晋再晚进来一分钟,她就将会是全身赤裸,到那时,她这个母妃的脸面往哪里放!她不敢往下想,立刻盼咐侍女:"快去请满额吉郎中,叫他速去四贝勒府!要快,听明白了吗?"

"嗻,主子!"那个被布木布泰弄疼了胳膊的侍女,立即跑了出去。

从门被推开的那一瞬间起,皇太极知道自己可以逃脱阿巴亥了,可是他马上为本布泰捏了一把汗,这个小小的本布泰对付得了狡诈刁蛮的阿巴亥吗?看来她要得罪大妃了,阿巴亥是长辈,这个场面该如何收拾呢?他们又如何走得出汗王府呢?就算今天从这里逃出去,谁保证这家丑不被传出,一旦传出,以父汗的脾气,不知道谁会掉脑袋呢!看着本布泰从容应对,面对大妃不失礼数,夜闯汗宫的理由充分,给阿巴亥留足了面子,进退分寸恰到好处,皇太极心中不禁暗暗称赞,我的小本布泰,想不到你如此聪明,做得漂亮!大妃今天就败在你手下了。

皇太极连忙同布木布泰一起向大妃行礼,迅速告辞,生怕阿巴亥再生出什么变故来。

当天夜里,大福晋哲哲真的生产了,平安顺产。皇太极在哲哲身边呵护有加,不过生的是位格格,哲哲很失望。皇太极倒是比哲哲高兴,中年得女,自己的宠妻所出,这是第二个格格,格外疼爱,取名马喀塔,后被封为固伦温庄长公主。

　　房中无人的时候,哲哲躺在床上长叹一口气,"本布泰,咱们真是不争气,十个月的期盼,怎么是个女孩儿呢?"

　　看到大福晋不开心的样子,布木布泰懂得姑姑的心思,她坐在床边搂着姑姑,安慰道:"姑姑,我们还会再有孩子的,一定会给夫君生出儿子!"。

　　哲哲望着一脸稚气的侄女儿认真的样子,"扑哧"一声笑了,伸出手,拍了拍布木布泰的肚子,"你这儿也该有动静了吧?"

　　"我?"真的,自己真是该有动静了,侍奉夫君已经好几个月了,可小肚子还是那样安安静静的,平坦如初,下红每月依然如期而至,"这……"布木布泰红了脸,"会有的,姑姑放心,我们努力!只要有科尔沁强壮的母马,就会孕育出草原上的骏马来!"

　　孩子满月那天,四贝勒府办了抓周宴。大妃阿巴亥亲临,代表汗王努尔哈赤为孩子送了厚礼,儿子多铎、多尔衮跟在她左右,礼重人威,趾高气扬,此一番好像在向皇太极炫耀和示威。布木布泰想起一个月前汗宫发生的事,怕阿巴亥记恨,就少言不语悄悄躲在哲哲身后。她发现多尔衮长得越发英俊,人好像比之前稳重了不少,多尔衮那修长的手正拉着孩子胖胖的小手,"啊、啊"地逗着,看得出,他喜欢孩子。一旁的多铎也是个英俊的小伙儿,阿巴亥有三个好儿子,真让人羡慕。正想着,多尔衮忽然抬头向她这边望来,布木布泰猝不及防,两个人的目光打了个正着,不约而同又迅速闪开,布木布泰的心一阵乱跳。

　　天命十一年(1626),也即大明天启六年,正月没过完,皇太极告诉布木布泰,父汗努尔哈赤起兵征伐大明朝宁远城,明天就要和父汗出征。布木布泰和大福晋哲哲给夫君收拾出征行装。在皇太极书房的案头上她看到一份汗王传阅的文案密报,上面写着:"袁崇焕,字元素,号自如,时年四十有一,广东东莞人。进士。为人慷慨,有胆略,好谈兵。"布木布泰想,原来这位守卫孤城宁远的明将袁崇焕,是一介书生,没指挥过作战,和嗜血沙场的后金将士比起来差远了,怪不得父汗瞧不起这个书生呢!

布木布泰和后金所有的人一样,错误地判断了形势,低估了袁崇焕。

一个月后,汗王战败的消息传回盛京,王宫震惊。布木布泰敬佩的公公努尔哈赤统一女真各部,建立了版图囊括东海库页岛到明朝的辽边、蒙古嫩江至鸭绿江三百余万平方公里面积的后金;父汗英雄戎马一生,征战四十四年,所向披靡,百战百胜,从未打过败仗。曾几何时,父汗在萨尔浒以六万女真兵,横扫了号称二十四万精兵的大明军队,谁想如今却败在一介书生手下!

盛京的城门打开,迎接抑郁而归的努尔哈赤。在城门下,布木布泰看见寒风刮卷着汗王的斑斑白发,努尔哈赤立马久久回望,不肯入城。夕阳下,汗王身上仿佛还裹挟着宁远城尚未散尽的硝烟,还带着后金士兵魂断他乡的血腥气,老汗王泪眼模糊。兵败宁远是汗王努尔哈赤起兵以来所遭到的最重大的挫折,走在归途的老汗王想不到,这是他人生的最后一次征战,忧愤的心结将带走他的生命。

宁远之战,让布木布泰记住了袁崇焕的名字,在她心中,这个汉人不再是一介书生,而是阻挡后金跨过山海关,进军中原的巨石。

从宁远回来,父汗努尔哈赤郁郁寡欢,陷入极度苦闷中,身体日渐衰老。整个夏天后金宫内气氛沉闷,议政上朝时汗王会无故大发雷霆,人人自危。大妃阿巴亥使出千般温柔,也难换汗王一笑。布木布泰有一种预感,这是个多事之秋。

到了七月中,汗王努尔哈赤腰上竟起了一大串毒疽。月末上朝时,二贝勒阿敏上奏说:"汗王长期驰骋疆场,鞍马劳累积劳成疾,身体需要疗养,何不去清河汤泉疗养,以养精蓄锐。"众贝勒也极力劝奏。努尔哈赤答应下来,二十三日这天,由阿敏陪同去了清河汤泉疗养。

八月十一日早上布木布泰坐在书房读书,不一会儿天色转暗,窗外**淅淅沥沥**下起雨来。这年的秋雨来得真早啊,布木布泰放下书,起身到窗前,只见雨丝慢慢悠悠从空中落下,就如一缕缕飘飘渺渺的细纱,给贝勒府庭院罩上了一层薄雾。窗下原本繁密的绿植花草,竟然间杂着几片黄色,格外的触目,布木布泰注目间,一片黄叶经不起雨滴的敲打,挣扎了几下,从枝上飘飘摇摇落了下来,一向欢乐无忧的她蓦然升起一丝悲秋之情。忽然,贝勒府的大门开了,一个人从门外急急忙忙跑进来,是二贝勒阿敏,径直去了皇太极的书房。阿敏不是在清河汤泉陪父汗疗养呢吗?急匆匆回来是为何事呢?正纳闷儿,管家哈济和马夫牵来马匹,夫君皇太极和阿敏急急从书房出来,大福晋哲哲亲自跑出来给二人送上雨披,皇太极和阿敏跳上马冒雨而去。

一定是出事了,布木布泰赶到姑姑房间。

"父汗的病突然重了!早上几度昏迷,刚刚清醒以后,就让阿敏传大妃阿巴亥一人火速地赶去汤泉,汗王有话要对阿巴亥说。"哲哲脸发白,急急地说。

"啊!"布木布泰心一沉。

"父汗下旨要马上赶回沈阳,可因为身体虚弱已经不能骑马了,要顺着太子河绕一个大弯乘船回来。"哲哲摇摇头接着说,"父汗在到浑河口见到大妃阿巴亥以后就不让阿敏和范文程在跟前服侍了,连御医也给赶了出来,身前只留大妃一人。阿敏感觉事情重大,急忙回来通报,夫君已经叫上其他几个贝勒们一起去迎接父汗了!"

秋雨绵绵令人清冷哀伤。下午三时,噩耗传来,汗王努尔哈赤归天了!午夜初更,父汗努尔哈赤回来了,他的遗体被众贝勒、大臣们簇拥着,缓缓抬入汗宫,高高安卧在灵台上。后金天命十一年(1626)八月十一日,太祖努尔哈赤去世,在位十一年,终年六十八岁。汗宫举丧,所有在外的贝勒、重臣奉命火速回朝祭奠,后金沉浸在一片悲痛中,汗宫内哭声一片,摇山撼岳。

贝勒们悲痛欲绝,大臣们泣不成声,大妃阿巴亥更是哭得昏天黑地,花容失色。她披麻戴孝跪坐在灵前,扯着孝幔哭述汗王的恩爱,令人生怜。阿巴亥的三个儿子全在旅顺口戍边,此刻正在回朝途中。布木布泰头一次经历如此大悲,她跟着大福晋哲哲,跪着,拜着,眼泪不由自主地往下流着。自己到这个家一年多,别人说汗王严厉,可在布木布泰眼里汗王是一位慈祥的父亲,如今公公离去,竟然是被袁崇焕给活活气死的!

夜深了,布木布泰白天跟着大福晋哲哲忙来忙去没有得歇,到后半夜哭泣得倦乏,人小熬不住夜靠着姑姑睡着了。不知过了多久,大福晋哲哲拽了她一把,布木布泰一激灵醒过来,就见大妃阿巴亥站在灵前,正尖声厉色地说着:"汗王留有遗言,由十四子多尔衮继承汗位,多尔衮现在还小,暂由大贝勒代善辅政,待多尔衮成年后登基归政!"

"你再说一遍!"二贝勒莽古尔泰"腾"地站起,几步到了大妃跟前,气势汹汹地咆哮起来:"当着父汗你竟敢胡说八道!"

阿敏也跳起来,瞪着一双虎眼吼道:"平日你口无遮拦也就算了,今天汗王尸骨未寒,灵堂上你就造谣惑众,可知该当何罪!"

大妃被这两个彪形大汉吓得后退两步,腿哆嗦人却不软,咬着牙还是在说:"汗王临终,确实是对我这样说的!"

"你再敢胡说!"莽古尔泰举起了拳头就要向大妃砸去!

灵堂里,哭声停止了,贝勒们"呼"地全都站起身来,一面墙似的围了上去。布木布泰吓得完全清醒过来,紧张地望着眼前的一切。僵持间,只听四贝勒皇太极大喝一声:"二贝勒爷请慢!"皇太极一揽孝袍大步走上前,大贝勒代善和几个小贝勒也跟了上来。

皇太极对大妃,也是对着众人大声说:"国不可一日无君,立汗王是大事,但是眼下最要紧的是父汗的后事更要处理好!母妃不会不知父汗亲手建立的八旗和硕贝勒共治国政的体制吧,这是大金的治国国策,是父汗生前反复强调的,而且是书写成训示交给每位贝勒的,白纸黑字,证据确凿,任何人也改变不了!"

莽古尔泰的拳头放下来了,阿敏握着腰刀的手松开了,贝勒们火气落下。

皇太极接着说:"现在四大贝勒在此,我们马上召开紧急议政会议!汗王生前对四大贝勒留有遗嘱,现在还秘不能宣,议政会后将大白天下!"

大妃被镇住了,汗王还留有遗嘱?她张嘴结舌。几大贝勒不再理她,立刻转入议事堂连夜开会。灵堂里的人们开始窃窃私语。

"呜——"大妃放开声大哭起来,"汗王啊,你好狠心,说走就走,丢下我们苦命的娘们儿不管啦!"随着哭声,她趴倒在灵前,双手拼命拍打祭台,震得祭烛直颤。

布木布泰睡意全无,莽古尔泰和阿敏好鲁莽,大妃差点儿挨了拳头!还有,大妃说父汗要多尔衮继承汗位,是真的吗?夫君皇太极一番义正词严就把局面给按下了,让布木布泰好佩服!夫君还说,父汗有遗嘱,那个遗嘱又是什么内容呢?四大贝勒紧急议政会后有什么要宣布的呢?布木布泰看见几个内官去汗王寝宫出来进去忙着,不知准备着什么。

宫外细雨不知何时停了,天开始蒙蒙发亮,四大贝勒爷们从议事堂出来了,个个表情凝重步履坚定。汗王灵前,几大贝勒爷站成弧形,面对着大妃。灵堂里人们坐起,急切地等着诸王的决定。

大贝勒代善展开《议政案书》,清清嗓子,开始大声朗读:"经四大贝勒紧急议政,汗王后事要隆重庄严,极尽祖宗礼数!汗王努尔哈赤生前留有遗嘱,现公之于众:大妃年轻貌美,本王实不舍丢下她一人在世上独过余生,况且该女子心怀嫉妒,本汗王在世尚不能改正,如果留下,将来必会成为乱国的根源,所以预遗言于诸王'俟吾终,必令其殉之'。"念到这里代善停了下来,目光复杂地看了一眼阿巴亥,这个令他迷醉的女人,就在几天前他还偷偷搂着她的香体尽情享受,可现在她的死令却是由他来下!他继续念下去:"汗王庶妃阿济根与代音察对汗王忠心耿耿,为使大妃在升天后不寂寞有人相伴服侍,四大贝勒一致同意,由阿济根与代音察与大妃一同从殉。请大妃和两位庶妃遵从汗王遗嘱,立刻行事,在今日辰时前上路!"

代善接着宣布:"立汗王之事,老汗王没有遗言指定新汗王,遵照大金定制,将在七天之后,由八王议政会议决定产生!"

代善转身向大妃展开遗嘱:"汗王遗嘱在此,请母妃近前细看!"

阿巴亥瞪大眼睛,遗嘱上"俟吾终,必令其殉之"字字清晰,字字要她阿巴亥的命,汗王努尔哈赤的亲笔签字和大印赫赫在目!

"不、不,绝对不会!绝对不会!汗王绝对不会留有这样的遗嘱!"

阿巴亥用了三个绝对不会,她的心冷得发抖,就在白天,在浑河的大船上,汗王临终前握着她的手,千真万确对她说:"多尔衮继位!",她要做太妃了!她就要做太妃了!可现在,眼前汗王的遗嘱,却要她去死!谁来给她做个明断,告诉她这份遗嘱的真假?谁,谁,谁来救救我!

大妃哭着向大贝勒跪下了,像抓住救命稻草一把抓住代善的孝袍:"大贝勒爷,救救我!汗王真的说了让你辅政的遗嘱!"阿巴亥秀美的面容变得丑陋不堪,眼泪和鼻涕混在一起挂在颚下。代善目光游移,挣开阿巴亥,踮着脚躲开了。

莽古尔泰不耐烦了:"汗王留下的遗嘱,确凿为证!你说的遗嘱空口无凭,汗王去世前病重昏迷,你趁机惑主凭空捏造,没治你的罪就是对你的大恩了,还啰唆什么!"

眼前这个女人,曾几何时风骚美艳,傲慢不羁,目空一切,如今竟到如此地步!布木布泰看见夫君皇太极走上前,扶起跪在地下的大妃阿巴亥说:"母妃请起,父汗遗嘱,我们几大贝勒也不忍心,但却不敢不从汗王的遗命!请您,尊贵的母妃,为了父汗的爱就追随他去吧!从殉的仪式已经在父汗的寝宫里准备好了,请大妃有尊严地上路!"

"请大妃上路!"众贝勒和大臣们"哗"地跪在大妃阿巴亥面前,几乎是异口同声地向她请求着。

"有尊严",皇太极的这几个字,让阿巴亥冷静下来。和自己有鱼水之欢的大贝勒令她寒心,怪只怪老家伙努尔哈赤多次在公开场合表示,百年之后要把自己的享用权转让给代善。自己又喜欢大贝勒代善年轻,以为向大贝勒奉献了身体,他可以保护自己,可是这个懦夫,关键的时候见死不救还落井下石!她鄙视他!皇太极这个让她追也追不上的男人,在这个时候能站出来扶她,让她有尊严,她斗不过他,她相信,大金的江山就会是这个人的了!

"请大妃上路!"灵堂里再次响起了令她心颤的声音,这声音整齐、沉重、坚定,在灵堂里嗡嗡地盘旋,带着刺骨的寒气,呲露着咄咄逼人的利齿,又像夺命的利剑直刺进她的心,夺她的命!

大妃明白了,她一个人势单力孤,斗不过这一群虎狼之子!自己的死期已到,不得不遵从这个"遗命",她绝望了。母性的本能告诉她,再抗争下去,不仅自己不保,还将要殃及骨肉!她放不下她的三个孩子,孩子们羽翼还不丰满,多尔衮根本不可能继位,再坚持就会酿成灾祸,她阿巴亥将会灭门!她不能把孩子推进血腥的漩涡,她心一横,用自己的死换孩子们的平安,值了!她要死得有尊严。

阿巴亥咬着牙,一字一顿地说:"好吧,我从命!不过,我有话要说,请你们答应我最后的请求!"

她面向四大贝勒和众臣缓缓跪下,眼中满是哀求:"我请求你们,各位贝勒爷,各位重臣,请善待我的孩子,多尔衮和多铎他们还没成年……"此言一出,她泣不成声!

阿巴亥跪着转向皇太极再拜,悲戚地说:"四贝勒爷,我知你仁德宽厚,不和我计较,多尔衮和多铎从小就喜欢跟你在一起,和你的感情最好,我走了以后,请你照顾好他们,我拜托你了!"

皇太极的心震动了,他想起母亲孟古大妃,母亲病逝离他而去的时候,他和多尔衮现在一般大。他对阿巴亥承诺:"母妃,请放心,多尔衮和多铎是我的亲弟弟,我一定会照顾好他们,我们若不恩养二幼弟,就是忘了父亲!"

阿巴亥环顾灵堂,昨天还疼爱她的汗王如今静静地睡着不再理睬她,灵堂下一片白花花的孝子贤孙中没有一位挽留她。她的孩子们在哪里?好冷好孤独!

"阿济格,你在哪里?多尔衮,你在哪里?多铎,你在哪里?"眼中满是母亲的绝望,泪水顺着脸颊流淌,阿巴亥声嘶力竭地喊:"我的孩子们,你们在哪里呀……"

通往沈阳的路上,细雨蒙蒙,漆黑一团。三匹骏马已是大汗津津,通身湿漉漉分不清是雨水还是汗水,马上的阿济格、多尔衮、多铎玩了命地打马狂奔。昨天傍晚,接到父汗归天的噩耗,兄弟三人悲痛万分,想念父汗,惦记母亲,立即从旅顺口上路连夜回朝。此刻马儿卷起四蹄,如箭一般驰骋。

天亮了,细雨停了,沈阳城到了。只见城门挂白,士兵戴孝,多尔衮一马当先,刚刚进得城门来,值守房中闪出一人,多尔衮不认识,拦住多尔衮的马,身后的阿济格和多铎也勒住马停下来。那人躬身施礼,高声道:"三位贝勒爷请慢,大政内传话,请各位奔丧贝勒、官员一应人等,到此人换孝服、马佩孝鞍!"原来早有宫中侍从在此候着他们。三人只得下马,一个侍从引他们进得值班房内坐下歇息,又端过茶水早餐,招待他们。三匹马也被牵走喂料饮水,换鞍辔去了。

多尔衮心急如火,哪里有心思歇息吃早饭,朝着那个侍从喊道:"饭就不吃了,快快拿过孝服来!"

阿济格也说:"烦请快些,我们急着要进宫呢!"

"贝勒阿哥,请稍候,马儿那边也要补水换鞍呢,爷们耐下心来,小的这就去。"侍从说完,转身进了内防。

三人也没心吃饭,焦急地坐下等。大概有一个时刻过去了,多尔衮有些不耐烦,正要摔桌发脾气,那个侍从从里面闪出,吃力地抱着三套孝服,看上去忙得满头是汗:"对不起爷,换领衣服的官员实在太多,里面忙乱,让爷们多等了!"多尔衮刚要爆发的火气一下子发不出来了。侍从拿过孝服,一件一件帮他们换上,两个哥哥的衣服穿好,偏偏多铎的衣服又拿错了,气得多尔衮扬起手,给了那个侍从一记耳光,侍从吓得跪下一再认错,趴在地下叩头又迟迟不起来,多尔衮一脚又踹过去:"还不赶紧快去换来,耽误我时间!"侍从一激灵爬起,赶紧又跑去换衣服。

几番耽搁,此时已近辰时,雨后的早晨空气格外清新,城墙上已经露出了早霞的金色衣边,侍从牵来马匹的时候,辰时正点的钟鼓"当当"敲响,多尔衮的心忽然涌上一阵说不出来的难过,三人翻身上马,急急赶往汗宫。

就在多尔衮兄弟三人消失在街巷拐角处时,值守房走出一人,从怀中掏出一把银两,放在那个侍从手中,侍从一手捂着被踢痛的腰,揣好银子,露出了笑容。

阿巴亥头上插金琢玉,身穿汗王生前赐予她的绫罗锦裙,端坐在她曾与汗王夜夜合寝的床上。爱新觉罗家族的至亲们排着队,向她行礼、下拜。在大家行礼的过程中,阿巴亥的目光一直向门望着。布木布泰知道,大妃是在盼望着她的孩子们,她替大妃着急,多尔衮他们怎么还不到呢?再晚了就见不到他的额娘了!

辰时将近,就要行殉礼了,就在行殉手举起弓弦的时候,只见阿巴亥对四大贝勒说:"请慢,我的孩子们看来赶不回来了,临走前看不到孩子是我的一大遗憾,我要给孩子们留几句话,不然,我在九泉之下难以安心服侍汗王!"

四大贝勒对视了一下,同意了。

阿巴亥为了她的孩子日后不受伤害,违心写下遗书:"我自十二岁侍奉汗王,丰衣足食已二十六年;汗王恩厚,我不忍离开他,所以相从于地下。舍下你们我不后悔,你们有四大贝勒和至亲的照顾,想必将来定会荣华富贵。"一气呵成放笔,阿巴亥泪珠滚滚而下!

"辰时已到,请大妃上路!"

弓弦高举,扣颈勒毙,阿巴亥气绝身亡,一代风流就此香消玉殒!就在努尔哈赤去世仅十八个小时之后,汗王最宠爱的大妃阿巴亥生殉,年仅三十七岁。四大贝勒上前验证,为她盖上黄色的锦被,大贝勒宣布"大妃已升天!"

接着,布木布泰听到"扑腾"、"扑腾"两声,行殉手干净利落,两个庶妃阿济根与代音察也命归西天!"哗"地,众人全都跪下了。

布木布泰紧闭双眼,不敢直面这惨景,她的腿发软,惊恐地藏在哲哲后边,浑身微微发抖,紧紧拽住姑姑的衣袍。

寝宫的门"砰"地被撞开了,多尔衮在前,阿济格和多铎在后,兄弟三人发疯似的跑了进来!众人呆了,鸦雀无声。

"父汗!"

"额娘!"

"我们来了!"

"大妃已遵照父汗遗嘱,自愿从殉!"

"请三位弟兄节哀!"

他们的兄长们、贝勒们"忽"地迎了上来,开始劝慰他们。

多尔衮万万没想到自己的母亲会跟从父汗而去,母亲就在炕上静静地躺着,面容祥和,身体还温软着,好像睡着了一样。他后悔没早一步赶到,没看到母亲最后一眼是他一生的痛!他抬起头,看着四大贝勒——他的哥哥至亲们。

他的至亲们在哭,伤心欲绝。

大贝勒代善拿出汗王遗嘱,流着泪告诉他:"这是汗王的遗命!"

多尔衮不相信父汗会有这样的遗嘱,他接过汗王遗书,急切地看,一遍又一遍,要从上边找出什么破绽,可是他什么也看不出来,父汗的遗嘱清清楚楚,母亲走得明明白白!他把遗嘱递给阿济格。

大贝勒代善又拿出阿巴亥的遗书,上面笔墨未干,多尔衮认得出,遗书上的字迹千真万确是母亲的。

"额娘,额娘!"兄弟三人读着,哭着,扑倒在阿妈的身上。

布木布泰心在颤抖,世界上没有比失去母亲更痛苦的了,多铎还那样小,还有多尔衮,那样伤心。有一刻她想躺在那里的为什么是多尔衮的母亲阿巴亥,她一直以来就不愿意把阿巴亥和多尔衮联系在一起,可事实就是这样残酷,他们是母子,忧郁的多尔衮心中又会增添痛苦,自己要是能替他分担一些就好了。

以后的几天,布木布泰夜夜噩梦,梦中阿巴亥袅袅娜娜远远走来,穿着临终前的锦衣彩裙,很好看,可到近前面容却又丑陋无比,扭曲的脸上满是泪痕,她对她说:"庄福晋,看见我的孩子们了吗?告诉多尔衮,我想他们了!"布木布泰几次梦中惊出冷汗,梦醒了人就睡不着了。她想念科尔沁草原那蓝天白云平静的生活。回想自己出嫁以来的一幕一幕,从风光无限锣鼓喧天的婚礼到小心谨守豪门似海的规矩,从辽河大桥翻车事故到夜闯汗宫的惊心动魄,那跳跃翻滚的车轮和阿巴亥的傲慢时时砸着她的心。还有残酷的生殉,三条生命瞬时消失,触目惊心!自己仿佛进入了一个大大的漩涡,她体验着过去从来没有过的恐惧。

守灵七天过去了。八王议政会议在大政殿召开,会议将要产生新的大汗,众人瞩目。和所有的人一样,布木布泰也在关注着,大福晋哲哲很泰然,悄悄告诉她:"咱们四贝勒爷,非他莫属!"

"哦?"布木布泰望着姑姑。

"大贝勒代善生性软弱,和阿巴亥的事已经让父汗不满,满朝文武也是蔑视不服;二贝勒阿敏不过是父汗的侄子,他与父汗有杀父之嫌隙;三贝勒莽古尔泰虽是战功卓著,但生性鲁莽,是有勇无谋的一介武夫,况且还有凶残弑母的恶名;咱们四贝勒爷才德兼备,政治识见、军事才能和威望都高人一等,父汗在世时就赞赏有加,朝中口碑甚佳。四小贝勒里,多尔衮是优秀的,父汗生前也很喜爱,赐他掌有两旗之兵,但是,毕竟他年纪还小,既无功业,亦无威望,尚不能承担起朝政大纲,所以,咱四贝勒爷,汗王非他莫属!"

哲哲胸有成竹,布木布泰当然期待着这样的结果。

议政会议开了整整一天,大内传出消息,众人一致拥戴四贝勒爷皇太极任汗王,四贝勒爷不答应,僵持着呢!从早上辰时一直持续到了下午的酉时。戌时,四贝勒府才接到传报,四贝勒爷皇太极终于答应了,新的汗王是皇太极!哲哲掩饰不住内心的喜悦,握着布木布泰的手激动地说:"本布泰,我们是王妃了!"

夫君皇太极在称汗的第三天晚上就来布木布泰这里安歇了,这让布木布泰很高兴。她赶忙给夫君道喜,皇太极淡然一笑说:"唉,谈何为喜,如今大金外临大明、蒙古、朝鲜的包围,处境孤单;内部权力分散,矛盾重重,事事掣肘,我也是徒有一汗虚名,日后难办的事情多了!"

"夫君又要受累了。"

"那倒不怕,只要大金日日兴盛,不枉为了先汗之命就行了!"

皇太极一身劳碌,并无新汗王的喜悦,夫妻事后,一翻身就睡着了,鼾声大作。布木布泰知道夫君这几天经历了人生重大的改变,这里有智慧、有计谋,还要有超人的勇气,他太累了!她乖巧得像只小猫,柔柔地贴着皇太极侧身睡下了。

夜里布木布泰又从噩梦中惊醒了,她不知是不是自己喊了什么,反正夫君也醒了,她怕挨到嗔怪,赶紧搂住夫君,一言不发。

"做梦了?"

"嗯,最近总是睡不踏实。"

"睡吧,小本布泰,我知道你是有心人,这几天发生的事情太多。记住,什么也不要胡乱想,如果今天大妃不死,以后死的就是我们!"皇太极轻轻地搂着她,略带睡意的声音虽小,但话语却很重,字字敲打布木布泰的心。漆黑的夜里,布木布泰感觉到了夫君那双睿智的眼,政治是残酷的,是你死我活。

第五章 兵者,诡道也

1626年九月初一,新汗王皇太极在大政殿举行典礼仪式。皇太极高高地坐在崭新的金龙蟠柱的御殿汗王宝座上,宣布次年改年号为天聪,三大贝勒坐在侧旁,满廷文武官员齐刷刷拜跪在下面朝拜,好不威严。

作为汗王王妃,布木布泰享受到不一样的尊贵,她的俸禄涨了,身边侍女和仆人多了。最能满足虚荣心的是她们高高在上,所有贝勒福晋们见到她们要低头行礼,她心里说,怪不得人们追求重权厚禄,穷于心智而不觉其累。

私下里她喜中有忧,要想拴住夫君的心,该有个孩子了。成婚已经两年多了,夫君恩宠有加,可就是不怀孕。哲哲几次埋怨,科尔沁的女人,为什么生孩子这么难,特别是生男孩儿。继妃有意无意地在她面前显示儿女们,布木布泰表面上不在意,可心里着急,越急越怀不上。

终于,苍天有眼,天聪二年(1628)五月,布木布泰发现有三个月没见红了。她身体不适,情绪低落,懒懒的不想吃东西,大妃哲哲请来太医,诊过脉以后,太医道喜:"庄妃主子有喜了!"姑侄俩又惊又喜,或许布木布泰会生个儿子!喜讯立刻传遍了后宫,有人欢喜有人不屑,元妃和继妃先后过来看望问候,送了补品和贺礼。扭过脸儿,继妃回到自己房里就立刻撇撇嘴,鼻子里"哼"了一声,对侍女青莲说:"看庄妃那个样儿,生不出儿子!你看着吧!"

接下来的呕吐和怀孕带来的种种不适,让布木布泰体会到了作为一个女人的不易,她心中没有一丝悔怨,反而涌出一股股喜悦,自己体内有一个小生命正在孕育,他(她)唤起了她母爱的天性,幸福之情溢满心怀。

初次怀孕的喜悦,带来了无数的美好幻想,布木布泰躺在软软的美人榻上,抚摸着肚子,想着上天恩赐给她的这个小生命,一种新荷迎露的激情和庄严神圣的感觉便涌上心头,孕育生命是女人的天职,这才是一个完整的女人。有时,她会想起科尔沁家中的那个牛栏,产后的母牛浑身是汗,慈爱地舔着她湿漉漉的孩子,小心翼翼地剥去小牛的胎衣。再过几个月,她也会像那头母牛一样,拥有一头属于自己的小牛!那时,她的生命就有了延续,生活中又会多了希冀。晴天在院子里晒太阳的时候,望着继妃院里进进出出的阿哥们,布木布泰就想,自己会生男生女?是阿哥还是格格?但愿是个阿哥,一定要生儿子!战事空闲的时候,皇太极晚上会过来看望她,他们依靠在床头,夫君将手放到布木布泰的肚子上,肚里的小东西回应他们也开始蠕动起来,一会儿左,一会儿右,缓缓地、轻轻地,夫妻俩不说话,布木布泰把手放到皇太极的手上,尽情享受小生命带来的喜悦和宁静。

正中了继妃的诅咒,布木布泰这一回没有生出儿子。天聪三年(1629)正月初八,布木布泰临产,初产的阵痛让她有了死去活来的感觉,子宫在一阵又一阵地发紧,骨缝在身体里"咔、咔"一分分地开着,这个新的生命要撕裂她。她浑身浸泡在汗水和血水之中,在筋疲力尽之后,随着一股热乎乎的力量喷薄而出,如释重负的快感突然来临,昏昏沉沉之中,她听见苏茉尔在惊喜地喊着:"庄主子,生了!生了!庄主子生了位格格!"

是女孩儿,是女孩儿,是女孩儿……心一下子空了,一阵倦意袭来,布木布泰仿佛被推入黑色谷底,她昏昏睡去。布木布泰给皇太极生出了第四位格格,取名为雅图,就是后来的固伦雍穆长公主。皇太极在外征战,传回话儿来,要庄妃好好养息。大妃哲哲失望之情难以掩饰,布木布泰在品尝着初为人母的喜悦的同时,心中失意也隐隐不去,生男孩儿成了她的心事。

夏日的午后，布木布泰和苏茉尔在汗宫花园清逸亭里下棋，主仆二人你攻我守，几个回合下来不分胜负，最后，布木布泰说："苏茉尔，我们一局决胜，你看如何？"

"好，就依主子。"苏茉尔欣然同意。

布木布泰是黑方，苏茉尔是白方，黑方处于攻势，屡屡发起进攻，屡屡不得志。白方很顽强，眼瞧着要转守为攻，一颗颗棋子落向黑方主攻阵里，黑方渐渐有些不支。激战正酣之时，二人全神贯注，全然不知身后来了一个人。

皇太极睡过午觉起来，天气燥热，近日因为久攻辽东不下，心中烦闷，信步走进花园散心。就见庄妃和苏茉尔低头在园中下棋，布木布泰用手在棋盘上比比划划，便故意放轻脚步过来看究竟。及到近前，下棋的两个人以为是清扫花园的内官，也没抬头理他，皇太极觉得好笑，这个布木布泰，下个棋也这样专注，那好，今天我就观棋不语，当看客吧。

只见棋盘上，黑白棋子列阵排开，布木布泰的正面明显地被白棋子反包围已处于劣势，看来是久攻不下所致。皇太极觉得这棋盘上的局势有点像后金与大明，那个袁崇焕就是守着山口的白棋，不禁为布木布泰的黑棋一方担起心来。就见两个下棋的你来我往，各行各招儿，主仆互不相让，好紧张！胶着之时，布木布泰放慢棋速，皱了眉头，忽地眼中一亮，嘴角微露一丝笑意，她调遣出一只棋子，悄悄地绕到白棋阵的侧方，仿佛一旅奇兵从外围绕道冲进山口，棋局一下子大转，白棋被瓦解，等苏茉尔发现，为时已晚，布木布泰胜利了。皇太极赞许地点点头，若有所思。

苏茉尔擦擦汗，心有不甘地说："主子好狡猾，要是您按常规攻我，我可不会败给你呢！"

"苏茉尔，你忘了么，孙子兵法上说'兵者，诡道也'，通往胜利的路不止一条，我避实就虚，打进心脏就是胜利！"布木布泰带着几分得意，引经据典，脸上充满了胜利的喜悦。

"好一个诡道也！"皇太极说话了。

布木布泰一抬头,看见是夫君皇太极站在身后观看,吓得连忙行礼道:"不知汗王来到,臣妾失礼了!"

"本布泰,本王和你下一盘,敢来吗?"皇太极撩袍坐下,他来了兴致。

"好哇,恭敬不如从命!"

布木布泰挺直腰板儿,笑吟吟伸出小手,开始摆棋。

天聪三年(1629)十月,皇太极亲自率十八万八旗兵避实就虚绕过宁远袁崇焕的防地,从蒙古绕道喜峰口入关,攻打北京。明军万万没有想到后金会有这一步棋,蓟州一线边防松弛,八旗兵一路顺风,攻占了大明的遵化、永平、滦州、迁安四城,直逼大明京师。

袁崇焕得知清军入关的消息,亲率九千精锐部队,从山海关马不停蹄,急赴京师救援。在北京城外与围攻德胜门的后金军交锋,一场恶战,皇太极暂且退下,在卢沟桥、南海子、昌平一带呈半包围圈扎营。

又是这个袁崇焕!自从父汗去世,皇太极发誓要为努尔哈赤雪耻,可是,几场战役下来,袁崇焕占尽风头,皇太极旧恨未报又添新耻,如今在北京城下又遭袁军阻挡。傍晚,皇太极正在帐中沉思,多尔衮和军师范文程进来。

"报汗王,臣闻听袁崇焕向崇祯皇帝请求入城休整,遭到拒绝,现移师城外沙河驻防,军需给养跟不上,军中上下不满之声四起。"范文程奏报。

"哦?袁崇焕浴血勤王,大明崇祯皇帝不赏,为何反而如此待他?"

"那崇祯皇帝生性多疑,对身边的人防不胜防,袁崇焕一介武将,率大军刀枪剑戟明晃晃进城,崇祯皇帝怕他谋反!"

皇太极起身,背手踱步,来到帐外,多尔衮跟随出来,站在他身后,兄弟俩默默眺望咫尺可见的北京城。皇太极浮想联翩,朝思暮想,进军中原,大明的心脏近在咫尺,就差一把锋利的匕首,一刀刺下!这把匕首……皇太极心头一亮,蓦然转身,大步返回帐中,我要用汉人的匕首捅向汉人的心脏!

"多尔衮!"

"在。"

"今天俘虏的那两个明朝宦官押在哪里?"

"押在旗营下边的一个磨坊里。"

"好,十四弟,你过来,按照我的吩咐去做……"皇太极对多尔衮低声耳语,如此这般一番。

多尔衮不动声色地说:"弟遵旨。"匆匆出帐。

"范文程!"

"臣在!"

皇太极走到范文程身边,耳语一番。

范文程脸上露出微笑,"好!汗王放心,今晚就办!"

安排好一切,皇太极安然坐帐,稳候佳音。帐内的油灯灯花儿闪闪地跳着,灯光里闪出了布木布泰笑吟吟的身影,盛京后宫家里的女人们在干什么呢?想家的念头使冷冷的帐内有了一丝温暖。皇太极心里默念,小机灵鬼儿本布泰,这回我要让你看看我的"兵者,诡道也",我使的是"离间计"!

沙河门外以北的昌平兴隆饭馆今天一点也不兴隆,后金军包围了京城,正当饭口,店内没有一个吃饭的客人,店主正愁眉不展。"砰!"门被重重地推开,一后金将官大摇大摆进来,一屁股坐下,横横地说:"上好的酒饭,快给爷端来!"

"爷请!"店小二儿操着京腔忙不迭地摆上酒菜。

那后金将官风卷残云般吃饱喝足,用手抹着嘴上的油说:"再拿一坛儿你家镇店的好酒来,快点,爷要带在路上喝!"

店小二儿看看店主,店主点点头示意店小二儿上酒。后金将官一推碗盘,将酒坛抱起。店小二儿上来结账。

后金将官酒气熏天,瞪起眼:"还敢跟爷算账!实话告诉你们,我们汗王已经和你们袁大将军谈好了,七天以后北京城里坐着的就是我们汗王和袁大将军!你们这里统统归我们大金,还敢和我要钱!找死!"说完,一脚踢翻长凳。

就在他抬脚的瞬间,一封书信从他身上飘落下来,那后金将官全然不知,嘴里还骂骂叨叨:"要不是爷急着赶回大金,今天非带兵平了你这里不可!"

他抱着酒打着响嗝,扬长而去!

"呸!"门关上的那一刻,店小二儿冲着后金将官的身影狠狠地吐了口唾沫。店主急忙从柜台里面走出,弯腰捡起书信,展开一看,全是满文,看不懂,能懂的就是信封上插着三根鸡毛,表明这是一封机密的加急信。后金将官的蛮横不讲理,让店主愤恨不已,激发出他汉人爱国的义愤,他觉得事关重大,叮嘱店小二儿看好店,将捡到的信揣在怀里,趁着夜色,悄悄地走进了镇上的西厂密所。这些,被躲在街头暗处的一个人看得清清楚楚,那人微微一笑,闪入黑夜中离去。此人正是那位吃饭不给钱的后金将官。

西厂密所中有识满文的官员,信上的内容让所有人大吃一惊。这是一封后金汗王皇太极写给二大贝勒阿敏的调兵信,皇太极已经和袁崇焕相约好,七天之后,里应外合,夺取北京城,请二贝勒阿敏务必搬兵赶来围城,不可延误!

多尔衮的营地,两名后金士兵正在磨坊外站岗。多尔衮一行提着灯过来查哨,两名士兵慌忙敬礼。多尔衮大声吩咐他俩:"给我看好了,再过几天我们就要进北京城了,到时候这两个宦官就是我们给袁大将军的见面礼,别让他们跑了!"

多尔衮的话,磨坊里听得清清楚楚。两个宦官相视无言,在草堆上蜷了蜷身子。真是倒霉透了,宦官王应朝的手脚被捆得生疼,原本在乾清宫待着好好的,皇上非要监视袁崇焕的行营,派谁不行,偏偏他被选中,在行营的时候,袁崇焕就没给过好脸子,受尽了气,如今又被后金军抓住,小命难保。另一宦官吕直也自认倒霉,这个时候来慰问劳军,看来是回不去了,把命全慰问进去了!正想着,只听稀里哗啦一阵响,多尔衮开门往磨坊里面看了半天,没有看出什么,关上门走了。

不一会儿,外面的看守放松下来,就听见一个对另外一个说:"就这俩,还要给袁大将军送礼?"

"这俩,你可别轻看,是崇祯那小儿的宠臣哪!"

"哦?怪不得袁大将军特意关照呢。"

"这两个狗宦官平日里在崇祯小儿那里,没少给袁大将军使坏,袁大将军说了要亲手杀他俩解恨!"

"没几天活头了,咱们进城之日,就是这俩的死期!"

"可不是,你不知道?听说咱们汗王和袁大将军相约好了,里应外合……"往下听不清了,急得两个宦官竖起耳朵使劲听。

"七天,七天之后咱们就进北京城了……"往下又听不清了。

"真是的,害得咱俩还得熬夜站岗!"

外面还在发着牢骚,里面的两个宦官凑在一起嘀咕上了,吕直小声说:"什么袁大将军,那说的不就是袁崇焕吗!原来这小子通满人,是内奸哪!"

"这事可不得了,皇上还不知道哪,七天以后满洲军就要进城了!"王应朝焦急万分。

"这可如何是好!"

"咱们得逃出去,赶紧给皇上送信儿,不能让袁崇焕得逞!"

"今晚就得逃出去!"

夜深了,磨坊外两个值班的看守不再说话了,看来是打上瞌睡了。王应朝坐起来,忽然"唉哟,唉哟……"杀猪般地嚎叫起来。

马上,磨坊的门开了,卫兵走进来:"叫什么叫!找死!"

"要解手,憋不住了!"

"那就站起来尿呗!"

"不行啊,得解裤子。"

"解什么裤子,站着尿呗!"

"爷,不、不、不行!非得脱裤子……"王应朝结巴起来,故作尿急扭捏着身子。

"哈哈,哈哈……"卫兵大笑起来,"忘了你没有那活儿!"

57

另一个卫兵走进来,坏笑着上前给王应朝解开了身上的绳子。

"蹲下尿吧。"

"哗啦啦",就在磨坊里,王应朝褪了裤子蹲下,白花花的屁股刚露出来,下面就开河尿上了。一股尿臊气冲鼻而来。

"呸,呸,真难闻!"一个卫兵捂着鼻子,打开了磨坊东头的窗。两个宦官见状,对视了一眼,窗户被打开了,正中了他们的下怀。

这个刚尿完,吕直也喊上了:"兵爷,我也要解手!"

"你们怎么这么多尿!"一个卫兵骂着。

另一个卫兵说:"算了,全给他们解了得了,省得老闹腾!"说完上来就解绳子,解完了踹了吕直一脚,"告诉你们俩,老实点儿,不然还给你们捆猪似的捆上,听明白了吗?"

"听明白了,我们老实,老实。"

卫兵又踹了一脚,见把吕直踹得滚躺在地上,解了恨,笑着出了磨坊,从外边锁上了门。

他们居然忘记了关窗户!王应朝和吕直抱在一起,心花怒放,顾不得手脚疼,只等着外面没有动静就可以行动了。

半个时辰过去了,磨坊外传来阵阵鼾声。王应朝悄悄走到门口,往外面轻轻推了推,鼾声没有停,少刻,鼾声还大作起来。是时候了,两宦官行动了。他们互相帮衬,从窗户钻了出去,撒腿就往黑暗里跑。慌忙之中,吕直摔倒了,发出"咕咚"一声,大概是惊醒了卫兵,就听见卫兵起身的声音,开磨坊门的声音……不一会儿,就在他们的身后,灯光大乱,人声沸腾,他们知道被发现了,玩命地加紧了脚步快跑。身后的喊声越来越响,追兵好像上来了,就在这时候,就听远远地有人喊:"在东边,往东跑了!"噼里啪啦,追兵一窝蜂似的往东面追去了,两宦官不敢迟缓,赶紧往西跑,趁着黑夜的掩护,逃出了后金营地,一口气窜回了北京城。

北京紫禁城,金碧辉煌的建极殿。大明皇帝崇祯的案头上,一封插着三根鸡毛的信笺打开着,上面写满满文,此信正是那封后金将官丢下的书信,崇祯皇帝皱着眉头刚刚看完,正在满腹疑惑。案头下面,王应朝、吕直衣衫褴褛,瑟瑟发抖跪在皇帝面前。

"两位爱卿受苦了,满洲所言确是袁崇焕?"

"千真万确,我们听得清清楚楚,明明白白,袁崇焕与满洲勾结的事千真万确!"两个宦官头如捣蒜般叩奏着。

礼部侍郎周延儒上前奏道:"皇上,去年圣上派袁崇焕驻守辽境,袁崇焕向皇上索要五年权力,吹牛收复整个辽东,还骗去皇上的尚方宝剑,结果袁崇焕到边境未见立一战功,请饷之奏却频传,屡次威胁皇上军饷不到必引起军事哗变,臣早就看出那袁崇焕是另有隐情!"

太监冯元生过来奏道:"启禀皇上,袁崇焕年初擅杀皮岛守将左都督毛文龙,毛文龙在皮岛上择壮为兵,多次袭击满洲军后方,牵制满洲南下,但袁崇焕却污蔑毛文龙恃功跋扈,不听指挥,竟敢用尚方宝剑泄私愤,不经圣裁擅杀边将,致使我大明损失一员大将,做出如此之敌快我痛之事,说明他早有反心!"

王应朝跪奏道:"臣在袁崇焕军营监军,已查明,这次皇太极从北而来,绕开袁崇焕防地,就是与袁崇焕商议好的,故意保留袁崇焕的兵力。袁崇焕积极回兵,是假勤王,借机请求入城休整,也是一毒计,要与皇太极里应外合,拿掉大明江山,实在是城下之盟,可恶至极!"

留在京师的朝臣大多系阿谀奉承之辈,袁崇焕最看不惯这些人在皇帝面前搬弄是非,平日对他们一概不搭不理,多有得罪。此时,这些人围在崇祯身旁,落井下石,七嘴八舌,纷纷出班诬奏。

崇祯皇帝至此深信不疑,怒冲冲拍案道:"立即传袁崇焕进宫!"

建极殿后左门平台,是袁崇焕熟悉的地方,崇祯皇帝曾多次在那里召见他商讨军国要事。此时可怜袁崇焕不知是祸,还以为皇上要商议退八旗兵之事,兴冲冲进得平台来,见崇祯皇帝高高在上,纳头便拜。就听崇祯大喝一声:"来人,给我拿下这个叛贼!"两旁屏风后闪出十八名捕快,一拥而上,袁崇焕连身子都没有起来,就被按住逮捕下狱。

消息传到后金行营,皇太极大喜过望,他没想到汉人会如此轻信。一个袁崇焕,让后金将士尸骨成山,父汗被他活活气死!一个袁崇焕,让他自登基汗位以来,日不饭香,夜不安寐,大业难成!一个袁崇焕,竟挡住后金挺进中原的步伐达十几年之久!今天只要除了袁崇焕,从此后金一统中原的日子就指日可待了。为了让崇祯深信不疑,皇太极决定将戏继续演下去,尽快促成崇祯处决袁崇焕的决心。皇太极亲手书信两封,信上大意说,我军和袁大将军日前约好进城,本意不是推翻大明,不过是想和明朝和平共处,平等相待,在北京紫禁城上再添一把椅子,做平等邻邦;现在袁大将军被迫身处囹圄,还望崇祯皇帝留大将军一命,做两军的和平使者!为了表达诚意,我八旗兵今先暂且撤兵,在沈阳敬候袁大将军。

皇太极将书信封好,让大贝勒代善和多尔衮分别将书信放在永定门和德胜门桥上,分派济尔哈朗、阿巴泰、萨哈廉诸贝勒向北、向东驻守遵化、永平、滦州、迁安四城,其余军队统统拔营撤兵。皇太极的队伍浩浩荡荡向东而去,为了再次激起崇祯的愤怒,后金军队顺便扫荡了蓟州。

一时间,兵力上占有优势的八旗兵主动撤兵,大明京师危机自动化解了。紫禁城里的崇祯皇帝擦着头上的冷汗,庆幸及时破获了袁崇焕和皇太极里应外合的军事政变阴谋,保住了江山。一班朝臣和宦官们纷纷上朝赞唱皇上英明,奏本建议尽早处决袁崇焕,以免留下后患。

明崇祯三年(1630)八月十六日,崇祯皇帝以"谋叛欺君罪"将袁崇焕处以磔刑,"千刀万剐"于北京西市。北京城里的老百姓因听信清军就是袁崇焕引来的,恨之入骨,蜂拥而至,大骂袁崇焕是汉奸。刑场上刽子手还没有动手,京城百姓就乱石如雨般砸向袁崇焕。及至行刑,刽子手每割一块肉,就有百姓付钱,买之生吃,顷刻之间袁崇焕的肉就卖完了。刽子手再开膛取出五脏,截寸而沽。百姓买得,和烧酒生吞,血流齿颊!可怜一代英雄,竟死于流言!不可不谓为中华之悲哀!大明灭亡已是早晚的事了。

夫君智除袁崇焕,铲除后金多年的心头大患,布木布泰高兴,而袁崇焕的遭遇,却令她喜悦中夹带着震骇——汉人整治起汉人,手段怎么这么狠辣呢?她的心一直哆嗦着……

老天爷似乎有意刁难布木布泰,接下来的三年,布木布泰又连生了两个女儿,这时皇太极已经有了七位格格。布木布泰的二女儿取名阿图,后来受封为固伦淑慧长公主;三女儿取名为瑞图,后来受封为固伦端献长公主。大妃哲哲心里发慌,自己有女无子,寄予希望的侄女儿也是一个劲儿地生女儿,可这三年里,庶妃颜扎氏生下第四子叶布舒,侧妃叶赫那拉氏生下第五子硕塞。照这样下去,生不出儿子的科尔沁女人们就要地位不保,这可如何是好!

这天,布木布泰从文馆学习汉语回来,就见后宫门前停着好几辆马车,风尘仆仆,一看就是远道而来。

"主子,您看,这不是咱们赛桑府上的人吗?"苏茉尔指着一个车夫对布木布泰说。

布木布泰定睛一看,真的,这车夫真的是科尔沁赛桑府上的人。娘家来人了!在几天前,大妃哲哲说过,奶奶和额娘要来盛京省亲,没有想到这么快就来了!布木布泰拔脚就往大妃房里跑。

苏茉尔在后边笑她:"都是三个女儿的额娘了,还像孩子似的。"

果然是奶奶和额娘,布木布泰兴奋得一进门就扑到奶奶和额娘膝下:"奶奶,额娘,我好想你们!"

"就知道奶奶和额娘,眼里没别人了啊?"大妃哲哲一旁笑吟吟地发话了。

布木布泰忙抬起头回身看,哇!哲哲拥着一位俊俏绝美的女子,她眼前一亮,姐姐!

"姐姐,姐姐,你也来啦,真没想到,我太高兴了!"布木布泰几乎蹦了起来,她紧紧抱着姐姐的双肩,海兰珠也笑,姐妹两个已经有十几年没见面了。布木布泰觉得姐姐比以前更成熟漂亮了,不过眼中含着几分淡淡的忧郁,衣着素雅好像在给谁服孝。

姑姑告诉她,海兰珠的丈夫刚刚病逝,这次她陪奶奶和额娘来沈阳省亲,是为了散散心。一家人亲热着,门外侍女高声传报:"汗王来了!"

门帘高挑,皇太极大步进来。

犹如被一道电光击中,激流一直冲到心底!皇太极的目光一下子就被岳母身旁的那个女子牢牢吸引住了,亭亭玉立的小女人,一袭白色蒙古族贵妇裙,风姿绰约,如出水芙蓉;秀美娇柔,如临风玉树。一阵寒暄礼数过后,皇太极坐在海兰珠对面,眼睛禁不住无数次地上下打量着面前的美人儿,科尔沁的女人竟一个更比一个美。眼前的她,那袅娜丰满的体态散发着成熟妩媚的风情,密密的眼帘下是一双清明透彻的眼,眼中夹带着几分幽怨,令人顿生楚楚怜意。皇太极享尽后宫,没有一位有如此之韵味,她是那般的曼妙。"关关雎鸠,在河之洲,窈窕淑女,君子好逑"的诗句跳进了他的心头。他想,倾城倾国就是这样了,一定是上天准备赠予他如此之女子,为的是让他甘愿失去江山。他要娶她!不管她是否已经嫁人,不管她是否同意,从今天起,她,就不能再从他的眼前消失!

这一切就发生在布木布泰的眼前,这一切都在大妃哲哲的预料之中。皇太极的心思,三个聪明如水晶般的女人全都明白。

对面的这个男人,风流儒雅,气宇轩昂,海兰珠早就知道后金汗王皇太极神勇威武,一表人才,却没有想到竟如此英俊潇洒,多情的眼扫得她心慌意乱。刚刚死去的那个男人,没有给她太多的温情,丈夫的彪悍粗鲁使她忘记了女人应该得到的温暖。二十六岁的她,自恃看破红尘,不会再对哪个男人心动,可如今坐在对面的那个男人竟然令她心动神迷。

哲哲轻轻袅袅走到海兰珠身后,手搭侄女儿的香肩,微笑着向对面的夫君点点头,夫妻俩有了一种默契。她的夫君她了解,海兰珠一定会迷住夫君,布木布泰完不成的任务,海兰珠一定可以做到,她要成全他们。为了科尔沁的大业,她必须这样做!

夫君的眼,从一进门开始就再也没有离开过姐姐,夫君从没这样看过自己,布木布泰想。夫君看她犹如父亲看女儿,里面充满关心和疼爱,而夫君看姐姐,是一种痴迷的眼神,里面燃着火!这眼神,布木布泰在多尔衮那里见过,这是勾魂的眼,它可以融化一切。布木布泰涌起一种说不出的滋味儿。

天聪八年(1634)正月,哥哥吴克善再次成为红娘使者,从科尔沁出发送海兰珠到盛京沈阳,正月初八海兰珠与皇太极成婚。

大红的喜灯把后宫映照得如同白昼,送姐姐入洞房后,布木布泰回到了自己的房间。姐姐的婚礼够气派,够盛大,享尽王妃的隆重。二十六岁的海兰珠,更加丰满成熟,娇艳动人,别有一番俏丽,倍受皇太极宠爱。布木布泰在姐姐脸上看到了笑容,海兰珠能从丧夫的悲痛中走出来,作为一母同胞的妹妹,她为姐姐高兴。

苏茉尔过来点上灯,体贴地说:"主子,我陪您坐一会儿?"

"你去休息吧,也忙了一天了。"她知道苏茉尔也累了,心疼苏茉尔,挥挥手让她去睡了。

苏茉尔走了,屋内静悄悄的。布木布泰感觉房间里到处是夫君留下的气味,灯花跳跃间,她恍惚感觉夫君就坐在桌旁,猛抬头,夫君常坐的紫檀椅空空的。夫君随手看的书还在书桌上放着,可现在平日里看书的人只剩下了她一个。布木布泰笑自己痴,睡吧,不早了。她掀起窗帘儿,往姐姐的新房望去,新房的灯已暗了下来,只有夜明灯在散发着暖暖的温馨。

当洞房中只剩下他俩的时候,皇太极一把揽过海兰珠,怀中的女人绝色难求,只见她双目含情凝睇,一点樱唇微张,芳菲妩媚,丰盈窈窕,汗王心中无限爱怜,他们相见恨晚。

海兰珠含着娇羞轻轻说道:"承蒙汗王不弃,救海兰珠出苦海。"

"我的兰儿,从今以后,有本王呵护,不再让你受任何的苦!"

"汗王如此厚宠,臣妾感恩不尽!"

"什么也不要说,我心中最美丽的科尔沁女神,本王今生只为你!"皇太极抱紧海兰珠那弱柳般婀娜的腰肢。

海兰珠感动了,先前的丈夫视她为泄欲的工具,没有爱恋和温柔,需要她的时候,扒拉过来,山似的压倒她就是一通猛烈地摧残,完事后推过去,旁若无人地鼾声大作。虽然海兰珠不怪前夫,他是个粗人莽夫,但是她心中渴望温情。她原以为这一生不会有人给她温情,她认命,她命苦没有福气。可现在,堂堂汗王,竟柔情似水,暖化了她冰封的心,皇太极的痴情让她春风焕发,令她炽情如火,迸发出她的欲望! 她没有羞涩和扭捏,她迎合他抓住他,大胆地蹂躏他,让他热血沸腾,通身膨胀。她的唇紧紧贴上他的唇,他们的舌搅在一起,皇太极就觉得一股醉人的奇香沁入到他的肺腑,他没有遵循任何繁俗絮礼,迫不及待,七手八脚除去她的衣服,一下子,冰肌玉肤丰姿尽展,如蔚蓝天空下温软圣洁的白云,皇太极瞬间融化其中。海兰珠像蛇一样地扭动起来,让他喘不过气来,他随着她的小手,从高山走向丛林,从湿地坠入大海。新房里,流苏抖动,空气中弥漫着呻吟与喘息,皇太极和海兰珠巫山云雨,乾坤颠倒。皇太极后宫的福晋们,从来都是小心翼翼地奉迎他,她们让他时时刻刻感觉到他是王,他被架在高高的王冠上,很累很累,很难有真正的快乐。现在这个女人,用她的肉体裹紧他,给他温柔,让他彻底放松。他卸下了千军万马,他放下了万里江山,他挣脱了血腥的争斗,他现在什么也不是,他就是男人!他任由她成为他的主宰,引领他步步走向高潮,一次又一次!这一夜,他们沉醉在无尽的缠绵之中。

窗前的腊梅散发着淡淡的幽香,苏茉尔刚刚喷过水,腊梅花朵上沾着点点水珠。花枝上大部分花朵已经完全绽放,花瓣向后稍稍翘起,花蕊长长的露了出来,只有少量的花苞,粉红得像熟透的桃子,被花瓣包围着。阳光下,朵朵花儿看去像是被打了蜡,房中处处洋溢着花开的喜悦,可此时的布木布泰却喜不起来。望着盛开的花朵,布木布泰不由得想起夫君皇太极自从娶了姐姐,就再也没到自己这里,一股受冷落的滋味儿悄悄钻进她的心。

正酸酸地想着,"吧嗒"门帘一响,继妃走进门来,这位自己不喜欢的姐姐,她来干什么?

"哟,庄妃妹妹这儿今天怎么这么冷清呀?"继妃咋咋呼呼,不等布木布泰礼让,自己就边说边坐下了。

"姐姐有事尽管吩咐就是了,还烦劳您大驾光临的!"

"没事儿,我就是闲着,过来找妹妹聊天儿。"继妃用手绢抹了一下嘴巴接着说,"以前汗王在妹妹这儿,我也不敢随便来串门,现在汗王上那边去了。"说到这儿,继妃努努嘴,手往外边指了指,布木布泰明白她的意思,她是说海兰珠呢。继妃接着说:"怕妹妹冷清,咱们说会儿话。"说完,她忽然嗅到了花香:"呀,妹妹这里的腊梅好香啊!"

布木布泰回说:"姐姐房中不是也有腊梅吗？现在正是开花的季节呢。"

"唉,我的那盆腊梅,全开过啦,也不香了。"

"腊梅花期很长呢,姐姐那里怎么就开过了呢?"

"我那花儿是老枝子了,出花苞的时候,青莲这丫头偷懒儿,肥没跟上,本来花就少,开了没几天就完了。"说着,她叹了口气,"唉,过景啦!"

布木布泰听出她话里有话,顾自端起茶盅,抿了一口,没有接她的话。

继妃可不会让她的话落地,她站起来,走到花前近观,怒放的花朵儿让她有了机会:"呀,妹妹的花儿,也快开完了呢。"

"都开了快一冬了,哪里有常开的花儿呢,花儿总是要谢的!"布木布泰见继妃说自己的花儿不好,心中不快,脱口抢白她。

"妹妹说得太对了,这不是和咱们女人一样吗!"说者无意,听者有心,继妃甩了甩手绢,"咯咯"地坏笑起来。

布木布泰猛然觉得自己中了继妃的道儿,刚刚心情不好,现在就说走了嘴,后悔不迭,可话已说出,收也收不回来了。

继妃闲聊半天,也扯不出什么正事儿,布木布泰陪得烦了她才走。

继妃出了庄妃的门,并没有回自己房中,而是去了海兰珠那里。继妃最近没少往海兰珠这里跑,来了就搬弄庄妃的不是。她恨庄妃,这回海兰珠来了,她又找到了下手的机会,她就是要挑起姐妹俩不和,刚刚又找到了新口实,是个好机会,再给海兰珠传过去,火上浇油!

皇太极出征宣化,听传报已经打到了居庸关,还不知啥时回来,新婚的海兰珠一人正闷得慌,继妃来了。

"姐姐来啦,快进来坐!"

继妃说:"我刚从庄妃那里来,看上去庄妃妹妹有些郁闷。"

"哦？为什么?"

"妹妹,你是真不明白还是假不明白呀?"继妃卖起了关子。

"那我怎么知道?"

"妹妹不知道,我也就不说了,还是别告诉你的好!"

"姐姐快说,为什么呢?"继妃越不说,海兰珠越好奇。

"那好,我就告诉你,我也是为你好,你可别乱想!"

"哎呀,姐姐只管快说吧,我不乱想就是啦。"

"刚才呀,我去庄妃那里,她正不高兴呢。跟我念叨什么没有常开的花儿,是花儿总是要谢的!"继妃停下不说了。

海兰珠不解地说:"这是什么意思呀?"

"傻妹妹,非要我再明说呀!"继妃双手一拍大腿,站起来了,走到海兰珠身边,俯下身,趴在她耳边,一阵嘀咕。

海兰珠听着听着,脸色沉了下来。

"唉,你没来的时候庄妃受宠惯了,你看,妹妹,你还真往心里去啦?早知道我就不说了。"继妃说完,把手绢往衣襟儿里一掖,扭搭扭搭走了。

第六章 提　奸

天飘着纷纷扬扬的雪花,送走教汉语的范文程先生,布木布泰望着漫天飞雪,想起科尔沁草原每年这时也会下起大雪,赶上白毛风,天地会变得雄浑暴躁,将草原造化成一片白茫茫。这些日子郁闷不爽,大雪让她突发兴致,盛京新宫的雪是什么样子?

"苏茉尔,我们去看雪!"布木布泰喊苏茉尔。

"好啊,主子,我也想看看雪景呢!"苏茉尔高兴。

主仆俩穿好披风,戴好防雪帽,踏雪去了正在建设中的新宫。

新宫里除老汗王在世时就修好的大政殿、十王亭以外,崇政殿、清宁宫、文朔阁等高台建筑扩建已经初具规模。鹅毛般的雪,如轻絮飞舞,白茫茫煞是好看,厚厚的雪片铺在广阔的殿前广场上,红墙、黄瓦也披上了洁白的雪衣。布木布泰想,家乡的雪如男人苍莽粗暴,盛京的雪就像女人,婀娜而又细致,真美啊。

八角形的大政殿静悄悄的,高高的宝座尽显威严。布木布泰站在高高的台阶上放眼下望,十王亭分列两边,八旗尽在眼底。想着夫君坐在这里高屋建瓴,两旁是巍巍诸王,下面是麻麻群臣,一种君临天下,高高在上的神圣感觉油然而生。

她们出大清门,往内廷清宁宫走去。清宁宫已经快建好了,那厚重的墙垛、朴实的窗棂、宽敞的庭院,在雪中散发着恬静、幽深的气氛,两旁是精巧的侧宫,布木布泰想,我会住进这里来吗?

主仆俩走着看着说着,在一个拐角处,忽听身后有人喊她。

"前面可是庄妃嫂嫂？"

没等她们回过头来，那人又喊："是苏茉尔吗？"

二人站住，回头一看，飘飞的雪中走过来一个高高大大的男人，身上落满雪粉，远远地跟着几个侍从，这个人竟然是多尔衮！

布木布泰的心"腾"地急剧跳了起来。怎么会是他！现在，多尔衮是她不愿意面对的人。自从嫁入爱新觉罗家，布木布泰就发誓要忘掉多尔衮，自己那一段情窦初开的爱情，青涩得发苦。月亮河相遇以后，她想过嫁给多尔衮，她相信多尔衮会娶她，可现实是，多尔衮娶了小玉儿，失恋在她心里留下了一块痛，她不愿再去触碰。可毕竟是家里人，多尔衮和夫君兄弟之间走得很近，叔嫂碰面是避免不了的，有几次她知道多尔衮有心有意，她都回避掉了。阿巴亥从殉父汗而去，就因为她是多尔衮的母亲，布木布泰对大妃充满了同情和不忍，以至于很长时间摆脱不掉大妃死去时的痛苦面容，还有多尔衮兄弟三人那悲痛欲绝的哭声，这些总是在她的脑海中回转。是那一夜，夫君说的"如果今天大妃不死，以后死的就是我们！"那句话，才解开布木布泰心中的结，在政治斗争和感情上，布木布泰谨记皇太极的教诲，她分得清。她是三个女儿的母亲，在刚刚体验了君临天下的感觉和对未来王妃生活憧憬的此时此刻，她更是不愿意见到多尔衮！可事情就是这样，她偏偏就再一次在一个拐角处遇到了他。

"呀，是十四爷！"苏茉尔惊喜地喊了起来。

"啊，真是你们！"多尔衮面露喜色，看得出，遇见布木布泰，他从心底里高兴，"多尔衮在这里给庄妃嫂嫂请安！"

布木布泰急忙还礼问道："十四弟你怎么在这里？"

"崇政殿要准备上梁，八阿哥出征前嘱咐我在此替他监工。你们这是？"

"今天下雪，难得这样好的景致，我们来玩玩。"布木布泰说。

"嗯，嫂嫂不说，我倒还没发现。"多尔衮说着抬头向四处望去，"真是白雪婀娜，嫂嫂雅致。苏茉尔，庄妃嫂嫂是个有文采的人！"

多尔衮明显地想讨好布木布泰。

苏茉尔笑了,欣然说:"那当然,我们主子是科尔沁草原的一枝花,能文能武,谁不知道呢!"

这个,多尔衮当然知道,要不然他的心为什么总放不下她。

"雪路要小心,还是我给你们带路吧!"

不等布木布泰表示同意,多尔衮就走在前面,自愿做起了向导。

看着多尔衮热情周到的样子,苏茉尔心里想,人都说十四爷脾气大,可在我们主子这里,他从来都很随和热心。

他们只顾说话,不远墙角处,一个女人探身看着他们进了崇政殿的旁飞龙阁。

汗王府,侧福晋扎鲁特趴在继福晋耳边低语。

继福晋一拍大腿站起来,兴奋得如获至宝,咬牙切齿说:"我早就看他俩不对劲儿了,现在汗王不在家,真要反了她了!"

"那十四爷不是好惹的,我们就算了吧?"扎鲁特小心地说。

"不行,一定要捉贼捉赃,抓奸拿双,别怕,有我呢!我们家豪格可不怕什么十四爷。"继福晋沉吟片刻,拉着扎鲁特说:"你跟我来。"

雪中走了半天,布木布泰也确实冷了。棉门帘掀起,飞龙阁里暖气扑面,三人围火盘坐下,烘着手,暖阁里火盆呼呼地吐着火苗,把人的脸映得红红的。

"庄妃嫂嫂,有一些事情,我一直闷在心里,今天想问问你,不知可否?"

多尔衮说完,看了看苏茉尔,布木布泰明白,就对苏茉尔说:"苏茉尔,你先暂时到外面玩一会儿,一会儿我叫你。"

苏茉尔出去了,暖阁中,只剩下他们两个人。

几辆王妃的车在新宫门口停下了,被继妃鼓动着,大妃哲哲拉着娜木钟、巴特玛璪一起到新宫赏雪,继妃和侧福晋扎鲁特在前边引路,姐妹几个嘻嘻哈哈进了新宫。哲哲并不知继妃的目的,白玉般的雪景令她欣喜不已，拉着娜木钟在后面慢慢走。

继妃心里急，不停催促着："姐姐，里面的雪景更好看呢，快些走啊！"

一行人加快了脚步。

这是他们第一次独处。自科尔沁月亮河边一别，多尔衮和布木布泰都有了各自的归宿，虽然命运依然让他们常见面，可除了叔嫂关系，再无他牵连。布木布泰自认为曾经的相思已经随风而去，今天再次独处，她发现那是自己欺骗自己。

"不知小叔想问什么？"

多尔衮沉吟了片刻，脸色暗了下来，悲伤爬上他的脸。

"父汗去世后，我听到一些风言风语。"

"哦？"

"这些话，在这个家里，别人我绝不会问，只对你庄妃嫂嫂！"多尔衮恳切地看着她，"想请你告诉我，我相信你！"

布木布泰不知该说什么，多尔衮继续说下去。

"有人说，我额娘不是自愿从殉的！"

"王爷，事过多年，你又提它做什么。你怎么能听这些胡言乱语呢？"

"听说我额娘还在父汗灵前说了许多话，所留遗书也是四大贝勒爷逼着写的！"

"叔叔，不要再说了！这个话到我这里就截住，万万不能再说了！告诉你这些事的人绝对没安好心，他们在挑拨你们兄弟的关系！事实是大妃不忍父汗一人在地下，执意从殉，四大贝勒爷在父汗灵前发过誓，要恩养你们弟兄，他们也很悲伤，这是没有办法的事情！"

"本布泰，你告诉我，是真的吗？"这一回，多尔衮没有称呼她庄妃，也没有叫她嫂嫂，而是叫了本布泰。

多尔衮苦求的目光将一阵哀伤传递过来，她的心化了，她必须尽力保护他！

她郑重地说:"多尔衮,请你相信我,大妃在父汗灵前述说了父汗的恩爱,然后遵嘱从殉,这是真的。"

布木布泰知道自己撒了谎,这是她第一次违心地向人撒谎!可是她必须撒这个谎,因为,这关乎多尔衮的性命!

多尔衮一把抓住布木布泰的手,性情中人,他动情了,两只大手是冰凉的。月亮河边那个威武英俊的男人不见了,变成了小男孩儿,可怜的多尔衮,他才比她大一岁,可是,他的额娘却没有了。

"多尔衮,请相信我!过去的事情就不要再胡乱想了。你是男人,男人要建功立业,汗王的大业,大金开疆拓土,征服四方要靠你呢!"布木布泰不知道怎样才能让多尔衮不再伤心,她真想抱住他,抚摸他的头,告诉他,我们会和你在一起的,手任由多尔衮握着,她忍着冲动。

"对不起,过去的事请原谅我!"多尔衮说出了憋在心里的话。布木布泰抽回手,一句原谅,心儿受的伤就修补得了吗?唉,过去的就让它过去吧。

冷场好一会儿,布木布泰打破尴尬:"雪停了,十四弟,我该回去了,有劳你带路,谢谢!"

"为什么要说谢谢?"多尔衮一脸严肃,看着她,一字一句地说,"记住,你在我这里,永远不要说'谢谢'这两个字!"

布木布泰心乱如麻,赶忙出暖阁,拉着苏茉尔从新宫侧门回了汗王府。

一脚深一脚浅,布木布泰原本赏雪的欢喜心情荡然无存。多尔衮再次掀起她心中最隐秘的伤,她很纠结。她并不想见多尔衮,这难道是上天的安排?还有,他逼着她说了违心的话。她觉得没有做错什么,为了夫君,为了爱新觉罗家族的和睦,解除多尔衮的疑虑,有些事说出来会害了多尔衮!夫君在外辛苦征战,她要维护夫君,她爱她的夫君。还有多尔衮说要原谅他,她明白多尔衮对自己的深情,自己其实也忘不掉这个人,但是她必须对得住夫君。今天这件事,她决定要埋在心里。她只顾闷闷地低头往回走,在汗王府的月亮门,没看见远处走来的海兰珠,更没有听到姐姐向她打招呼。海兰珠扬起的手尴尬地待在半空,刚刚大妃叫她去新宫赏雪,海兰珠没有去,等大家走了又有些寂寞,就想找布木布泰玩,谁知海兰珠的笑脸遇到了妹妹的冷面,布木布泰无意间的失礼,刺痛了姐姐。

继妃很失望,没有在飞龙阁堵住庄妃,她知道慢了一步。不过,哲哲一行遇到了在这里监工的多尔衮,从多尔衮心神不定的脸上和继福晋反常的热情里,大妃哲哲还是猜到了什么。

三天后,皇太极打下宣化上方堡,胜利回朝。海兰珠和皇太极小别胜新婚,自是如胶似漆夫妻恩爱一番。晚上云雨过后,皇太极搂着海兰珠说话儿,海兰珠忽然叹了口气。皇太极支起胳膊看着云鬟乱洒,酥胸半掩的娇妻说:"心肝儿,不知为何叹气?"

海兰珠说:"夫君,以后,别老在我这儿了。"

"为何?难道烦了我不成?"

"为妻想呀、盼呀还来不及呢,我可舍不得夫君!"海兰珠说着,伸出热乎乎的玉臂紧紧抱住皇太极,生怕他跑掉。

"那为何出此言?"

"庄妃妹妹有意见了!"海兰珠言出即悔,本布泰是亲妹妹呀。

果然,皇太极很生气,愤愤地说:"白天豪格娘说庄妃和十四弟在新宫一起赏雪,我问了大妃,大妃说大家都去了新宫,只看见了十四弟在监工,是继福晋无中生事,可无风不起浪,这个本布泰,人小鬼大,要真有此事就逐她出宫……"

"别、别,汗王您千万别、别……"海兰珠没想到夫君会这样生气,赶紧用嘴吻住了皇太极,夫妻俩翻过身又是一阵亲热,把这件事压了下去。

发生的这一切,布木布泰不知道,汗王自此对她越加冷淡,让她郁闷,她也猜不出是为什么。

布木布泰自小就是心宽,拿得起放得下,猜不出就不猜。大妃哲哲现在的心思也全在姐姐海兰珠身上,对她不像以前那样热情,布木布泰知道自己已经成了姑姑那盘棋中的闲子。姐姐正是新婚燕尔,有时想去看她,又怕遇上汗王,落上争宠的嫌疑也没趣儿,布木布泰就少走动了。人受冷落时间就充裕,她读书,写笔记,学汉语。她找来了司马光的《资治通鉴》,汉人从战国到五代的治国历史,错综复杂,她读得津津有味。多识前言往行,吸取先人德行,能刚健笃实,垂鉴戒于后世,通读汉籍提高了布木布泰的汉文水平,给她带来了愉悦。在烦闷的时候,阅读使她忘掉一切,渐渐地,书中的道理让她理解了夫君的固本新政和武治谋略,她沉浸在夫君治国安邦的奥秘中。白天的日子很充实,但是夜深人静,灯下一人,孤独感会悄悄咬噬她的心,让她挥之不去。

不久,汗王皇太极传下旨意,准备出宫围猎。此次围猎汗王要携带家眷同去,日程一定下来,后宫立刻忙碌起来,布木布泰高兴极了,她期待着每年的这一次围猎。在盛京城里,没有机会骑马射箭,这一阵子,自己又扎在书堆里,早想出去散散心。想着去围猎,心就收不住了,科尔沁的日子涌上心来,那茫茫草原,蓝天白云,小时候和兄长们策马驰骋,打猎射箭,好不开心,还有每年的赛马会,自己没有少拿到第一。布木布泰吩咐苏茉尔,早早把围猎的行装备好,到时候好好玩一把。

凡事就是这样,期望越高,失望越大,布木布泰盼着的事,最终却没实现。临出发前一天,全家合宴,布木布泰起身给汗王敬酒,没想到夫君皇太极当众拍了桌子:"庄妃本布泰罚俸一月,留在宫中思过,不能去围猎!"

布木布泰吓得跪在堂上,委屈地说:"汗王,臣妾不知犯了何错,还望夫君息怒!"

"让你回去思过,想好了再说吧。"

"起来吧,在家思过也是夫君对你的爱护,别跪着啦!"大妃哲哲起身亲自扶起她,就在起身的瞬间,布木布泰看见姐姐海兰珠躲闪的眼光和继福晋得意的笑意。

"我问你,下雪那天去了新宫没有?"晚上,大福晋哲哲过来了。

姑姑看来是知道了什么,布木布泰点头承认说:"那天我去新宫赏雪,不过是遇上了在那监工的十四弟,别的什么也没有。"

大妃哲哲叹了口气说:"我知道你不会有什么,我嘱咐过你,和继妃说话要留心,你总是不听,这回也让你长点记性。"

布木布泰脊背发凉,在新宫和多尔衮不过是偶遇,两人之间也没有什么,竟然差点被捉"奸"!还有和继妃关于花儿的闲聊也被大做文章,怪不得夫君和姐姐冷淡自己。在这个显赫的爱新觉罗家里,仿佛有无数的眼睛在互相仇视,害人之心不可有,防人之心不可无啊。

送走大妃,布木布泰去姐姐那里赔不是,海兰珠的气儿还没消,幸灾乐祸地说:"本布泰,今儿个怎么有空来我这里啦,最近学问做得不小吧?"

海兰珠的话让布木布泰听着不舒服。

"姐姐笑话,哪里有什么学问,就是一人没事看书打发时间呗。"

"我们是花儿一开过就完了,妹妹这么要强的人怎能随便打发起时间来呢?"海兰珠不依不饶,挖苦妹妹。

"姐姐,我没那个意思,是继妃她胡说!"

"我可没提继妃,看来你是说了,原来我还不相信呢。"

"姐姐,我们是亲姐妹,情同手足,你怎么会听信别人说的话呢?"

"小本布泰的嘴真好,你说我听信别人的话?哼,我上赶着你,你都对我不搭不理!"

"姐姐,我没有对你不搭不理啊?"

"我知道从小你就嫉妒我,汗王对我好,你不高兴,说什么情同手足,全是假的。"

姐姐这样说自己,布木布泰觉得冤枉,眼泪在眼圈里转:"姐姐,我真的没有!如果我做错了什么,说错了什么,请你原谅!"说完,要强的她不愿意让海兰珠看到自己的泪水,夺门而出。

漆黑的夜,后宫四周无人,她委屈难过,急急地跑,泪眼模糊中一不小心绊在石头上,狠狠地摔了一跤。眼前冒金花,周身刺骨地痛,她趴在地上,半天起不来,索性痛痛快快大哭起来。

后面的日子,布木布泰觉得过得好慢。宫里的人几乎全去跟随汗王狩猎，就剩下她和苏茉尔，布木布泰的心情陷入低谷。这几天，早晨太阳升起，她就早起散步，一个人走在静静的宫里，耳边仿佛响起隆隆的围猎声，夫君他们狩猎的场面一定很壮观；黄昏夕阳西下，她望着高高的宫墙，宫墙下的她显得很渺小。她双手插在裙袍两侧的衣袋里，心发冷，从来没有像这样孤单，姗姗独行。她的生命中充满欢乐和满足，对别人没有设防，面对纷至沓来的误解，她的解释是那样的无力，而让她难过的却是她爱的人，夫君和姐姐，血浓于水的亲情难道禁不住别人的挑唆？夫君的这个处罚，对于布木布泰来说，太重了。

就在这时候，王府传出汗王要从侧福晋中挑选一位送给叶赫部德尔格尔台吉的儿子南褚为妻。一时间，除了大妃哲哲和海兰珠以外，各位福晋人心惶惶，嘀嘀咕咕，猜想这位福晋一定是平日不合汗王意，汗王不喜欢的。继妃不敢太明着到处去搬弄是非，在暗地里吹风儿，说是庄妃。

这股传言布木布泰也听到了，在经历了围猎坐冷板凳的处罚后，布木布泰确实有了深刻的反思，她是对姐姐有过几分嫉妒，那是羡慕嫉妒，绝没有恨。夫君对自己说过，凡事要动脑子，在这个家族里犯不得半点错误！是自己错了。在新宫和多尔衮相遇她也问心无愧，这些日子她对夫君的解读使她坚信夫君是明君命主。她没有提心吊胆，整日坐在书房里，大门不出二门不迈，一心只读圣贤书。听苏茉尔说外面传着是自己，她微微一笑，淡定地说："是祸躲不过，随它去吧！"没过多久，侧福晋扎鲁特因"贤良淑德"，被恩赐给了南褚为妻。十月初七这天，盛京天降小雨，绵绵的雨中夹带着雪粒，扎鲁特给皇太极留下两个女儿，踩着宫中冰冷湿滑的石板路，哭哭啼啼上车离开了盛京。布木布泰望着满脸泪花一步三回头的扎鲁特姐姐，一股悲凉包围了她。

第七章　命运不由天

　　翻开书桌上那本《资治通鉴》，布木布泰的心却不在书上。这几日后金上下推戴夫君称帝的呼声越来越高，朝内大小贝勒，外藩蒙古十六部四十九个贝勒，文臣范文程等人，武将都元帅孔有德，总兵官耿忠明、尚可喜等人多次劝奉皇太极称尊号，皇太极几次三番执意推辞，说自己德才不够，不足以称帝。夫君的谦逊和宽广胸怀，让布木布泰钦佩不已，夫君称帝是迟早的事。刚刚看见巴特玛璪和继妃相继去了大妃哲哲房里，看来大家都心知肚明，汗王妃子间已经微澜波动了，这几天就连平日老实巴交的娜木钟也去海兰珠那里走动起来。
　　一缕沉香从身后的香炉里飘过来，清烟飘逸地掠过书页，布木布泰仿佛看见书上的每一个字在跳着说："抓住机会！"夫君登基称帝的那天，后宫将按照五宫制封妃，这五宫中宫为正，顺序往下东宫、西宫、次东宫、次西宫，进了五宫的妃子，权力地位就是高高在天，进不了五宫，以后在宫中就没有地位，那就是在地底下。没有地位继妃就会骑在自己头上，一定要抓住机会，入主五宫！姑姑哲哲的中宫主位无可替代，往下应该是正得宠的海兰珠，还有娜木钟和巴特玛璪，再往下就不好说了。按自己的身份地位，有希望入主五宫，可是自己没有儿子，去年又受了处罚，被夫君汗王冷落好久，如果这样，继妃就有可能入主五宫！继妃乌拉纳喇氏嫁入家门早，生有豪格、洛格二子和一女，大阿哥豪格已有战功。继妃平日到处活动，处心积虑讨好汗王，要不是娘家低微，早就爬上来了。上次扎鲁特出宫，布木布泰很淡定，那是出宫，反正永远出去，一了百了，人不在宫里，再也不受宫里约束，起码是自由了。这次不同，人在宫廷，五宫之外，地位低微，难承君泽将永无翻身之日，这口气受不得！想想自己被打冷宫没有接近夫君的机会，海兰珠恼着，姑姑也不待见，这入五宫的三个关键全对自己不利，这可怎么办！这个机会如果不抓住，她会后悔一生，上天绝不会再平白给她幸运，她必须争取，做十倍百倍的努力，抓住哪怕一点点的希望！

汗王议事厅外，王公大臣们的马儿还拴在马桩上，看来早朝还没有散。

布木布泰对苏茉尔说："你盯着点儿，一会儿十四爷出来，你叫他来一下。"

"嗻，主子。"

工夫不大，多尔衮来了。多尔衮有了变化，一身英气勃发。

"嫂嫂找我？"

"十四弟，听说汗王派你去收抚察哈尔，我有一事相托。"

"嫂嫂尽管说。"

布木布泰说："十四弟可知传国玉玺之事？"

"略知一二，传国玉玺曾收藏在元朝大内，已经遗失多年了。"

"元顺帝死了二百多年以后，一位蒙古牧羊人在山下放羊，就见羊群里的一只小羊围着一蓬蒿草转呀转的，后来小羊就在这蓬蒿草的地方开始刨土，不吃不喝，一连三天，牧羊人好生奇怪，莫不是这个地方有什么宝贝？就拿来镐在那个地方挖掘。果不其然，真的就挖出了宝贝，竟然就是失踪了二百年的传国玉玺！牧羊人把它献给了博硕可图汗，后来，林丹汗灭掉了博硕可图汗，玉玺就归了林丹汗。林丹汗死后娜木钟说她见过玉玺，在林丹汗额娘苏泰太后手中。人说得玉玺者得天下，察哈尔已归降，林丹汗已死，现在最合适拥有它的应该是夫君皇太极！"

"嫂嫂说得对，传国玉玺本该归汗王。"

"十四弟，我一介女流，不宜出头，我想这个事只有你能代我办。"

"嫂嫂放心，待我去向苏泰太后讨要。"

"恐怕不是轻易可以要来的。"布木布泰摇摇头，"听说苏泰太后视此物为珍宝,从不展露给外人,现在十四弟要想从她手中得到此物,看来有难度。"

"不管如何,传国玉玺一定要拿到,嫂嫂就等着好消息吧!"

"那就有劳了,十四弟何时启程?同去的还有哪位王爷?"布木布泰问。

"明日就动身,我带岳托和豪格一起去。"

"叔叔,此事不可张扬。"

"嫂嫂放心,我知道了。"

多尔衮走出后宫,一个军官模样的男人牵着马,站在大道旁,恶狠狠地盯着他的背影。

第二天,布木布泰和苏茉尔去送多尔衮,看见了多尔衮的福晋小玉儿,还看见了继福晋原来的马夫乌仑嘎。乌仑嘎牵着豪格的马,虽然军官装束,但他那狡诈的小眼,依然让人不顺眼,这家伙敢情跟了大阿哥豪格。一种不祥的感觉涌上心来。

额哲部落外,多尔衮命部队驻扎在一里以外,每隔十米就燃起一堆火把,形成包围状。大雾中,额哲就见四周点点火光,只觉得后金兵马里三层外三层,重兵压境,不敢怠慢。

妖冶的察哈尔女人扭动着火辣辣的艳舞,大碗的酒,大块的肉,岳托和豪格及一班将官吃得嘴流油,喝得晕乎乎,看得眼发直,只有多尔衮惦记着传国玉玺的事,不敢多饮。

"王子可知传国玉玺的事情?"多尔衮问。

"额哲略知一二,听父汗说过,此物已经交与太后保存。"额哲答道。

"我大金汗王皇太极王恩浩荡,文治、武功的功绩显赫,东征朝鲜,北服蒙古,西讨大明,看将来得天下者,皇太极也!王子应当献出传国玉玺,以示归顺之诚意呀!"

"这,王爷说得是理,不过苏泰太后……"

"怎样?"多尔衮"碰"地放下手中的酒杯,虎着眼看额哲。

"容我去太后处讨要。"额哲吓得赶忙起身,转过屏风,去了苏泰太后那里。

一个漂亮的舞女,翩翩舞动腰身近到多尔衮前面,一把拿起桌子上的酒盅舞蹈起来。她丰腴的身体上下起伏,伴着音乐,一双纤纤细手用盅子击打出各种节奏。她贴过来乜斜着眼,双手由里向外又由外向里划着圈,挑逗多尔衮,多尔衮不动声色,端起酒杯,轻轻抿了一口。舞女姗姗退后,又扭到豪格面前继续舞动。

这时,多尔衮忽然感觉身后的屏风微微颤动,似乎有人,莫不是有刺客!他警觉地放下酒杯,屏住呼吸,手握紧腰刀。屏风处露出一个圆圆的小脑袋,是个可爱的蒙古小男孩儿,大概有四五岁的样子,一对髽鬏冲着天,一双乌黑的大眼睛上下看着多尔衮,多尔衮松了一口气。那小孩儿又慢慢地挪出大半个身子来,身着锦衣皮袍,看样子是位小公子,孩子好奇地看着他。多尔衮结婚多年,成年累月地在外面征战,加之又不喜欢福晋小玉儿,至今没有孩子,偏偏多尔衮又喜欢孩子。酒后的他露出微笑,向孩子招招手,那蒙古小孩儿歪着脑袋朝他友好一笑,扭身跑到场中央。八个舞女跳得正酣,孩子被她们围在中央,左躲右闪不知所措,撞在一个舞女身上,又踉踉跄跄撞倒在条案旁堆放足有两米高的酒坛子上,那酒坛晃晃悠悠就要倒下砸向孩子!就在千钧一发间,多尔衮飞身跃起,扬手挡住即将倒下的酒坛,手被酒坛盖子划了一道深深的口子,鲜血流了下来。多尔衮不顾自己,抢上前去抱起孩子。众人大惊,忽地涌了上来。

这个孩子是额哲的儿子少布。

额哲跑出来,恶狠狠扬起鞭子驱散了那几个舞女。

"我的孙儿,我的孙儿!"苏泰太后惊慌失措从后帐中奔出,见多尔衮救了孩子,捂着胸口,给多尔衮深深施礼并急忙令人给多尔衮包扎伤口。

"尊贵的王爷,谢谢您救了孙儿,老妇在此感激不尽!"

"太后不必客气。"多尔衮紧紧抱住孩子,"本王倒是正有一事相求,想必刚刚王子与您说过了吧?"

"啊,王爷,请进内帐来听老妇细说。"

多尔衮没有放开孩子,跟着苏泰太后进了内帐。

"当年儿子林丹汗是让老妇保存过一件宝贝,不知是否是王爷所说的传国玉玺。"苏泰太后请多尔衮坐下,缓缓地说。

"太后的宝物一定很多,就像小少布,也是您的宝贝呀!"多尔衮表情沉着刚毅,孩子紧紧地依偎着他。

苏泰太后听出多尔衮的话里有话,她明白,儿子林丹汗已故,整个部落已归降后金,今天后金又重兵招抚,不交出传国玉玺,于理上说不过去;现在,多尔衮救了小少布,于情也说不过去,苏泰太后一咬牙,也罢,脑袋已经交给人家了,还留耳朵干什么!玉玺就交出去吧,这或许就是天意!

侍女捧出一个镶金宝盒,小心翼翼交给太后。

苏泰太后微笑着说道:"托大金大汗洪福,我察哈尔林丹汗的太后和额哲王子率部归顺大金,今后察哈尔将衣食无忧,五畜繁盛,人丁安康绵延不绝,传国玉玺这一宝,留也无用,今献给天下王者大金的汗王,还请王爷替我转交!"

"好,我大汗一向宽厚仁慈,治国之要,莫先安民,对归顺者视同子民,恩养优抚,太后尽管放心。"

太后打开宝盒,只见碧绿的璠玙为质,蛟龙为钮,闪耀着祥光瑞气,玉玺上刻汉篆"制诰之宝"四字,浑圆厚重,众人叹绝。

多尔衮双手接过宝盒,心中暗喜,想不到事情竟然如此顺利。

就在此时,帐篷的窗缝后有一双眼睛在暗中监视着多尔衮,是乌仑嘎,他看到了熠熠生辉的传国玉玺。

消息传到了盛京,汗王皇太极大喜,传命多尔衮带领额哲班师回朝,驻扎在盛京阳石木寨,明天一早,等候接宝仪式,汗王皇太极将在此处亲迎玉玺。

一个黑影夹着一个盒子,潜进汗王府,来到继福晋的房门,轻轻敲,没有人回应,推推门,门锁着,继福晋和青莲全不在。黑影又悄悄往回走,正好碰上了从大妃哲哲那里回来的布木布泰和苏茉尔。黑影慌忙躲闪,慌乱中碰翻了回廊上的一个花盆,"啪啦"一声。

"谁,什么人?"苏茉尔大声问。黑影不答话,一溜烟跑出去。

"不好,苏茉尔,是坏人,快追!"

"主子,我们喊人吧?"

"不,不能喊,待我们追上再看!"布木布泰想,黑影轻车熟路,必是熟人,如果喊起来,事情就闹大了,万一有什么将来不好收场。

布木布泰她们尾随黑影追去。

黑影如丧家犬般一直往府外跑去,布木布泰使出草原追马的本领紧追不舍,前后的人跑跑停停,累得够呛。

前面就是阳石木寨了,布木布泰想起多尔衮就在那里等候班师回朝,便急忙对苏茉尔说,"快去营中喊十四爷多尔衮来!"

"是,主子。"苏茉尔向着阳石木寨跑去。

黑影见追着的人就剩下一个,听声音还是个女人,忽然不跑了,歇息片刻,大概是喘过气儿来了,猛然反扑过来。

布木布泰看清楚了,这人是乌仑嘎!

"乌仑嘎?你不在豪格身边,天黑半夜的到汗王府干什么?见到我们又跑,鬼鬼祟祟,你干了什么见不得人的事情?"

乌仑嘎嘿嘿冷笑道:"庄妃,原来是你,你问我干了什么见不得人的事情?我倒要问问你,十四爷出行前到你那里干什么去了,不会是有什么见不得人的事情吧!"

布木布泰好诧异,这家伙居然敢盯梢多尔衮,好大的胆子。

"一个奴才,竟敢如此放肆!"布木布泰愤怒了,"快快给我乖乖就擒,否则,别怪我不给继妃姐姐面子!"

"庄妃,还做着入五宫的梦呢吧?告诉你,别想了,你的死期到了!"乌仑嘎往四下看了看,四周漆黑无人,他凶相毕露,把手里的东西放在地上,拔出匕首,恶狠狠地说:"今儿我要让你死个明白,你死了,我们继妃主子就没有人再敢跟她争了!实话告诉你,几年前,在辽河大桥上翻车没有砸死你,算你命大,今天,你就别再想活了,我要替继妃主子出一口气!"

"翻车?难道那场事故是你干的?"

"对！好汉做事好汉当,当年你仗着受宠,让我们继妃主子受了多少气,还要赶走我,不除掉你,就没有我们的好日子过!"

乌仑嘎舞着刀,扑了上来。

布木布泰全明白了,她在后宫所遇到的蹊跷事,就是继妃在里面使得坏!眼下不容她有半点含糊。乌仑嘎这个亡命之徒,仗着继妃和大阿哥豪格,对布木布泰下了死手!夜漆黑,静悄悄,现在没有人保护她,她要赤手和一个持刀的男人拼斗。危险在即,布木布泰格外的冷静,她知道,面对凶残的人,越怕越被动,草原上长大的姑娘,不懂得退缩,她勇敢地迎了上去。布木布泰抬手挡住了乌仑嘎挥来的刀,又一侧身晃过,乌仑嘎扑了个空,翻过身来,又要挥刀刺杀,布木布泰抬脚,当啷,一脚踢飞了乌仑嘎手中的刀,乌仑嘎一愣,他万万没有想到,看似娇小的女子,脚上功夫竟然如此利落。他再次扑过来,两人扭打起来。

渐渐地,布木布泰感觉到了吃力,毕竟对手是个壮年男人,女人靠的是耐力,在激烈的击打中,爆发力不如男人,她开始处于劣势。但是,布木布泰没有退缩,仍然死死扯住乌仑嘎,坚决不让他跑掉!

就在生死一线之时,多尔衮带着人马赶到了。乌仑嘎想逃,被布木布泰死死拽住,他狗急跳墙,抬起脚,狠狠向布木布泰胸口踹去!布木布泰手一松,乌仑嘎撒腿就跑,多尔衮赶来,挥刀向乌仑嘎劈过去,刀起头落,"骨碌碌",乌仑嘎的头跳跃着滚落在地,一股污血从乌仑嘎脖腔喷出。

"主子,主子!"苏茉尔赶忙扑向布木布泰,只见主子脸上、身上好几处伤,心痛得直落泪。

多尔衮跳下马,跑过来扶起布木布泰,急切地问:"怎么样?受伤了吗?"

"没有事,快看看这里是什么东西!"布木布泰不顾伤痛,打开乌仑嘎扔在地上的包。

多尔衮大吃一惊,包里面竟然是苏泰太后交给他的传国玉玺!乌仑嘎何时偷走了传国玉玺?要不是被庄妃碰到,明天接宝仪式上将拿什么献给汗王!这时,豪格和岳托也赶来了,豪格看到多尔衮杀了自己的人,心中不悦。可是乌仑嘎竟然偷了传国玉玺,人赃俱获,让他无话可说。

回宫的路上,布木布泰对苏茉尔说:"今儿的事,全是乌仑嘎那个贼人做的,回去不要声张。"

"主子,我记下了。"

第二天,阳石木寨举行了隆重的接宝仪式,玉玺放光,物归其主。汗王皇太极从多尔衮手中接过玉玺,玉玺有一拳见方,蟠龙盘卧,呼之欲出,汗王轻轻抚摩,端详良久,双手举起玉玺让众人观看,激动地说:"这玉玺,是历代皇帝所用的传国之宝,这是我大金的昌盛之兆啊!"

布木布泰养伤的那几天,汗王忙得抽不开身,让大妃哲哲传了话,说汗王喜得玉玺,庄妃立大功一件,务必要好好歇养身子。汗王虽然没有亲自来,但是让布木布泰知道她没白受苦。

布木布泰哪里躺得住养伤,要想顺利入五宫,姐姐海兰珠也是关键,一连几天,宸妃在大政殿侍奉夫君,布木布泰找不出时间和姐姐单独相处,眼看着夫君登基的日子一天天近了,布木布泰急得坐立不安。

四月的盎然春意提醒了她。四月初一正逢谷雨,王府后宫要去郊外踏青,布木布泰头一天就吩咐内侍童公公糊好了一个粉蝶风筝,一大早又精心穿上淡青色的旗装。布木布泰取出出嫁时阿妈送给她的盘羊角式珊瑚珠宝头饰,戴在头上,素装衬映下,珊瑚珠宝头饰闪着红光格外耀眼。

青葱嫩绿的大自然里,王府的妃子、格格们艳得晃人眼,众人簇拥着大妃哲哲和海兰珠,布木布泰倒也不刻意地往前凑,在一片草地前和苏茉尔放起了风筝。

粉蝶风筝轻抖着双翅缓缓升起,忽上忽下,吸引了海兰珠的视线。这风筝好熟悉,小时候在科尔沁草原上,每年春天吴克善哥哥会带着他们几个弟弟妹妹放风筝,自己最喜欢的就是这个粉蝶风筝。如今放风筝的是自己的妹妹本布泰,看来小丫头还没忘记。

"姐姐,这是我专门为你糊的粉蝶风筝,快过来玩一会儿吧?"布木布泰张着手喊她,海兰珠这一刻感觉就像回到了儿时的科尔沁,那时小本布泰也是这样张着小手招呼自己。

姐妹俩并肩站在一起牵着筝线放风筝,海兰珠好开心,自从到盛京汗王府以来,姐妹俩第一次这样轻松。

收线的时候,布木布泰站在海兰珠前面拽着风筝,头上的盘羊角式珊瑚珠宝头饰跳进她的眼帘,海兰珠一眼认出了这是阿妈戴过的头饰。第一次出嫁时阿妈也送给过自己同样的头饰,那头饰已经丢了。望着妹妹,海兰珠不由自主轻轻叹了一口气。

姐姐的心思布木布泰清清楚楚,她的姐姐她了解,海兰珠是善良之人,姐妹骨肉之情会打动她的。

"姐姐,这是阿妈的头饰,想来姐姐戴着一定好看,我把它送给你。"布木布泰摘下头饰,把它戴在姐姐头上。

"不,不,还是你戴着吧,这是阿妈给你的陪嫁呢。"

"头饰戴在姐姐头上,我就能看见了,看见它就像看见了阿妈一样啊!姐姐你说是不是?"

布木布泰不等姐姐答话,赶紧接着又说:"姐姐,这些日子我让你生气,就算是给姐姐赔的不是吧!"

"唉,本布泰,咱们是亲姐妹,倒是姐姐不好。"这一段时间布木布泰受冷落,海兰珠知道是自己导致的,妹妹即使吃醋,那也是情有可原,她心有愧意。

"在远离家乡的地方有姐姐在身边,我们姐妹互相关照着真好。"布木布泰引导着姐姐,"夫君的身体还好吗?"

"这几天正忙着即帝位定新朝制的事情,日理万机,辛苦着呢。"

"这里面还包括我们后宫的事吧?"

"那当然,全是国家大事,哪一样也不能落下。"

"还要烦劳姐姐关照呢!"布木布泰不再往下说,烦劳姐姐关照的是夫君还是妹妹,聪明的海兰珠会明白的。布木布泰目的已经达到,姐妹情义,有些话不用挑明,说多了反而会适得其反。

"哎呀,这姐儿俩只顾自己放风筝聊天,也不带大家玩,我们可不答应啊!"远远的,继妃拉着大妃哲哲走了过来,看见宸妃和庄妃亲热,继妃心中嫉妒,她要掺和进来。布木布泰微微一笑,心中暗说,继妃,你来晚了!

踏青回来,布木布泰直接去了姑姑那里,巧的是继妃刚从这里走。哲哲正在给鹦鹉喂水,手拿小勺儿,一点点地逗着鸟儿,就听笼中的鹦鹉跳着叫着:"来客了,来客了!"

哲哲见布木布泰来了,笑着说道:"今儿是什么日子,刚走一个又来一个?"

"姑姑,我是来看看您。"布木布泰打岔。

"刚刚踏青时怎么就只招呼姐姐,不招呼姑姑啊?"哲哲心知肚明,侄女的小聪明逃不过她的眼睛。

"姑姑就别难为侄女儿了,人家就这么一位好姑姑,这些年对我比亲额娘还好呢,我的好亲娘,我给您请罪了还不行?"布木布泰笑着撒娇就真要跪,哲哲一把拉起了她。

哲哲知道,自己的这个侄女儿一定不会放过机会。这丫头不争气,生不出儿子,让她没少着急,好在她踏踏实实读书长进,前些日子为了传国玉玺,还受了伤。夫君皇太极说过,庄妃人小心大,头脑聪明,后宫女人里就属她学识广博,知书达理。

"继姐姐请安来了?"

"请什么安,还不是打鬼主意,让我给夫君递话儿,惦记着入五宫哪。"

"五宫?"布木布泰装着不知道。

"别跟我装傻,不知道五宫的事?"哲哲点着布木布泰的脑门儿说:"踏青的时候跟海兰珠嘀咕什么呢?"

布木布泰"腾"地涨红了脸,心儿紧张,姜还是老的辣,自己一举一动都逃不出姑姑的手心儿。

"姑姑,孩儿也倒真的没有和姐姐挑明说。姑姑既然提了,那就跟侄女儿说说吧?"

"这事还是不说的好,夫君心里早有安排。"

姑姑的话一下子让布木布泰掉进了五里雾中，她收起笑脸，看着姑姑。

"看着我干什么？早做什么去了，一天就钻在书堆里，就不知道给夫君早点认个不是！"哲哲又叹了口气，"唉，谁入五宫，大局基本已定，不过你和继妃倒是平手，夫君也有让继妃入五宫的考虑。"

布木布泰一听，知道事情不好，一下子给哲哲跪下："姑姑，那继妃心术不正，入主五宫直接威胁咱们科尔沁博尔济吉特氏，还求您给侄女儿做主！"

哲哲故意卖关子道："你今儿要是不来，那也就算了，既然来了说明咱们娘俩儿还是一家人。"

"姑姑，侄女儿求您。"布木布泰跪着不起。

"起来吧，不是还没宣布吗，一切皆有可能！"姑姑最后一句话给了布木布泰一丝希望。

从心里说，哲哲早就看不上继妃，继妃的人品次，好搬弄是非，如果让继妃入主五宫，将来后宫还不知是谁主天下呢！决不允许继妃得逞，哲哲觉得情况紧急，事不宜迟，布木布泰走后，她急忙让婉儿叫来海兰珠。现在，是科尔沁赛桑家的女人团结一致的时候了，天下是我们的！

布木布泰回到书房，刚好翻到《诗经·小雅》，书上"高山仰止，景行行止"的佳句让她灵感忽至，这第三步计划是必须做的！平心而论，她敬佩夫君，夫君是巍峨的高山，她会一生效法学习和仰望，心里的话要说给夫君。她铺开纸，将心中感悟一挥而就，真情真意，字迹娟美，文章极尽文采。放下笔，布木布泰犹豫片刻，夫君不喜欢奉承，自己会不会再犯大忌？要是那样就全完了！可是，不试又怎样知道呢！人不打笑脸，布木布泰决定孤注一掷，她把书信封在一个漂亮的小口袋里，让姑姑转交给夫君。

想到的全做了，对姐姐打的是亲情牌，和姑姑打的是利益牌，对夫君述说了爱慕。布木布泰悲哀自己，从什么时候开始的呢？原来那个天真烂漫的蒙古小姑娘也这样会工于心计了！十年的宫廷生活如白驹过隙，渐渐将人的纯洁夺走，在政治漩涡中，不这样就要被恶浪吞灭。她忐忑不安,在煎熬中,布木布泰度过了无比漫长的几天。

夫君皇太极登基的日子到了,明朝崇祯九年(1636)四月十一日,盛京巍峨的宫殿披上金色的阳光,盛典磅礴,礼乐高奏,皇太极率领众贝勒大臣祭告天地,去汗王称号,受"宽温仁圣皇帝"尊号,登上皇帝宝座。这一天,皇太极改大金国号为"大清",改元为崇德元年。大清对大明,改国号旗帜鲜明地显示出取代大明的宏图大略。改族名女真为"满洲"。"满洲"及"清",三个字均带水,而朱家大明的"朱明"二字都具火意,以水克火,即五行相克学说。皇太极身边精通汉学的谋臣们,熟知邹衍的"五德终始说",让"大清"的"水德"去取代"朱明"的"火德"。崇德与明朝崇祯的"崇尚祯祥"相对,皇太极的"崇尚道德",就是将自己置于高出明朝的地位。

皇帝追尊始祖以下各位先帝,建庙号,颁布诏令大赦天下,内务官奏报定下仪仗品味等级,按功劳册封大贝勒代善以下各位贝勒为亲王、郡王、贝勒等,册封孔有德为恭顺王,尚可喜为至顺王,范文程为大学士。在洪亮的奏告声中,布木布泰听到了多尔衮为睿亲王,阿济格为武英郡王……

念到五宫时,布木布泰屏住呼吸,紧张得不敢抬头,只听得"后妃们听命领旨",她们十几个妃子齐刷刷跪在殿前。礼官念奏声响起:"崇德五宫后妃,中宫博尔济吉特·哲哲封为皇后,入主清宁宫;东宫博尔济吉特·海兰珠封为宸妃,入主关雎宫;西宫博尔济吉特·娜木钟封为贵妃,入主麟趾宫;次东宫博尔济吉特·巴特玛璪,封为淑妃,入主衍庆宫。"

四位宫主,一位一位念下来,没有自己的名字,五宫就剩最后一位了,下面会是谁,这是决定命运的时刻!布木布泰屏住呼吸,心情紧张。唱奏官念到这里好像故意停顿下来,从圣旨上抬起眼,往下看了一下,清清嗓子接着又念下去:"次西宫博尔济吉特·布木布泰封为庄妃,入主永福宫!钦此。"一颗心终于放下了!布木布泰几乎要瘫倒在地上。礼官扶着她,她机械地走上殿受封,毕恭毕敬地仰望着高高在上的夫君,双手微微颤抖从夫君手里接过敕封册。夫君微笑地俯视着她,亲手颁给她用满、蒙、汉三种文字写成的敕封册,夫君说"兹尔本布泰,系蒙古科尔沁国之女,凤缘作合,淑质性成。朕登大宝,爰仿古制,册尔为永福宫庄妃。尔其贞懿恭简,纯孝谦让,恪遵皇后之训,勿负朕命。"布木布泰拼命地点头,她感恩不尽,深深跪拜在夫君脚下。

　　人的一生充满变数,当你体会着被罚受冷落的无奈,用伤痛诠释了人心叵测的无情,你就面临着避不开的抉择:勇敢面对,相信自己,不放过任何机会,就会有意想不到的成功,命运不由天。阿妈说得对,"今生要做好马,做君子;退让一小步,换来一片天。"二十三岁的布木布泰用自己的努力,在逆境中抓住了人生的机遇,有幸入主五宫,成为大清王朝崇德五宫永福宫庄妃,拉开了她政治人生重要的一幕。

第八章　反害了卿卿性命

崇德元年(1636)岁末,关雎宫暖暖的,海兰珠鬓发散乱,紧皱眉头半卧在软榻上,怀孕在身,晚饭后胃口正难受,妹妹布木布泰在她身边。

"吱扭——",关雎宫的门被轻轻推开,敬事房寝官进来。

"传皇后旨意,从今日起,皇上由庄妃侍寝!"

布木布泰又惊又喜,这是皇后在帮她,自己已是昨日黄花……

海兰珠心里委屈,这个时候她需要皇上在身边,可皇后却安排庄妃侍寝,对妹妹甩了脸色:"我说的嘛,这么殷勤,敢情是别有用心!"

"姐姐,你说什么?"

"心哪里还在我这儿?这个时候,谁也指不上。"

"姐姐……"

"走吧,别招我烦,快走!"海兰珠赌着气翻过身去不再理她。

布木布泰尴尬地站了片刻,再不走又要自讨没趣,她对着海兰珠的背身轻轻说:"姐姐,那我走了,明天再来看你。"

布木布泰走出门,身后传来"啪——"瓷碗掷地粉碎的声音,姐姐把茶几上的山楂羹摔在地上了。

这一夜,皇上并没有来永福宫,庄妃布木布泰长夜未眠,守着冷冷的烛灯眼巴巴等了一宿。她知道,皇上留在了关雎宫,夫君是姐姐的,不是她的。

等待侍寝的日子竟然很漫长,皇上和姐姐如胶似漆日日不分离,直到崇德二年(1637)四月初,皇上一次也没到永福宫宠幸布木布泰。四月的一天,后宫花园牡丹正开,布木布泰和苏茉尔在园中赏花。

"苏茉尔,那朵花儿开得好,摘了给宸妃送过去。"布木布泰指着一朵盛开的牡丹说。

"苏茉尔,那儿还有……"布木布泰没说完,就见皇上身边的侍卫阿托格急急走来。

"庄妃娘娘,皇上请你回永福宫候着!"

布木布泰不知何事,心中忐忑,她让苏茉尔把摘下的花儿给宸妃送去,自己连忙回宫。侍寝的事布木布泰早就心灰意懒了,这大白天的皇上忽然叫自己回宫候着,又没有吩咐什么事,是不是又犯了什么错?布木布泰对着镜子整整发鬟,镜子里脸儿白嫩红润,弯弯刘海儿下那双透彻清明的眼里满是不安。

正胡思乱想,门开了,皇上来了。布木布泰以为还会有别人,往皇上身后望去,没人。

"皇上万安!"她赶忙跪拜。

皇太极板着脸摆摆手说:"起来吧!"

布木布泰见夫君板着脸,心里打鼓。

皇太极端起茶盅,喝了一口放下还是不说话。

布木布泰心里发毛,小心翼翼问:"皇上近日身体可好?"

皇太极冷冷答道:"还好。"说完起身在房中慢慢踱步,这个房间他好久没来过了。布木布泰惴惴不安想,一定是自己又做错了什么,皇上要斥责自己了。

果然,皇太极发话了。

"本布泰,朕有一事,一直想问你。"

"臣妾俯首恭听。"

"封五宫前,皇后交给我一封信,那可是你写的?"

"是,是臣妾写的。"

"砰!"皇上一拍桌子,吓得布木布泰"哇"地跪在了地上……

"说什么'高山仰止,景行行止',洋洋洒洒还真不少写,小本布泰,朕还真不知道你这样会阿谀奉承!"

"皇上委屈臣妾了,那是臣妾心里话,不是阿谀奉承!"布木布泰跪着辩解。

"本布泰,刚刚朝上议事,那个学士鲍承先起草了宣谕朝鲜的圣旨,满纸措辞虚言夸大,我对睿亲王和大臣们说了,朕平素最不喜欢言过其实,阿谀奉承,那个明朝的皇上,把自己比作上天,对人无德无义,徒自张扬,喜欢听阿谀奉承的话,你看看,大明朝今天到了什么地步了,皇上身边被一帮拍马屁的宦官围着,昏庸无道,朝纲将倾!"皇太极说到激愤处,站了起来。

"臣妾错了,可那真的是心里话!"布木布泰半吓半委屈,哭了。

见庄妃跪在地上伤心地哭,双肩一耸一耸的,一副委屈小可怜儿的样子,一缕刘海儿被泪水打湿粘在脸上,黑黑的,沾的不是个地儿,脸上好像长了一撇胡子,皇太极忽然"扑哧"一下,忍不住笑了起来。

皇太极原本就没有生气,刚刚在朝上训斥了那几个学士,他不知怎地想起本布泰的那篇文章,小丫头文笔华丽,净捡好听的话儿,当时自己正忙着立国开朝,累得不亦乐乎,那文章好似一股清泉,熨帖到心,他看了挺舒服,心里直夸好文采。想到庄妃的文采,皇太极一阵热血涌过全身,想起皇后安排了庄妃侍寝的事,他都至今也没有去永福宫。下了朝,他就奔着永福宫来了。路上他想,那个时候小本布泰的文章确实有阿谀奉承之嫌,借着今天,吓唬吓唬她。

见皇上笑了,布木布泰坠入了五里雾中。夫君是真生气还是假生气?既然夫君笑了,想必不是真气,又想想这么久夫君没有宠幸自己,委屈的泪水如泉水般涌出!布木布泰越哭,皇太极就越笑,不一会儿,布木布泰也觉得好笑,脸上还带着泪,不好意思起来。皇太极弯腰扶起布木布泰,亲手为她擦去眼泪,在她的耳边轻轻说:"小本布泰,我的好女人,你们姐俩儿全是我的心肝儿,明天我和睿亲王就要出征朝鲜,今天你好好侍奉朕,让朕精神百倍地为你们打天下!"

皇太极一把抱起布木布泰,走向床帏。这是自宸妃怀孕以后,皇太极和女人的第一次,加上和庄妃有太长时间没有夫妻云雨了,他们小别胜新婚,二人百般恩爱。布木布泰柔情绰态使出万种风情,皇太极仰抚云鬟俯弄芳菲,情到浓处播下龙种。

上天不会总难为一个人,布木布泰否极泰来,她又怀孕了,这是她一生中的第四次,她还想不到,这一次腹中孕育的将是大清下一位帝王。

崇德二年(1637)七月,布木布泰怀孕三个月,姐姐宸妃海兰珠生下八皇子。八皇子降生,皇太极欣喜若狂,这是他最心爱的女人生的儿子,又是他称帝后诞生的第一个儿子,皇太极在大政殿颁布了有清以来的第一道大赦令。宫中内外,盛京上下,举国欢庆。因皇后哲哲无子,这个孩子出生所获得的一切待遇视同嫡后所生,还没出满月,皇上就迫不及待地宣布立这个连名字还没有的婴儿为皇太子。

科尔沁家的女人终于有了男孩儿!皇后哲哲长出一口气,她仍期待着布木布泰,只要庄妃再生一个儿子,就可以牵制宸妃,她的皇后正宫地位将稳若泰山。

布木布泰感到了与以往不同的滋味,胃里不时会来一阵翻江倒海,又格外喜欢吃酸的东西,眼瞧着就要足月,肚子里的小家伙时不时像一条欢蹦乱跳的小鱼儿扑扑腾腾就是一阵。夫君除了上朝议政,和姐姐形影不离,现在全部的喜悦又在八皇子身上,根本无暇关注她。阿妈说"退让一小步,换来一片天",布木布泰默默接受了这一切,她对腹中的胎儿倾注了深深的母爱。又是一阵胎动,她抚摸自己的圆而有些尖的肚子,感到了孩子有力的心跳,自言自语道:"小东西,现在就对阿妈拳打脚踢,将来可要对你严加管教。"

"主子,严加管教?是谁让您生气了,不会是奴才我吧?"苏茉尔从外面进来,正好听见布木布泰自言自语。

"苏茉尔,没你的事儿,是肚子里的小家伙儿又在踢我。"布木布泰笑了,抬眼看见苏茉尔拎着一个精致的小竹篮儿,好像还挺沉,奇怪地问:"苏茉尔,这是什么?"

"主子,正要向您禀报呢,刚刚睿亲王多尔衮来了,人也不进来,就送过来一小篮子山楂果儿。"

"睿亲王,他来了?"

"嗯,睿亲王说这是最好的山楂果,是他打蓟州时带回来的,送给主子。赶着去皇上那里议事,不进来问候了。"

"睿亲王最近战事正忙,难为他想着。"

红鲜鲜的山楂果让布木布泰叹了一口气,自己的夫君顾不上她,倒是多尔衮多情心细。迷迷糊糊,布木布泰睡着了,是在科尔沁草原,大地悠悠,青草芬芳,赛桑家蒙古包前,一头初生的小牛迎着她轻快地跑来,她弯腰抱起小牛,牛儿贴着她的脸"哞哞"地叫。忽然,小牛变成了一个白胖的婴儿依偎在她的怀里,呀,莫不是生了,还是个男孩儿!一位红衣喇嘛从远处匆匆而来,径直走到她跟前夺过孩子,哈哈大笑道:"好人有好报,你有福来临,此乃统一天下之主也!"说完,他将孩子往天上一抛,"轰隆隆"一阵巨响,平地升起一团红云,那男孩儿红光绕身,瞬间变成一条蟠龙飞天而去!布木布泰大惊,忽地醒了,原来是梦。

天色已黑,布木布泰护着肚子,缓缓坐起,回想梦境,觉得好荒唐。突然,肚子一阵绞痛,生过三个孩子的她明白,要生产了。又是一阵宫缩,布木布泰头上冒出了细绒绒的汗珠,她忍着剧烈的疼痛艰难地对苏茉尔说:"快去通报皇后!"

永福宫忙碌起来。

"庄妃娘娘,用力呀!孩子已经见到头了!"王嬷嬷喊着。

"本布泰,千万别睡,再使一把力气!"是皇后在大声喊。

疼,布木布泰感到好累,体内涌出一股波涛,布木布泰用尽浑身气力。"哇——"一声响亮的婴儿啼哭声,划破悲伤的后宫,一个小生命呱呱坠地。

"皇后娘娘,您快看,是位阿哥!庄妃娘娘,您生了一位小阿哥!"接生的王嬷嬷连忙报喜。

人如在云里,十几年的期盼,终于如愿以偿了!布木布泰激动得想哭。

皇后哲哲是第一个见到这个浑身通红的婴儿的人,那尖尖的小雀雀,向她报告着喜讯,这是科尔沁女人的又一个男孩儿!一切如人所愿。

看看这个强壮的小家伙儿,小手攥得紧紧的,小腿儿有力地蹬着。奇怪的是,男婴身上有条红红的胎记,长长的,盘旋如龙形,再看这孩子天庭饱满,一缕黑黑的顶发高高耸起,颇有龙章凤姿!新生的男孩儿拼命地啼哭着,声音是那样洪亮,好像是接受了上天的授意,在向天下宣告,我来啦!

崇德三年(1638)正月三十,布木布泰生下皇九子。

皇后急忙向皇上报喜:"皇上不去看看九阿哥?"

皇上忙着,头也不抬说:"朕先不去永福宫了,让庄妃好生歇息。皇九子来得好,就叫福临吧,但愿他给爱新觉罗家族带来福气。"

皇后微微一愣,皇八子出世,皇上坚持要择吉日请德高望重的尊者给八阿哥起名字,结果到现在那孩子也没有个名字。皇上对皇九子名字起得真是快,竟是脱口而出!哲哲念叨着:"福临,福临,有福来临,是个好名字。"

然而,福临的到来,竟给布木布泰引来了杀身之祸!

关雎宫,后宫女人们围着宸妃。

"八阿哥身上干净,九阿哥福临身上有条胎记。"皇后抱着八阿哥夸着。

"嗯,人家永福宫的说,那是条龙呢!"继妃不怀好意。

"快别瞎说!龙是天子,你就管不住自己的嘴!"皇后呵斥继妃。

九阿哥福临的胎记让海兰珠心中不爽。一连几天继妃的话反过来复过去地在她心里转。本布泰也生了儿子,海兰珠并不高兴,九阿哥身上的龙迹对八阿哥形成了威胁,现在自己得宠,皇上宣布立八阿哥为皇太子,将来一旦失宠,谁还能说准以后的事呢?现在是她嫉妒妹妹庄妃了。

继妃几次来关雎宫,看出了海兰珠的心事,好,除掉庄妃的机会终于来了!她伏在宸妃耳边出了主意。

嫉妒让女人丧失理智,嫉妒使母性变成狼性。海兰珠虽然并不想害九阿哥,可继妃要做的对自己有利,她默许了,妹妹已经有三个孩子,少了这一个没关系!

二月初二这天,继妃侍女青莲挎着食篮送来了鲜牛初乳,说是继妃主子家人从乡下带来的初乳,给九阿哥喝。新鲜的初乳浮着一层黄黄的奶油,散发着浓浓奶香,小公主瑞图馋得围着奶罐嚷嚷着要喝。

"小馋猫,这是给小弟弟喝的。"布木布泰刮着女儿的小鼻子给拦下了。

想着姐姐奶水不足,虽然八阿哥、九阿哥都有奶娘,可八阿哥一直不壮实,布木布泰就让苏茉尔把牛初乳给宸妃送去了。

就在这天夜里,"砰砰砰!砰砰!"永福宫的门被捶得山响,布木布泰吓得赶紧起身。

传旨内官冷着脸进来宣:"传皇上旨意,庄妃不许出宫半步,在永福宫听候处置!"

苏茉尔战战兢兢地说:"关雎宫出了大事,八阿哥下午突然高烧,晚上出了痘,二更时刚刚殒了!皇上暴怒,派人围了永福宫!"

"啊?"布木布泰不解地问:"这是为什么?"

"说是主子您嫉妒宸妃,在牛初乳里下了毒,八阿哥是吃了庄妃娘娘您送的牛初乳死的!"

"天哪!怎么会是这样!"

福临在摇篮中被惊醒,大声啼哭,布木布泰一把抱起他,筛糠似的跌坐在炕沿儿上。杀身之祸突然降临,布木布泰被囚禁在永福宫,整整一天,她紧抱着儿子。她是被人诬陷的,有人要对她和儿子下手!

"皇上呢,皇上为什么不来?"

"我要向皇上申明,八阿哥不是我害的!"

没有人回应她的喊声,嗒嗒的水珠从铜滴漏的玉管龙头不断地滴落,布木布泰呆呆地望着。这水滴是姐姐不间断的泪水,八阿哥死了,姐姐一定在哭,八阿哥的死也在剜着她的心。响午的时候,皇后来问话,布木布泰一五一十讲了事情经过,牛初乳是青莲送来的,是不是还应问问青莲?皇后也觉得事有蹊跷,临走时嘱咐她照护好福临,已经失去了一个科尔沁女人生的皇子,她不想再失去另一个。

第二天下午,布木布泰发现围着永福宫的士兵撤走了。皇后来了,告诉她事情有了结果,继妃的青莲禁不住毒打拷问,供了在奶里下瘟毒的事,到死一口咬定是自己下的手无他人指使,就是要害庄妃。皇上已经下令杀了这个奴婢,继妃犯管教失责,皇上责罚永不得恩宠。布木布泰要去关雎宫看姐姐,皇后拦下了她,毒奶毕竟是从永福宫送去的,失去爱子的宸妃和皇上都不愿意看见她。

八阿哥的离去让姐妹之间刚刚缓和的关系又冰冷起来。海兰珠心中叫苦,继妃要害死九阿哥的事是自己默许了的,可糊里糊涂的怎么就让自己的儿子喝了那有毒的奶,看来是天要报应!嫉妒生恨反害了自己儿子的性命,她不敢对皇上说实情,日夜以泪洗面,沉浸在痛苦和懊悔中。

虽然八阿哥的死是继妃害的,布木布泰也很自责,她心里觉得对不住姐姐。近半年来,海兰珠忽然消瘦厌食,浑身无力,心口痛上来会大汗淋漓,皇上为姐姐请了最好的医生,医生说是积郁所至,忧思成疾。散瘀化滞的药吃了不管用,又补血行气,还是不管用。夫君皇太极又厚赐宸妃财物,又加封贤妃,赏加仪仗华盖,但是这医治不了她失子的心病,谁也无法让宸妃从悲苦里走出来,眼瞧着就瘦成了可怜见儿的人,布木布泰心里难过,常常在离开关雎宫后,独自哭上一通子。

夫君皇太极在松锦大战的前线,这是明清争夺辽东战争中的一次战略性决战。眼下漠南蒙古察哈尔早已归附,李姓朝鲜俯首称臣,大清东北后顾之忧已解除,夫君八月二十日亲率大军布阵于松山杏山之间,以十万兵力攻打锦州,要打通辽西入关通道,为入主中原扫清道路。这几日前方传报,明朝派总兵洪承畴率吴三桂等八大将援锦州,拥兵十三万驻扎松山,大战在即,皇上顾不得重病的宸妃,布木布泰就日夜守护在姐姐身边。

宸妃脸色苍白咳喘不已,人已是弱不禁风,平日甜言蜜语的继妃一帮人躲得远远的,只有庄妃在精心服侍她,一母同胞的温情让她更加愧疚。

"本布泰,我的好妹妹!我这次是好不了了!原谅姐姐好吗,姐姐对不起妹妹,姐姐娇惯一生,没有姐姐的样子,让你吃苦了,对不起!"海兰珠呜咽着哭起来,布木布泰抱住姐姐潸然泪下。

崇德六年(1641)九月十三日夜里,宸妃陷入昏迷,太医们急急赶来。

皇后搓着手没主意:"海兰珠这是凶多吉少啊。"

布木布泰说:"战事正紧,告诉了皇上恐怕会影响战局,可是,姐姐如此危急,昏迷不醒,命垂一线,要是不告知皇上,恐怕姐姐就要见不到皇上的面了!"

"这可如何是好!"哲哲没有了主意。

"姑姑,我看还是先派大臣满笃里到前线报个信儿,让皇上有个准备,我们随时将宸妃病情通报给皇上!"布木布泰有主见。

"满笃里!"皇后道。

"臣在。"

"你连夜赶往前线,将宸妃的情况告知皇上,让皇上有个准备。"

"嗻!"满笃里走了。

关雎宫泪烛残灯,宸妃已是弥留之际。皇上到底回不回来?前线战事正紧,松锦之战关键时刻,皇上离得开吗?看看可怜的姐姐,命悬一线还在苦苦期盼皇上!姐姐最后的人生愿望能实现吗?每每门帘掀起,布木布泰会以为进来的是皇上,可是,每每都是失望,来的是送药送水的宫女。

"哐当"一声,关雎宫的门被撞开了,前线的希福回来了!

"皇后娘娘、庄妃娘娘,皇上派臣传话,问候宸妃,皇上马上就到!"声音刚落,昏迷中的海兰珠一下子坐了起来,大家吃了一惊。

海兰珠直瞪瞪喊着:"皇上要回来了,皇上来看我了!本布泰,我这个样子怎么能见皇上,快,快给我梳头,就要你前天给我梳的那个样式的,盘起来,高一点好看。"

"好,姐姐,我马上给你梳头!"布木布泰含泪轻轻地给姐姐盘上头。

"姐姐,头梳好了,漂亮着呢。"

宸妃眼中闪过一股亮光,"皇上,我看见你来了,皇上,恕臣妾不能侍奉你了;妹妹,是姐姐不好,对不住你,八阿哥叫我去呢,我走了!"说完,她长吐一口气,身子往后一挺……布木布泰扑到姐姐身上嚎啕大哭!

身后的战场渐渐远去,为了心爱的人,他扔下千军万马,日夜兼程,疾驰的马蹄声,敲碎了皇太极那颗急急归家的心。天亮了,盛京到了,宸妃,我来了!皇太极一行穿破黑夜,迎来黎明。到了,到了,前面就是大清门了!

希福和几位内臣,慌慌忙忙从内宫跑出迎接皇上:"皇上,宸妃薨逝了!"

"当当,当当"一阵丧钟敲响,钟声砸碎人心,皇太极扶着大清门的廊柱放声大哭,全不顾皇上尊严。

"我来了,宸妃,我的心肝儿,你在哪里?"

进了关雎宫,海兰珠静静地,一动不动地躺在炕上,皇太极泪眼扑簌发疯似的抱起心爱的人,晚了,心爱的人走了!往日温软缠绵的身子如今已是冰冷僵硬。

"我打的什么仗,我是什么皇上,连自己的女人都保护不了!"

"爱妃,朕回来晚了,朕对不起你……"皇上泣不成声,一下子晕了过去。

皇后、妃子、大臣一拥而上,手忙脚乱把皇上抬上龙床,御医慌忙抢救。

崇德六年(1641)九月十八日晨,布木布泰唯一的姐姐,夫君皇太极的爱妃——宸妃海兰珠离世,享年三十三岁。皇太极因为来晚了一步,未得与心爱的人诀别,后悔不已,这成了他心中最大的遗憾!在之后的六天里,皇上茶饭不进,朝夕悲哭。布木布泰陪在夫君身边,泪水止不住地流,那个在科尔沁草原上和她牵着手看日出日落的姐姐再也不会回来了!

　　九月二十八日,宸妃初祭,皇太极下跪奠酒,宣读亲笔所写祭文,念罢,扶棺痛哭,不能自持。十月二十七日,皇上又追封宸妃,赐谥号为敏惠恭和元妃。看着痴情的皇上,布木布泰想,人生中能得一人如此对待,还有什么再渴求的呢!

第九章　壮志未酬

　　崇德七年(1642)二月。雪后的后宫花园里到处积满厚厚的雪，绵绵白雪将初春待发的树枝变成了琼枝玉叶，粉装玉砌，皓然一色。福临下早课过来给母亲请安，布木布泰眼前一亮，小福临锦衣玉缎，身上还挂着玉佩饰，好一位帅气、富贵的公子哥儿。

　　"苏茉尔，今儿个怎么给福临打扮得这么漂亮？"布木布泰问。

　　"回主子，昨天纳喇氏妃带六阿哥高塞过来串门，我见六阿哥穿得好，咱们阿哥显得素了，想想咱们是五宫不应比旁人差，阿哥要穿得体面才好！"

　　布木布泰沉了脸说："苏茉尔，咱们皇上一国之主，从不伤财害民，尚能常存节俭的美德，现在福临还小，以后要以他皇阿玛为垂范，教育他节俭，切记不可自恃皇子就颐指气使，生活奢靡，从小就要给他立下好的规矩！懂了吗？"

　　苏茉尔唰地红了脸，给布木布泰跪下了："嗻，主子，苏茉尔记下了。"

　　"好了，咱们去花园张弓射箭，福临，和额娘比比怎样？"

　　"太好了！"福临欢呼雀跃。

　　雪地里堆了大大的雪人，雪人的手上立着一块箭靶，箭靶上三支箭正中靶心，福临伸出三个小手指头，对布木布泰喊着："额娘，我射中了三个！"福临的小手冻得通红，却开心得不得了。几天前他父皇携皇子们出猎叶赫，众人颗粒无收，只有福临在噶哈岭射中了一只狍子，受到父皇表扬,五岁的福临好骄傲,引发了他练功的兴致。布木布泰心疼地想,福临小小年纪每天凌晨四点就起来上学,还要练剑习武,天天如此,这么小就辛苦透顶,大清皇子金枝玉叶看似尊贵,其实也是怪可怜的,可要将来文武全才,小时不吃苦也不行呀。

"主子,好消息!"永福宫内管齐朗从花园外进来兴冲冲说,"咱大清军攻破了松山关,睿亲王多尔衮和肃亲王豪格活捉了洪承畴!"

"真的?太好了!"布木布泰大喜。

"多尔衮已将洪承畴押解到盛京,就关在三官庙。"

"走,去看看!"布木布泰想看看这位明朝重臣是什么样子。

明朝降将张存仁站在三官庙主殿门外,往里探头探脑,布木布泰知道是皇上派他来劝降的。看见庄妃娘娘和皇九子到来,张存仁赶紧行礼,闪在一边。布木布泰踮着脚从窗户往殿内看。

先是看见了范文程,正在苦苦相劝炕边坐着的明朝将军。再看那人一副视死如归引颈就戮的样子,一定就是洪承畴了。

还没有容布木布泰再细细观瞧,就见那人腾地站起,指着范文程的鼻子大骂道:"你背叛了大明,投降了满州,你个叛贼,有何脸面和我说话,给我滚!"

洪承畴清秀的眉目,被愤怒移位,眉毛立起,秀目圆睁,怒斥范文程。骂到至极,他挥拳向范文程打去,范文程一个趔趄跑了出来。卫兵见状,进屋一脚将洪承畴踹倒在地,替范文程出气。

范文程红着脸出来,看见庄妃,就更不好意思,揉着胳膊,摇摇头,嘴里喃喃道:"不识好歹,不识好歹。"

福临见状,捧着肚子笑起来,平日严厉的老先生今天挨了打,弄得这么狼狈,倒是件好玩的事儿。布木布泰拍了福临一下:"不许没礼貌!"就又往窗户里看。

屋里,洪承畴从地上爬起,弯腰掸去身上的土,拽平衣襟儿,又坐回炕头一语不发。布木布泰想,这洪承畴倒是干净人儿,都这份儿上了还讲究。

清宁宫,皇太极在沉思。松锦之战明清双方各投入十多万大军,已打了两年多,如今大清军采取围城打援战法,让明军辽东精锐损失殆尽,宁远、锦州防线彻底崩溃,胜利就在眼前。生擒洪承畴可算称心,要说如意,就是必须要让他投降,这个洪承畴不可多得,清军入关的道路还要靠他这样的明将来扫平。劝降洪承畴手段也用了不少,可他是茅坑的石头又臭又硬,硬是顶着不降!前去劝降的明朝归臣文武将领和他的旧日好友,一律被打骂赶出,现在又绝食三天,水米不进,这人要真死了,对我大清不利呀,洪承畴必须拿来为我所用,可如何让他降呢?

皇后哲哲过来对皇太极说:"皇上,多尔衮、多铎、范文程求见!"

"快请进来。"

多尔衮、多铎、范文程进来行礼,皇太极赐坐。

"皇上,大学士范文程刚刚从三官庙回来。"多尔衮说。

"那洪承畴如何?"皇太极着急地问。

"唉,皇上恕臣无能,洪承畴无一丝悔意,还挥拳将臣打了出来。"范文程苦着脸。

"皇上,现在明朝投降我大清的文臣武将已然不少,不缺他洪承畴一人,不如杀了算了!"多铎赌气地说。

"不可,兄弟说的是赌气话,这洪承畴价值不一般,杀不得。"多尔衮说。

"十四弟说得对,如今我大清松锦之战全胜在即,祖大寿尚未降,宁远守将吴三桂是洪承畴的部下,招降洪承畴对明朝是个震撼;再者,清军入关,一统中原的道路上尚缺一盏明灯,通观所降明将,皆不能胜任,只有洪承畴,非他莫属!一定要让他投降,以备重用!"皇太极点点头,坚定地说。

正说着,清宁宫的门被推开了,庄妃布木布泰来了。

"臣妾给皇上请安!"布木布泰行礼后又说,"皇上在商量事情,臣妾来得不是时候。"

"全是家里人,范学士也不是外人,过来坐吧。"皇太极大悦,他希望庄妃能想出好主意。

皇后哲哲让布木布泰坐在自己身边,小声说:"正商量洪承畴的事呢。"

"臣妾也是正想着这事呢。"布木布泰也小声对皇后说,声音虽小,可是皇上听见了。

"庄妃,看来你有些想法,你说说,如何能让这洪承畴降我大清?"皇太极指着布木布泰说。

"皇上,臣妾刚刚进来,不敢胡言乱语。"布木布泰不敢贸然。

"朕知道你是爽快人,今天怎么吞吞吐吐起来?"

"皇上让说,嗯,臣妾就说。"布木布泰看看大家,说下去,"刚才我带九阿哥去三官庙看热闹,刚巧看见洪承畴打骂范大学士。不知范老注意没有,那洪承畴从地上爬起时,不是揉被士兵踢痛的地方,而是先掸身上的土,抻平衣襟儿。一个生死置之度外的人,怎还如此注重外貌?说明他潜意识里对生活充满希冀,这样的人是自绝不了的!范老您说呢?"

范文程点点头:"庄妃娘娘所说,臣也注意到了。这人骨子里并不想死。"

"好,爱妃说得在理!"皇上来了兴趣,"庄妃,你说说,能有什么办法使洪承畴投降?"

布木布泰沉思片刻,说:"皇上,臣妾想这个洪承畴,只可软取,不可硬攻,这个人吃软不吃硬。"

"可是,我们一直在劝他呀?"多铎说。

"劝的方法不对,不到火候。"布木布泰不紧不慢地说,"我看洪承畴乃性情中人,又听说洪承畴日常举止岸然体面,特别在女人面前是谦谦君子。我想,要是由女子出面劝他,至少他不会怒目相对、拳脚相加,有些话就好劝解了。"

"哪里有可以胜任如此重任的女子?"皇太极问。

"臣妾想出面劝降。"布木布泰一语既出,四座皆惊!

"不可以,嫂嫂,你是皇妃,不能出头露面!"第一个反对的是多尔衮!多尔衮急切地说:"那洪承畴一如困兽,狗急跳墙再伤了嫂嫂,那可不行!"这是他的心里话。

皇太极不语,看着红头涨脸的多尔衮。

"庄妃娘娘说的,不妨一试。"大学士范文程点点头表示同意。

皇太极还是不语。

"嫂嫂出面劝降,如果皇上不反对,我也同意。"多铎表态了。

皇太极仍不说话。

"庄妃的汉语说得好,人也机敏,男人们劝的结果不好,现在也只有试试庄妃的主意了,不知皇上意下如何?"皇后问皇上。

皇太极看着布木布泰,还不说话。

"大清问鼎中原就在眼前,劝降洪承畴是国之大计。我大清女子,从小马革缠身,骑射原野,没有汉人那样多的封建礼教束缚;再者,这几年,在皇上的教诲下,臣妾对汉族文化稍有积累,汉语流利,用满汉共通的道理劝解洪承畴,容易取得共识;还有,以后妃的身份出面,说明皇上很看重汉族官员,我想会打动他的。皇上,臣妾愿为皇上效力解忧,就让我试试吧!"布木布泰起身给皇上跪下了。

"本布泰,你可想成熟了?"皇太极终于开口了,"你一个女子独闯监牢,真就不怕世间的风言风语?万一那洪承畴伤害于你,如何是好?朕也不放心哪!"

"皇上,其实劝降洪承畴我一个人是做不来的,我要苏茉尔跟着,这样可以挡住世俗的风言风语,更重要的,我还要请皇上在门外护着我,只要洪承畴心意回转,皇上就出面安抚他。只有皇上您亲临,此人才可服我大清!"

"好!"皇太极龙颜大开,"庄妃的主意好,为我大清,你我出面唱一台好戏,就这样定了!"

多尔衮还要再说什么,见皇太极主意已定,便将话咽在了肚子里。

回睿王府的路上,多尔衮闷闷不乐。打江山是爷们儿的事情,怎么能让女人独自承担风险,更重要的是,他在意布木布泰的安危!皇上同意,他无可奈何,就像自己的宝物被别人掏走了一样,心里空落落的。转过念来又想,唉,这就是本布泰,一个女人关键的时候能站出来,有勇有谋,舍身取义,这是他想忘也忘不掉她的原因之一。他明白,心里仍旧深深地爱着这个女人。这个女人的魅力不是来自容颜,而是她内在的人格,不管过多少年,尽管她已是皇妃娘娘,想拥有她的念头不会熄灭。

三官庙内,大殿东墙上的一抹夕阳余晖渐渐地移走了,室内暗了下来,冷气渐渐袭来。洪承畴蜷缩在土炕上,冰冷的炕席硌得他浑身痛,水米未打牙已经是第七天了,肚子饿得咕咕叫。心想自从受崇祯皇上之命,率八总兵,十三万军队,一年粮草,出山海关驻镇宁远,往救锦州以来,自己主张且战且守,步步为营,才使战局稍见好转,偏偏皇上又派兵部尚书陈新甲来督战,还有那个张若麟跑来监军,从中作梗,自己难以从容布阵。退守松山后,遭清军四处伏击,存放在笔架山的粮草就被劫了,一困就达半年之久,粮尽援绝,处境艰难。即便如此,要不是该死的松山城守副将夏承德与清军密约为内应,自己也不至被俘身陷囹圄。到盛京后,清军劝着剃头易服投降,真太可笑!想我洪承畴二十三岁中举,二十四岁中二甲进士,从文历任刑部主事、郎中、两浙提学道佥事、江西兵备道按察副使、粮道参政、延绥巡抚;从武任三边总督、授兵部尚书、总督关外五省军务转战中国南北沙场,为明王朝立下了汗马功劳。一个大明重臣,堂堂七尺汉子岂可向外族低头!想让我剃头,那就伸出脖子让他们直接砍了,痛快一死!

前几天,来劝降的人全被洪承畴打骂走了,到了现在,洪承畴已经没有精力再骂谁打谁了,他面壁而卧,一语不发。今天,饭照样按时送,他照样不吃不喝,和前两天不同的是,整整一天没有人再来理他。昨天他骂张存仁,打范文程,脾气发出去,心里很痛快,今天少了劝降的说客,他觉得有点寂寞。躺着躺着,忽然就想起昨天在赶范文程出去的时候,他好像看见院子里有两位年轻满族女子领着一个小孩儿,这让他眼前出现了家里的老老小小,先是父亲母亲,再就是儿女,还有妻子和几房爱妾,心中思念和担忧搅在一起。自己被俘的消息,京城皇上一定已经知道了,围着北京城西南面的是李自成的军队,东北面是大清的军队,皇上现在也是焦头烂额,临危之际谁来救驾?崇祯皇上一定又在发脾气了,发了脾气又不知是谁来做替罪羊。皇上对身边的人越来越多疑,谁也不信任,自己被俘了,就是活着回去了,皇上今后还会重用吗……想到此,洪承畴更是但求一死。转念又一想,自己受了这么大的苦,遭了这么大的罪,为大明死了,皇上将来对自己的家人会怎样呢?皇上求求你,一定要善待我的家人……

正胡思乱想,就听见殿门"吧嗒"一声,有人进来了。

一声轻柔软语:"洪将军,这几日身体还好吗?"带来一缕香风。

是女人?牢房里怎么会进来女人?

绅士意识让洪承畴翻身坐起,一阵心虚,眼冒金星,晕眩过后,他才看清进来了两位年轻女子,汉人打扮,前面的女子华丽尊贵,落落大方,后面的像是侍女,也是亭亭玉立,手中拎着一个陶壶。

"你们是何人?来此地做什么?"

"我们敬重洪将军,听说洪将军被俘英勇不屈,特来看望。"

"将死之人,有何可看望的!"洪承畴说完,就觉得有些眼熟,猛然认出就是昨日看到的在窗外带小孩儿的女子,他立刻警觉起来,疑惑地说道,"昨日在窗外女子想必是你们吧?昨日是满人着装,今日为何又变为我汉室着装?"

"不瞒将军,昨日正是我们,那小孩儿是我的儿子,是放学路过这里。洪将军好眼力,我们是满族女子,只因洪将军是汉人,为了尊重您,故而特换了汉服来见。"布木布泰落落大方地回答,接着又不失时机地问,"洪将军有几个孩子?"

"囹圄之人,谈何儿女,只怕是今生再也难见了!"

"洪将军太过悲观了,将门出虎子,想必洪将军的孩子个个优秀,将来可以替父孝养高堂。只是,洪将军父母妻儿可知将军今日之状况?"

提起高堂父母、家室儿女,洪承畴最放心不下的就是他们,他五内俱焚,不由得"唉"地长叹了一口气。

"将军弃世之前可有话要留给他们,我可以想办法给将军带过话去。"

"你们到底是何人?如何可以给我带过话去?"

"我是大清皇上的庄妃,仰慕汉文化久矣,早就闻听大明朝有一位文武奇才洪承畴,恨不得见。今日得我们皇上同意,特来一见英雄,给洪将军送行。只要明朝的皇上不加害洪将军的家室,将来我们去了北京,会给将军家里的人捎话儿,将军为明朝而死,大义凛然。只是,可惜那时明朝的皇上早就没有了。"

"你是……皇妃?"大英雄的眉头第一次皱了一下,伴着疑惑的眼神。

布木布泰点点头说:"怎么,洪将军不相信?"

"那么你们来,你们的皇上是知道的?"

"当然知道。我们皇上非常敬重洪将军,在我们面前谈起洪将军来是钦佩有加。皇上说,明朝的皇上要是多用一些洪将军这样的人,少信一些宦官宠臣,明朝就不会到今天这个地步!"

布木布泰的这番话说到了洪承畴的心里,他不由得对眼前这位皇妃另眼看待起来。洪承畴下意识又长叹一口气。

"人人皆知,现在的明朝纪纲紊乱、吏治腐败、财政竭绌、边备废弛,民怨积深,各种社会矛盾不断积累恶化;李自成起义军正风起云涌般攻城略地,北京城腹背受敌,朝野上下惶惶不可终日。不怕洪将军不爱听,明朝灭亡就在眼前,不可避免。大清不会让李自成占了北京,大清要入主中原接替明朝!我们皇上是要建立大一统的华夏国家,满汉本一家,那时,国家的治理还要靠洪将军这样的人才。大清皇上爱才若渴,将军应该也知道,大清学习汉化体制,推行汉化改革,网罗数百汉族文人名士,对明朝投奔过来的英才,封王封侯,荣宠备至,就是为了给当世的英雄豪杰们一个施展抱负的机遇,让国家和老百姓受益。古来识时务者为俊杰,投明主,择秀木。我们皇上惜才,不想让洪将军无谓地去死,才几次三番派人前来劝慰将军。"

洪承畴低头不语。这些道理,前几天范文程、张存仁等人来劝解他也苦口讲过,他当时不是没有听进去,而是"一臣不事二主"的信念在支持着他。他也暗想过,皇太极的礼贤下士和宽广胸怀确实不一般,就此一举清朝就有可能成功,而明朝的腐败已很难重振基业。今天,这些道理又从这位皇妃口中娓娓道来,更让他感觉到清朝巨大的政治影响力。

布木布泰见洪承畴心意已动,面露惋惜地说:"当然,我来不是劝降将军的。我懂得'三军可夺其帅,匹夫不可夺志也',将军之志不可夺,将军可以不弃旧图新,我只是替将军可惜。想明清两军交战以来,你们明朝的将士有谁立了功名,保了身家呢?不是阵亡就是被你们皇上责难。将军就是活着回去,等着您的恐怕也会是严刑峻法!将军为昏君去死,值与不值,咱们各有结论,也不强求一致。今天洪将军绝食而死,小女子也不拦着。只可惜世上少了一位精英,阴间又多了一个袁崇焕!"

庄妃的"一个袁崇焕",霍地让洪承畴想起了北京城西市那个血淋淋的场景,他闭上了眼睛。袁崇焕,那是大明一代英豪,是洪承畴敬仰的人,他的死曾让洪承畴彻夜难眠。此刻洪承畴的心火辣辣地痛了起来。如果崇祯皇帝不逼自己改变战略,不派人监督自己干扰自己,岂能落到这步田地?自己为大明守节,可是大明的皇上却不信任自己!现在他是求死死不得,求生生不得啊!洪承畴不禁又长叹一声。这第三声长叹,他就觉得山要崩,地要陷,一切在眼前晃动起来了!

庄妃看到这个大英雄已经不似传说中的那般坚毅,在她成功的喜悦中骤然夹杂了一丝惋惜。她定定地看着洪承畴,眼睛一眨不眨,就像一个猎人盯着不远处的猎物,尽管它曾经凶猛暴烈,此时已遍体鳞伤血流如注,但它仍可能奋起一搏致人死命。她要在洪承畴站立不稳的膝弯处狠狠地踹上一脚,让他彻彻底底地跪下!

洪承畴也在看着庄妃,他不明白自己的坚如磐石,何以在这个异族美女面前忽然显得单薄起来了。自己可以算是阅人无数,以今天阶下囚的身份,对这个女人的美色绝无半点奢望,可是,就在刚才不多的言语交锋中,他感受到了在那美艳如花的俏脸后面,有一股强劲的力量让他不由得按照她的思路去想问题,这样的思路,是他从没有想过的,当然,这种新奇也伴随着一种自己并不熟悉的……认同。想一想,不无道理。但是,沿着这样的思路走下去,结果会是怎样的呢?洪承畴不敢再想,他想到了皇上、自己的僚佐和族亲……

不给洪承畴更多的思考时间,庄妃淡淡一笑:"我知道你现在只求一死,尽忠皇上,名垂千古,将军放心,大清日后横扫中原挥师平南一统天下,忘不了给你们这些勇烈军魂树碑立传。"她故意停了一停,给洪承畴一个说话的气口儿。

洪承畴很君子地施了一礼:"谢谢皇妃的美意。我洪承畴今天虎落平阳,只求慷慨而去,留给天下一个壮烈。生是大明臣,死是大明鬼。有什么痛快的,来吧,我绝不眨一下眼睛!"

"好!我佩服洪将军的决绝,感天动地!说句实话,大清皇上知道无法让洪将军投降,更是敬佩有加,特让我们穿上汉族服装来给你送行,让你最后看着汉族女人闭上你的眼睛。"她扭头说,"苏茉尔。"

苏茉尔会意地从提壶里倒出一碗茶,双手端给庄妃。庄妃接过,转过身,恭恭敬敬端到洪承畴面前:"洪将军,让我来成全你的壮烈吧。这是一碗下了毒的茶,皇上要给将军留一个全尸,重金厚葬。请将军……"声音的哽咽中,眼里有泪光闪动。

洪承畴愣了一下,他看到小碗里茶水在微微动着,端着碗的漂亮手指在微微颤抖。这个美丽的女人竟具有他想象不到的魔力……那个思路的尽头就在眼前,他却不知道是怎样走过来的……

无论如何,一切都是多余的了!他端起碗,一饮而尽,顺手把碗扔在地上。坚毅,重回到他脸上。

庄妃此时才像是第一次发现,这本是一张相当男人的脸,棱角鲜明,气质上有一点儿像……多尔衮。她要说话,要阻断自己的思绪:"洪将军,喝下毒,意味着什么?"

"马上就要走了。"

"也就是说,这些天慷慨陈词的洪将军为国尽忠了?"

"当然。"洪承畴腹内依然固我,莫非女人下的毒起效慢……

"洪将军!如你所言,原来的那个洪承畴刚刚到另一个世界去了。如今,站在我面前的,已经是另一个人了。"庄妃的笑中,横生出几丝非同寻常的妩媚。她知道,成功就在眼前。门外的皇太极,你可要沉得住气呀!

洪承畴惊愕得闭不拢嘴,半天没吱声……

庄妃走近了几步:"大清皇上一向敬重洪将军。这些天,将军宁愿肝脑涂地的忠烈,证明了将军是光明磊落的真豪杰。刚才,咱们共同把那个洪承畴送到了他该去的地方。大清要一统天下,结束天下生灵涂炭的惨状,必须有洪将军这样深明大义之士的襄助啊!大明,危机四起,大势已去;大清入关,旦暮之间。天意昭昭,天意难违呀!"

洪承畴在嗅到女人芳香的同时,神智清醒了。尽管他的眼睛一直看着空中一个不确定的点,神情木然,但对庄妃的话,他一字不落地听进去了。"那个洪承畴"已经走了,生灵涂炭,大清入关,天意难违……呼地一声,洪承畴轰然倒下,跌坐在地。

庄妃看了苏茉尔一眼,又马上急切地叫道:"洪将军……"

苏茉尔重重拍了拍双掌,门外随即传来护兵的声音:"皇上驾到!"

洪承畴一震,泪眼中,他看到庄妃和侍女恭恭敬敬地给来人行礼,闪在一旁,一位身材伟岸、气宇轩昂的男人走进来,面色白皙气度非凡,这是清朝的皇上!和崇祯不一样,皇太极的神态坚毅中透着慈祥自若,散发着一股亲和的人格魅力,双眼透出严峻凛冽威慑之美,让人不可抗拒。这是一个能治国安邦成大事的男人!

"洪将军,朕来看看你,这几日让你受惊了!"皇太极微笑着说。

洪承畴没想到清朝的皇上会亲自来看他,刚刚庄妃的一席话已让他的心经历了大起大落,一切来不及再思考,他禁不住双肩颤抖,一时不知如何回答。

皇太极环顾四周,见囚牢殿内冷冰冰,洪承畴在瑟瑟发抖。他对洪承畴说:"殿中这样冷,将军冻坏了吧!"说完,皇太极走到洪承畴身旁,脱下身上的貂裘大衣,亲手将大衣披在洪承畴身上。

只这一个动作,彻底让洪承畴坚冰化解!崇祯皇上从来没有这样对待过臣下,两朝之君两样襟怀,以清代明,大势所趋。洪承畴泪流满面,口中喊道:"真命之主!我洪某人今日不拜,天理不容!"

自此,洪承畴归顺了大清,以文韬武略,成为开清功臣,直到康熙四年二月十七日,病逝北京,终年七十三岁,葬于北京西直门外八里庄。

布木布泰第一次在政治上崭露头角,就以她的聪慧机敏、善于捕捉心灵的言辞取得了成功,为成就夫君皇太极入主中原,争取到一位难得的向导。这件事为她带来了荣誉,皇上为此赏赐给她一块玉珮,对她宠爱有加。在后宫,她的地位开始发生变化,皇后哲哲大事小事总爱找她商量,继妃也不敢再酸溜溜地找事儿。从政成功的喜悦,让布木布泰重新认识了自己,她发现自己有一种应对挑战的潜能,似乎只要有一个舞台,她就可以叱咤风云,舞出一个别样人生。

崇德七年(1642)三月,明朝总兵官祖大寿率锦州守军降清,至此,关外锦州、宁远、松山、杏山四座重镇全部归属清朝,持续近三年的松锦之战奏捷。努尔哈赤萨尔浒大战是"太祖一战而王基开",皇太极的松锦大战是"太宗一战而帝业定",皇太极多年梦寐以求的愿望就要实现,大清挥师入关,横扫中原就在眼前。

一个白色毛茸茸的小球蹦蹦跳跳落在地上,两岁的十一阿哥小博穆博果尔开心地"咯咯"笑着弯腰捡起,用力抛给对面的小侍官,稚嫩的小手动作笨拙,小球没有飞远,却飞向跑来的福临。福临一把接过小球,拿着球,拉着六阿哥高塞跑了。

小博穆博果尔追着喊:"福临哥哥,那是我的小球,还给我!"

"谁抢到就是谁的!不给!"

小博穆博果尔愣了一会儿,"哇"地大哭起来。

听到哭声,布木布泰赶来。

"为什么抢弟弟的小球?"布木布泰一把拉住满脸得意的儿子。

"谁抢到就是谁的!"福临把球藏在身后。

布木布泰从儿子手中拿下小球,还给博穆博果尔,博穆博果尔破涕为笑。这回是福临"哇"的一声大哭起来。

苏茉尔赶紧抱起福临,布木布泰一把拦住:"苏茉尔,放下他!"

福临站在地上,仰着脸,双眼紧闭,故意大声地哭,布木布泰摇摇头,别过脸去不理他。福临哭了一会儿,紧闭的眼张开一条缝儿,偷偷用余光看着母亲,见母亲不理他,于是又加一把劲儿,哭声大增。

苏茉尔搓着手团团转。

僵持了一会儿,宝贝儿子哭得声嘶力竭,布木布泰心软了,叹一口气,对苏茉尔说:"去吧,去器械房拿个小球给他,别再让他哭了。"

这场战争母亲败下阵来,儿子胜利了。在以后的日子里,他们母子俩将有无数次这样的战争,在儿子面前,布木布泰往往是战败者。

福临刚被苏茉尔抱走,就听见永福宫外一阵嘈杂,布木布泰往外一看,一群人从东配宫侧院出来,是大阿哥豪格,看来是刚刚去了母亲继妃那里。就见豪格穿着父皇刚刚赏赐给他的战袍,青春得意,好不威风。松锦之战,豪格战功凛凛,又俘获了洪承畴,父皇夸奖,阿哥们也羡慕,豪格翻身上马,前呼后拥而去。布木布泰动了心思,这个豪格真是不能小看,前几年,因为他岳母莽古济想谋害皇上犯了事,豪格对他父亲说:"我是皇上的儿子,妻子的母亲想谋害皇父,我怎么能与谋害皇父的女人同处呢?"回到家,二话不说拔出刀来,眼睛都不眨一下,竟然亲手杀了和他青梅竹马的妻子,也真是个心狠手辣的主儿!这几年他跟随他父皇南征北战,屡拔城池,克敌建功,战功卓著,三年不到,皇上封他为和硕肃亲王,授予册印,成为拥有正蓝一旗强大实力的六大和硕亲王之一。豪格身为皇长子,三十五岁正当年,在诸皇子贝勒中前程远大,风光无限,怪不得继妃总以豪格为荣,人家的儿子也确实争气。自己的福临还小,又这么任性,唉,不争气的儿子几时才能长大成事呀。

天渐渐黑了下来,一弯新月升了上来,细细的,弯弯的,像一把镰刀挂在西边天上,满天的繁星镶嵌在墨蓝的夜空里。布木布泰坐在庭院里乘凉,皇上还在崇政殿办公,她有点儿不放心。夫君戎马在身,松锦大战浴血征战,胜利了也还这样日夜操劳。为了让皇上散心休息,昨天,她和大臣们陪着皇上去西山打猎,谁知回来的路上,皇上偏偏要绕道浦河,起初谁也不知皇上的用心,等到了浦河边宸妃墓,大家才明白,原来皇上惦记着宸妃,皇上在墓前痛哭了一大场。自打姐姐去世,夫君一直也没有解脱忧伤,身体状况明显不如以前,好几次流鼻血,真是令人担忧。

"额娘,您看,天上有一只弯弯的小船。"是儿子福临来了,苏茉尔拉着他,小家伙指着天上的弯月亮。

"福临儿来啦?"

"额娘,是我。"福临乖巧地趴在母亲的腿上,嘟着小嘴说,"额娘,还生气吗?白天是福临错了!"

"知错就是好孩子,以后要听话。"布木布泰亲亲儿子的小脸儿。

福临点点头。

"苏茉尔,提上我给皇上煲的阿胶黄芪子鸡汤,咱看看皇上去。"

崇政殿灯火通明,皇太极在灯下批着奏折,见庄妃带着九阿哥来了,非常高兴。

给皇上行礼拜过,布木布泰说:"皇上,这么晚了,还在忙着,臣妾放心不下过来看看,皇上歇息一下吧。"

皇太极放下御笔,摇摇头说:"歇不得呀,白天北京那边派兵部尚书陈新甲过来议和,明天要给他答复。"

"明朝来议和?那崇祯是觉得打不过了吧。"

"内地耳目来报,李自成的大顺军正往北京逼近,崇祯腹背受敌,难受着哪!"

"夫君,那我们不如乘势而入打过去,还和他议什么和呢?"

"爱妃这个想法不少大臣也和朕提过,清军入关是早晚的事情,不过不是眼下。"皇太极愿意和布木布泰讨论一些事情,"眼下我们要是入关,将面临明朝和大顺两支力量,以一虎抵两狼,虎欲胜也是难,可说是事倍功半!况且我们松锦一战耗时三年,战后民生亟待养息,如果大清不休养民生,一味征战,也恐起民怨。现在明朝来议和,这是给了我们机会,将主动权交给了我们,你看看我刚刚拟写的议和条件,他要是答应,我们趾高气扬国威大张,他要是不答应,我们随时可以开战入关!"皇太极说完,将桌上的一纸文书递给布木布泰,布木布泰接过来细细阅读。

只见上面写着"为了休兵战,养息人民,清国同意议和,两国互通庆贺吊唁,明廷每年要向清国缴纳钱币,互换叛逃人员,定国界,开通互相交换商品的市场"等林林总总议和条件。

"皇上说得太好了!过去我们要为明朝进贡,现在反过来要让他给我们大清缴纳钱币,仅此一条,可说是扬我大清国之威,不管他明朝接受不接受,灭他那还不就是我们易如反掌的事了。夫君远见卓识,所言极是!"布木布泰从心里钦佩夫君。

见布木布泰赞同,皇太极笑了。庄妃就是这样善解人意,携皇子来看他,带来的是轻松愉快,这就是他最好的休息。他抚摸福临的头,仔细地端详,从这孩子出生,皇上顾不上亲近,一晃过去五年多了,福临长大了。孩子瘦瘦的,看得出将来会是个高挑儿的精明小伙子,白皙的皮肤、挺拔的额头像父亲,清秀的眉目像母亲,整体看上去像母亲更多些,不知怎地这孩子身上还有海兰珠的影子,皇上温情涌起,轻轻抱起福临放在腿上。

福临高兴,从来没有和父亲这样亲近过,他好奇地看着父亲身前书案上的书籍文案说:"皇阿玛,您这里有这样多的书呀。"

"皇儿,你的书读得如何?说给朕听听。"

福临歪着头想了想说:"皇阿玛,孩儿现在每天都去学堂读书,我们已经读到《礼记》第四十二篇《大学》了。"

"哦?《经》和《传》全读了吗?"

"父皇,我们刚刚在读《经》一章,老师说《经》是孔子的话,先解透孔子的精神,然后再学习曾子的十章《传》,就会容易多了呢。"

"《大学》为初学入德之门,要学透彻不容易。皇儿,你要记住,自天子以至于庶人,皆以修身为本,父皇现在也还在学呢!"

"嗯,福临记着。"福临眨眨眼,点点头。

"福临,好皇儿,你长大要向你豪格哥哥那样,为国建功立业,你豪格哥哥很小就去征战,没有像你这样学习的条件,武有余而文不足,这是他的遗憾,你现在作为皇子,切记勤勉学习。还有,我爱新觉罗子孙,八旗子弟,建基业开疆土,不光学文也要习武,要骑马射箭,文武双全才是栋梁之才,知道吗?"

"皇阿玛,孩儿记住了,孩儿一定不辜负父皇的期望,好好学习。"

看着皇上放松了身心,和儿子沉浸在天伦之乐中,布木布泰长出了一口气。她更高兴的是,儿子竟能和他父皇讲究学问,对答如流,看来这几年对儿子的教育没有白费心思。布木布泰转过身,接过苏茉尔手中的提壶，为皇上倒上一碗热汤，亲口试了试，汤汁温热正可口，她轻轻放在皇上案头说："皇上，这是臣妾亲手煲制的阿胶黄芪子鸡汤，补养气血，喝一点儿，补补身子吧。"回头对福临说："福临，快下来，让你皇阿玛好好歇歇。"

"嗯。"福临乖巧地从皇太极腿上下来，仰起小脸儿对父亲说："皇阿玛，您歇歇吧，福临听话。"

皇太极笑了，自己的妻儿如此体贴入微，他端起汤，一饮而尽。

皇太极走到布木布泰身边，当着儿子和苏茉尔，他没好意思再有什么亲热举动，拉起她的手使劲攥了攥，轻轻说："朕的爱妃，回去吧，我刚刚传了范文程、多尔衮、济尔哈朗和豪格过来一起商议议和之事，还要再忙一会儿，你们先回去，也早些歇息。"皇上的深情从手上流到心里，布木布泰感到了温暖和满足。

得到了父皇的夸奖和关爱，福临高兴，出了崇政殿就兴奋地在前面跑跑跳跳，布木布泰在后面喊他："天这么黑，别跑，当心摔着！"

福临跑远了就停下来等一会儿，看着母亲和苏茉尔姑姑，"哎呀，你们女人就是走得太慢！"说完就又跑，快到凤凰楼时，欢蹦乱跳的福临撞上了从协中斋出来的一个人，那人"哎呀"一声，小福临立即乖乖定在原地，既不蹦了也不跳了，怯生生地叫了一声："十四叔，是我。"

布木布泰一看，是多尔衮。

多尔衮喜出望外，笑着说："是你们，这么晚了，来看皇上？"

"嗯，十四弟，我们刚从皇上那里出来。"尽管是黑夜之中，布木布泰还是感觉到多尔衮热辣辣的眼。

"天这么黑，你们要当心，小福临别跑了，当心摔着！"多尔衮说。

"知道了，谢谢十四弟，皇上在等着你们呢，快去吧。"布木布泰笑着说。

"好，我这就过去。"多尔衮说完大步向崇政殿走去，高大的身影在黑夜中一晃一晃的，布木布泰看着他走远。

福临不再跑了，他紧紧拉住额娘的手，好像怕额娘跑了，心绪一下子跌下来。不知为什么，他不喜欢十四叔，福临特别不喜欢十四叔看着自己额娘的样子,尽管十四叔对他也很好,还时常抱他,管他叫儿子,可是他总感觉十四叔是一座山,要压倒他,他大气不敢喘,他有些怕他,怕他抢走额娘。

布木布泰见刚刚还撒欢儿的儿子蔫儿了,还以为多尔衮给他撞疼了,关切地问儿子:"怎么了,儿子,撞疼了?"

"额娘,我没事儿。"福临摇摇头,拽紧母亲的手,加快了脚步,不再说话。

崇德八年(1643)八月九日一大早儿,永福宫穿衣镜前。布木布泰给皇上系好衣扣,整好朝服,见皇上脸色不好,就轻轻给皇上揉后背放松。

皇太极皱着眉头说:"本布泰,这两天我总觉得左边膀子不得劲儿,胸口也不时地痛。唉,这真是山太险峻就会倒下,树木太高容易折断,人老了就会衰弱,岁月不饶人哪。"

"皇上说的是哪里话,男人五十一枝花,正是年富力强,怎么就老了呢?"

"古人云'五十而知天命',不服不行啊。"皇上感叹道。

"皇上,身体不舒服就别上朝了,歇息吧。"布木布泰关切地说。

"歇不得,今天又有不少的事情,一会儿就要接见土默特部落前来贡马的甲喇章京大诺尔布、小诺尔布,还要会见从西藏远道而来的格隆喇嘛,还有许多的奏折没批呢。"

"皇上太累了,千万要注意休息,臣妾也帮不上忙,中午皇上到永福宫来,我再给皇上好好揉一揉。好吗?"

"好,本布泰,我的好女人。"皇太极轻轻抱了她。

布木布泰不会想到,这是夫君给她的最后一个拥抱!

皇上上朝去了,永福宫安静下来。整整一上午布木布泰就觉得心里慌慌的,干什么事情都没着没落。过晌儿了,皇上也没来永福宫,知道皇上还在操劳没时间回来,布木布泰靠在凉榻上迷迷糊糊睡着了。就觉得自己提着提篮去崇政殿给皇上送饭,刚进大清门就又遇见了那个红衣喇嘛,那喇嘛癫癫狂狂喊:"庄妃、庄妃,这回你可要孤单喽!"说完,就用手中的禅杖将布木布泰拎的提篮挑走了。布木布泰使劲追,腿就是跑不起来,一步一步地好艰难,她气极了,忽地醒了,原来又是一个荒唐的梦!布木布泰起来,腿还真是有点麻,梦魇一场,心里觉得怪怪的,怎么老梦见这个红衣喇嘛呢?她没心思吃饭,叫上苏茉尔,去了清宁宫。

正赶上皇后大女儿固伦公主马喀塔回来省亲,马喀塔扑在皇后身上,母女俩抱着哭一会儿,又笑一会儿。布木布泰触景生情,自己的女儿雅图十四岁就嫁给了弼尔塔哈尔,远在科尔沁也很少回来,不禁心也是酸酸的。

傍晚,皇后设家宴,招呼大家一起进餐。晚宴皇上没有来,还在崇政殿和大臣们忙着商议事情。

就在这天夜里,内官来报:"庄妃娘娘,皇后请您速去清宁宫,皇上病重了!"

"啊!"布木布泰心"咯噔"一下提到嗓子眼儿,夜已深,皇后没有大事是不会叫她的,皇上肯定病得不轻!她不顾一切往清宁宫跑。

宫内一片慌乱,宫里的御医们也在往清宁宫跑,后宫的几位主子也往清宁宫奔来!在清宁宫门口,侍卫奉命拦下其余人,只让御医和五宫皇妃进门。

东暖阁里,皇上平卧在炕上,御医们满头大汗地抢救着。

"白天还好好儿的,从崇政殿忙回来,说是有点累,要一个人在东暖阁的南炕上坐会儿,一下子就昏过去了!"皇后哲哲哭着说。

"御医,御医,快,快抢救皇上!"布木布泰哀求着。

为首的御医,扑地跪下,浑身颤抖地对皇后说:"娘娘,恕臣无力回天,皇上驾崩了!"

皇后瘫倒在地。

众皇妃、王爷和满汉群臣在清宁宫内外跪倒一片,顿时,清宁宫哭声大作!

巨星陨落,举国哀伤。在清军入关前夕,崇德八年(1643)八月九日亥时三刻,皇太极端坐在清宁宫东暖阁的南炕上,心脏病突发,英年离世,年仅五十二岁。

大行皇帝的丧礼庄严肃穆,举国哀痛。太庙立宣奉祀,以皇太极有德可尊,追尊名号清太宗,谥号应天兴国弘德彰武宽温仁圣睿孝敬敏昭定隆道显功文皇帝。布木布泰泪眼扑簌地望着她的夫君,开国皇帝爱新觉罗·努尔哈赤第八子,大清第二代皇帝爱新觉罗·皇太极静静地睡在一片白色的海洋里,面容安详,夫君抛下他的妻妾、儿女、兄弟,抛下他的建国大业,抛下他的群臣子民,断然走了!皇太极是布木布泰的第一个男人,他是她的导师,他给了她父亲般的爱,他让她的人生绚丽多彩,她爱他,敬他。布木布泰吞咽着流到嘴里的泪水,在震天的哀乐和哭声中,那个梦涌上心来,"庄妃、庄妃,这回你可要孤单喽!"今后的路要自己走了!

丧礼过后,布木布泰来到了崇政殿。悲伤笼罩下的崇政殿出奇地安静,一缕阳光照射在夫君坐的鹿角椅上,光束中尘埃渺渺,布木布泰就觉得皇上还坐在那里批着奏折,处理着军国大事。就在前几天,夫君还坐在这把椅子上抱着福临和自己唠家常,夫君那轻柔的拥抱余温尚在。布木布泰走上宝台,轻轻抚摸着围护在鹿角椅上的鹿角,那尖尖的角枝,犹如把把锋利的刀剑,还在尽职尽责地等待护卫它的主人,睹物伤情,令人心碎。

回想夫君的一生,这位爱新觉罗家族的杰出男人,从赫图阿拉城一路走来,和他的属相一样是一条叱咤风云的巨龙。他继承汗位,创建大清,开基称帝,在位十七年,他加强集权,改革体制,设立了都察院和理藩院等"三院六部二衙门"的政府架构;他发展经济,"治国之要,莫先安民",将"各处余地"归公,发给民户耕种,体恤民力,使百姓能"专勤南亩,以重本务";他协调满洲、蒙古、汉人之间的关系,"譬诸五味,调剂贵得其宜",通过考试儒生,网罗汉族知识分子,重视汉族地主和明朝降官降将,对他们采取招降收买政策,大凌河战役后,对大批降将赐以庄田、奴仆、马匹并委以官职,"仁声远播",孔有德、耿仲明、尚可喜、沈志祥等明朝将领纷纷自愿来投;他强兵建国,统一漠南,屡败朝鲜,四面结盟,加强八旗兵的战斗力,不断颁布军律和加紧制造火器,满洲八旗之外创立了汉军八旗和蒙古八旗。这个男人,遭遇了十二岁生母早亡的人生最不幸,承受了最痛心的爱妃早死和爱子夭折,经历了最失意的兵败宁锦,坚强地走过他的人生坎坷。他跟随父汗夺得萨尔浒之战的胜利,智除袁崇焕,恩招洪承畴,亲自指挥松锦之战夺得胜利。眼看着就要进军中原,完成统一中华之大业,却突然倒在胜利的门槛前,这位"上承太祖开国之绪业,下启清代一统之宏图"的创业之君,储位未定,大勋未集,带着遗憾猝然离开了人间!布木布泰又想起夫君对自己的恩宠,从辽阳的东京城到沈阳的永福宫,共度十八个春秋,夫君给了她这个科尔沁来的小姑娘别样人生。忘不了婚礼上夫君怕自己这个蒙古族女孩儿不习惯满族的装束而摔倒,紧紧地牵着自己的手;忘不了在新婚之夜引导她成为女人,给她最体贴的柔情蜜意!还有十八年如涓涓溪流般的嘱咐教诲,错了罚,对了夸,这个男人是父亲,是兄长,是她的天,如今她的天塌了,所有的这一切全随着这个男人的突然离去而带走了!今后她将孑然一身独自走在人生的路程上,有谁会再来扶她、牵她的手!布木布泰禁不住趴在鹿角椅上失声痛哭。

不知哭了多久,布木布泰只觉得手脚麻木,身心俱碎,她有一刻竟然不知自己身在何处,只听见苏茉尔轻轻呼唤自己:"主子,主子,别再哭了!""主子,再哭就要哭坏身子了!"

布木布泰渐渐醒过来,苏茉尔搀扶起她,为她擦去眼泪,心疼地说:"主子,我们回去吧。"布木布泰无力地点点头。

在凤凰楼的回廊里,一个宫女拎着提篮急匆匆往东配宫走,险些撞在布木布泰身上,苏茉尔扶着布木布泰闪开了,谁知那宫女竟然连个礼也没有,更别说赔不是了,扭身就要过去。

苏茉尔大喝:"站住!不懂规矩的东西,不认得庄妃娘娘?"

那宫女涨红了脸,无奈地站住,给布木布泰跪下赔礼。

布木布泰无心思和她计较,挥挥手说:"罢啦,以后走路当心。"

宫女起身对苏茉尔撇撇嘴,小声嘟囔:"主子还没说什么,你倒神气!"说完转身往东配宫走,嘴里还在嘟囔着:"哼,再过几天,我们主子做了太后,看你还狂气!"

这句话,布木布泰听到了,一个侍女竟如此猖狂!她站住,问苏茉尔:"苏茉尔,这是哪个宫的?"

"好像是继妃那里的。"

"哦,继妃?"布木布泰的心沉了下来,她意识到,你死我活的争夺皇位之战已经拉开序幕!谁人将端坐在夫君留下的宝座上?自己还沉溺于悲伤之中,可是,已经有人在迫不及待地准备登场了!

刚回到永福宫,婉儿传皇后话儿,叫布木布泰到保极宫,皇后召见亲王、郡王商议要事。布木布泰到的时候,王爷们已经到得差不多了,五宫以皇后哲哲为首,身穿重重的丧服上座。郑亲王济尔哈朗和礼亲王代善、肃亲王豪格坐在右边,睿亲王多尔衮、英郡王阿济格、豫郡王多铎、颖郡王阿达礼等人在左侧坐成一排。

皇后说:"大行皇上撒手走了……"刚刚只说了这几个字,人眼圈就红了,声音哽咽起来。

皇后擦擦泪接着说:"朝中诸事亟待处理,我们请大家来,今天没有外人,咱们家里人先商议一下眼下的大事。"

豫郡王多铎快人快语:"皇上去了,大家都难过,不过,国无君,日不宁,眼下的大事就是赶紧定下来谁是新皇上,其他的事全好说!"

"豫郡王说的是。"皇后点点头。

代善的孙子颖郡王阿达礼站起来说:"我推举睿亲王多尔衮继位,睿亲王战功卓著,经验丰富,治国安邦非他莫属!"

阿达里的话音刚落,就见豪格的双眼立即瞪了起来,他咬着牙,太阳穴青筋绷了起来。

"不行,父位子继为妥!"郑亲王济尔哈朗说,代善跟着点点头。

"哪一条规矩只说是父位子继,兄亡弟承史上也不乏先例!"英郡王阿济格反驳道。

豪格沉不住气了,腾地站起,对殿外一挥手,就见呼啦啦进来一队豪格的正蓝旗兵士,刀光戟亮凶呼呼地站在豪格身后。

多尔衮一看,登时火冒三丈,老子一言还未发,这小子倒上了脸,还搬来了自己的蓝旗军!多尔衮向多铎一使眼色,就见多铎也向外一挥手,两白旗军涌进来,明晃晃的兵械直晃得人心惊肉跳。

殿内空气紧张,两方虎视眈眈,两王争斗,一触即发!

"皇上刚去,皇后在此,是要欺我们后宫无人了吧!"关键时刻布木布泰腾地站起,大声呵斥,一脸凛然。

见永福宫庄妃挺身而出怒目相对,两边都有些尴尬,原地站着,一时间殿内静了下来。

礼亲王代善挥挥手:"还不快下去,愣着干什么?"

皇后从惊吓中缓过劲儿来,愤怒地说:"家里人在一起议事,谁让你们陈兵于此!既是如此,不议了,散了!"众人悻悻而去。

一场原本指望亲情和睦的家庭会议,居然变成剑拔弩张的战场。布木布泰看清楚了,为了抢夺皇位,睿亲王多尔衮和肃亲王豪格预备殊死一搏了!

第十章 谁挽狂澜

明天要举行大行皇上吊唁法会。法会以后,也就是阴历八月十四就要召开诸王议政会议,选举皇位继承人。皇室宗亲,虎视耽耽,盛京平静的天空下掩盖着涌动的激流。

永福宫。布木布泰熄了灯,和衣躺在床上,她不想让人看见永福宫的灯光还亮着。窗外的树影跳入黑暗的房中,在卧室的墙上、地上婆娑地晃动着,一连几天,她白天帮着皇后打理夫君丧事,夜里辗转反侧不能安寐,心绪澎湃。眼下形势险峻,夫君建立的大清处在危急之中,随时有发生内讧的危险,一种责任感油然而生,夫君壮志未酬,一定要完成夫君遗愿,不能让大清毁于一旦!

"父位子继为妥!"这是郑亲王济尔哈朗说的话,代表了两黄旗推举豪格的意见。

"兄亡弟承史上也不乏先例!我推举睿亲王多尔衮继位,治国安邦非他莫属!"这是多铎的切齿之言,代表了另一方势力。

如二虎相争,双方呲张着血淋淋的大口,随时要吞下对方。

夫君皇太极共有十一个儿子,三位不幸夭折。现在的八个儿子里,子因母贵,叶布舒、高塞、常舒、硕塞和韬塞这五子母亲地位低微,皇位的事不够资格;剩下的三个皇子,继妃乌喇纳喇氏所生的豪格年岁三十有五,懿靖大贵妃博尔济吉特氏所生的博穆博果尔两岁,自己的儿子福临五岁,论地位博穆博果尔最高,论战功豪格无人可比,而自己的儿子福临哪边也靠不上。博穆博果尔还太小,人们看好的是肃亲王豪格!豪格武艺高强,战功赫赫，封王早，与叔父辈的王爷们平起平坐，豪格已明确表示要参加皇位的争夺，两黄旗中不少重要将领拥戴豪格。豪格一方可以得到两个黄旗和一个蓝旗共三个旗六十一个牛录的支持，实力强大。

睿亲王多尔衮是父汗努尔哈赤钟爱的十四子，掌管着镶白旗，三十二岁正值英年，功勋卓著，智慧过人。多尔衮三兄弟齐心，他们拥有两白旗，其中正白旗是八旗中最大的一旗，牛录最多。多尔衮和哥哥英郡王阿济格、弟弟豫郡王多铎在有权利参与讨论未来皇位继承人的七个亲王、郡王中他们占了三个席位，两白旗至少六十五个牛录表示公开支持多尔衮，连礼亲王代善的孙子阿达礼也公然支持多尔衮。

和豪格相比，多尔衮机敏深沉，更胜一筹。凭多尔衮的能力，完成夫君统一中国的遗愿，治国成大业没有问题；对我们后宫也不会差，多尔衮从小就在四贝勒府出入，是夫君一手培养，皇后亲自带大的，他们恩深情重。可是，兄亡弟承，毕竟是政权旁落，凶悍的豪格会不顾后果的反扑报复，两黄旗也会在武力上抵制多尔衮，天下将大乱！如果是豪格继位，多尔衮会不服，血刃争夺也将不可避免！还有，豪格是继妃所生，和皇后、自己没有血缘关系，豪格当政后，继妃就是太后！忽地，凤凰楼回廊里遇到的那个小宫女骂苏茉尔那句话"哼，再过几天，我们主子做了太后，看你还狂气"冒了上来，以继妃的刻薄，豪格的凶残，将来自己和皇后，甚至所有五宫主子的下场将会是被关入冷宫养老，我们科尔沁博尔济吉特氏的女人将被乌拉纳喇氏一网打尽永无天日！想到这里，布木布泰不禁打了一个寒颤。

看起来，两王都不适合继位！他们任何一方得势，对自己和中宫都不利，那么，谁来当皇上呢？夜色斑驳的树影里跳出一个金色的精灵，一个念头涌出，再也挥之不去。

自己的儿子！皇上要由福临来坐，我要扶他继位！儿子为新皇，对大清有利，我做皇太后，对博尔济吉特氏有利，我可以挽救乱局，夫君的遗愿由我来完成！

十八年宫廷风云历练了布木布泰，她思维敏捷，帷幄清晰，谋划着福临继位的每一步。尽管过去她不敢想自己的儿子当皇上，如今机会来了，那个至高无上的权位她要替儿子紧紧抓住绝不放过！她的眼在黑夜中闪闪发亮，她想起夫君对自己说的那句话："小本布泰，记住，如果今天大妃不死，以后死的就是我们！"今天，多尔衮和豪格下不去，福临就上不来！刚刚还在忧虑两王相斗，现在她改变了主意，两王相斗是她需要的！在纷纭的争斗中取胜，重要的是一切要在自己掌控之中！天就要亮了，布木布泰枕着靠枕睡着了，大概她希望会在梦里见到自己的儿子福临做了皇上，可是，她这次什么梦也没做，她太累了。

清宁宫西殿，喇嘛坐法结束，太宗祭奠大典已到尾声，众人向南以祭，吊唁开始了。苏茉尔跟在布木布泰后边，身边是凤凰楼遇到的那个宫女扶着继妃，跪拜时，该着有事，那宫女的孝带拖在地上，大家起身时，苏茉尔不小心踩住了那条带子。就见那宫女一个趔趄歪了身子，慌乱中苏茉尔的膝盖又撞到那宫女后腿，那宫女直直向继妃扑去，把继妃撞倒在地，继妃"嗷"地尖叫一声，大呼小叫狠狠骂道："该死的贱人！"

豪格回头见母亲摔倒，以为有人要谋害继妃，二话不说，拔出刀一把将那宫女砍了！那宫女还没有来得及说半句话，便无辜倒在血泊中。

众人吓了一跳，这豪格脾气也太大了！

苏茉尔急忙将继妃搀扶起来，继妃捂着胸口哼哼。

"继主子，以后还要大阿哥和您照应呢！"苏茉尔贴着继妃耳语。

继妃大喜，现在庄妃这边已经开始怕她了！这个人得意忘形，扬头显脸儿地对苏茉尔说："那当然，苏茉尔，你放心，将来我们不会亏待你，我们豪格是皇长子，父位子继是必然的！"话说到后边，继妃还故意提高了嗓门，似乎是要让后边的王爷们都听到。

豪格母子的所作所为，吊唁的人们全听到看到了，太宗灵前就敢草菅人命！济尔哈朗撇撇嘴，用眼睛看代善，老代善一脸不屑，低下头朝太宗灵柩就是一拜；多铎、阿济格虎下脸瞪着豪格，范文程等老臣们别过脸装聋作哑。多尔衮闭目跪拜在太宗像前，如同雕塑。

祭奠结束，婉儿过来拽住布木布泰，低语道："庄主子，请留步，皇后叫您过去。"

与西殿的祭奠场面形成了强烈反差,清宁宫东暖阁冷清清。万字炕的西侧摆放着覆盖黑纱的皇太极的画像,一长溜炕桌上供着祭奠器具和牲畜、果品,一排长明灯在案台上噗噗地燃烧着。南炕上白色幔帐高高挂起,皇后孤零零坐着暗自垂泪。布木布泰给皇后行礼拜过,两人忍不住抱头痛哭起来。如日中天的夫君一句话也没有留下,说走就走了,两个科尔沁女人坠入深谷。

皇后说:"皇上突然离去,丢下我们孤儿寡母,本布泰,昨天和今天这场面你也看到了,当下该如何办?"

布木布泰擦擦眼泪说:"姑姑,当下最要紧的是定下谁来继承皇位,这是大事!皇位定下了,万事就好办了。"

"说的是呀,可是,这皇位,就要打出人命来了!"

"姑姑,皇上生前说过皇位继承的事吗?"

"八阿哥在的时候,皇上有意立八阿哥做太子,那孩子命薄,无福消受,以后皇上再就没有提过!"

"皇上也没留什么遗嘱?"

提起遗嘱,皇后哭着摇头说:"没有啊,皇上他正值壮年,事业蒸蒸日上,光想着何日入山海关,打北京,如何会想着立什么遗嘱啊!"

"唉……"布木布泰也伤心了。

沉默片刻,布木布泰说:"姑姑,这朝廷里能有资格继承皇位的可不少人呢,八个皇子,还有代善、济尔哈朗、多尔衮他们几个亲王。"

"皇子里面,除了豪格,别的阿哥还都小,亲王里济尔哈朗就数不上了,有资格的就是代善和多尔衮了。"皇后说。

"皇子继承还是兄弟继承,这两天就是这两股势力在较量,姑姑,那天不是就要玩命了吗?礼亲王代善老了倒是无心争这个皇位,他和郑亲王那天都有意立皇子。"布木布泰说。

"唉,子继父位,豪格是皇长子,立他,睿亲王那里不答应;兄亡弟承,豪格这里又不答应,这可如何是好?"皇后皱着眉头。

"兄亡弟承这在史上也是有先例,凭多尔衮的机智,完成先皇遗愿统一中原,治理国家没有问题。从和我们的感情上说,多尔衮从小就和他八阿哥好,母亲没了就跟着您,中宫您对他就像对自己的孩子一样亲他,将来对我们肯定错不了。可是——"

布木布泰故意拉长声,顿下来,看皇后急切地看着她,就又接着说下去:"这大权旁落,豪格那里断断是不会让的!与其这样,要是推豪格呢?"

布木布泰甩下一个关子。

皇后沉思半晌,摇摇头:"豪格有战功,皇上在世也没少夸他,但是,他父皇说过他性格暴虐,连杀妻的事也做得出来,皇上说他心不可测,还说他武强文弱,不是个治国安邦的材料。还有他那个母亲,地位不高,五宫宫主谁也不会服她;你想想,继妃平时就好搬弄个是非,她要是当了太后,哪里还有我们的好日子过!豪格也不能继皇位。"

"姑姑说的极是,这是要考虑到的。您看刚刚祭奠时,继妃母子俩那个狂妄的样子,滥杀无辜,一副小人得势的嘴脸。"布木布泰点着头说,"可那要是立了多尔衮,豪格还不就疯了!这两王必定会兵戎相见,我大清起了内讧,夫君的事业就全完了!"

"就是,就是,本布泰,你说这可如何是好啊!"皇后没了主意。

布木布泰知道是火候了,到自己揭开锅盖的时候了!她鼓起勇气:"姑姑,我有一个万全之策,不知您能否支持?"

"啊?快快说来!"

布木布泰故作犹豫,欲说又止。

"哎呀,别吞吞吐吐的,咱娘儿俩还有什么不可以说的,这宫里就属我们心离得近,你急死我了!"皇后急了。

"好,那我就说!"布木布泰凑过身,伏在皇后耳边,如此这般,把夜里筹划好的全盘托出。

皇后哲哲边听边点头,眉头渐渐舒展,不住地说着:"好,好,这个主意好!就这样定了!不过,多尔衮要是不答应呢?"

"姑姑,我了解多尔衮,他是一个能顾全大局的人,这样做也可以让他有施展,多尔衮那里,我来试试。不过,姑姑,这事还要取得郑亲王、礼亲王的支持才好!"

"嗯,这是必须的。两位亲王那里我去说,多尔衮是关键,你要小心。"

取得了中宫的支持,布木布泰朝着胜利的目标迈进了一大步!

回到永福宫,天黑了。布木布泰叫过苏茉尔:"苏茉尔,你立刻骑上我的马到睿亲王府,叫多尔衮王爷到我这里来一下!"

"嗻,主子。"

"千万小心,你换上男兵服装,不要让人看见!"布木布泰嘱咐道。

这是八月十三日的夜晚,还有两天就是中秋节了,天上的月亮就要圆了,大半个银盆亮闪闪高高挂在夜空中。

肃亲王府。豪格在房中焦躁地来回踱步。继妃劝着:"儿呀,别担心,这回继承皇位非你莫属!父位子承,别怕你十四叔,什么睿亲王,他不过是外人。"

继妃拉着豪格坐下说:"今儿个庄妃那边已经递过话儿了,要我们照顾呢,照顾个屁,等儿子你继了位,先给她赶出五宫去,出出我这几年的气!"

豪格不耐烦地甩开她母亲的手,"哎呀,额娘,您就回去歇息让我安静一会儿!"

"我回去?我歇息?这么关键的时刻,我怎么能够睡得着?过几天,你做了皇上,我就是太后,我有的是福享呢!哈哈哈哈!"继妃高兴地大笑起来。

母子俩正说着,乐着,侍卫来报:"索尼、图赖、图尔格来见。"豪格连忙将三人请至中堂,这边还没有落座,侍卫又进来报:"鳌拜、拜音图、何洛会、谭泰、冷僧机来见。"豪格喜出望外,急忙请上座,这可全是两黄旗中的杰出人物,他们来了是对他最大的支持!加上代善和济尔哈朗,这两个德高望重的王爷也是支持皇子继位的,皇子里还有谁可以和我比,这个皇位,舍我其谁!

继妃对豪格说:"睿亲王那里,你怎么办?"

索尼说:"明日议政会,我们两黄旗派人把守,那边敢有不服,就地拿了他,早除早安生!"

鳌拜说:"两黄旗拥重兵坐镇盛京,害怕他作甚!"

豪格当下与八人歃血为盟,结拜兄弟,在宫内外置兵布阵,就等明日继位当皇上!

睿亲王府。多尔衮坐在太师椅上低头沉思,从清宁宫祭奠回来,整整一天,说客走马灯似的就没让王府一刻空闲。

时机终于来了,皇上暴亡,多尔衮做梦也没想到来得这样快。他起初不相信,直到看见八阿哥平顺地躺在清宁宫的炕上,内官用白布紧紧地裹住他的身子,他才明白皇上真的走了!八阿哥待他如父兄,母亲走后,八阿哥和哲哲嫂嫂对他呵护有加,皇上有恩于他。自从八阿哥娶了布木布泰,他心里开始有了遗憾,父汗去世的时候,他的感情开始复杂起来。八阿哥接替汗位之谜,深深藏在他的心底,阿妈为什么在从殉前留下遗书承认自己是自愿的?阿妈临死前又说了什么?多尔衮当年还小,现在他渐渐明白了额娘的良苦用心。事后,有人向他说过父汗留下遗言要给他汗位,他半信半疑,是那个大雪天,布木布泰点醒了他,过去的事情还想它做什么!不能说八阿哥夺了他的所爱,不能说八阿哥抢了他的王位,不可以沉溺于此!男人要建功立业,为了国家和他所爱的女人,他要进取!在战场上,他显示出超人的勇气和韬晦,不断建树新的战功。十六岁他随皇太极出征蒙古察哈尔多罗特部时就立下战功,皇太极赞他"既勇且智",赐予"墨尔根岱青"的称号,继任固山贝勒;十七岁他随八阿哥攻明,汉儿庄、遵化、北京广渠门等战役一马当先;十九岁大凌河之役,他攻坚克城,奋勇杀敌,功劳显赫。他收归蒙古察哈尔部,是他从苏泰太后那儿得到了传国玉玺,进奉给汗王八阿哥;他征服朝鲜,率军智取江华岛,对投降的朝鲜国王"嫔宫以下,颇极礼待",使朝鲜君臣放弃继续抵抗,减少了双方的杀戮。崇德年以后,他被授予"奉命大将军",所部共取城三十六座,降六座,败敌十七阵,俘获人畜二十五万七千多,还活捉明朝一亲王、一郡王,杀五郡王。松锦之战多尔衮是主将之一,率四旗护军在锦州到塔山的大路上截杀,在攻破松山后率军围困锦州,迫使明守将祖大寿率部投降。治理行政他同样优秀，皇上器重他，让他统摄六部之首的吏部，文臣武将的袭承升降、甚至管理各部的王公贵胄也要经他之手任命，他举荐的希福、范文程、鲍承先、刚林等臣都成为国之栋梁。如今，他被封为和硕睿亲王，已列六王之第三位。这几天，阿济格和多铎，两白旗的所有高级官员、高级将领，齐刷刷拜在他脚下，支持他继位，礼亲王代善的孙子阿达礼也公然支持多尔衮，居然还有两黄旗、蓝旗的官员，都纷纷踏进门来，恳劝他继位。

　　灯下的多尔衮抬起头，做皇上的机会来了，机会来了就当仁不让！他决定了，皇位、女人我全要，一定要夺得皇位，然后，娶了布木布泰！想到布木布泰，多尔衮心情好起来了，这个女人本应是我的，现在，八阿哥已去，兄亡弟承，天经地义。他叫来阿济格和多铎，兄弟三人灯下秘密筹划，当晚立即将城外镶白旗调至盛京四门，正白旗精兵明日天明之前将皇宫紧紧包围，就等明日听多尔衮一声令下，拿了豪格，稳坐皇位！一场惊心动魄的争夺皇位大战一触即发！

　　多铎和阿济格刚走，多尔衮就听窗外有人轻叩窗棂，他机警地站起，声音不大但威厉："什么人！"

　　"睿亲王，开门，永福宫派我来。"声音纤细。

　　听说是永福宫，多尔衮忙开门，从外面轻巧地进来一个士兵，帽檐低垂，看不清脸，多尔衮上下细打量，那人摘下帽子，原来是苏茉尔！

　　"苏茉尔，你？有急事？"

　　"嗯，王爷，我们主子请您马上去永福宫，她在等您，有要事！"

　　"好，告诉庄妃，我马上到。"

　　"王爷，这里不可久留，我回去了。"

　　苏茉尔的背影渐渐消失在黑夜中，多尔衮回到厅里重新坐下，沉思起来。

　　永福宫。灯下的布木布泰孝服素装，三十年韶华带给她成熟与丰腴，丧夫的哀伤留在俊美的脸上，此时的她顾不上流泪，她担心多尔衮。十七年前大妃临行前的一幕幕又重现眼前，她知道多尔衮是不会忘记的,如果说那时的多尔衮还太小,尚不足以称王继位,而现在的他,朝中除了皇上,他权重位尊,他会答应自己的提议,将皇位让给福临吗?

门开了,多尔衮带进一丝夜风。

"王爷,请上坐。"布木布泰轻声说。

万字炕的紫檀桌,叔嫂左右相对而坐。

苏茉尔上来倒过茶,关好门,坐在永福宫门口警惕地守着。

宫中的人陷入一阵沉闷,他们第一次深夜坐在一起,似乎心里太多的话涌上来卡在了口中。

还是布木布泰先说话了:"深夜请十四弟来是因情势紧急,不得已而为之。刚刚接到密报,豪格已在布兵,多铎和阿济格的兵马也在移动!"

"哦?有这事?"多尔衮故作不知。

"箭在弦上,兵马躁动,只为明天的八王议政会,难道王爷你真的不知?"布木布泰笑笑,看来刚刚担心的事还是可能发生。她调转话题:"这里就我们俩,我倒想听听王爷你的想法。"布木布泰边将茶盅递给多尔衮边说。

"嫂嫂要听我的想法?"

布木布泰点点头。

"好,那我就告诉嫂嫂。"多尔衮深思熟虑,眼睛直看着布木布泰,脸忽然沉下来,一字一句坚定地说:"从明天开始,皇位是我的,你也是我的!登基以后我要娶你!我做皇上,你做皇后!"

布木布泰微微一愣,这个大胆的男人,多么的霸气!她想到多尔衮会要皇位,但是,她没有想到这个时候多尔衮还要娶她,而且是这样单刀直入!还没容她说话,多尔衮又说:"我十几年来跟着八哥鞍前马后,南征北战,出生入死,今天的大清基业里,我的功绩无人可比,观朝中上下,能挑起八哥留下的担子的,舍我其谁!新皇非我莫属!"

多尔衮抬眼看着布木布泰,接着说下去:"还有,本布泰,你……"嫂嫂又变成了"本布泰"。

"王爷不要再说下去了,皇上刚刚去世,我的心里容不下别人!"布木布泰站了起来,走到窗前背对着多尔衮,心中波澜起伏。

"不！本布泰,今天我要说！这些话我已经闷在心里十八年了！"多尔衮的声音忽然暗哑下来,布木布泰转回身,灯下的多尔衮和刚刚进来时好像变了一个人,目光不再蛮横,眼波满是柔情,布木布泰有了难以抗拒的感觉。

"本布泰,还记得十九年前的科尔沁吗？月亮河边我暗暗发下誓言,一定要娶你！可是事不遂人愿,让八阿哥抢了先。我知道我让你伤了心,可是我的婚姻身不由己,娶小玉儿,那是哲哲嫂嫂和八阿哥给做的媒,没有办法。十八年来,每当我看见你就会产生出难以自控的感情。今天,上天给了我机会,皇上已去,我要按照满族惯例娶你,我有责任保护兄长的遗孀！"

"王爷这些年的情意,我心里知道,过去的事情就不要再提了,眼下最要紧的是局势危急,明天就要选举新皇,王爷该怎么办！"不能让感情左右了自己,布木布泰忍住了儿女情长。

多尔衮站起,冲动地一把攥住布木布泰的手,"本布泰,皇位和你我全要,而且我需要你的支持！"

"多尔衮,我支持你,你坐下,听我慢慢说给你听。"

多尔衮重新坐下,望着布木布泰。

"王爷,我先给你透个气儿,中宫并不支持肃亲王豪格继位当皇上！"

"真的？"

"是真的,是皇后亲自对我说的！皇后说大清要破关而入,统一中原,建立一统的中华,这个重任,豪格他不能够胜任！"

"好,皇后说得对！"多尔衮松了一口气,喜上眉梢。

布木布泰稳住了他。

"可是,尽管如此,王爷要是想当皇上也恐怕不容易！"

"为什么？"

"其中的原因我想王爷比我还要清楚,那豪格是皇长子,这些年的战功不比王爷少多少,况且豪格忠厚直爽,虽有些暴躁,可人缘儿也不差,手中实力与王爷你匹敌,他岂会乖乖听任皇权落入他人之手！"布木布泰看着多尔衮,多尔衮在静听。

布木布泰接着说:"两王相争,和则你不可得,拼则两败俱伤,更重要的是大清起了内乱,太祖、太宗创立的基业坍塌于一旦,岂不令人痛心!王爷你看是不是这个道理?"

"这个,倒是这个道理。"

"还有,刚刚王爷说要娶我,看来王爷不仅要皇上的位子,还要皇上的女人,胃口真是不小呢!"布木布泰热辣辣地瞥了多尔衮一眼,这一眼包含了太多的意思,让多尔衮捉摸不透。

布木布泰接着说:"多尔衮,你听好了,你我都是明白人,有些话还是不要挑明。就只怕明天你做了皇上娶了我,恐怕以后就不会再有一天安生日子!说不定哪一天,我们就会血溅鸳鸯枕,成了阴间的夫妻!"

多尔衮低头不语,搭在桌子上的一只手转着茶盅盖子,布木布泰看出多尔衮气势有所松动了。

"我深知王爷的抱负,我相信王爷可以承担皇上的重担,太宗留下的大业只有睿亲王你可以完成,为了支持你,我有一个办法,不知王爷你是否想听?"

"什么办法?"多尔衮急切想听。

"王爷是否可以退一步?"

"退一步?"

"嗯,这个办法是和皇后商量过的!"布木布泰先搬出了皇后。

"你说。"

"就是让福临继位!福临年仅六岁,由他继承皇位,以王爷你为摄政王,全权负责大清军国大事,这样,礼亲王代善和郑亲王济尔哈朗还有那些主张拥立皇子的诸王贝勒就争取过来了,先皇留下的两黄旗加上你们兄弟的,咱们就占了压倒多数的力量!豪格没有了两黄旗的支持,剩下一个人,没有他闹腾的地方,他想反也反不了!这样做,国家稳定,免于战乱,王爷以退为进也大权在握,我们娘俩和你一条心,王爷实同皇上,照样可以大展宏图,留名青史!这个办法,不知王爷意下如何?"布木布泰抑制住紧张的心情一口气说完。

四目相对,多尔衮避开布木布泰期待的目光,直视前方。永福宫空气凝住了,灯花"啪啪"爆破声显得格外响。灯下的这个男人一动不动地坐着,好半天一言不发,看得出他的内心在激烈地斗争,他会同意吗?布木布泰手心冒汗,屏住呼吸等待着。

皇位,就近在眼前,唾手可得,这是个机会,可也是个烫手的山芋!细想在当下,本布泰说的不能不说是个好主意,可能也没有比这再好的办法了,真的和豪格血战搏杀,鹿死谁手还未可知,而天下大乱,分裂、内耗、血染亲情却是一定的,几十年父兄用血汗打下的江山就全毁在我手上了!我多尔衮宁可不做皇上,也不能做这种有愧先王,更不能做这种亲者痛仇者快、遗臭万年的事情!

终于,多尔衮的手放下茶盅,攥成拳,抬起头,看着布木布泰缓慢而又庄重地说:"本布泰,就这样办,以国为重,拥立福临,我听你的!不过,你记住,还是那句话,我不会让你再从我身边走开!"

多尔衮转身走了,永福宫里留下他浓浓的烟草味儿。紧张从心头滑落,布木布泰身子发软,盯着跳跃的灯烛呆坐良久。刚刚的较量其实更是两心的碰撞,多尔衮的爱和责任胜于江山,大义取舍给她添了惆怅和感动,关键时刻肝胆相照,这样的男人想不爱也难!

崇德八年(1643)八月十四日,太阳刚刚照上殿前月台东角的日晷,两黄旗鳌拜统领的三个牛录就封锁了崇政殿,"张宫挟矢,环立宫内"。多尔衮按住了多铎、阿济格的两白旗,命其后退,以避免冲突。然而两白旗将领并不服气,虽后退三里,也是满营戒备,虎视眈眈。布木布泰和五宫皇妃拥着皇后进入会场,她往亲王席望去,目光恰与多尔衮对视,二人不约而同微微点了一下头。

没有太多的寒暄,多铎先声夺人开了头一炮:"我推举睿亲王多尔衮,治国安邦非他莫属!"

代善的孙子颖郡王阿达礼跟着站起来说:"对,拥护睿亲王多尔衮继位!"

这回豪格倒是胸有成竹沉住了气,他早安排好了。阿达礼刚坐下,就见两黄旗将领索尼、鳌拜佩剑闯进崇政殿,嘴里喊着:"不可以立睿亲王!吾辈食于帝、衣于帝,不立帝之子宁从死于地下!"鳌拜的眼珠子都要迸出来了,眼瞧着就要血剑出鞘。

这时候的豪格就盼着礼亲王代善或者郑亲王济尔哈朗,这两位德高望重的长辈只要有一个人说句推举他的话就行!期盼间,济尔哈朗起身慢悠悠地说:"索尼、鳌拜所言极是,我拥护立皇子!"

豪格大喜,心说,叔叔,您快接着说呀,快提我的名字呀!偏偏地,济尔哈朗就说到这里坐回座位不说了!

郑亲王的话让殿前响起一片喊声:"拥立皇子!""拥立皇子!"

布木布泰心里紧张,真的恐怕有人提了豪格的名字,众人一哄之下立了豪格可就坏了!

怕什么就来什么。豪格手下的何洛会知道主子心思,这位日后和豪格翻脸无情的正黄旗固山章京转转眼珠,抓住这个奉承机会赶紧站起来喊:"静一静,静一静!"殿外的喊声停止了,众人期待着何洛会,何洛会高举手臂站在殿中大声喊:"我提议肃亲王豪格做皇上!"

"哗"地,布木布泰的心跌进了冰谷,怎么会是这种局面!多尔衮你怎么不说话!多尔衮,难道你反悔了不成!多尔衮巍峨稳坐,竟然没有打算发言的迹象。布木布泰告诫自己沉住气,皇后和代善这两个决定生死的人物还没有发言,现在还为时过早,要不动声色,胜负还不可知。

殿外又响起喊声:"拥立皇子!拥立皇子!"

还有人在喊:"立肃亲王豪格!"

拥立皇子的气氛压倒了一切,有人沉不住气了,是豪格。豪格兴奋得不得了,眼看自己的愿望就要实现了!他看看礼亲王代善还不说话,再看看多尔衮也不说话,他认为代善一定会支持自己,而多尔衮不发言那是因为失败无望了。豪格被即将到来的胜利冲昏了头脑,他仿佛看见了十七年前父皇被推举的情景。父皇是那样的谦虚,众人是那样的恳切,父皇千推万拒,整整一个下午,换来了万众拥戴,现在轮到他的大儿子了,我也要谦虚让一让,这样,也让多尔衮他们心服口服!

想到这里豪格站起来,俨然一副虚怀若谷,他伸出双臂向大家挥挥手:"我感谢大家对我的信任,豪格何德何能,实在是福薄德寡不堪为嗣,怎可胜任如此之重任,这个皇位我不合适,还是请大家再推举别人吧!"

布木布泰愣住了,呀,真是没想到,这个豪格居然还学他父亲谦虚上了!可他就没掂量掂量,你哪里有你父亲那样的人品德行和崇高威望,你还嫩得很哪!就在布木布泰思忖的功夫,多尔衮站起来了!

多尔衮威严地缓缓站起,殿内殿外立刻鸦雀无声,众人屏住呼吸,落针之声可闻,这就是多尔衮人格的魅力!索尼和鳌拜等人立即紧张起来,手不由自主地摸向了腰中的佩剑。

多尔衮望了一眼代善,然后环顾整个议政大厅,铿锵有力地大声说:"我同意立皇子!"

众人惊讶得张着嘴合不上了,不敢相信这是真的,多尔衮放弃了!就在大家还没反应过来的时候,就见多尔衮又大声说:"既然豪格自己不愿当皇上,就应该成全他的愿望,我提议,立皇九子福临为新皇!"

多尔衮的提议如炸雷劈向豪格,豪格蒙了。

更让豪格愤怒的还在后边,多尔衮话音刚落,一直闷不作声的郑亲王济尔哈朗马上站起来表态:"睿亲王的提议我看行!豪格政治上尚欠成熟,生母身份低微,他做皇上确实不合适,麟趾宫贵妃的十一阿哥博穆博果尔两岁还太小,永福宫庄妃的九阿哥福临立为新皇最合适!"

礼亲王代善看看皇后,就见皇后向他微微点头示意。礼亲王站起,向皇后奏道:"皇后,老朽也赞成立福临,不过……"代善向大家看了一圈。

布木布泰心一下子提到嗓子眼,不过什么!

代善又说:"不过福临还小,尚不能亲政,睿亲王多尔衮、郑亲王济尔哈朗德高望重,德才兼备,可以统领大局,我意让二人辅政,待福临成年后再归政。"

布木布泰提起的心又落回。

"好,别人还有异议吗?"皇后哲哲向众人询问,众人无声。

"好!既然大家都推举福临,那就这样定了!由福临继承皇位,睿亲王多尔衮、郑亲王济尔哈朗辅政!"皇后拍板了。

会议的结局令所有人意外,两王化干戈为玉帛,竟然是一团和气;八旗上下偃旗息鼓,众王众臣皆服。只有豪格,暗暗懊悔到手的皇位飞了,他瘫坐在座位上。

布木布泰抑制不住心中的喜悦,多尔衮,谢谢你成全了福临!礼亲王,我的好大哥,你怎么就好像和我商量好了似的!这几天的筹划成为了现实,儿子福临当上了皇上!皇后微笑着轻轻拉拉她的手,布木布泰明白姑姑的意思,我们科尔沁的女人终于胜利了!

崇德八年(1643)八月十六日,在大政殿,这座盛京皇宫内最庄严最神圣的地方举行新皇登基大典,爱新觉罗·福临立年号顺治,改次年为顺治元年。布木布泰坐在高高的殿台上,看着多尔衮和济尔哈朗一左一右领着自己六岁的儿子福临,一步步走上皇帝的金銮殿,端坐在他父亲留下的宝座上,幸福的泪水顺着脸颊悄悄流入她的嘴角,布木布泰品到了甜意。从八月初九夫君皇太极去世到八月十六日儿子福临登上皇位,庄妃布木布泰经历了风云巨变、惊心动魄的六天,她从容驾驭,不动一刀一枪,化解了剑拔弩张的皇位之争,成功地将自己的儿子送上皇帝的宝座。三十一岁的她从庄妃成为孝庄皇后,顺治元年九月尊为孝庄皇太后。

第十一章　一六四四,历史为女人生新

顺治元年(1644),明崇祯十七年,历史注定这一年霹雳震撼,烈火生新。正月,在华夏的中西部,一支以一个叫李自成的农民汉子为首的大顺军,从西安出发,在短短的两个月里,大顺军势如潮水,迅速漫延至整个黄河流域和部分长江流域的大片疆土,包围了北京,大明风雨飘摇!三月十九日,李自成军队攻陷北京,明崇祯皇帝在煤山自缢而亡,明朝这座建于公元1368年,共经历十二世十六位皇帝,国祚二百七十六年风云的大厦,咔嚓嚓倾倒,这一天,李自成进入北京紫禁城,登上皇帝宝座,标志着中国历史上最后一个由汉族建立的君主制王朝——明朝的覆亡。这一切,远在关外的大清毫不知情。

沈阳盛京,多尔衮辅政王府,天色渐暗,几名家丁点燃了王府大门内外的照明灯笼,内院大学士范文程急匆匆闯进多尔衮的书房,一把将手中的文书展开,递到多尔衮面前。

"王爷,李自成包围了北京,我们进军关内的时机到了!"范文程兴奋地说。

多尔衮上下急速地看着范文程带来的文书,喜上眉梢。这个李自成,我曾经多次给他写信,试图与农民军联盟共击明朝,平分中原,你小子不理我,不给答复,这次你攻打北京,北京是我大清觊觎之地,我要独享,岂能容你鸠占雀巢!

范文程说:"王爷,这回李自成来势凶猛,大明看来在劫难逃,如他成

事,那我们可不是和明朝争了,而是和这个流寇有一搏了,事不宜迟,应该立即出兵。"

"好,范大人,我这就去与孝庄太后商量,明日早朝必有定夺!"多尔衮和范文程商酌后,将文书揣进怀中,上马出府。

永福宫书房,布木布泰正与福临读书。

苏茉尔进来禀报:"太后,辅政王多尔衮来了。"

多尔衮进来,行过君臣礼,福临依偎在额娘身边。

"太后,刚刚接蒙古鄂尔多斯部落快报,李自成进攻北京了!"多尔衮急不可待地说。

布木布泰接过奏章,细细地看过,兴奋地说:"是时候了!大顺军攻打北京,正给了我们机会,我们该入关了!大顺和大明不管谁打赢,都是两败俱伤,实力大减,让他在前边鹬蚌相争,我们在后面渔翁得利,天赐良机!"

"我们大清就做一回汉高祖刘邦,扫平叛逆、占领中原,再建立一个大一统的王朝!"多尔衮雄心勃勃。

"王爷说的极是!"

"这回出兵,我想带十万人马,绕道山海关,从西北包围过去。"

"大明辽东总兵官吴三桂驻扎山海关,听密报吴三桂部胆勇倍奋,士气益鼓,是块硬石头,绕开他倒是上策,不过,时势千变万化,到时也可调整,王爷您就即时斟酌吧。"

布木布泰和多尔衮在灯下商讨着,从主将到士兵,从战略战术到武器粮草,林林总总。身边的小皇上听着,看着,打了个哈欠,眼睛发粘,靠在额娘身上打起瞌睡来,不一会儿竟枕着额娘的腿睡着了。

多尔衮抬起头,看着福临熟睡的小脸儿,疼爱地笑了,这位皇上竟然在军国大事前睡着了。多尔衮没有儿子,对福临他爱屋及乌,有一种视为己出的感觉。

"明日早朝和郑亲王及诸位大臣们再细细商量,出征的日子定在几日合适呢?"布木布泰说。

"我看越快越好,初九日为宜。"

"好，就这个日子！"

布木布泰抱起儿子，多尔衮上前接过福临走向寝室，这孩子还挺沉，他小心翼翼，生怕弄醒了他。布木布泰在后边跟着，儿子福临在多尔衮粗壮有力的臂弯中显得是那样弱小。橙黄的灯光下，多尔衮的背影宽大厚壮，布木布泰恍惚觉得是夫君在抱着他的儿子，不禁想起那天崇政殿父子俩亲热的场景，心中一阵酸楚。

多尔衮如同捧着一件易碎的宝贝，轻轻地将福临放平在炕上。多尔衮的细心让布木布泰感动，她拉过被子，给福临盖在身上。

福临在酣睡，眼前的母亲看儿子的目光那样柔和、慈祥，这是一幅多么温馨的慈母爱子图啊。多尔衮油然生出男人的责任，保护这母子俩的，是我多尔衮！如激流涤然穿过全身，多尔衮心猿意马起来，双眼热辣辣，情不自禁握住了布木布泰的手。布木布泰没有往回抽手，这似乎是她这些日子以来隐隐渴望着的。自从夫君离世，她可以感受到多尔衮一直在护卫着她们母子，不管有了什么事情，她第一想到的就是和多尔衮商量，她的生活中已经不能没有多尔衮。

多尔衮拉着她的手，盯着她，这是让她渴望的勾魂的眼，这眼神让她无法抗拒。他们对视着，时间仿佛静止了，心跳在加快。多尔衮一把拉过她，双臂环绕紧紧地拥抱了她！她的身子顿时酥软下来，感觉就要融化在他的怀中，四周静悄悄，只听得见两人的喘息声。好久，他们不说一句话，这一刻来得突然，其实已是彼此心灵久远的期盼，他们紧紧地拥着，十九年的深情在此刻释放！

"本布泰，我想要你！"多尔衮滚热的身体将布木布泰压到炕边，嘴紧贴着她的腮，在她耳边喃喃地说。

炕上的福临忽然翻了一个身，继续睡着。儿子，儿子在身边！是福临唤醒了布木布泰，她猛然从梦中惊醒，不，不可以！

布木布泰叹息了一声，挣开多尔衮的手。

多尔衮坚持着，"本布泰，我要娶你！我一定要娶你！！"

布木布泰不说话，摇摇头。

"为什么？难道你不爱我？"多尔衮停下来，一动不动地望着她。

"不，多尔衮，我爱你！你知道，当年月亮河边是你带走了我的心，我的初恋刻骨铭心！你我后来各自成家，十八年来，皇上待我恩重如山，他爱我，宠我，教导我，没有我的夫君，就没有我的今天！多尔衮，这么多年你的情意我全知道，我本以为我们这一辈子只是擦肩而过，可我忘不了你！"布木布泰说的是心里话。

"现在八阿哥扔下你们孤儿寡母走了，我们满洲兄死弟娶其嫂，顺应公序良俗，你嫁给我，是顺理成章的事。"多尔衮急切地说。

"多尔衮，我俩永结秦晋不在当下。现在你的身份殊重，皇上之下位尊至首，在大军入关之际，我们两个成婚，事牵一发而动全身，朝中上下如何看待，传将出去怎个了得！况且还不知孝端皇太后是否会答应我们！"

"唉！本布泰——"多尔衮坐在炕沿儿长叹一声，"本布泰，一事当前你怎么就会想着别人，想着大局，偏要顾及别人会怎么说！你知道这些年我是怎么想你的吗？我眼睁睁看着自己心爱的女人作他人妇，你受冷落我不能安慰，你身体有恙我不敢去探望，人前我要做出样子给人看，人后我想你你不知！我看见小玉儿就想起你，早年要不是有她，我就娶了你了，我冷落她，你知道吗，小玉儿因为你守着活寡！我一年到头在外征战，鞍前马后跟着八阿哥，江山打出来了，可我的女人我夺不回来，我枉为一个男人！"

多尔衮说不下去了，布木布泰发现，这位七尺高的汉子，手在微微颤抖。布木布泰没有想到这许多年多尔衮如此一片苦情，感动至深，一把抱住了多尔衮，他们心贴心，再次黏在一起，泪水交织。

是多尔衮先松开手，为了不惊醒孩子，两个人极力镇静下来。望着多尔衮一脸的失望，布木布泰于心不忍，她想让多尔衮高兴，她不愿意他难过，布木布泰抚摸着多尔衮的手："多尔衮，我答应你，我们来日方长！当下清朝大军入关是大事，皇帝尚在幼年，基业不稳，在此国运维艰的局势下，当以大局为重，只有朝廷上下和衷共济，军民形成合力，共渡难关，大清方能取得胜利，眼下我们岂能以己欲私情，不顾后果，万一局面失控，怎可面对先皇祖上！这几天你就要出征了，我恨不能随你同征，我在盛京等你的好消息！"

"本布泰，你们娘儿俩等着，打下北京，我送给你大礼，到那时，你一定要听我的！"

"好，我们娘儿俩等着你！"布木布泰擦着泪，点点头。

1644年甲申年春，四月初九，盛京大政殿前，春风中战旗猎猎，满汉八旗壮士誓师出发。顺治皇帝亲授奉命大将军印给多尔衮，升多尔衮辅政王为摄政王，孝端皇太后、孝庄皇太后亲临旗下送行。布木布泰望着即将远征的爱人，马上的多尔衮英姿勃发，剑啸长空，她心潮起伏，默默祝福。隆隆的战鼓敲响，威武的八旗士兵震天呐喊，多尔衮统率八旗满洲、蒙古、汉军等共约十四万大军，铁马金戈跃马驰骋，奔赴中原！

浩浩荡荡的大军西行，四月十五日，兵马行至翁后所，尚距宁远百余里，夕阳悬在半空，将清军尽染成金黄色。多尔衮伫立马上，手打阳篷望着远处地平线，阳光好似万把利剑，直刺人眼，两匹快马正迎着多尔衮的军队疾驰而来。

少顷，前锋押着两员明将，跪倒在多尔衮马下："王爷，明军吴三桂的副将杨坤、郭云龙求见！"

"哦？"多尔衮警觉起来，吴三桂？

"来人作何？"多尔衮居高临下厉声道。

"回报王爷，在下杨坤、郭云龙，受我吴总兵之命，捎有书信面见王爷！"两员明将跪着，不敢抬头。

多尔衮接过书信，在马上阅看，大吃一惊！明朝天子崇祯竟然已死，北京城已经失陷于大顺，李自成"御驾亲征"，大兵东扑压境，山海关吴三桂想借兵援救！局势突变，令人意外。多尔衮果断决策，他回过头，吩咐多罗郡王多铎："多铎，传我的令，命部队驻马歇息！设中军大帐，马上传武英郡王阿济格，恭顺王孔有德、怀顺王耿仲明、智顺王尚可喜，还有范文程、洪承畴、祖大寿等人到帐中有要事相商！"

"是！"

中军大帐。范文程、洪承畴、尚可喜等汉臣被崇祯皇帝自缢身亡的消息震惊了,大明天数已尽,在劫难逃,但是他们万万想不到,他们过去心中至高无上神圣的皇上,竟然死在流寇李自成之手!他们有惊喜,有悲戚,也有痛心,庆幸自己早择明主,没有成为大明王朝的殉葬品,他们发誓要从闯贼手中抢回北京城!

"诸位,吴三桂修书借兵,要我们帮助他灭流寇,为崇祯皇帝报仇,这事不知是否可信?"多尔衮有些疑惑。

"王爷,从事态上看,此事不会有假。崇祯皇帝刚刚死去,北京大乱,李自成发兵东剿吴三桂是有可能的,那吴三桂不会平白无故引诱我军,他没有灭我军的实力,不可能引火烧身。"范文程说。

正说着,前方密探急急进帐,伏在多尔衮耳旁一番低语。

多尔衮神情大喜:"各位,刚刚密报说吴三桂爱妾陈圆圆被李自成手下刘宗敏掠走,其父吴襄也被拘押遭酷刑。这吴三桂七尺男不能自保其室,冲冠一怒为红颜,看来他修书借兵是真。"

"王爷,我们怎么办?"孔有德说。

"我军原定兵至宁远稍作休整便要向北绕过山海关,由蓟州、密云破长城而入,现在吴三桂要我们从喜峰口、墙子岭一带进入长城,截住李自成的退路,与明军汇合一齐聚而歼之,这倒是我们原来的进军路线。"多尔衮放下信对大家说。

"这是吴三桂狡猾,怕我们先夺了北京。"洪承畴说。

多尔衮紧蹙眉头沉思,渐渐地,他目光坚定起来。

"出军之时,孝庄和孝端两位皇太后曾有吩咐,万事可据时斟酌自定,此时形势已变,我们先答应他吴三桂,然后改变行军路线,直扑山海关,逼吴三桂降清,接下来就打出为明朝天子复仇的名义,进军北京,剿灭李自成,到那时决定乾坤的不是他吴三桂,而是我们!"多尔衮一锤定音。

众将领爽然叫好,一致拥护。

大计已定,众将官起身。多尔衮轻松笑道:"吴三桂说事成以后不仅仅以钱财金帛酬谢,还要把辽西划给我们。"

"要吴三桂投降!不给他借兵!"阿济格怒了。

"王爷,吴三桂他不知天高地厚,妄想!"多铎说道,大家都笑了。

局势瞬息万变,多尔衮果断决定,立即启程,改变进军路线,抢在大顺军之前,日夜兼程,日行二百里,急驰山海关,同时派出信使,速向盛京孝庄太后和皇上报告。银色的月光照着这支急急行进的满洲大军,多尔衮在马上仿佛嗅到了前方战火的硝烟,他抬头看着天象,无垠的夜空中,一个大大的风卷云包围着明月,不日将要起大风了,决定历史命运的战争将要打响,这将是一场载入史册的风暴!

整整一个昼夜,关内炮声隆隆,烟雾弥漫,一路之上,多尔衮又接到吴三桂三封催援文书,他知道,吴三桂危急了。二十日夜,多尔衮率清军抵达山海关外的威远城,他命令军队安营扎寨,布好四方兵阵,再逼吴三桂降清,以待坐收渔翁之利。一群勇猛的东北虎,悄悄俯卧在山海关四周,虎视眈眈静观事态发展。

二十一日晨,骄妄的李自成军抵山海关,沿途的抢掠让他晚了一步。

威远怀喜岭的瞭望台上,多尔衮和众将领在帐中观敌瞭阵。

又是一阵炮声,滚滚硝烟在山海关腾起,厮杀声清晰可闻。

"王爷,是李自成又进攻了。"洪承畴站在多尔衮身边,望着帐外的硝烟说。

多尔衮点点头,沉着地说:"看他吴三桂还能撑到几时!"

话音刚落,就见士兵来报:"王爷,吴三桂率亲兵五百人来拜谒!"

多尔衮回头看了一眼围在身边的将领们,大家会心一笑。

多尔衮稳稳地说:"传话,有请吴将军。"

吴三桂进来,深拜不起,"王爷盖世英雄,三桂多年钦佩在心,今请王爷速整虎旅,直入山海关,共灭李贼!"

多尔衮不慌不忙,威武地坐着,说:"吴将军请起。"

接着他吩咐侍卫道:"给吴将军赐坐赐茶。"

吴三桂落座,耳听着远处的炮声如坐针毡。

多尔衮望着求兵若渴的吴三桂说:"吴将军为故主报仇,大义可嘉,我领兵千里赶来就是来成全你的。崇祯皇帝遇难,我们同哀,原先大明和大清是敌国,现在我们是一家,我们要为明朝天子复仇!大清军队是仁义之师,我兵进关,是为造福百姓,若动百姓一棵草、一颗粮,定以军法处死!今天将军要是率领众将归降大清,将来我们从李贼手中收复了北京,一定晋升吴将军为王,分封王土!将军想想,这样一则国仇得报,二则身家可保,世世代代子孙长享富贵,就像山河一样永远。吴将军,你看如何?"

多尔衮声音平和、恳切,给此时的吴三桂心中注入一丝安定剂,这话里的条件,他也听得清清楚楚。战局急迫,明军危在旦夕,如不降清,多尔衮必不出兵,到时他吴三桂全军覆没,国仇家恨将无日以报!识时务者为俊杰,此一时彼一时,降了吧!想到此,吴三桂泪流满面!

吴三桂起身跪拜:"王爷,三桂集国仇家恨于一身,今愿降王爷,拼死杀贼报国!为表诚心,我与五百弟兄,就在帐下剃发为誓!"

"好,吴将军!"多尔衮扶起吴三桂,心中感慨,过去,八阿哥几次致信欲收抚他,他坚拒不从,今日吴三桂剃发称臣,昔日雄鹰终于收归大清!

多尔衮当下布阵:"吴将军,你们回去,即刻开关出迎清军入城,你部士兵各以白布系在肩上为记号。明日李贼必会再攻,你率领你部仍从正门出击搏杀,以迷惑李贼。英王阿济格、豫王多听令!"

"臣在!"阿济格和多铎站起。

"你俩各率一万精骑兵,今日埋伏阵中,明日接到我令,即由东西水关分别进入!"

"其余将领跟我,明日我要亲率大军从正面掩杀,我们四面包抄剿杀李贼!"

大战在即。夜里,多尔衮睁着双眼望着帐顶,翻来覆去。明天即将到来的血战,还有本布泰他心爱的女人,思绪蜂拥上心。孤傲不羁的吴三桂为了女人降了,明天的战役已胸有成竹,天时地利人和,多尔衮相信进军北京的路将是一片坦途,而娶布木布泰成为自己的女人,似乎比这要坎坷!本布泰为什么不答应自己?他想了她快二十年了,那年在科尔沁,那个长发飘飘的蒙古族小姑娘,像小鸟儿一样撞到他的怀里,羞涩的笑带走了他的心,收不回来了!这么多年,布木布泰与他同在一围红墙内,人近在咫尺,而心却远在天涯。他眼睁睁看着她灿烂如花的笑容,但那不是给他的,可是他愿意看,只要她笑,就犹如太阳,晴朗了他的心!临行那天晚上,要不是有福临在身边睡着,他差点就要了她!本布泰说会答应自己,来日方长,她那双清澈见底的眼睛告诉自己,她说的是真话。大军入关之际,大清国基业不稳,要以大局为重!唉,这个本布泰,儿女私情和国家大事我多尔衮分得清,只要我们相爱,我们早晚会在一起!出发那天站立在旗杆下的两位女人——本布泰和嫂嫂哲哲的身影涌现出来,还有龙椅上的皇上,那期盼、那重托尽在不言之中了!背负着爱人的重托,多尔衮渐渐睡着了。

第二天,太阳还没升起,大顺军进攻的战鼓就急促地敲响了!只见八万大顺军自北山横亘渤海海边,南北长蛇阵,"一"字排开,密麻麻杀将上来。吴三桂开城门出击,在一片石与大顺军遭遇,顿时,刀光闪闪,血肉横飞,面对农民军的中坚力量,吴家军寡不敌众,全部四万人马陷入重围,惨烈拼杀,几个回合下来,大顺军围开复合,胜利在望。吴三桂眼瞧着自己就要全军覆没,心中焦急,阵中就是不见清军的影子。

观阵的范文程问多尔衮:"王爷,为何不早些解救吴三桂?"

"不忙,我要借李贼之手削掉吴三桂的亲军,今后让吴三桂死心塌地彻底跟我们走!"多尔衮狡黠一笑。

时近中午,双方精疲力竭。吴三桂满身是血,看着成片成片倒下的吴家军伤心欲绝,这些兵将,跟随他南征北战,忠心耿耿,亲如手足。吴三桂几近绝望,立在阵中仰天长啸:"多尔衮,你在哪里——"

声音刚落,忽然一阵狂风骤起,漫漫黄沙发着怪响,自西向东滚滚而来,瞬时湮灭了战场!风沙中,吴三桂就见两支清军突然从左右水关杀出,向大顺军掩杀而去。大顺军猝不及防,清军骑兵在英王阿济格、豫王多铎率领下,刀光闪闪,英气勃发,他们见大顺军兵将就砍,大顺军血溅如雨,头落纷纷!又是一声惊天动地的战鼓鸣,山海关的正门大开,多尔衮率兵潮水般涌出,清兵呐喊着,劈杀着,所向披靡!李自成正在西山立马观看,就见狂风过后,沙清尘静,阵上忽然满是披铠甲梳发辫的清军,大顺军阵脚已经大乱！李自成如遭晴天霹雳，口中大喊："满洲兵神降，天灭我也！"拨马就逃。

李自成一逃，大顺军兵败如山倒，这帮腰里还缠着刚刚从北京城里抢来细软的农民们，嘴里喊着："满洲兵来啦！""满洲兵来啦！"撒腿就往西跑。

多尔衮和吴三桂率兵乘胜追击，气吞万里如虎，千骑卷平冈，一口气追出四十里地，斩杀、俘虏数万人。自此，清军直驱北京！

盛京城，一派静逸祥和，这里没有关内的炮火硝烟，大军在外，给家里人留下了牵挂和期盼。皇宫内的佛堂里，布木布泰虔诚地跪拜祈祷着。多尔衮走后，布木布泰每天都要来这里点灯上香，朱红色的烛光跳跃着，堂上巨大的萨满佛微眯双眼，看着大千世界。苏茉尔悄手悄脚过来，伏在孝庄皇太后的耳边："前线来了捷报！"

布木布泰起身快速回宫，前方信使正等着向她汇报战事。多尔衮大获全胜，拿下北京指日可待！布木布泰高兴，多尔衮，好样的！

她来到清宁宫。清宁宫没了往昔的热闹，除了例行请安的时候，再无人来，只有布木布泰是这里的常客。孝端皇太后哲哲靠在软榻上闭目养神。

"本布泰给姑姑请安！"

"快来，姑姑正闷得慌呢。"

"姑姑，前线传来了捷报，吴三桂降了，多尔衮占了山海关，正挺进北京！"

"好哇，这么快！咱们大清军现在哪里？"

"按日子掐算，估计此时快到通州了。"

孝端皇太后唤婉儿过来，吩咐把酿好的玫瑰乌梅酒端过来让布木布泰品尝。

"本布泰，这是我酿的玫瑰酒，你尝尝，我们也庆祝一下。"

"嗯，姑姑，庆祝大清军进关，愿多尔衮马到成功！"姑侄俩轻轻碰杯，一饮而尽。

提起了多尔衮,哲哲放下酒盅,收起笑容说:"不知为何,我倒有几分担心。"

"不知姑姑为何担心?"

"本布泰,我们孤儿寡母守在这里,多尔衮打下北京,自己在那里称帝,不是没有可能呀!"

布木布泰沉吟片刻,肯定地说:"我相信多尔衮他不会!"

"多尔衮性情刚毅,有勇有谋,是一匹领头的骏马,不会久在屋檐下。前事与豪格争皇位,打得几乎拼命,这回他权力极盛,自立朝廷称帝,谁也奈何他不了啊。"

"多尔衮是夫君和您一手抚育长大的,福临继位是他的提议,他是识大义的人,不会做出对不住祖宗先皇和我们的事的。"

"你说的也是。"孝端皇太后笑了,"丫头,真看不出你倒了解多尔衮!"

"姑姑,您说哪里!"布木布泰心虚,急着辩解。

"你们从小就认识,这么多年,我看得出多尔衮对你事事关心着呢!"姑姑的话里有话。

布木布泰腾地红了脸,心发慌,生怕姑姑再说出什么。

孝端皇太后意味深长地沉了脸说:"丫头,你可要当心啦。"

姑姑的眼神让布木布泰解读到一丝不安,和多尔衮结婚没有姑姑的同意是不行的!她原想顺着话题把多尔衮想娶她的意思说出来,但是,看得出再嫁之事在这里恐怕不那么简单,她不敢再往下说了。

四月二十六日,仓皇逃回北京的李自成杀了吴三桂父亲吴襄及全家三十余口,然后将怒气发泄给了京城的百姓们,九门城楼被焚,紫禁城也遭了殃,大火让京城的太阳遮上黑雾,失去了耀眼的光芒。四天后,放纵自己的手下抢完、烧完,李自成立马紫禁城,回首憾望自己只坐了一天的皇帝宝座和无缘歇脚的龙床,恨恨地从箭壶中抽出一支利箭,弯弓搭箭,射向承天门。箭头偏飞,闷声不响地插在牌匾的左下方。李自成仰天长叹,是命里该着,离"天"字还远呢!他挥挥手,农民军杂沓的脚步声从北京城消失了。

四月三十日这一天，无天子的北京城一片寂静，静得可怕。从老百姓到大明的遗老遗少、士族官绅们惶惶不可终日，心惊胆战地等待着新的统治者，不知明日来临的是灾还是福。

五月初一清晨，北京朝阳门城门洞开，士绅官吏、遗老遗少绵延数十里迎接，吴三桂一行簇拥着大清摄政王多尔衮，高头大马，气宇轩昂。他们身后是一眼望不到头的军队，年轻的东北满族小伙子们，个个身材高大魁梧，军容整洁，纪律严明，威武神气。清军进了北京城！

武英殿，多尔衮召开了进京的第一次摄政会议。

洪承畴说："当下一是要彻底击溃李自成的军队；二是要定国立民，以成大业，必须改变清军以掠夺财货、奴隶、牲畜为目的的传统战略，严明纪律，安抚民众，惠及百姓。"

范文程说："治国百废待兴，取得汉族官绅地主的支持，我们应以为明帝复仇讨贼相标榜。"

多尔衮欣然采纳，站起身发布命令："中国初统，一应体制暂仍沿用明朝旧制，命令内阁、院部诸臣仍与原官职同满洲官一体办事！范学士！"

"臣在。"范文程出列。

"你立即起草布告，安抚百姓，在城中大街小巷四处张贴，内容就写：义兵之来，为尔等复仇，非敌百姓也，今所诛者，惟闯贼。官来归者，复其官，民来归者，复其业。必不尔害。"

范文程大声回道："是！"

"洪经略，传我的命令，诸将进城，不许闯入民宅，对百姓要秋毫不犯，违令者严加惩办！尤其是满族官兵，凡有扰民伤民者，格杀勿论！"

"是！"洪承畴领命，心中不禁暗暗称赞。

多尔衮又吩咐道："多罗郡王多铎、武英郡王阿济格、恭顺王孔有德、怀顺王耿仲明、智顺王尚可喜听命，你等率各路军队出京追击李自成，不给他喘息的时间，肃清贼匪大顺军！"

布置完大事，多尔衮叫住范文程和洪承畴，三人坐下，多尔衮说："我虽敌国,深用悯伤,今令官民人等,为崇祯帝服丧三日,以展舆情。命你二人著礼部、太常寺备皇帝礼具葬,允许明朝旧臣为吊死于景山的崇祯皇帝发丧哀悼。"

范文程、洪承畴没有想到多尔衮想得如此周到,重情重义,感动得心悦诚服。

这里正说着,忽听殿外一阵嘈杂,多尔衮一愣,何人何事?

就见武英殿外跪着一群人,全是明朝遗臣和太监,为首的老太监曹化淳高举着奏表,见多尔衮出来,曹化淳捏着嗓子大声喊道:"泱泱中华,期待明君,天与人归,得天下之正,我等诚心诚意劝奉德高威勇的多尔衮王爷登基做皇上!"

面对这帮拍马溜须之士,多尔衮哭笑不得,你们还当我是李自成那草莽?他大步迈出殿来,大声说道:"我大清顺治皇帝,安坐盛京,至高无上!我不过是皇上的叔叔,摄政王而已。念尔等好意,冒犯我皇之罪就不追究了,从今往后,不许再有人提及此事,再提者,下场就是它!"多尔衮说完,拔出腰刀,劈向门前的拴马柱,刀落处,碗口粗的木桩"咔嚓"一声断了!

满汉众臣鸦雀无声,举奏章的曹化淳吓得瘫坐在地上。范文程走下台阶,对他说:"别在这儿胡闹了,吾主已于去岁登基,此皇叔摄政王也,惹得他烦了,没有好果子吃,快走吧!"

劝多尔衮登基做皇上的人们讪讪而去。

捷报传至盛京,举国欢欣鼓舞。布木布泰马上择吉日举行庆典,皇上着盛装率领郑亲王济尔哈朗、礼亲王代善等祭告天地,在崇政殿接受朝贺,颁诏书给朝鲜、蒙古,国宴一直到夜晚。庆典刚刚结束,辅国公屯齐喀和托和固山额真何洛会从北京赶回来了,二人向皇上和布木布泰奉上多尔衮的奏折。布木布泰打开奏折,是多尔衮的笔迹,她急切地读着。多尔衮说,他已和诸贝勒召开了议政会议,议定定都北京!信上多尔衮还说,他正着手修复被李自成烧坏的紫禁城,将一切安排好,建议皇上和太后在秋高气爽的八、九月启程,十月迁都北京。多尔衮说,十月是北京最好的季节,天高云淡,硕果金秋,他在北京等着皇上和她!下朝后,布木布泰将多尔衮的奏折看了一遍又一遍,别人看不出,只有她看得出来,字里行间,流露着多尔衮的真情和关爱。布木布泰的心,随着多尔衮的信,飞向北京。

一六四四年八月二十日,黎明的鱼肚白爬上大清门,高高的迁都御驾马车上,大红披风裹住福临瘦小的身躯,六岁的小皇上紧紧搂着母亲的臂膀,浩浩荡荡的车队奔向遥远的北京紫禁城。布木布泰再一次回头环顾盛京皇宫,十八年的青春年华还有夫君和姐姐永远地留在了这里。和上次父汗努尔哈赤迁都不同,这一次,她没有恋恋不舍,她期待着前面的生活。

晓行夜宿,漫漫路途,西北方向绵延万里的燕山山脉,绿色植被已清晰可见。

"额娘,都走了十好几天了,怎么还不到北京呀?"福临皱着眉头,手托着腮,望着车窗外。

"快了,就要到了。"布木布泰探出身子,问赶车的马夫:"巴图尔,我们到哪里了?"

"回太后,我们马上就要进通州了。"

一阵喜悦,布木布泰知道,通州是北京的门户,也就是说,再有一两天就要到北京了,就要见到多尔衮了!

昨天已经派人速报了多尔衮,他应该知道我们的行程,此刻的多尔衮忙什么呢?布木布泰正想着,忽然福临直起身子,指着车窗外,大声喊了起来:"额娘,快看,前面是十四叔!"

"啊,真的?"布木布泰急忙掀起车帘儿。是真的,前方远远的,出现一座汉白玉拱桥。桥头上,两列欢迎的人马翘首以盼,那个骑在马上站在最前面的是多尔衮!多日的旅途疲劳顿消,布木布泰抑制不住喜悦之情,急忙喊:"巴图尔,快,快!"

"啪,啪——"两声清脆的马鞭声响彻天空,马车带领着整个车队,箭一样迎着欢迎的人群驶去!

"多尔衮恭迎皇上、太后！"迎驾的诸王贝勒、贝子、文武大臣们，随着多尔衮跪在皇驾前。

多尔衮就在眼前！欢迎的礼仪阻隔着他们，她是太后，他是摄政王，他们不可以有感情的流露，他们要摆出威严给外人看！多尔衮起身从御驾上抱下皇上，转身又扶她下车，那双温暖的大手，格外有力地，紧紧地、紧紧地攥着她的手，这双饱经沙场的手还和科尔沁月亮河边的那双手一样，将一股暖流传递过来，令她酥软。朝思暮想的人儿，多日不见，你黑了，瘦了，为了大清江山社稷，为了我们娘儿俩，你受苦了！布木布泰泪光闪闪，她克制着自己，不让泪水流淌下来。

一六四四年十月初一，清世祖爱新觉罗·福临在北京南郊告祭天地宗社，在太和门即皇帝位，"定鼎燕京，纪元顺治"，颁布历书，昭告中外各地各国。布木布泰的儿子终于成为大清入关的第一位皇帝，成为君临华夏的皇帝。皇上加封多尔衮为叔父摄政王，郑亲王济尔哈朗为信义辅政叔王，阿济格、多铎由郡王升为和硕亲王，吴三桂、洪承畴、范文程、孔有德、耿仲明、尚可喜等有功之臣受到赏赐。

新的家震撼了布木布泰。北京紫禁城，这座建成于明永乐十八年的皇宫，殿宇规模雄伟宏大，高低错落间无不体现着至高无上的帝王权威。放眼望去，红墙黄瓦金碧辉煌，楼台玉宇画栋雕梁，好一派壮观雄伟。盛京的家无法和这里相比，汉文化的宫廷建筑，不仅气势磅礴，而且更加瑰丽深邃。紫禁城内涵几百年的神秘沧桑，朝暾夕曛中，仿若人间仙境，让布木布泰叹为观止。建都的朱棣万万也想不到，如今我们清朝是这里的主人，大明朱家的基业葬送在他不肖子孙的手中，这份家业将由我们爱新觉罗家族守护，我们的子孙个个优秀，布木布泰心中无比骄傲。布木布泰和多尔衮商量，新政权做的第一件事，就是尽快除去明朝时加派的税饷及东西厂卫各种弊政，一个生机勃勃的帝国升起在东方。

第十二章　雷雨之夜

北京,紫禁城慈宁宫。

"我要和皇额娘睡在一起!"皇上哭闹着。

"皇上,你长大了,不能老睡在额娘身边了。"苏茉尔哄着。

"不嘛,我就要,就要!"皇上跺着脚,不依不饶地用小拳头打着苏茉尔。

门开了,多尔衮走了进来。作为叔父摄政王,多尔衮被免除了对皇上的拜见礼仪,可以自由行走于内宫,审理朝政也是便宜行事,不必事事奏告。多尔衮看看坐在一边一筹莫展的布木布泰,笑了。他转过身,虎起脸看着皇上,皇上的哭声立刻小了。

"福临,你过来,叔父问你一句话。"多尔衮朝皇上招招手。

福临抽泣着,不情愿地挪到多尔衮跟前。多尔衮蹲下身,双手扶着福临的肩膀,直视福临,皇上不哭了。

"跟叔父说,咱们是不是男人?"

"是。"福临抹着鼻涕,点点头。

"好,是个男子汉!"多尔衮拍拍福临的肩说,"是男人就要挑起天下,要挑起天下,第一就是要独立! 懂吗?"

福临噘着嘴点头。

"懂了就好。记住,从今天起,你不能再和额娘一起睡。是男人,是皇上,就要自己一个人睡,直到你娶了妻子! 将来陪你睡觉的女人,只有你的妻子! 记住了?"多尔衮盯着福临的眼睛,一字一句地说。

福临似懂非懂地点着头,回过身,眼巴巴地望着母亲,寻求最后的希望。

眼前的两个男人,让布木布泰的心无所适从,可怜兮兮的儿子,该是个小男人了,她对儿子微微一笑说:"去吧,听十四叔的话,你是皇上,是大人了。"

布木布泰吩咐苏茉尔:"传吴良辅进来。"

一个白胖的年轻太监躬身进来,趴在地上给皇上、太后和摄政王一一请安。

"吴良辅,抬起头来。"布木布泰打量一番,此人细目低垂,白净细致,面相和善,看着还顺眼,不过在举止间还是看得出这是个心计机巧的人。

"吴良辅,你入宫多少年啦?"布木布泰问。

"回太后,小的入宫已经十五年了。"吴良辅细腔细调的。

"宫里的规矩,你都懂,皇上从今儿起就交给你伺候了。皇上年幼,身负祖宗大业,读书学习、生活起居等方方面面你要细致照顾,不得有半点闪失,出了差错,小心你的脑袋!"

"嗻,小的知道。"吴良辅在发抖。

"作为幼主的近侍总管,该怎么做我想你也清楚!你以前的主子深陷宠宦之手,如今大清可不惯这毛病,朝里的大小事宜宦官们不许多嘴!听清楚了吗?"布木布泰的话威中带狠。

"回太后,小的听清楚了!请太后和摄政王放心,皇上主子是奴才的天,奴才这一辈子都要忠心耿耿,肝脑涂地!不该奴才做的,奴才绝不做,干政的事小的不敢!"吴良辅头像捣蒜般叩着。

"苏茉尔,你随吴总管一起过去,看看那里如何,回来告诉我。"

"是,太后。"苏茉尔拉起福临的手。

福临看看额娘,听话而又不情愿地走了。布木布泰心里一阵不舍,眼泪不由自主扑簌簌而下。这是儿子第一次离开自己单独睡觉,她知道,从今以后,那个浑身奶味儿,和她血脉相连温软娇嫩的小肉团儿离她而去了,儿子不会再回到自己身边来了。

此刻,宫内无人,多尔衮过来递给她绢帕,搂住她,轻轻吻了她的额头,拍拍她的肩,一声不响,转身走了。布木布泰没有理他,和儿子分居,是多尔衮的安排,依布木布泰的意思,儿子还小,离不开额娘,再过两年分开睡不迟,可是多尔衮不依,坚持必须分开!布木布泰无奈,多尔衮说的不无道理。可不知怎的,她还是隐隐觉得多尔衮有私心,但即刻她就原谅了多尔衮,即便他有私心,那也是因为他爱她。

苏茉尔回来了,见只有太后一人暗自垂泪,赶忙过来服侍:"主子,皇上保和殿位育宫那边全安排好了,吴良辅公公亲自侍奉着呢,您放心吧!"

布木布泰擦着泪叹息一声:"这个吴良辅,在明朝宫里多年了,这回留下他,是看着他聪明机灵,宫里各种规矩全清楚,作为幼主近侍,倒是合适。"

"刚才我观察他,手脚麻利,嘴也甜,皇上挺喜欢他。"苏茉尔一边给太后揉着肩一边说。看见桌上多尔衮喝茶的茶盅,苏茉尔又问:"睿亲王走了?"

布木布泰点点头。

"这个王爷,让福临分开睡的是他,他惹人家伤心,还不在这儿多陪陪,真是的!"苏茉尔故意逗着。

扑哧一下,布木布泰笑了:"死丫头,再多嘴看我不收拾你!"

苏茉尔捂着嘴笑了。

布木布泰起身说:"走,去看看皇上。"

"哎,太后,我看还是别去了,回头皇上看见您又该哭了,现在皇上已经睡下了。"苏茉尔劝阻着。

"也是,明天再说吧。我们也歇息了。苏茉尔,今天你就睡在这里。"

福临独寝后,一连多日,多尔衮并没有来慈宁宫,布木布泰想,倒是冤枉了多尔衮。她白天去上书房陪福临读书,晚上灯下独坐看书写文,儿子不在身边,心里空落落的。

这一日,福临下课早,娘儿俩漫步皇宫。放眼望去,晚霞绮丽的紫禁城里,高高的三大殿,庄严的宫廷,太和殿高大的台基,上下环绕着十八个铜鼎,正面的基座上,东南角摆放着日晷,西南角摆放着嘉量,铜龟、铜鹤排成一列好不肃整。

福临说:"皇额娘,紫禁城好高好威严,那明朝的皇上崇祯怎么还被李自成一个草莽农民打倒了呢?"

"明朝的皇帝苛政对民,为官贪腐,国家不顾百姓死活,老百姓就会揭竿而起,就像李自成造反,夺了皇帝的权。任你再有高墙深宫,也挡不住民众的力量啊。"

"还是老百姓厉害呀!"

"孩子,要记住国家是为民众建立的,君的位置是为国家而设立的。"

"皇额娘,您说的意思是民为贵,社稷次之,君为轻。这是我刚刚学的孟子说的话呢!"

"就是呀,做天子的就要关心民生疾苦,与民同乐。我的皇上,你说对吗?"

"皇额娘说得对,孩儿我记下了。"福临呵呵地笑着说。

夕阳柔和地照着他们,母子俩一长一短的影子投在殿前广场上。影子随着他们的脚步慢慢移动,他们说着,笑着,这是布木布泰和她的儿子最幸福、最和谐的时光。

不知不觉,娘儿俩走到了武英殿。武英殿的苍松翠柏下士兵还在站岗,布木布泰知道,多尔衮还在办公,心儿不免波动。多尔衮,这些日子了,只见你批来的文书,不见你的人影,难道你不知道我在想你吗?

福临忽然站住不走了,情绪低落,出着苦脸儿:"皇额娘,我们不是要去看十四叔吧?"

"为什么不呢? 不过,你十四叔还在忙着呢。"布木布泰低头看儿子。

"因为,因为……他不让我和您睡在一起。"福临小声嘟囔着。

"哎,刚才还是皇上,这会儿就成了孩子了!"布木布泰笑了,"你十四叔那天不是已经对你讲明白道理了吗?"

"皇额娘,我饿了,咱们回去吃饭吧!"福临在找借口。

布木布泰弯下腰,吻了一下儿子,顺从了儿子的意愿,牵起福临的手,转身离开了。

用晚膳的时候,布木布泰亲手挑了多尔衮爱吃的点心,放在提盒里。

"苏茉尔,你去武英殿把这点心给睿亲王送过去,传我的话儿,没有太急的事,就早些收工歇息吧,当心身子骨儿。"

"嗻,太后。"

顺治二年(1645),清军继续南下,多铎破了潼关,多尔衮下令由阿济格追击农民军余部。三月,多尔衮又命多铎分兵三路南下,直指南明政权。在胜利的消息节节传来之际,皇上春蒐的日子到了,多尔衮决定去喀喇河屯木拉姆围场打猎。

由北京出古北口,到喀喇河屯,皇上围猎的队伍沿着滦河,进入了水草丰美、森林茂密的猎场。一进狩猎场,大片大片的绿色涌入布木布泰的眼帘,空气中散发着泥土的气息,管围大臣率骑兵已经在方圆几里合围靠拢,形成围猎包围圈。离开皇宫红墙黄瓦中的禁锢,布木布泰心旷神怡,抬眼望去,蓝天与草原相连,呈现出粗犷奔放的阳刚之气;那茵茵绿草的大甸子和山坡上的百花编织出一块五彩缤纷的织锦,聚成一朵朵扑朔迷离的彩云,又让它具有了细致优雅的阴柔之美。几个满族士兵头戴鹿帽面具,隐藏在圈内密林深处。他们时隐时现,吹着木制的笛哨,模仿雄鹿求偶的声音,这是在引诱麋鹿。不一会儿,树林的深处,传来了几声雌鹿的回声,有鹿上钩了!围猎的包围圈开始缩小了。

"额娘,快看,一只雌鹿!"福临眼尖,一只麋鹿从树林中探出头,找寻着。

"一只,又一只!"福临兴奋地大声喊着。群鹿出现了,在鹿群外,还有獐狍、野猪和黄羊。王爷、贝子们也兴奋起来,大家等待着皇上,摩拳擦掌,跃跃欲上。

"请皇上首射!"大臣哈图跪在马下,为皇上递上弓箭。

福临拉满弓,瞄准,一只雌鹿应声中箭,往前蹿了几步,倒下。

"请叔父摄政王试箭!"福临将弓箭递给多尔衮。

多尔衮抬手放射,花翎箭带着哨音飞出,领头的雄鹿正中要害,鹿应声倒地。

"好!好!"众人齐声叫好。

多尔衮手臂一挥,大喊一声:"围射开始!"

嗒嗒嗒的小鼓声急促响起,包围圈里的士兵们摇动着旌旗,呐喊着。鹿群受惊,野兽四散,开始到处奔跑,王爷、贝勒、贝子等王公贵族们欢呼着,个个奋勇争先,飞箭嗖嗖如雨。

身后人们呐喊的声音越来越远,布木布泰策马扬鞭,尽情地享受骑马带来的愉悦,放纵自己在天地之间。多尔衮在她身后紧紧跟随着,这是他们少有的机会,他们看似无意,实则有心,甩掉了护卫等所有人,一白一棕两匹马在草原上飞驰。

"多尔衮,你追不上我——"布木布泰回到了少女时代。

多尔衮开心地笑着,就像在战场上紧紧追着自己的猎物。就在两人并辔而行的时候,多尔衮抓住了布木布泰的马缰,大喊一声"本布泰,你等着,我来啦!"跃身换到布木布泰的马上,紧紧抱住了她。马儿还在跑着,布木布泰往后靠着多尔衮,多尔衮宽厚的臂膀立刻满怀拥抱了她;她感觉到靠山,她听到了多尔衮的心激烈地跳动着,两颗心在交融。

布木布泰闭上双眼,耳边风起。他们虽然不再年轻,可是心儿在飞,迟来的爱情之花开了。

在一片密林前,他们停了下来。

"本布泰,我爱你,嫁给我!我愿意死生契阔,与子成说,执子之手,与子偕老。"多尔衮贴着她的耳朵,热烘烘地说。

幸福的眼泪在布木布泰眼眶中打转,眼前的一切都模糊了,和心底喜欢的人永远在一起,如今愿望就要实现了。她点点头:"多尔衮,我答应你,回去我们就和姑姑说。"

"打下南京城,我们就结婚!"

"嗯。"布木布泰沉浸在多尔衮温暖的怀中。

多尔衮冲动地吻她,一团烈火燃烧了两个人,在万物萌发的季节里,他们爱欲交织,滑落下马,滚倒在草地上。此刻天和地交融在一起,布木布泰体会着被爱的甜蜜。心灵碰撞的火花,是彩霞似锦的绚丽;两情相悦的爱情,是至美至纯的永恒。两个人沉浸在爱河中。

"额娘!额娘!"远处传来了儿子福临的呼喊,"额娘,你在哪里?"

"太后,我们来啦!"是苏茉尔。皇上和苏茉尔他们赶上来了。

围猎回来的第二天一大早,孝端皇太后就亲临慈宁宫。

"姑姑,您怎么大驾光临了呢?我这就要去给您请安,给您带了不少喀喇屯的土产呢。"布木布泰一脸喜气。姑姑因为年长身体不适,这次围猎没有去。

"别提什么土产,我是有事来问你了!"孝端皇太后怒气冲冲,一副讨伐问罪的架势。布木布泰有些忐忑,姑姑这是怎么了?

"婉儿、苏茉尔,你们全出去,我们娘儿俩说会儿话。"孝端皇太后摆摆手,婉儿她们全退到宫外。

孝端皇太后严肃地看着布木布泰,叹了口气:"我问你,听说你这次围猎挺高兴啊?"

"姑姑,这次围猎,多尔衮选的地方太好了,气候宜人,水草丰美,姑姑没去真是可惜。那里禽鸟野兽也多,光是皇上就打了十好几只鹿兽,贝勒贝子和将官士卒们还进行了军事习武训练,收获可不小呢!"谈起围猎,布木布泰眼睛发亮,竟然忘了姑姑的不高兴,兴致勃勃地讲了起来。

"嗯,多尔衮选的地方好,我幸亏没有去,要是去了,恐怕就碍了有些人的眼了吧!"孝端皇太后拉着脸,打住了布木布泰的话。

"这……"布木布泰听出了话音儿,脸儿讪讪的不自在起来。

"跪下!"孝端皇太后一拍桌子,厉声喝道。

布木布泰知道孝端皇太后说的是她和多尔衮的事了,但她怎么也不会想到姑姑会为这事对她发这样大的火。她顺从地跪下,不敢抬头。

"昨天晚上,我就听到了关于孝庄皇太后和叔父摄政王的好事!光天化日之下,甩开皇上和随从,搞什么捉迷藏,成何体统!"姑姑咬着牙根。

布木布泰不敢应声。

"说！到底是怎么回事？有没有这宗事情！"姑姑气得捶着桌子。

"姑姑，我们……没有……"

"本布泰，没有就好，别忘了你是皇太后！"

布木布泰的心渐渐安定下来，也好，既然姑姑说到这儿了，索性就把这层窗户纸捅破了，刚才还琢磨如何向姑姑张口提和多尔衮结婚的事呢。

主意定了，布木布泰鼓起勇气，跪着抬起头说："姑姑，多尔衮和我，我们准备结婚！多尔衮说他要娶我！"

"什么？结婚？"布木布泰的话让孝端皇太后气坏了，刚刚平息下来的火气又起来了，"本布泰，不怪外面闲言碎语，你是用脑子思考问题的人吗？你要气死我！想想你的身份，当事者迷，今天我不和你多说，就给你放下一句话，你和多尔衮的婚事，我不同意！别忘了，在你的婚姻大事上，从太宗家规论起，没有我的同意，你就别想了！"

孝端皇太后说完，愤怒地拂袖而去！布木布泰跪在地上，半天没有起来。

如晴天霹雳！灿烂的阳光没有了，密布的阴云突然压顶，追求半生的幸福，原本以为唾手可得，忽然成了远在天边不可及的画儿！布木布泰跌入了冰谷，她委屈。姑姑，她的至亲，她把姑姑作为母亲，姑姑有恩于她，可是姑姑并不理解她。她所有的人生之路都是在姑姑的安排下铺就的，姑姑把她领进深宫失去自由，姑姑左右了她的大半生，她在姑姑的影子下行走！一丝幽怨涌上心来，曾几何时，夫君冷淡过，姐姐霸道过，继妃欺负过，这半生遇到的多少不公平都要忍耐！在宫中自己就像漂泊在激流里的小船，失去双桨，随波逐流，不能自主。如今虽然做了皇太后，看上去位高权重，实际更有一层约束在身；在这个家里，谁的利益都要照顾，身份是一张无形的大网，挣也挣不脱！多尔衮，我今生的爱，我真的不能嫁给你了吗？她的心碎了。

姑姑的话，布木布泰不能不听。她愁肠百结，不敢把孝端皇太后的意思告诉多尔衮，每每面对多尔衮陶醉在爱河里精神焕发的样子，布木布泰就会痛上心来,多尔衮要是知道了,会经受得住吗?自己不答应婚事,多尔衮将会怎样对她、对姑姑,还有最关键的是,他会如何对福临……布木布泰不敢再想下去。

五月的江风,带着些许血腥,扬州的十日惨烈悲壮,南京大明兵部尚书史可法拼死抗清,扬州城男女老少奋起抵抗,赴汤蹈火。多铎攻城遇阻,入城后,怒焚扬州,大开杀戒,不论妇老孤孺、士军百姓,格杀勿论,八十万人血流成河!腥风血雨下,自刎投缳者,不能悉记。消息传到北京,布木布泰大惊,闯到武英殿。

多尔衮从桌案上抬起头,看到是布木布泰,高兴得站了起来,碍着臣下、笔吏、侍卫,他行礼客套一番。布木布泰坐下。

"王爷,如此杀戮之风不可开!大清先祖对汉人政策一贯是怀柔招降,如今我们要想稳坐华夏天下,必须取得汉族地主阶层的支持。"

"太后,多铎屠城必有不可不为之的道理。这些汉人,他们的明朝皇帝被李自成灭了,李贼毁他们宗庙,辱他们祖先,除了吴三桂奋起杀贼,他们没有一个人向李贼射过一箭!冲这,就该杀!再有,恩威并重是治国手段之要,不可以一味地怀柔。"多尔衮维护着多铎。

"强迫汉人落发之事已经引起骚动,民间暗流涌动,情绪抵触;今又血洗扬州,一旦激起汉人爱国之情,民族之恨,同仇敌忾,就会加大我军南下的阻力呀!"

多尔衮挥挥手,示意臣下和侍卫们退下,殿内就剩下他们两个人。

"本布泰,你说得有道理。"多尔衮变了称呼。刚一开口,布木布泰就打住他的话:"王爷,你还是称呼我为太后吧!"

"这里没有太后,只有本布泰!"多尔衮火辣辣地看着布木布泰。

"跟你说大事呢!"布木布泰嗔怪地一笑。

"好,我们言归正传,我的太后!"多尔衮轻松地往座椅后一靠,手指轻轻弹着桌面,脸上挂起男人欣赏和自傲的笑意,"汉人剃发是必须的!一个如散沙般的民族,加上腐朽没落的皇帝,剃发就剃去了他一个民族的灵魂,削掉他们的意志,建立汉人的自卑和永远的臣服意识!"

"这个我赞成,不过杀戮的事就不是这样正当了。血会唤起人的反抗,你要是逼得一个民族没有了生路,每个人发出最后绝望的哀鸣声,这种声音汇集到一起,就是一股磅礴的海啸!绝地反击具有摧毁一切的可怕力量,民不畏死,奈何以死惧之!我的王爷,现在我们入关了,坐了天下,摆在我们面前最大的挑战不仅仅是军事征伐,更重要的是如何实现对一个以汉族为主的多民族国家强有力的统治!泱泱中国,两亿汉人,而我们满族人口不过百万,这个道理王爷想过没有?"

布木布泰的一番话,令多尔衮收起自负,半天不语。这个本布泰,就是这样厉害,说得他心服口服,爱意陡增。

"王爷,你倒是说话呀?"布木布泰期待地看着多尔衮。

多尔衮严肃地点点头:"本布泰,你说得对!我这就为皇上行旨。"

当下,多尔衮立即行旨,传府道州县已置官吏,执安民牌,遍谕百姓,毋得惊惧;又谕各寺院僧人,焚化积尸,统计造册,以慰家人;命督镇衙门,将所储军粮,出示放赈。这道圣旨启用加急,快马加鞭,昼夜不停,立即令行禁止!

扬州城平复了,多铎和阿济格两军合一渡江南下,清军势如破竹,仅二十多天即兵临南京城下。

一副狂放的行书条幅挂在南京皇上朱由崧的书房,上联是"万事不如杯在手",下联是"一生几见月当头"。这是朱由崧最欣赏的一条字幅。

"皇上,清军过了长江了。"大学士王铎和凤阳总督马士英跪在朱由崧面前。

真倒霉,刚做了皇上没几天,尽是扫兴的事!朱由崧横着脸:"那史可法不是能耐着呢吗,怎么死啦?"

"吹呗,他不死谁死!"马士英恨史可法,借机泄愤。

"他不死我也得处死他,丢了我的扬州,置我于危险之地,这种人早死早清净!"在这位南明的皇上朱由崧看来,史可法一天到晚地喊着抗清,闹得朝廷不安生,这回死了,就没人折腾了,死得好。

"王铎,你看派谁守城迎战?"

"城内只有赵之龙、徐允爵率领的两支军队了。"

"那就命他们死守,下令关闭所有的城门,你们两个和礼部尚书钱谦益也配合守城!"朱由崧想起昨天刚刚选进后宫的阿娇,体内一阵燥热难耐,挥挥手让王铎传旨去,自己急忙去了兴宁宫。那里,年方二八的阿娇正裸着身子在龙床上等他呢。

红罗帐内夜销魂。朱由崧抱着阿娇,香软娇嫩的肉体令他不能自拔,涎垂三尺不断。他从阿娇身上上来下去,下去又上来,一直折腾到二更天。

窗外起风了,沙沙雨声拍打窗棂。朱由崧正挥汗喘息着,小太监进来,隔着纱帐奏报:"皇上,清军兵临城下,四城被围,说不定一会儿天亮就要攻城了!"

"王铎他们呢?"

"回皇上,四门均不见主帅将军,马士英逃跑了,王铎和赵之龙他们全躲起来了!"

"啊!"朱由崧闻言大惊失色,这才意识到死到临头了。

"南夹道的通济门那里有清军吗?"

"回皇上,暂时还没有。"

"快,收拾细软,我们这就投奔芜湖!快!"朱由崧不顾尊严,赤身裸体从帐中爬出,一把抓过龙袍,哆哆嗦嗦地往身上穿。

"皇上,臣妾咋办呀?皇上,带阿娇走吧!"

"你?"阿娇的哀求声使朱由崧想起了自己还是皇上,自己的慌张令他感到颜面扫地,他"嚓啦啦"一声,拔出挂在床头的龙头宝剑,回手刺向刚刚还使他销魂的肉体!可怜阿娇,血溅龙床,一缕香魂,飞向西天!小太监不忍阿娇赤身横尸床上,小心翼翼地扯过锦被给阿娇盖上。

天不到五更,南明皇上朱由崧拖着因纵欲过度而发软的双腿,独自带着十几个贴身太监,从南京通济门往芜湖逃去。

大雨滂沱下到天明,清军冒雨攻城。多铎令旗一挥,攻城令下,还没等兵将们跃马上前,雨雾茫茫中,就见四城城墙上徐徐升起白旗。"嘎吱

"吱——"南京城沉重的城门缓缓打开,南明来不及逃跑的文武百官在王铎的带领下,冒雨跪在路两旁,迎接清军入城!清军没有费一枪一炮,拿下南京。清军执行了孝庄皇太后的怀柔政策,为了不扰民,豫亲王多铎驻军南京城外十天才进入城内。

五天后,朱由崧即被清军俘获,后来多铎亲自将他押解到北京,最后处死在宣武门外菜市口。短命的南明弘光小朝廷,只维持了一年时间便灭亡了。在孝庄皇太后的提议下,多尔衮命内阁大学士洪承畴赶赴南京,总督军务,招抚江南各省。

多铎回京的那一天,皇上和叔父摄政王多尔衮亲自出正阳门,在南苑长亭十里迎接。身为皇太后,布木布泰也去了。迎接的场面隆重,华盖遮天,鼓乐齐鸣,彩旗飘扬,皇上加封多铎为和硕德豫亲王,随征将士人人封官受赏。多铎感动万分,行大礼谢过皇上、太后和摄政王,多尔衮兄弟激动得相拥而泣。布木布泰看着为大清江山出生入死、戎马劳碌的多尔衮兄弟,心中感动,爱新觉罗杰出的后裔真英雄啊!

乾清宫内,内臣们忙着操办庆功宴,布木布泰亲自视察,叮嘱庆功宴一定要丰盛,庆功酒一定要备从盛京带来的极品满族秘制小烧。

正要往外走,苏茉尔拽拽布木布泰的衣袖:"太后,摄政王来了。"

布木布泰转过头,多尔衮已经大步进来了。

"孝庄皇太后也在这里?大驾光临呀!"见布木布泰身边只有苏茉尔,多尔衮摄政王的架子全无,一脸笑颜地逗布木布泰。

多尔衮从里到外透着喜气:前线步步大捷,四月多铎军克扬州,五月李自成死于湖北通山九宫山,如今又轻而易举拿下南京,清军开始横扫江南,福州指日可待;更重要的是,和布木布泰的约定就要实现了!

"王爷是说自己大驾呢吧?"布木布泰笑着反讥他,转身往殿外走。

"我的皇太后,提醒你,南京已经拿下了,有一件事也该办了吧?今天是不是实习来了?你放心,到时候的婚宴那是要多隆重有多隆重,也不用你操持,你就准备好嫁衣就行了!"多尔衮跟过来,殿外无人,他笑嘻嘻地凑到布木布泰耳边小声说。

"苏茉尔还在这呢,你注意点身份!"布木布泰嗔怪着往后躲。

"苏茉尔可不是外人,过几天我们就是一家人了,我正想着给苏茉尔找个婆家呢。"多尔衮得意地坏笑。

"王爷,净拿苏茉尔开玩笑!"苏茉尔倒也不怕多尔衮,看着孝庄皇太后的脸色,笑着回了多尔衮一句。

布木布泰脸上在笑,心里却苦,多尔衮还在憧憬着幸福,可是,这恐怕是……怎么和多尔衮说呢?布木布泰一时发呆。

"说话呀?一会儿你回去就选个大吉的日子告诉我。"多尔衮深情地看着布木布泰。

布木布泰知道早晚躲不过去,心中上下翻滚,脑海中忽然闪过——让多尔衮去孝端皇太后那里碰壁,要比自己亲自告诉他好,否则,这匹烈马将无法驾驭!要让多尔衮明白,不是自己不同意嫁给他,是身不由己!

"这么大的事情,不可轻率,王爷向孝端皇太后提过吗?"布木布泰抬起头,望着多尔衮的眼睛说。

"嗨,本布泰,提醒得好,这些日子光忙政务了,怪我想得不周全。"多尔衮摸着脑袋,有些不好意思,"孝端皇太后,那是比我额娘待我还好的亲人,这么大的事,不通过她怎么行!"

多尔衮,我可怜的爱人,不要怪我!万一姑姑回心转意了,她答应了你,这不也是一线希望吗?布木布泰给自己找安慰的借口,不敢再看多尔衮那火热的眼睛,低下头,急急忙忙走了,扔下还沉浸在对婚礼筹划之中的多尔衮。

回到慈宁宫,布木布泰再也忍不住了,独坐书房落泪,晚饭也没有吃。苏茉尔知道孝庄皇太后的苦楚,在书房陪着她,直至天黑。

庆功的宴席上,正上演着满族"庆隆舞"。满族姑娘和小伙子们身着节日盛装,载歌载舞,那粗犷有力的舞蹈表现出八旗英勇射猎和征战、艰苦创业的历史。乾清宫宝座前面是皇帝的筵席,福临在正位,多尔衮坐在皇上的左边,右边是两位太后。殿内外坐满了外藩王公、内大臣和文武大臣们,就连殿外丹墀上也摆下筵席,近身侍臣们坐在那里。喜庆的酒一杯又一杯,喜悦的人们畅怀豪饮。布木布泰看出来了,多尔衮心事重重,除了必须讲的话和必须应酬的场面以外,他少言寡语,别人敬他酒,他也不推辞,仰脖就干;她猜得出,多尔衮在孝端皇太后那里一定是碰壁了! 她看看身边的姑姑,孝端皇太后小声和旁边的范文程聊着,根本不理她。

殿庭外的丹墀上,真人扮演的虎豹异兽在舞蹈,象征八旗的八大人上场,舞姿呈骑马逐射状,搭箭射兽,一只兽被射中,众兽皆丧胆四处而逃。一排伶人站立在汉白玉栏杆下,用满语演唱歌曲,歌曲的内容是陈数王业的艰难;乐官在奋力击打着殿檐下的宫悬乐器,高高的殿宇回旋着悠扬的宫廷乐。多尔衮忧郁的心情传染给她,布木布泰无心欣赏,在应付完所有的庆典程序后,她以酒力不支为借口,悄悄退下回宫去了。

七月的天,小孩子的脸,白天庆宴时还是晴朗无云的天气,到了晚上,一阵狂风过后,忽然乌云密布,雷声隆隆起来。

苏茉尔拉着福临过来给布木布泰道晚安,布木布泰叮嘱苏茉尔道:"天要下雨了,看来这雨也小不了,早些送皇上回宫歇息。"

"嗻,太后。"

转过头,布木布泰又对福临说:"皇上,别太贪玩了,白天庆宴累了一天,明日还要起大早学习,回去吧,啊?"

"好吧,皇额娘,我走了。"福临向母亲道别。

苏茉尔拉着皇上走了。

时候不大,门帘儿"哗"地被人掀开了。谁这么大动静! 布木布泰正准备躺下,突然被身后的声音吓了一跳。

灯下,就见醉醺醺闯进来一个人,一座山似的,摇摇晃晃。是多尔衮!

多尔衮还穿着庆宴上的朝服,前衣襟儿上酒迹斑斑,脸色发紫,满嘴酒气,看来没有少喝。布木布泰大惊,从没有看到过多尔衮会醉成这个样子! 怎么喝成烂醉,她急忙上来扶他。多尔衮摆摆手,一把将布木布泰按在座椅上。

"多尔衮,你怎么喝这么多酒? 你喝醉了!"

多尔衮一手按着布木布泰的肩,一手扶着桌子,摇摇头,吐字不清地说:"我没喝多,我没有醉!"

"多尔衮,你坐下,我给你倒杯解酒茶。"

布木布泰要起身,被多尔衮的大手按着,起不来。

"本布泰,你知道吗?有一句话我必须说,我爱你,我天天想你!你、知、道、吗?"多尔衮睁大被酒烧红的眼,盯着布木布泰,眼中满是真情与渴望。布木布泰极力往上起,又被多尔衮一把按下去。

"你听我说,本布泰,你就坐着,我不会……你坐着,听我说!"多尔衮摇着头固执地说下去,"本布泰,知道吗?咱俩的事儿,不成了!我天天盼着的事,不成了!呜呜呜……"多尔衮忽然哭了起来,就像小孩子,三十多岁的汉子竟然泪流满面呜咽着痛哭起来!多尔衮的手松开了,他的意志随着泪水垮塌了。布木布泰心疼不已,起身扶多尔衮坐下。多尔衮一把抓住布木布泰的手,可怜巴巴地看着她。

"她不同意我们!"

"谁?"布木布泰明知故问。

"嫂嫂,待我像亲娘一样的嫂嫂,你的姑姑,她不同意!"多尔衮的话触动了布木布泰这几天的痛苦,她一把将多尔衮搂到怀中。两个人抱头痛哭起来!

窗外的大雨下起来了,哗哗的雨声和两个人的哭声交织在一起。

多尔衮抬起头,含混不清地劝布木布泰:"别哭,别哭,我问你,嫁给我,你同意吗?"

布木布泰点点头,看着多尔衮。

"那好,我们不听孝端皇太后的,谁也管不了我们!"多尔衮用手指着天,情绪激动。

布木布泰清醒过来,事情没这么简单,多尔衮喝醉了,要劝他回去。

"多尔衮,回去吧,天不早了。"

"我没有去处可回,这里就是我的家!我要歇息了。"多尔衮的酒劲儿又涌上来,他悠悠忽忽地起身,拉扯着布木布泰往床边走。

"多尔衮,听话,回去吧!啊?"布木布泰劝着,多尔衮根本不听。两个人拉着拽着,混乱中,碰翻了房中的照明灯,忽地,房中一片黑暗。

黑暗中,多尔衮像一头大象,轰然倒在布木布泰的床上,嘴里还喃喃地说:"这里就是我的家,本布泰,你是我的女人!"多尔衮睡着了。

　　布木布泰慌忙起身摸找桌上的取灯火儿,就在这时,一道闪电划过窗棂,把寝宫内照得通亮,布木布泰看到了她一生中永远忘不掉的一幕:一个小小的身影站在门口,双眼惊恐地看着室内的一切!天哪,这个吓坏了的小人儿,就是她的命,就是她舍弃生命也要保护的儿子!瞬间,布木布泰的大脑一片空白,她本能地扑上前抱住儿子,同时用手捂住了儿子就要发出尖叫的、大张着的嘴。"咔嚓"一声霹雳,震得纱窗沙沙响,布木布泰疯了似的将儿子抱出寝室,交给了急急赶来的苏茉尔。

　　"皇上怎么在这里?"布木布泰面色苍白,小声斥责苏茉尔。

　　"回太后,刚才雨太大了,我们说稍等一会儿再走,没有想到皇上去了您那里。"苏茉尔慌忙解释。

　　"儿子,听话,你十四叔喝多了,一会儿就走,别怕,快回宫去睡吧!"布木布泰安慰儿子。

　　八岁的福临紧紧搂着苏茉尔,一言不发,陌生地看着他的额娘。

　　窗棂渐渐发白,寝宫里静得可怕,宫内的两个人依稀可见。布木布泰整个人像傻了似的,眼睁睁地在椅子上坐了一宿;多尔衮一摊烂泥似的醉卧在床上,狼狈不堪。朦胧中,床上的多尔衮动了一下,他醒了。片刻,多尔衮忽地坐起,莫名其妙,竟然不知自己身在何处!

　　多尔衮坐在床边,努力地回想。他抬起头看着坐在椅子上的布木布泰,明白了她彻夜未眠。自恨与悔愧如万箭攒心,多尔衮"嗐"一声,狠捶自己,一下子跪在布木布泰膝下,自疚地说:"对不起,本布泰,求你原谅我!"

　　布木布泰鼻子发酸,两行泪无声地流下。她的心在颤抖,多尔衮,我的冤家,你哪里知道,你们全在要我的命啊!

　　"本布泰,我的好女人,你说得对,今后我全听你的,嫂嫂就是我的额娘,福临就是我的儿子,我要是再做对不起你的事,就让雷劈死我!"多尔衮倒在布木布泰的石榴裙下,对天发了狠誓!

布木布泰长叹一声,弯下腰,扶起多尔衮。男儿膝下有黄金,这个开疆辟土打下江山,呕心沥血建国立业的好男人,其实,你不用道歉,只是我今后将如何面对我的儿子!

多尔衮起身,踉踉跄跄出门而去。

第十三章　得不到的才是最好的

　　福临每天早上按时过来给额娘请安,话少了,人发蔫儿。这天,布木布泰让儿子坐在自己身边。

　　"儿子,知道额娘在想你吗?"

　　福临点点头又摇摇头,不说话。

　　"儿子,额娘给你看一样东西,猜猜看,这是什么?"

　　布木布泰拿出一个长方形紫檀木盒,福临好奇了。

　　布木布泰轻轻打开,一支锥形的长筒望远镜嵌在白色丝绒中:"福临,这东西是那个德国大鼻子钦天监监正汤若望带来的望远镜。"

　　"望远镜?"

　　"嗯,就是能把很远地方的物体看得清清楚楚的千里镜,是荷兰人汉斯·利伯希发明的。"

　　布木布泰拿起望远镜,眯起眼瞄了一下,递给儿子:"你往远处看看,清楚着呢!"

　　福临学着母亲的样子,眯起一只眼瞄着,惊喜爬上了这个少年的脸:"额娘,里面看的东西真的好大呀,真奇妙!"

　　"走,我们去花园,用它看外面的景色才好呢。"布木布泰和儿子出了宫。

　　侍从们远远地跟着,母子俩站在慈宁宫花园临溪观前的平台上,福临用望远镜四处看着:"额娘,您看咸若亭,就好像在眼前一样!"

　　母子连心,布木布泰的努力有了效果,看着儿子恢复了活泼的本性,她歉疚的心好了一些,她慈爱地搂着儿子说:"儿子,这个就算是额娘送给你的礼物吧,晚上可以用它看天上的星星和月亮呢。"

"谢谢皇额娘!"福临满心新奇,高兴了。

回宫的时候,福临忽然对母亲说:"皇额娘,您别怕那个人,等我长大了,儿子保护您!"

布木布泰震惊了,一把抱住儿子,小小的人儿有多大的心!看似无意的话,让做母亲的从此另眼看待儿子,像他父亲一样,福临将来会是个敢于担当的汉子,自己的心血不白费,儿子真的长大了。不过,太危险了,这正是布木布泰最最担心的!

"快别胡说,这种话可不能乱说!你看不出十四叔喜欢你?他把你当成亲儿子一样呢!以后不许跟他拗着劲儿,听话!"

"可是,额娘……"福临把脸扎在母亲怀里,不说话了。

"得了,以后要听话,我知道你现在读书可努力了,小吴总管都给我说了,学到《孟子》的《梁惠王下》了吧?"

"嗯,额娘,原来你什么都知道。"福临拉紧了额娘的手。

"额娘已经和那个德国的大鼻子说好了,从明儿开始让他教你些西洋知识,西洋的天文地理、社会风情我们中国人也要学呢,作为皇上就要知识广博。对吧?"

"嗯,额娘,我喜欢汤若望这大鼻子老头!"

光阴荏苒,转眼到了顺治五年(1648)。这期间,多尔衮命豪格为靖远大将军率师攻四川大西农民军,命博洛为征南大将军征闽、浙,命多铎为扬威大将军率师征蒙古苏尼特部腾机思,命孔有德为平南大将军,同耿仲明等率师征湖广。顺治四年修成《大清律》,命颁行全国。在多尔衮的操持下,清政府设六部汉尚书、都察院左都御史,实行满汉分任,重用汉族谋臣和将吏,统兵驭将,把握战争全局,集中兵力,各个击破,确立了清王朝在全国的统治。

顺治五年(1648)三月的一天,布木布泰晚饭后刚刚从慈宁花园散步回宫,多尔衮就提着一篮鲜荔枝来了。布木布泰知道这是从南方快运过来给宫里尝鲜儿的,白天礼监的公公已经送过来了,多尔衮有好吃的自己不吃就想着这里,布木布泰已习以为常。这些年,多尔衮辛劳朝政,人瘦了许多,布木布泰心疼他,没少让皇上嘉赏他。多尔衮经常在处理完一天政事后来慈宁宫和布木布泰商议朝事,扯扯家常,在多尔衮看来,这也是一种歇息,几乎成了习惯。

"王爷来得正好,大清官员和百姓的服饰制度今天完稿了,你看看。所有服饰都是以我们满族服装为标准改定的,苏茉尔可给我出了不少主意呢。"布木布泰兴致勃勃,从书柜里拿出一大卷图纸,展开给多尔衮看。

谁想,多尔衮只草草扫了一眼,就将图纸放下了。布木布泰奇怪,今天多尔衮一进来就反常,鲜果篮放在桌上啥也不说,看上去不高兴。

布木布泰说:"我说王爷,人家费劲儿做的东西,你怎么就不好好看看呢?这也是大事呀!"

"本布泰,你的事儿不是不重要,这事以后再说。今天郑亲王和肃亲王可把我给气坏了,明天我非办了他们不可!"多尔衮沉下脸怒气冲冲起来。这两年,多尔衮功大权大,本来就大的脾气更见长,赶到气头上布木布泰对他也让三分。

"那豪格在四川西充凤凰山杀死大西农民军首领张献忠,讨伐获胜刚刚回京,怎么就惹你生气了?"布木布泰收拾着图纸。

"贝子屯齐刚刚向我告发,昨天济尔哈朗这老家伙叫他和豪格还有几个亲信喝酒,提起当年拥立豪格的事,一块儿骂我。屯齐说他们还结拜盟誓,并说找机会除了我,说什么只要多尔衮在一天,就对着干一天!这我还能饶了他们!"多尔衮气极愤愤,一拳砸到桌子上,茶盅蹦起。

"这屯齐可有证据?"

"错不了,豪格骂我不是一天两天了。福临刚登基那年,豪格就骂我没福分,咒我活不长,那年要不是皇上护着,我就弄死他了。这回绝不饶他,留着将来是祸害!"多尔衮咬着牙。

多尔衮是真的动怒了,他与豪格的结怨不是一天两天了,这回豪格恐怕是在劫难逃!布木布泰心中大惊。

"王爷还是要冷静想想,郑亲王是辅政王,豪格也是战功卓著,这可全是开国亲王啊!"

"正是因为这个,这两个在下面搞鬼我才不能等闲视之!"多尔衮气得站了起来,手一挥接着说,"郑老头儿是长辈,让他一边站,豪格是非除不可!"

多尔衮用手指点着布木布泰说:"本布泰,你想想,那豪格还有他那个额娘,以前那么多年没少欺负你,你宽宏不计较,可我得给你出气。"

"现在继妃不是老实了吗,算了吧。多尔衮你消消气,警告一下豪格不就行了。"布木布泰劝多尔衮。

"妇人之心!我不和你说了,这事就这么着,明天的事你别管!"多尔衮气哼哼地走了。

门帘"吧嗒"一声落下,多尔衮带走一阵风,宫里静了下来,布木布泰的心却静不下来了。豪格虽不是自己的儿子,可他是夫君的长子,是皇太极的血脉。豪格从小跟随他父皇南征北战,克敌建功,深得他父皇喜爱;入关以后,豪格也是几番战功,自己也曾很羡慕嫉妒继妃有这个儿子。豪格暴躁简单有他的缺点,可是他手里拥有正蓝一旗,可以平衡多尔衮兄弟的实力。布木布泰爱着多尔衮,几年前多尔衮喝多的那一夜,布木布泰想了一宿,儿子是她的命,为了儿子,她可以舍情,从那一天起,情和理之间,布木布泰有了分寸。福临年少,这个朝廷离不开多尔衮,有多尔衮在,豪格对福临就构不成威胁;可是,这些年权倾一人的多尔衮渐渐变得独裁且有恃无恐,处理了豪格,权力将更加集结,会助长多尔衮头脑发热,这是布木布泰不愿意看到的,她要保证儿子成年后顺利亲政。几经权衡,布木布泰决定救豪格!要保住夫君的血脉,这样做对福临有利。自己说服不了多尔衮,谁能救豪格?

猛然,布木布泰想到了皇上——自己的儿子,几次救豪格的都是皇上,这次,也只有皇上可以救豪格!现在天已晚,皇上大概快要就寝了。紫禁城里宫禁制度森严,自己太后的身份动静太大,恐怕刚一出宫,多尔衮就会知道;那个浑冤家正在气头上,他要知道了豪格就救不成了。这可怎么办?怎么办?明天多尔衮就要向豪格开刀!要救豪格,时间紧迫,布木布泰急得在宫中来回踱步。

苏茉尔进来给太后铺床,布木布泰眼睛一亮,有了!

"苏茉尔,你放下手里的活,过来。"

"嘛,太后。"

布木布泰附在苏茉尔的耳边,如此这般细细交代一番,苏茉尔点着头。

"好了,快去!一会儿宫门就要关闭,皇上入寝了小吴子就该不让你见皇上了。提上这篮儿鲜荔枝,就跟小吴子说太后给皇上送荔枝来了,太后说一定要面见皇上,看着皇上尝鲜儿,好回话儿,然后支开小吴子,把我刚才告诉你的悄悄和皇上说,千万不要让任何人听到!"

"嘛,太后!"

出慈宁宫门,苏茉尔拐入紫禁城的东西长街,远处传来巡宫太监如女人般的吆喝声:"各宫各处,防火防盗,平安无事喽——"。苏茉尔从来没有在夜晚一人出慈宁宫,左右是高高的宫墙,黑黢黢的长街十步一盏宫灯,昏暗又朦胧,从远处望去,盏盏宫灯在微风中闪着诡秘的光。她拎紧果篮,小心翼翼,生怕被人看见,一路小跑进了位育宫。

次日皇上御门听政,早朝时间格外长。福临坐在金銮宝座上,多尔衮坐摄政王的位子,郑亲王济尔哈朗坐辅政王的位子。

贝子屯齐跪着,双手递上一纸文书:"皇上、摄政王,这是郑亲王济尔哈朗和肃亲王豪格的罪证!"

郑亲王济尔哈朗一愣,向前欠身,看屯齐。

"拿上来!"多尔衮阴沉着脸命令。

内管宦臣接过,递给多尔衮,多尔衮扫了一眼,递给皇上。

还没等福临看,就见下面何洛会出列,跪下奏道:"皇上、摄政王,臣何洛会可以作证,肃亲王豪格庇护希尔良冒功邀赏,聚会郑亲王济尔哈朗、鳌拜等八人密谋逆反!当年是豪格教唆索尼、鳌拜起兵包围议政会场,图谋不轨!还有在顺治元年四月,豪格说见了王爷您就像见了鬼魅,还说皇位是他的,后来豪格还当着我与他手下的图赖、图尔格等人说摄政王的坏话,说王爷不应该当摄政王。"

"禀报皇上、摄政王,身为辅政王的济尔哈朗,当年在由盛京迁都北京时,安排皇上和宗王家眷、留守旗兵,他违反了八旗仪仗次序,正蓝旗主肃王豪格的家眷本应排位镶白旗豫亲王多铎、英亲王阿济格家眷之后,他却把他们安排在了镶白旗前边。不仅如此,就在前天晚上,这几个人还在谋划着寻机夺权!"贝子屯齐接着举报。

"好大的胆子!济尔哈朗,可有此事?"多尔衮向郑亲王发问。

济尔哈朗起身,给皇上下拜道:"皇上,臣年纪大了,前事是老糊涂了,后事就是想找旧属喝点酒,不承想臣酒后没有把门儿的,胡说八道起来,臣有罪,臣甘愿受罚!"

"豪格,你又当何讲?何洛会说的事,可是真的?"多尔衮又怒向豪格发问。

就见豪格傲慢出列,站着比画道:"欲加之罪,何患无辞,我豪格为大清出生入死,战场上不知死了多少回,还怕这个!今日摄政王要杀要剐,你就随便吧!"

多尔衮见豪格如此放肆,怒从心头起,碍着皇上听政,否则,说不定当朝就砍了豪格!

"辅政王郑亲王济尔哈朗听旨!你为老不尊,老不自爱,包庇豪格,纵容豪格谋逆,本应重罚,念郑亲王年迈功高,降为多罗郡王,罚银五百两,免去辅政王身份,命豫亲王多铎代替济尔哈朗辅政!"

"臣认罪领旨!"济尔哈朗跪下。

"图赖、图尔格削职为民!"

"嗻!"图赖、图尔格出列跪在朝下。

"豪格、鳌拜二人,誓盟谋反,乱保非人,罪不可赦,拉出午门立斩!"多尔衮根本不征求皇上的意思。

"呼啦",就见从殿左右两边上来几名士兵,一把将豪格、鳌拜二人绑了,就要往外架!

豪格大骂:"多尔衮,你公报私仇,我和你没完!"

鳌拜挣着身子不服。

众臣们被眼前的局面吓住了,豪格刚刚灭了张献忠,大功竟然盖不了过,怎么说斩头就要拉出去斩头,这摄政王也太厉害了!慑于多尔衮的威风,大家谁也不敢言语。

就在这时候,坐着的皇上嫩声嫩气儿地发话了:"且慢!都给我放手!"

士兵们停下手,众臣看着皇上。

"王爷,这二人不能杀!"皇上仰着脸对多尔衮说。

多尔衮起身,给皇上叩礼道:"皇上冲龄,考虑事情不周,您如今只是听政,不是亲政,朝中大事还是本王做主,本王处置他们是为皇上除害,还请皇上理解。"

"我不管理解不理解,反正你是不能杀他们!"皇上耍起小孩子性子。

"这——"多尔衮犹豫了一下,看看皇上,又看看绑在下面的豪格、鳌拜,一咬牙,向下面大声命令,"快给我拉出去斩!"

"不许斩!我看谁敢!十四叔,你要杀我大哥,你先杀掉我好了!"皇上朝多尔衮大喊,接着,就见十一岁的小皇上"哇"一声,坐在金銮宝座上大哭起来!这哭声绕着御门的上空惊天动地。一下子,多尔衮愣了,众臣全愣住了,下面的士兵们也不知所从。

堂堂大清朝,皇上当朝大哭,众臣目目相觑,这叫什么事儿!

多尔衮好尴尬,自己呕心沥血摄政,这政摄的,给皇上摄哭了!传出去这不是自己对皇上不忠不孝吗?岂不是举国笑话!再看皇上,有泪有声那是真哭。多尔衮一直拿福临做儿子,福临"哇哇"哭得他心软了。

"嗐!"多尔衮无奈,赶紧向下面摆手,"给豪格、鳌拜松绑,此事听皇上的,重新商议!"

内管宦臣急忙上来,给皇上擦眼泪。福临一看多尔衮收回成命,立即收回哭声,破涕为笑,对多尔衮说:"十四叔,你看着办吧。"

"皇上仁慈,看在皇上爱臣如子的份儿上,豪格灭贼有功,免豪格、鳌拜二人死罪,豪格幽拘,鳌拜罚缓自赎,革职为民!"

这场风波,皇上胜利了。多尔衮不会知道,其实是布木布泰胜利了,是她导演了这一切。慈宁宫里,布木布泰早早得了信儿,豪格保住了命,她松了一口气。

晚饭过后,布木布泰挽着苏茉尔的手,缓缓出了慈宁宫。她的生活中,每天晚饭后的散步是必不可少的。

晚风清凉,圆月初升。布木布泰笑着对苏茉尔说:"百姓坊间说饭后百步走活到九十九,咱们也不求九十九,活过六十就满足了。"

苏茉尔会说话儿:"太后能长寿百岁也不死呢。"

布木布泰笑了:"苏茉尔也学会奉承人了,百岁还不死,不就成了老妖精了!"

"太后,今儿不是又往武英殿去?"

"随便走走罢了,没有目标。"布木布泰说的显然不是心里话,苏茉尔也不揭穿,主仆二人说着走着,沿着小路旁的十八棵槐树,一路向南而来。

武英殿东有一座元代的古石桥,弯弯的拱形曲线,犹如天上的彩虹,布木布泰叫它彩虹桥。斑斑树影下,彩虹桥格外美丽,一个高大、熟悉的身影从桥那边晃晃地过来了。

苏茉尔眼尖,笑着对布木布泰说:"太后,您说是不是想谁谁就来呢?"

夜幕中,布木布泰脸红了:"死丫头,就你会说,你想了?那我明儿就嫁了你。"

"太后,奴才早就说过了要伺候太后一辈子,今生不嫁!"

对面的人来了。月下,年轻的摄政王多尔衮更显英俊潇洒,见到布木布泰她们,多尔衮欣喜有加,走上前一把拉住了布木布泰的手。

"我说王爷,提醒您,孟子可说男女授受不亲呢!"布木布泰往回抽手。

"我可当不了孟夫子!"

这是多尔衮的真性情。苏茉尔看着这两个相爱的人,笑着躲开了。

"这么晚了还不休息,是不是要来看我?"多尔衮明知故问。

"济尔哈朗给罢了,咱大清就剩下一个皇叔摄政王了,国事繁重,独裁独断,日夜操劳,累坏了皇叔,我也于心不忍呀,当然惦记着啦。"布木布泰话中有话。

多尔衮不傻,听出布木布泰的话音儿。

"我说本布泰,你就光想着国事,想想我呗。"

"冤家,我要是不想你,怎么会黑更半夜地往这儿走?"

"本布泰,你放心,我一会儿回去就代皇上拟旨,宣布封济尔哈郎为和硕郑亲王,恢复辅政王身份!其实我也想着呢,处理完豪格他们我就后悔了。"

"唉,多尔衮,什么时候改改你遇事冲动的毛病!"

"这豪格总和我对着干,最让我受不了的就是他说我短寿没福气,要不是他咒我,我也就娶你结婚了!"

多尔衮的心布木布泰懂了,多尔衮最在意的就是娶自己!她心生波动,爱意喷薄而发,不由自主地靠在多尔衮肩膀上。多尔衮回手顺势搂住她,两个人默默无语地倚在彩虹桥栏杆上。夜幕中,槐花飘香,桥下的潺潺流水声和万籁虫鸣声如丝竹和旋般优美,桥上的一对情人相拥,互诉衷肠。灿烂星汉中,北斗七星那巨大的勺把向东伸展,天下已皆春,布木布泰和多尔衮的春天什么时候到来呢?

仅仅一个月后,在没有任何理由的情况下,由多尔衮代行的皇上圣旨下来了,又封济尔哈郎为和硕郑亲王,重新辅政;后来,多尔衮再封济尔哈朗为定远大将军,讨伐湖广,朝中渐渐平静了。为报答多尔衮,布木布泰授意,皇上提升多尔衮叔父摄政王为皇父摄政王。

令所有人想不到的是,三个月以后,豪格不忍凌辱,实在咽不下这口气,竟然在狱中自杀了!福临将这笔仇,记在了多尔衮身上。

顺治六年(1649)是个多事之年。就在湖南平定、山西平定、陕西平定、江西平定的声声捷报之中,三月丁丑日,刚刚才升为辅政王参政的豫亲王多铎,在京身染天花,不治身亡!多尔衮从平北前线阵地赶回来,抱着多铎的遗体,痛不欲生,几次哭晕。他一母同胞的好兄弟,最喜爱、寄予重望的好兄弟,在他鞍前马后,为他出生入死,在几乎打下整个中国之后,猝然而去,年仅三十六岁,英年早逝!布木布泰不顾闲言碎语,往来武英殿,陪在多尔衮身边。

那段时间,布木布泰拜在佛堂前,为多尔衮祈祷,求无所不能的释迦牟尼保佑。然而,更重的打击还是接着来了。

四月,姑姑孝端皇太后突然病重,咳喘不止。布木布泰一刻不离地陪在她身边。多尔衮从小在哲哲膝下长大,视嫂为母,感情深厚,他为孝端皇太后请遍京城名医,用遍医术,可哲哲的病依然不见起色。十七日一早,孝端皇太后看着气色见好,布木布泰大喜过望,扶起姑姑。

"姑姑,您的病就快好了。"布木布泰为姑姑梳着头,高兴地说。

孝端皇太后摇摇头,心里明白寿数已到,现在不过是回光返照罢了。她让布木布泰坐在床头,双手颤巍巍地握住侄女的手,放在胸前。

"我的孩子,姑姑一直拿你做亲生女儿,我亲生的三个女儿远嫁在外,不如咱们娘俩儿亲。"姑姑的眼里流露着慈祥。

布木布泰点点头,自己也同样把姑姑当作了母亲。

"孩子,姑姑明白,姑姑就要离开你们了,有一件事,我走前必须对你讲明白。你一定要听我的话,否则,我在阴间也不放心!"

"姑姑,您不会离开我的!"

"我知道,你和多尔衮从小青梅竹马,那年在科尔沁,多尔衮和小玉儿定亲,我就看出你们来了。我想过解除多尔衮和小玉儿的婚事,撮合你们,可是王室的婚姻从来是政治第一,婚姻不需要爱情!就这么着,耽误了你们,姑姑给你道歉。"孝端皇太后激烈地咳了起来,布木布泰赶忙给姑姑捶背、揉胸。

喘息之后,哲哲又接着说:"姑姑带你入宫,一是姑姑真的喜欢你,姑姑自私,想让你伴我身边一生。二是我们科尔沁女人要有儿子,要巩固科尔沁的地位,要让爱新觉罗后代的脉管里流淌着伟大的成吉思汗的血液。这个任务你能完成,事实证明我是对的!"孝端皇太后露出满意的微笑,接着说:"孩子,我现在最放心不下的就是你和多尔衮的事情。多尔衮是我从小拉扯大的,这孩子重情重义,文武全才,不差我们夫君皇太极,是做领袖的英才;他抬举福临做皇上,是因为他深明大义,为了避免大清内乱内战,做出了牺牲。还有一条也必不可少,那就是他深爱你和福临!"

孝端皇太后停了下来,喘息好一阵,布木布泰忙端来茶水,让姑姑润润口。

"姑姑,那你为什么不同意我和多尔衮结婚呢?是因为要为夫君守贞吗?"

孝端皇太后摆摆手,吃力地说:"我们满蒙民族,没有那样多的礼教,那是汉人的陋俗。孩子,我是为你和福临着想啊!"

孝端皇太后往后靠了靠身子,继续说下去:"多尔衮从小失去母亲,性情孤傲中含着自卑,脾气上来如烈马般难以驾驭,以他的雄才大略绝不会久居人下。"

"姑姑,现在多尔衮听我的,我们成婚后,他还会对我们更好!"

"我糊涂的孩子,这就是让我最不放心的地方!"孝端皇太后叹了口气,"在我们帝王家,爱情就是个奢侈品,皇权容不得爱情,婚姻是一场政治!作为过来人,你应当知道爱情的激流会过去。当爱进入涓涓细流,就很可能难以抵御酷暑风霜,骄阳会把它晒干,风霜会把它吹平!火热的激情燃尽以后,就不会保持太久的温度。姑姑比你年长,看透了天下男人,绝大多数的男人对到手的东西是不会珍惜的,得不到的才是最好的!小玉儿也算优秀,做了他的大福晋,他珍惜了吗?你现在已不年轻,花容月貌还有几年?多尔衮将来做了太上皇,甚至皇上,漂亮女人有的是,就算多尔衮还爱你,恐怕也不会言听计从了!"

"姑姑,那夫君对海兰珠姐姐可是一片痴情啊!"

"夫君是人过中年以后遇到的海兰珠,男人老了以后对心爱的女人占有欲是残酷的,当年夫君年轻时对我也曾是一片痴情,难道对你没有过情爱吗?多尔衮和他八阿哥一样,他八阿哥有天下,有女人,他多尔衮将来也要占有天下,占有女人!到那时,他对你的爱欲会被新来的女人所替代,他的权力欲压倒对你的爱,你的儿子福临还会稳坐皇上吗?到时天下大乱,你们能保住命就不错了!"

"姑姑,你冤枉了多尔衮!"布木布泰不愿意相信姑姑的话。

"唉,孩子你想想,多尔衮报复豪格,眼下的豪格是什么下场!"

179

布木布泰打了个冷战："那我该怎么做呢？"

"不要让他轻易得到你，得不到你，他就会爱你一生！福临就会坐稳天下！"

布木布泰心乱如麻，她不能理解姑姑的话，她相信多尔衮的爱，多尔衮会像夫君爱海兰珠姐姐那样爱自己！这是布木布泰一生中最憧憬的幸福。如果人生真像姑姑所说，就太可怕了，人活着还有什么意思！

"为了福临的皇位，不要嫁给多尔衮，答应我！"姑姑的眼里忽然流过一丝亮光，继而那光亮开始渐渐暗了，布木布泰见过姐姐离世，突然她明白了，姑姑要走了！她拼命握紧姑姑的手，大声喊："姑姑，我的亲人，我的母亲，你别走！"姑姑的手，软绵绵地松开了，无力地下垂在床边。

布木布泰号啕大哭。博尔济吉特·哲哲，清太宗爱新觉罗·皇太极的正宫皇后，顺治皇帝的孝端皇太后，在她自己的人生道路上走了五十一年，在有清开朝三代的政治风云中，恋恋不舍地离开了！这个左右了布木布泰大半生的女人，在身后依然还想左右布木布泰。

孝端皇太后的丧期刚过，又一个丧信儿来了。十二月，多尔衮的大福晋元妃小玉儿突然死了！多尔衮命令两白旗牛录、章京以上官员及官员的妻子统统为小玉儿服丧，其余六旗的牛录、章京以上官员摘去红头缨，满朝停止娱乐七天。这是皇后的待遇，布木布泰同意了。

布木布泰亲临睿亲王府吊唁。白色的幔帐下，多尔衮丧服加身，咬着嘴唇，抓着自己的头发，低头坐在小玉儿灵前，没有一滴眼泪。

一旁的郑亲王济尔哈朗劝着多尔衮："王爷，哭吧，哭出来就好了。"

"王爷节哀，保重身体！"布木布泰轻声劝多尔衮。

人非草木，孰能无情。从多尔衮十四岁起，小玉儿就陪伴他了，多尔衮隆重举丧，也是弥补对小玉儿的一片歉意。布木布泰想起多尔衮对她说过的话："本布泰，你知道吗，为了你我冷落她，小玉儿因为你守着活寡！"她心中凄凉，给小玉儿深深一拜。

慈宁宫西书房，郑亲王济尔哈朗和范文程抱着一沓奏折求见。

请安落座后，郑亲王说："太后，睿亲王病了，这些奏折他已看过，让我们拿过来请太后定夺。"

布木布泰一惊，怪不得多尔衮好几天没过武英殿来。还是去年五月，多尔衮就因身体劳碌，时常把印鉴带回王府，有一些不重要的常规公文就在家批示了。原以为这一段时间没有要事，他不过是在家办公了，哪承想是病了！今天打发郑亲王和范文程来送奏折，看来病得不轻。

布木布泰看过奏折，没有可异议的事情。她将奏折归拢好，说："睿亲王既是已经看过，公务上的事还是你们几个共议吧，我相信你们可以为皇上把好这个家，我就不参与政事，只在后宫安享了。"

"睿亲王是什么病？"这是布木布泰最关心的。

"积劳和抑郁所致，已经卧床好几日了。"郑亲王回道。

"苏茉尔，快，吩咐内务备车，我们去睿亲王府！"

太后一贯的矜持不见了，焦急挂在脸上，细心的范文程从上面看到了一个女人心中的关切。

多尔衮面色疲倦，半靠在床上，布木布泰来了，他高兴，这几天躺在病床上，想的就是她。碍着众人和太后的身份，布木布泰不能说太多的话，看到多尔衮病恹恹她心疼。她详细地问了太医，又吩咐侍卫好生伺候，关切地嘱咐多尔衮好好歇养，早日康复。布木布泰的心意让多尔衮感到身子清爽，病好了一大半。

"皇上怎么样？听说书读得很刻苦，这几日没见到他，还真是有些想。"多尔衮一语双关，不过他除了想布木布泰，还是真的想福临。他视福临如子，人在病中，思亲尤甚。

多尔衮的深情，布木布泰心领神会，她轻轻地对多尔衮说："王爷，皇上还不知道王爷生病了呢，知道了一定会来！明儿我们娘儿俩再来看你。"

回到慈宁宫，布木布泰传吴良辅，吩咐明日要皇上停课半日，安排去探望皇父摄政王。时候不大，吴良辅就回来了，跪在太后面前说："回太后,皇上说明天是钦天监监正汤若望讲伽利略的超大天文望远镜,没有时间去看皇父摄政王。"

布木布泰气炸了肺,她万万没想到儿子居然拒绝她!这个浑儿子,且不说多尔衮一厢情愿想福临,就说作为皇上,皇父摄政王病重不去探望,在朝中产生的后果会是什么!这不行,万万不行!

"小吴子,你马上让皇上到我这里来!我有话说。"

"嗻,太后!"望着太后的一脸怒气,吴良辅磕头虫似的爬起,小跑着走了。

皇上讪讪地来了。

"孩儿给皇额娘请安!"

"甭给我请安!"布木布泰沉着脸。

"哎呀,皇额娘,不就是看十四叔嘛,他过几天病就好了,看什么呀!"福临一副毫不在乎的神情。

"你十四叔为你呕心沥血打下江山,现在又披星戴月操持着这么大的家业,他病了,作为皇上,你不应该去看看吗?!"

"我现在是什么皇上,他是皇上!他披星戴月,他呕心沥血,那是为了你!他愿意!"福临愤愤起来。

"你个孽障,生要气死我!"福临的话噎得布木布泰捶胸顿足,儿子大了,越来越逆反,"他为了我,我又为了谁?你也老大不小了,为娘的苦心你难道就不懂吗!"布木布泰说不下去了,抓过绢帕,捂住脸呜呜哭了。

福临不说话了,惹哭了皇额娘,他心里还是不忍。

"好好,我的亲额娘,我明天去不就行了嘛。"福临为额娘递上一块干绢帕,娘儿俩的这场战斗就此平息。

从紫禁城出东华门不远就是睿亲王府,这里原来是明朝的南宫。王府威严气派,房基高阔,楼阁交错,层楼耸立,绿瓦覆顶,宫脊及四边俱用金黄瓦,显示着皇父摄政王不可逾越的尊贵等级。皇上到睿亲王府探病的第一句话就是:"好气派的王府,比我那位育宫威风啊!"

布木布泰小声警告儿子:"皇上,金口慎开好不好!"

皇上的话声音不大,但是多尔衮听到了。

第十四章　断虹桥

多尔衮病愈后做的第一件事,就是给福临定了一门亲。

多尔衮将内蒙古科尔沁部卓礼克图亲王吴克善的女儿博尔济吉特·孟古青的生辰八字交给布木布泰:"本布泰,福临大了,该有人管管他,收收他的性子了,我给他定了一门亲,你肯定高兴!"

布木布泰接过来,只见女方名字竟然是自己的亲侄女儿,惊喜万分,嗔怪多尔衮道:"这么大的事儿你也不和我商量?"

"你我还商量啥,你的心思我知道,我这是在替你做。"

"是呀,我倒是跟你念叨过,满蒙联姻是稳定北部疆域的国策,从父汗开始就重视,今后我们大清也要北不断亲。蒙古各部王公从龙入关的功绩谁不知道,特别是吴克善哥哥立下了汗马功劳,皇后还就得非卓礼克图亲王的女儿莫属!多尔衮,这事你办得漂亮!"布木布泰从心里感激多尔衮。

"本布泰,还,还有一件事呢。"多尔衮忽然有些语塞。

"什么事?你就说呗,挺大个男人,怎么吞吞吐吐起来了!"

"这一年净是倒霉的事了,我想着也该有点喜事儿了,福临定亲是一喜,你看,是不是还缺一喜,双喜临门,咱俩也该……"

布木布泰忽然明白了多尔衮想的是什么。

"嫂嫂去了,没有人再不同意我们了;小玉儿也走了,我如今是堂堂正正娶妻,你是我的正妻,这个位子非你莫属!"多尔衮一脸喜气,多日的阴霾不见了。

布木布泰心头一热,笑道:"昨天范文程老头儿还试探我呢。我看范学士是热心人,就让他去张罗这事吧,等福临完婚,我们就办!"

"用不着等皇上,我们先办!日子就定在正月初八。"

布木布泰笑了:"你倒心急。"

多尔衮拉起布木布泰的手,感慨万分地说:"本布泰,这次生病我想了很多,什么权呀利的,全是身外之物,娶心爱的人,了我心愿是大事,我可是等了二十五年啦,人生这辈子能有几个二十五年哪!"

是啊,人生苦短,多尔衮这么多年的苦心也该有回报了。姑姑对男人的观点,布木布泰不十分认同,虽然孝端皇太后临终时让她不能轻许多尔衮,但是,如今她不想让姑姑再左右她的未来,与多尔衮成婚只会对儿子有好处,她坚信,她一生爱着的人一定会给她幸福,她对明天充满了憧憬。

多尔衮走后,布木布泰唤过苏茉尔来,附在她耳边低语,脸红了。

苏茉尔高兴地拍着手说:"太好了,苏茉尔早就盼着您和睿亲王成亲呢,您放心,苏茉尔一定给您绣出咱大清最漂亮的嫁衣!"

"嫁衣的样子你设计出来先让我看看,我们俩一起绣。"

苏茉尔笑着出去了。

期盼就要成真,两情即将相守,天遂人愿指日可待!宫中的铜熏香炉发出阵阵幽香,里面的灰火时明时暗,不知怎的,布木布泰忽然喜中含忧,怎样和儿子说呢?她想到了范文程,让范老头去试探一下,他是福临的老师,又热心自己和多尔衮的婚事,他去做儿子的工作最合适。

范文程在皇上那里碰了壁,这结果布木布泰也料到了。她想,事情既然儿子已经知道了,自己再慢慢做工作,这事儿也不会太难。布木布泰想简单了。

晚上,内务总管吴良辅慌慌张张地来了。

"禀报太后,皇上发了一天的脾气,摔东西,不吃饭,也不知为何,奴才问也问不出。"

"别理他,让他闹去。皇上的举动随时通报给我就行了。"布木布泰很淡定,福临要是不闹那才怪呢,让他自己闹去,闹累了就不闹了。

"嗻。"吴良辅从地上爬起来,走了。

第二天,吴良辅一天三报,皇上学也不上了,饭也没有吃,手边的东西全摔光了!布木布泰开始惶惶不安,在宫中走来走去,和儿子一样没心思吃饭。几次想去位育宫,想想又忍住了没有去。

第三天,吴良辅奏报得勤了,几乎一个时辰就一报。皇上一连三天水米不进,闷在屋里要寻死。傍晚,吴良辅又来报:"太后,皇上到下午人就没有劲儿了,现在躺在床上不言语了!"

听到儿子躺在床上不言语了,布木布泰腾地站起,看着趴在地上不起来的吴良辅,她鼻子酸了,眼泪刷刷地流下来,这任性的孩子,这不是要额娘的命吗!她再也绷不住劲儿了,站起身,冲出门。儿子,我的儿子,是额娘不好,我来了!

位育宫,小太监李琛进来点上灯,宫内立刻跳起昏黄的烛光。布木布泰进宫直奔进东暖阁寝室,昏黑的室内,儿子面朝里侧身躺着,床头摆着已经凉透了的膳食,碗筷整齐未动,景象好惨好惨,布木布泰的心颤抖了。她坐在儿子床边,挥挥手,示意吴良辅他们出去。

"福临,福临,额娘来了!"布木布泰轻轻推着儿子的肩,呼唤着。

福临不动,不睬。

"儿子,是额娘不好,你转过身,看看额娘好吗?"布木布泰哀求着。

福临还是不动不睬。

布木布泰抱住儿子的后背,手轻轻抚摸儿子的肩膀、脖子、脸,在儿子的脸上,她摸到了一手冰凉的泪水,儿子在无声哭泣!可怜的孩子,布木布泰崩溃了,抱着儿子恸哭起来。

福临转过身,一把抱住母亲:"皇额娘,难道您不要儿子了吗?您怎么这么狠心啊!"福临终于哭出声,委屈地喊着。

"儿子,额娘不能没有你!福临是额娘的命根子!"布木布泰吻着儿子的额头,母与子的泪水掺搅在一起,娘儿俩就像经历了一场生离死别,泪水湮灭了时空。

不知过了多长时间,哭着的人渐渐平息,布木布泰擦干儿子的泪水,端过桌上的温汤,给儿子喂下。福临紧紧拽着她,唯恐再失去母亲。

"福临,你十四叔对你和额娘是真心的好,他娶额娘,对你会更加疼爱,你为什么不接受他呢?"看着平静下来的儿子,布木布泰重新燃起说服儿子的希望。

"皇额娘,儿子早就看出来了,从小就是这个人在和我争夺您的爱,现在他要从我这里彻底抢走您,我绝不答应!"

"傻儿子,额娘对你的爱和对他的爱是不一样的,儿子在娘心里谁也替代不了。"

"皇额娘,您在我心中是神圣的女神,绝不容许任何人玷污了您。您身边的位子只有我父皇一个人可以占有,那个人他不配!那一夜,他欺负您,我恨不能杀了他!"

布木布泰知道,多尔衮酒醉的那一夜,深深刺痛了儿子,福临是不会忘记的。多尔衮,你为此付出的代价是你难以弥补的!

"你十四叔把江山送给你,难道对你还不够好吗?"

"不,他要用江山换走我心中的女神,我不要,我宁可不要江山也要我的额娘!"福临紧紧抱住额娘。

这是两个同样视她比江山还重要的男人,布木布泰一生中拥有这样两个男人,知足了!人世间为什么这样残酷?儿子和多尔衮就是一对天敌,鱼和熊掌不可兼得,这两个男人她不可能全占有……

看着皇额娘沉思,福临忽然不安起来,他恐怕额娘再离开他。福临瞪着小鹿般不安的眼说:"皇额娘,您不会还在想着嫁给那个人吧?皇额娘,您回答我!"

布木布泰不知该如何回答。

福临一把抓住额娘的双肩,眼中重现泪光,一字一句地:"皇额娘,您要是嫁给他,我就死给您看!"声音不大,但很坚决!

自己的儿子,布木布泰知道,这不是威胁,任性的大男孩儿做得出来!母爱胜过了一切,为了儿子,多尔衮,布木布泰今生对不起你了,来世一定还!布木布泰面对着儿子期待的目光,点点头,又摇摇头,轻轻地说:"儿子,不嫁,额娘不嫁!"随即闭上双眼,两行泪淌下脸颊。

初冬的彩虹桥,河水冰封。通往武英殿小路上的十八棵槐树,叶落精光,几片枯叶随着风在地上跑跑停停,只有树下的枯草在寒风中扭着黄黄的腰身,一派冬的寂寥。多尔衮叉着腰,怒气冲冲地站在桥边,布木布泰站在他身后。

"这孩子生生就是你给惯坏了!都多大了?我十二岁都跟着八阿哥上战场带兵了!你看他现在,拿着本书,酸文假醋的,整天在宫里转来转去地念,倒念出点出息来,还绝食寻死,也就是吓唬你!"

"王爷,福临那脾气可是真的要死要活,为娘的总不能看着儿子去死吧!"布木布泰愁容满面。

"为了这孩子,我付出天大的苦心不求他回报,可我生病的时候小皇上满嘴风凉话,我伤心啊!这孩子纯粹就是一个白眼儿狼!"多尔衮发泄着内心的不满。

"福临还是孩子……"布木布泰护着儿子。

不等她说完,失望的多尔衮像一头暴怒的狮子发作了。

"你不用护着他!说吧,你到底是要我,还是要他!今天你必须说个清楚!"多尔衮一扬手,咄咄逼人。

"多尔衮,别再逼我了,求求你!"

"本布泰,我爱你,为了你我可以舍弃一切!可你,你,这么多年,在你心里,江山社稷、儿子、面子,全比我重要!我在你眼里算什么?什么都不如。我算看出来了,你心里根本没有我!好,既然你没有我,从今天以后,你别后悔!"

多尔衮怒不可遏,拂袖而去!

彩虹桥边,昔日的温情不再。多尔衮离去的背影满含着委屈,他的话像针一样刺着布木布泰。多尔衮,对不起,是我伤了你的爱,你和儿子我都不想失去!布木布泰一个人留在寒风中,她的心碎了……

顺治七年(1650)正月初八,睿亲王府的婚礼如期举行,多尔衮娶的不是他苦心追求、一直心爱的布木布泰,而是肃亲王豪格的正室博尔济吉特·锦氏！新婚之夜,多尔衮酒气熏天,像一匹野兽,四爪攥蹄般抓住新娘,将新娘抛向婚床,碰也没有碰一下,甩门而去！多尔衮的做法令人不解,一时间朝野震撼,人们议论纷纷。

爱有多深,恨就有多深,多尔衮走了极端。婚礼上,多尔衮幸灾乐祸地看着强颜贺喜的孝庄皇太后,那目光仿佛在说:"本布泰,这回你满意了吧！"布木布泰五脏俱碎,苦水往肚里咽,她知道,这是多尔衮在报复她,报复豪格。多尔衮,你口口声声说爱我,可为什么不理解我？竟用这样残酷的做法惩罚我！布木布泰大病一场,那几天她嘱咐苏茉尔,不要请御医,不要声张,她封锁了自己生病的消息,生生挺了过来。她不愿意让别人看笑话,不怪多尔衮狠,路是自己走的,刀扎心,咬牙自己受。

到了春天,有密报说,多尔衮时不时就去塞外,还找了两个朝鲜美女,花天酒地,醉生梦死。布木布泰痛苦不堪,她心疼多尔衮,真是冤家,你再恨我,也不该糟践自己呀。

这几个月,多尔衮往来于喀喇河与北京之间,在喀喇河屯建房舍,驻扎围猎,以酒解忧,以此减弱对布木布泰的思念。娶了豪格的福晋,不但没有给他带来快乐,反而引来了一片非议,他明白这就是冲动的代价。他原想着,布木布泰会跑过来哭着求他,会跟他道歉,至少会后悔;然后他就……可是,日子一天天平静地过去,布木布泰根本没有来求他。多尔衮心烦意乱。

"王爷,再喝一杯吧。"一团丰腴性感的胸脯贴过来,酒杯触在他嘴边,多尔衮睁开醉眼,任由美人将酒倒入口中,又是一股热辣流淌入心。这是侍卫詹岱、穆济伦为了讨他开心,从朝鲜挑来的美女,好几个已经让多尔衮打发走了,这两个因为长得颇像布木布泰,所以被留下来陪他。

另一个美女在堂下酣歌艳舞。

"本布泰,你过来,坐在我这里！"多尔衮拉着眼前的朝鲜美女,把她当成了布木布泰。多尔衮喝多了,已经分不清谁是谁了。

"嘻嘻,什么布布塔,王爷真会起名字！"

"呼啦",门被推开了,一名侍卫进来跪奏:"王爷,北京捎来了东西。"

"爱谁谁！扫兴！"

"是慈宁宫捎来的。"

"嗯？"多尔衮立刻来了精神，一把推开身边的美女，抓过包裹。

"本布泰，本布泰，你终于来了！"多尔衮抱着包裹孩子似的哭了。忽然，他发现那两个朝鲜女人在奇怪地看着他，他一脚踢翻桌子，大骂道："滚，全给我滚出去！"两个女人得了大赦般地跑了。

那个贼亮的光点儿又从眼底里出现了，随着光块儿渐渐地增亮，多尔衮的眼前出现了盲区，这个盲区越来越大，多尔衮知道，剧烈的头痛马上就要开始了！从春天开始，多尔衮感到了身体的不爽，体内仿佛有一个魔鬼，时不时会钻出来。魔鬼来的时候，身体说不上来地难受，没有人知道。多尔衮自己明白，多年的沙场征战毁了自己的身体，到北京后又操持朝政日理万机，没日没夜的；娶本布泰的事一挫再挫，心情抑郁，体力渐下，豪格的诅咒会是真的，自己短寿没有福气。布木布泰的若即若离伤透了他的心，他在她心里没有她的儿子重要，江山易得美人难求！他难过极了。

头痛开始发作了，多尔衮一头倒在卧榻上，他不想呼唤任何人，一个人挣扎着，熬到眼前的黑雾渐渐散去，他抱着慈宁宫送来的包裹睡着了。第二天，多尔衮醒来后，打开包裹，里面是布木布泰给他捎来的披风，还有一封短信，上面说："塞外风硬水寒，王爷身体不好，还望珍重，早日回京！"

多尔衮唤来苏克萨哈，吩咐打道回京。

慈宁宫。范文程将一道奏折放在布木布泰面前："太后，这是睿亲王新下发的手谕，要在喀喇河修建避暑城。"

"哦？王爷回来了？"

"回来了。睿亲王头痛病又犯了，在府上歇养着呢。"

"唉，王爷也太不注意身体了，回头让御医去王府诊治一下，就说我吩咐的。"布木布泰说。

"嗻。"范文程答道。

布木布泰拿起奏折,是多尔衮亲书的手谕,熟悉的字迹,还是那样狂放、刚劲。上面说京城建都已久,地污水咸,夏季湿热无法居住,所以需在喀喇河修一座避暑城,向直隶、山西、浙江等九省加派白银二百五十万两征用。布木布泰陷入沉思,多尔衮在变,还记得顺治二年的时候,为了修复李自成烧毁的宫殿,时为叔父摄政王的他听范文程说明朝修皇极殿一座的费用就达六百万银两,还不敢相信,曾经叹息一殿之工就花费六百万,太奢侈了!还说大凡天下事都应适中,太过与不及都不好。可现在他全忘了,全国还没有平定,南方的仗打得正酣,他就开始沉迷享受,也追求奢靡了!况且,这么大的事儿,也不来商量了。

布木布泰放下折子,问范文程:"此谕发下去了吗?"

"回太后,已经发了。"

"既然已经发下去了,就随他去吧,北京的气候水土确实不如关外,建避暑城也是为子孙后代所用。"布木布泰转了话题,"孔有德收复武冈州以后,也没有停息,这次攻打桂林顺利吗?"

"回太后,臣正要向您报喜,刚刚接到前线快报,孔有德已经打下了桂林!还有尚可喜也攻克了广州,那个什么明朝所谓的永历皇帝逃往了南宁。"

"嗯,"布木布泰说,"南方的战事还要时时关注,及早报来。"

"嗻。"

范文程从和太后交谈之中,隐隐感觉到了太后对多尔衮的忧心,他早就看出来,睿亲王自从做了皇父摄政王,人在变,随着位高权重,势焰渐长。议政时,多尔衮已经听不下大臣们的参议,很少采纳他人的建议,独断专行。自多尔衮娶了豪格福晋以后,太后和王爷的关系也微妙起来。聪明的范文程自此渐渐地开始不时称病,回避多尔衮。

范文程走后,布木布泰叫来苏茉尔。

"苏茉尔,你把前几天尚可喜让人从南方捎来的那盒川芎拿来,还有朝鲜进贡的那对长白太子参,一起给睿亲王送去,川芎祛风止痛,理气活血,专门治头痛。顺便替我问候他,让王爷安心调养!"

天气反复无常,还不到阴历五月,塞北的天气还寒,而北京忽地一下子闷热起来。多尔衮这个关外大汉最受不了的就是这个天气,身体一天不如一天,天一热就喘不上气来,心里闷得要命。苏茉尔带来了布木布泰的问候,那盒川芎放在桌子上,多尔衮心里好受了些,想想自己这一段日子做的事情,看来布木布泰还是原谅了他,他隐隐地涌出一丝愧意。

近侍苏克萨哈进来禀报:"英王阿济格来了。"

阿济格捧着个大包袱,一脸喜气:"王爷,看我给你带来了啥?"

"哗啦",阿济格打开包袱,一套崭新的黄龙袍,发着闪亮的金光。苏克萨哈眼睛一亮,明黄色是只有皇上才可以用的颜色,阿济格居然给多尔衮做了这样的黄袍,袍上还绣着腾飞的龙图!苏克萨哈敏感地退出房间。

多尔衮看着阿济格,不喜反怒,骂道:"阿济格,为这事没少处罚你,看来罚得还是太轻,这黄袍也是我们能穿的吗!"

"王爷,现在大清你是第一人,重权在握,江山是我们打下的,这皇位本来就该是你的!"

要在平时,多尔衮一定会勃然大怒,但今日阿济格的话让他有些入耳,这个江山是我们兄弟打下的,可是现在看来,那边娘儿俩并不领情,真是费力不讨好。多尔衮向阿济格挥挥手,声调降了下来,说:"少添乱,你弄这个,不是要陷本王于不义吗?赶快拿走,拿走!"

阿济格自讨没趣,捧着包袱退出中堂,仓皇中差点撞到门外站着的苏克萨哈身上。苏克萨哈在偷听。阿济格往外走,就听一声娇滴滴的软语叫他:"英王爷,请留步。"

只见新娶的豪格福晋锦氏,款款从厢房走出,对阿济格莞尔一笑说:"英王爷,睿亲王这些日子身体欠安,火气大,这个就交给我吧。"

阿济格将包袱交给锦氏,走了。锦氏转身回房。这一切苏克萨哈全看在眼里。

熬过夏热,送走秋凉,布木布泰感觉多尔衮的心情好些了,两人的关系在一点一点回缓。十一月初二,苏克萨哈来慈宁宫禀报:"太后,睿亲王让我禀报您,明日准备率众臣出古北口行围。不知太后是否去?"

布木布泰真心盼望多尔衮能自己来找她,她有一肚子委屈想向他发泄,可多尔衮打发苏克萨哈来,是不好意思还是走走过场?好吧,既然你多尔衮自己不来,我也就不去,我等着你来找我的那天。

布木布泰说:"回你们王爷,近日我身子不爽,这次就不去了。倒是告诉他,天寒地冻的,要保重身体!"

喀喇河屯。还是刚到北京那年,多尔衮北征路过这里,一下就喜欢上了喀喇河屯。这里少有人烟,古木参天,气候宜人,滦河水流充沛,山野虎豹出没,更是留下了他和布木布泰美好的回忆。这次冬围,多尔衮内心希望布木布泰和他一起来,那样就有修复二人感情的机会,碍于男人的自尊,他放不下架子。苏克萨哈回说皇太后回绝了他,他心里酸酸的不是滋味儿。严冬的喀喇河屯,冰清玉洁,松青柏翠,反令他无比地落魄孤寂,他信马由缰,不知不觉间,来到了和布木布泰燃情的树林边。曾经繁茂的枝叶稀疏突兀,青草转成灰黄与落叶一起凋零,昔日的热情已被严寒侵蚀殆尽。如今的他从叔父摄政王到皇父摄政王,一人之下万人之上,权倾朝野,但他的心是孤独的。从小没有额娘关爱,又得不到心爱的本布泰,他无妻无子,除了权力,一无所有。痛苦与不平让他的脾气日益暴戾,也不知伤害得罪了多少人,如今他是孤家寡人!多尔衮触景伤情——本布泰,这次行围,我让苏克萨哈请你你不来,就是我去,你也不会给我面子,我多尔衮心里有你,你心里却没有我!在世俗面前,在你儿子面前,我们的爱情是这般脆弱。多尔衮终于明白了,权力容不得情感,两个相爱的人,一个皇太后,一个摄政王,自从身份改变的那一天起,他们就渐行渐远,结局是天注定的!

多尔衮心灰意冷,在马上仰天长啸:"苍天,我多尔衮泼洒一腔热血,你竟视而不见!这样对我,不公啊!"

"不公啊!不公啊——"凄厉的喊声在喀喇河畔空旷的林中回响。

他狠狠地抽向自己胯下的马。栗鬃马受惊了,四蹄弹起,向山下狂奔。马的疯狂颠簸,发泄出多尔衮的满腔愤懑,他闭上眼睛,好痛快!多尔衮任由烈马带着他放纵天地,就在过冰封的滦河时,马蹄打滑,人和马狠狠地摔在了冰面上。多尔衮眼前一黑,昏了过去。

多尔衮受伤的消息传到京城,慈宁宫里布木布泰慌了,急忙派去皇宫里最好的外科医生,下令务必全力治好皇父摄政王的伤!第二天,喀喇城传回消息,皇父摄政王左腿和左胯被摔断,只有皮肉伤,生命并无大碍,只是眼下还不能动,回不了京城。布木布泰后悔万分,是自己耍小孩子脾气,没和多尔衮一起去围猎才酿此事。

苏茉尔进来,慌慌张张地对布木布泰说:"太后,豪格福晋锦氏去了喀喇城。"

"难得她还惦记着王爷。"布木布泰冷冷地说,她知道多尔衮和锦氏的关系并不好。

苏茉尔急忙摇摇头,对布木布泰说:"太后,这里藏着阴谋!"

"此话怎讲?"

"我去御膳房送食谱时,听见蓉儿说什么锦氏这回要治死王爷。昨日锦氏打了她的侍女蓉儿,咱们御膳房的兰花和蓉儿是同乡,蓉儿哭着跑来向兰花诉委屈。当时,她的话断断续续的,我也没听清楚,没有太在意。刚才听说锦氏去了喀喇城,就觉得这里面蹊跷。"

布木布泰大吃一惊!多尔衮虽然娶了锦氏,其实两人是有夫妻之名无夫妻之实,锦氏心中有豪格,恨多尔衮。如今听苏茉尔一说,布木布泰觉得此事不可小视,她急忙传来近卫大臣郎哈图,命他速去喀喇城,保护皇父摄政王的安全,苏茉尔随行。

多尔衮的腿、腰全被夹板紧紧地固定着,躺在床上一动不能动。锦氏已经赶走了多尔衮身边的所有人,此时正在给多尔衮喂水。多尔衮面露愧色,一把抓住锦氏的手说:"大福晋,有劳你了。"

"王爷,这是我应该的。"

看到锦氏如此,多尔衮有些感动,等病好了,回去一定要好好待她。喝过水,多尔衮闭上眼睛打盹。

太医王世贞进来："王爷,该换药了。"

锦氏拿过王世贞的药匣子,努努嘴说："王太医,没看见王爷正休息吗？把药匣子交给我吧,待一会儿王爷醒了我给他换药。"

"这,王爷不会怪我吧？"

"怎么,还信不着我吗？"锦氏眼中露出一抹凶光。

王太医吓得连称："夫人说的哪里话,只是怕您受累了。"

"没那么多说的,你下去吧！"

王太医下去了。多尔衮睡着了,屋内静悄悄的,锦氏看着床上的仇人,怒火中烧,脸上划过一丝狞笑。她打开药匣子,拿出纱布包着的药,走出门进了如厕间。锦氏捂着鼻子,用棍子从马桶中掏出一块粪便,将药和粪便搅在一起,抹在纱布上,又从身上掏出一个小纸包,打开,小纸包里是一撮白色的粉末。锦氏将粉末掺在药中。

锦氏轻轻打开多尔衮腿上的伤口,将污秽的毒药捂在了多尔衮的伤口上。睡梦中的多尔衮大叫一声,痛醒了。

锦氏说："王爷,刚刚是换药了,弄痛了王爷,奴才罪该万死！"

听到多尔衮的叫声,门外的侍卫进来了。锦氏笑吟吟地说："方才是给王爷换药,不小心弄痛了王爷,没有事了,全下去吧。"

"今儿这个药怎么这么难闻？"侍卫们相互嘀咕着,出去了。

从半夜开始,多尔衮突然发高烧,陷入昏厥。到了早上,锦氏在太医到来之前换掉了有粪便的毒纱布,一脸慌张地守着多尔衮。王太医过来早诊,大吃一惊,昨天王爷还好好的,一宿工夫人怎么就成这个样子了？只见床上的多尔衮紧蹙双眉,牙关紧闭,颈部僵直,全身痉挛,明明白白就是急发破伤风中毒,人已经危在旦夕！

进来探望的英王阿济格见多尔衮如此症状,拔出刀逼着王世贞抢救。王太医吓得浑身发抖,瘫软在地,向阿济格说道："皇父摄政王得的是不治之症,小的实在是力不能及呀！"阿济格一刀下去,竟然把王世贞砍死了。阿济格又逼王世贞的徒弟,那徒弟面如土色,不敢再说半句话,赶忙给多尔衮拔毒醒脉。

夜深沉,路漫漫,两匹马冲进黑夜向北奔驰。苏茉尔策马跟在郎哈图身后,心中默默祝愿多尔衮平安无事,天色大亮时他们赶到了喀喇河屯。进得门来,苏茉尔一眼就见到阿济格拎着带血的刀,御医王世贞的尸体倒在床前。苏茉尔一惊,王世贞是皇太后派来的,阿济格胆子太大了!往床上看,多尔衮的面唇青紫,躯干痛苦地扭曲成弓状,颤抖着。

苏茉尔顾不得多想,扑过去,大声呼唤着:"王爷,王爷,你醒醒,太后让我来看您!"

多尔衮半睁开眼,握住苏茉尔的手,大口大口地喘着气,说道:"苏茉尔,你来啦,告诉皇太后,多尔衮不等了,走了……"多尔衮说完,身子往后一挺,一代枭雄,带着遗憾,撒手人寰!

顺治七年(1650)十二月初九清晨,皇父摄政王多尔衮因急性破伤风,病逝于喀喇城,年仅三十九岁。多尔衮率大清进京,统一中国,给中国留下一千四百万平方公里的疆域,这个英雄没有战死在沙场上,却死在一个抢来的女人之手!他心力交瘁,一生没有娶到他追求的爱人,抱憾孤独身死异乡!

苏茉尔明白自己来晚了,她轻轻放下多尔衮,怒目锦氏。锦氏很轻松,并不理会众人,转身走向内室。苏茉尔追了进去。

苏茉尔当胸抓住锦氏,愤怒地质问:"你老实说,皇父摄政王是怎么死的?是不是你害死的!"

锦氏用力推开苏茉尔,缓缓坐下,抬着头沉静地说:"苏茉尔姐姐,你说得不错,多尔衮是我害死的,不过他罪有应得,这是报应!"

"你、你这个狠毒的女人!"苏茉尔怒不可遏。

"姐姐,无论你说什么,我都不怪你,今天我只说一句话,这句话是给我的夫君豪格的,也请你转告给皇上和皇太后,那就是:肃亲王豪格,我的夫君,你的仇我已经替你报了!"说完,锦氏从怀里掏出一粒毒药,放入口中吞下!

"哈哈哈哈,哈哈哈哈……"锦氏狂笑着倒在苏茉尔脚下,七窍流血,死了!

一切来得是那样快,苏茉尔措手不及。地上的锦氏已无生还可能,苏茉尔走出内室,向外面的人们宣布:"多尔衮福晋锦氏殉夫而去!"

阿济格二话不说,转身夺门而出。时候不大,就听见院内马嘶人沸。苏茉尔急忙让郎哈图去看究竟。郎哈图回来小声说:"阿济格召集了大约五百亲兵,听说要马上回京去摄政王府!"

　　苏茉尔意识到情况万分紧急,事不宜迟,她拉着郎哈图就往外走,急促地说:"快,我们立刻回京,赶在阿济格前面,禀报皇太后!"

　　慈宁宫的窗棂还黑着,布木布泰醒了,嗒嗒嗒的钟漏声,令人格外不安,她再也睡不着了。自从苏茉尔他们走了以后,布木布泰就坐卧不宁,喀喇城的情况怎么样了?多尔衮能不能解脱危机,万能的萨满神保佑苦命的多尔衮吧!到了黎明,布木布泰似睡非睡间,就见一匹栗鬃马由远处跑来,这不是多尔衮的马吗?马上的主人呢?主人在哪里?马儿咬住布木布泰的裙角,带着她来到一片林间草地,这个地方好熟悉,哦,这不就是曾经和多尔衮海誓山盟的地方吗!栗鬃马怎么把自己带到这里来了呢?正疑惑着,就见多尔衮从草地上站起,蓝色铠甲战袍,银色盔胄金银镶嵌,头顶一缕红色络缨分外醒目,雄姿伟岸,格外倜傥,这分明就是那个初识在科尔沁草原上的英俊青年多尔衮啊!多尔衮向她招着手,布木布泰大喜,不顾一切地向心爱的人跑去。突然,多尔衮调转身,回头向她大喊一声:"皇太后,我多尔衮走啦!"人忽地一下子不见了!只留下"多尔衮走啦……走啦……"的声音在林中回响。布木布泰猛然醒了,又是一个梦。布木布泰半天一动不动,她知道,梦是心灵感应,多尔衮凶多吉少了。

　　带着汗水,苏茉尔气喘吁吁地回来了。一切在意料中,多尔衮离开了人世间!布木布泰闻听噩耗泪水倾然而下,多尔衮,我的爱人,你就这样走了,走得这么突然,这么无声无息!你让我来不及向你说一声抱歉,你不容我再给你一份安慰,你仿佛一片叶子飘落在冬天的心里,从此回不到盎然的绿色。这个我爱了一辈子的男人,我今生再也看不到你!你就这样从我的生命中流逝了,丢下我一人抱着悔愧了却残生,从此只能从记忆的深处去寻找你那份温柔!

　　看着皇太后难过的样子,没有谁比苏茉尔更知道布木布泰此时的心了。但是情况十万危急,阿济格的五百人马估计该到昌平了!苏茉尔拽拽太后的衣袖。布木布泰回过神来,她知道,多尔衮的突然离世,执政权力的骤然真空,又是各派争权夺利的时机,朝廷面临着重大的转折,此刻不是伤心时!

布木布泰当机立断,说:"请皇上立即来慈宁宫,速传辅政王济尔哈朗,大学士范文程、刚林等人!"

紫禁城依然晴空朗朗,国家机器隆隆运转,看似平静,其实外松内紧,箭绷在弦上!

"郑亲王济尔哈朗听命,立即派兵在京城四门把守,特别是在德胜门陈重兵,待阿济格带兵到来立即拿下!一个也不许进城!"

"大学士刚林,你带人速去摄政王府,收取皇父摄政王的信符和赏功册,将其封存在皇宫内库!"

"原皇父摄政王多尔衮统领的两白旗划归皇上,入上三旗!"

一道道命令发出后,布木布泰对还在不相信眼前发生的一切的福临说:"皇上,请马上亲下诏书。诏书要言明,当我成大业初始,皇父摄政王谦让在最先,及到王师灭贼时,他功勋卓著,至德丰功,千古无两,是他开创了国家一统大业,代朕掌管大政七年。皇父去世,朕心甚痛,中外丧仪,合依帝礼,追尊皇父摄政王为'诚敬义皇帝',赐庙号'成宗'。值此之时,臣民更换服装,停止娱乐、嫁娶,举国追悼!"

"是,皇额娘。"在关键时刻,皇上钦佩额娘的胆识。

"罗什和额克苏。"

"臣在。"罗什和额克苏出列跪下。

"你二人到午门宣读诏书,布告多方,咸宜知悉。"

"嗻。"

罗什和额克苏刚下去,郑亲王济尔哈朗派人来报信儿:"报皇太后,英王阿济格连同五百亲兵,对皇父摄政王不忠,阴谋造反,在德胜门被拿下,已经在押!"

"好!英王有罪,今天起对他削爵、抄家、幽禁!范文程。"

"臣在。"

"你立刻广为告知,在国丧时期,凡有阴谋不轨者,不论宗亲国戚,不论以往功绩,一律杀无赦!"布木布泰斩钉截铁的声音,令所有人不寒而栗!这位铁娘子,向天下发出自信的微笑,她用坚强的意志操控着国家政治风云,掌控在她的铁手腕下的大清朝,失去多尔衮,仍然具有强有力的中央集权!大清稳如泰山!

多尔衮薨于避暑城的消息传向大江南北,中华大地举国服丧。当多尔衮的灵柩运回时,顺治皇帝和皇太后亲临东直门五里外相迎。顺治皇帝在多尔衮灵前连跪三次,亲自举爵祭奠,痛哭失声!布木布泰轻轻抚着灵柩,里面的人如今已是阴阳两隔!她心里默念:"多尔衮,我的爱人,安息吧!我们今生相互牵挂,是命运吞没了姻缘,来世我们一定要在一起!"

多尔衮死后的第十七天,布木布泰旨意皇上下诏再次追尊他为"懋德修道广业定功安民立政诚敬义皇帝",庙号"成宗",葬礼完全依照皇帝的规格办理。顺治八年(1651)正月,多尔衮和小玉儿夫妇又以义皇帝、义皇后的身份,牌位安享太庙。

多尔衮死后得到了皇帝的名号,英雄无愧于这个称号。

顺治八年(1651)正月十二,福临亲政。这一天,京城晴空万里,在湛蓝的天空下,紫禁城那金黄色的琉璃瓦重檐殿顶显得格外威严。布木布泰亲自送福临到太和殿,十四岁的少年天子终于坐上金銮殿,开始亲自处理政务。王公百官、文武大臣上表行庆贺礼,顺治皇帝稚嫩的声音响彻殿宇。他的第一件诏书,就是大赦天下,将原圈占百姓的土地退还给原主复耕,罢免增设在关卡的收税官员,简政利国,减税于民。小皇帝处理起事情来有条有理,儿子英俊果敢的模样,让布木布泰心中宽慰,爱新觉罗家的又一位天子长成了。

慈宁宫东书房内,内蒙古科尔沁部卓礼克图亲王吴克善在催促着妹妹:"孩子们的婚事皇太后就别再拖着了!"

"唉,多尔衮刚走,我心里还乱着。"

"皇上已经亲政,婚事就该尽快办了。"卓礼克图亲王坚持着。

布木布泰接过哥哥递过来的皇历翻看着:"好吧,定亲着礼的日子就放在二月初八,皇上大婚的日子嘛,我看在八月十三,哥哥你看呢?"

布木布泰正说着,皇上一步跨进了书房,吴良辅在后边跟着,抱着一沓文书。

吴克善赶紧给皇上行礼,布木布泰说:"都是自己家人,哥哥起来吧。"

"舅舅,快快请起!"福临说罢,坐在额娘对面。

"皇额娘,您叫我来,不知何事?我也有重要的事要和您商量呢。"皇上说。

"这不是你舅舅来了吗,额娘要和你商量定亲的日子。"布木布泰笑着说。

皇上的脸色开始晴转阴,对身边的吴良辅说:"小吴子,你把文书放在桌子上,出去候着吧。"

"嘛。"吴良辅放下怀抱着的一沓文书,出去了。

皇上半天不响,吴克善见状,知趣地告辞退出。书房里只剩下母子俩。

皇上开口了:"额娘,我这里有重要的文书请您看看。"

"文书一会儿再看不迟,你先说定亲的事,我和卓礼克图亲王已经看了皇历,定亲就在二月初八,成婚大礼选在八月十三,你就说行不行吧!"

"额娘!"皇上噘着嘴,脸开始涨得通红,站起来喊着,"博尔济吉特·孟古青是皇父摄政王多尔衮定的,我不喜欢,我不同意!"

"皇上与皇后的联姻,是政治大事,爱新觉罗家联姻蒙古科尔沁部族是为爱新觉罗家族、为大清朝保留纯正的血脉,这不是你个人的事!今儿你同意也得同意,不同意也得同意,这个事由不得你!"布木布泰斩钉截铁,不容儿子反对。

皇上像泄气的皮球,一下子坐回椅子上,看来这桩婚事是铁定的了!福临气呼呼地看着桌上的文书,忽然,他眼前一亮,挺起腰板说:"好吧,既然婚事改不了,那这个事皇额娘必须答应我!"

"什么事？朝廷上的政事？"布木布泰想想，最近没听说有什么大的事情，儿子不外乎是要提拔谁吧？就给他个台阶下，她爽快地说："我早就说过，咱们大清的女人不干政，你现在是皇上，只要你答应娶皇后的事，这个事我答应你！"

"好，我的皇额娘，咱们大丈夫一言既出驷马难追！"福临按住激动的心情，"我的皇后由您定，一切听皇额娘安排！"

"好！就这样，咱们说定了！回头我交代钦天监，就择定这两个吉日。"布木布泰松了口气，这孩子，早这样听话还着什么急呀。

福临依然挺直腰板看着额娘。布木布泰笑着说："得了，福临，别绷着了，叫你舅舅进来，唠唠科尔沁家里的事情吧？"

皇上摇摇头，一脸严肃，指着桌上的文书说："皇额娘，这是今天早朝上奏的题本并附密揭，您好好看看吧！"

"我不是说了嘛，无论怎样我都没意见，不看啦。"布木布泰只想着操持皇上的婚事，别的不想知道了。

"这件事情您是不用管了，但是，您必须知道！"

布木布泰看着一本正经还挺有皇上样儿的儿子，笑着拿起桌上的文书。

看着看着，布木布泰脸色大变，面容僵住了。

密揭是议政大臣两白旗苏克萨哈、詹岱控告多尔衮生前在家中试穿和存放只有皇上才可以穿的黄龙袍、大东珠素珠、黑貂，并在生前以两固山调驻永平，欲篡夺皇位。写密揭的苏克萨哈、詹岱可是多尔衮的近侍啊！

布木布泰的手禁不住地在发抖，又拿起另几本密揭。谭泰说多尔衮纳豪格的王妃，纵容死党何洛会骂豪格的儿子；郑亲王济尔哈朗等众大臣上奏说多尔衮夺济尔哈朗辅政，自称皇父摄政王，仪仗、音乐、侍从、府第逾制，府第有如皇宫，妄言太宗即位系夺立，逼死豪格，纳其福晋等等一共十六条罪状。

密揭被反复看了好几遍，布木布泰极力平复下来，严肃地对福临说："皇上，事情重大，额娘不相信你十四叔会做出这样的事情，当初他一统三军入北京,大权在握并未自立,而是迎接咱们娘俩入京迁都。这些年他鞠躬尽瘁,日夜操劳,也没有见他想着夺权自立,会不会是有人陷害他呢?你可有确凿证据?"

"皇额娘,您是当事者迷,现在人证物证桩桩俱在!那天刚林他们去摄政王府取信符和赏功册,在场的人全看见,那黄龙袍就明晃晃地挂在多尔衮的寝室!"

"真的?这个糊涂的多尔衮!"

"皇额娘,这个事情由我来处理,您就不用管了!"皇上收拾文书起身要走。

"皇上,你打算如何处置?"布木布泰拦下儿子。

"皇额娘,不要忘了刚刚您说过的话——'这不是个人的事,这是政治大事!'"福临狡黠地一笑,接着说,"皇额娘,咱们可是说好了的!不过您放心,我做的全是为了您,多尔衮他伤您的心,这回儿子为您出气!"皇上踌躇满志地抱着文书走了。

布木布泰心如刀绞,事情怎么会是这样?一不留心,就让儿子钻了空子,多尔衮的事情自己竟然无力左右!

"不,我要阻止福临!"布木布泰大喊一声,冲动地往书房外面跑。

"刺啦——"在房门口,门环挂住了衣袖,撕开一个半尺长的口子。布木布泰停了下来,心在颤抖:"这难道是天意?"

儿子的身影已经消失在慈宁宫的院门口,布木布泰心神不宁地回到书房。她知道,福临对多尔衮心结难解,报复多尔衮这件事早晚会发生。布木布泰忐忑不安地等候着未知的结果。

晚上,苏茉尔过来报告了皇上对多尔衮的处罚。布木布泰做梦也想不到自己的儿子,多尔衮生前疼爱的福临,对他的十四叔下了狠手!

顺治八年(1651)二月初七,就在皇父摄政王多尔衮死后五十八天,顺治皇帝下诏:"经查证,多尔衮逆谋果真,神人共愤,谨告天地、太庙、社稷,将多尔衮母子并妻所得封典悉行追夺。"忠于皇帝的贤臣们和多尔衮生前的宿敌们,一拥而上,将多尔衮的尸体从陵墓中拖出,在顺治皇帝亲自监督下,解着恨地鞭尸,斩首,暴尸,最后焚骨扬灰。多尔衮这位杰出的政治家和军事家,这位完成大清一统基业、清朝入关初期的实际统治者,这位生前声名赫赫权倾朝野的睿亲王、皇父摄政王,身后竟落得如此下场!

二月的北京连天飞雪,清除多尔衮余党的风暴随即刮起。皇上陆续下诏,豫亲王多铎被降为郡王,大学士刚林、祁充格等人因拍多尔衮的马屁,被重罚;多尔衮的嫡系何洛会、吴拜苏拜、拜尹图、博尔惠被依法治罪;巩阿岱、锡翰、席纳布库、冷僧机等人伏法,吏部尚书谭泰亦被诛杀,阿济格死于幽禁中;只有大学士范文程因后期回避多尔衮幸免于处罚。多尔衮的势力被彻底清洗。

彩虹桥上寒风刺骨,这座见证了布木布泰和多尔衮爱情的桥上,如今只站着布木布泰一人。上次在这里虽然是不欢而散,但是二人的心并没有走远,布木布泰坚信多尔衮心里始终有她,他爱她,是爱让他失去理智做糊涂事。多尔衮,我不相信你会有野心,会谋反,那黄龙袍说不定就是豪格福晋干的好事,可锦氏已死,死无对证。这次冬猎,要不是自己赌气没去,多尔衮就不一定死!自己一再地对不起他,如今儿子又任性地报复他,让他死无葬身之地!儿子的所作所为令布木布泰难过。福临,我不懂事的儿子,你不知道母亲的心,你对母亲的心上人做出这样的报复,这是用刀子深深地剜母亲的心!她想到过站出来为多尔衮叫屈,但是,自己许诺儿子不管此事,重要的是皇上刚刚亲政需要支持,她出面推翻儿子的决定会造成政心不稳,后果不堪设想。多尔衮的支持者们确实需要震慑,为了朝纲稳固,为了皇上的权威,为了儿子,她只有默默接受对心上人的不公!布木布泰再一次领略了宫廷政治风云的残酷。抬眼望,刚刚还在西山上的太阳,眼瞧着就陷入了天边的乌云里,把乌云染成了紫檀色,再一眨眼,黑暗便遮盖了辉煌。布木布泰泪流满面,那个爱着自己的人带着遗憾和委屈走了,留给自己的只有黑夜里的愧疚和无尽的相思。

"皇太后,天色已晚,寒气起来了,您身子骨要紧,咱们该回宫了!"苏茉尔过来轻轻地将布木布泰搀下彩虹桥。这以后,彩虹桥改名为断虹桥,成了布木布泰的伤心之地。

第十五章　从大清门抬进来的皇后

三月,正是春意盎然的季节。紫禁城内宫分外热闹,内务府正在进行三年一次的挑选八旗秀女活动,花花绿绿的秀女们天不亮就被领进神武门内,在顺贞门外恭候。俗话说"三个女人一台戏",几十名青春年少的女孩凑在一起,叽叽喳喳,嘻嘻哈哈,给沉闷的紫禁城增添了春的浪漫与活力。这次选秀与往年挑选内务府秀女不同,这回是要给皇子、亲王、郡王、贝子们拴婚,备选的秀女出身高贵,条件较好。顺治皇帝知道从初选开始,皇太后就个个不落,亲自出马挑选,秀女们的笑声仿佛小手挠痒了皇上的心,下了早朝,他借着给皇额娘请安,跑到顺贞门内看热闹。

"皇上,额娘这里不用你伺候,赶紧回宫去吧。"怕秀女们瞭花儿子的眼,布木布泰笑着撵儿子离开。看着充满好奇的儿子,布木布泰心说,谁说福临还小,真该给他尽快完婚了。

顺贞门连着御花园,皇上不情愿地慢吞吞走到御花园小侧门前,正要往御花园里跨步,一阵少女悦耳的笑声传过来,福临不禁回过头去。就见五个秀美如花的女孩子嘻嘻哈哈地说笑着往这边走,这大概是刚刚从选场上下来。

一个女孩儿说:"妹妹,我们五个全被留了牌子,大概今儿是回不去家了。"

另一个女孩儿笑嘻嘻地接着说:"那不是姐姐你正盼着的吗?"话音儿一落,女孩子们立刻哈哈哈笑了起来。

"该死,看我不收拾你!"先说话的女孩儿就要去捉那个女孩儿。

忽然一个女孩儿发现在小侧门旁有人看着她们,赶紧说:"不好,有人!"

就像一群小鸟,忽地被惊飞了,女孩子们慌慌忙忙捂着嘴,羞红了脸,跑开去。慌乱之中,一个紫衣女孩儿手中的绢帕掉在地上,她连忙蹲下拾起,回过头,满脸通红,羞涩地看了一眼侧门边的那个人,笑着跑了。

门旁的皇上惊住了,这紫衣女孩儿面若春半桃花,眸含秋水,全露天真;身材轻盈,翩若轻云出岫,婀娜多姿,楚楚动人!福临想起白居易的一句诗,自言自语地念叨:"这真是回眸一笑百媚生,我六宫粉黛无颜色,将来不知是哪位阿哥有福气享受这女孩儿啊!"又想起自己的婚事,多尔衮给选中的那个什么博尔济吉特·孟古青,尽管没见过面,可想起来就从心里讨厌她,我算是什么皇上,连自己的终身大事都不能做主!福临烦恼顿生,长叹一口气,离开了顺贞门。

又到了暑热的三伏天儿,北京的夏天总有那么几天闷热难挨。中午,内务府送来冰块儿,宫中在夏天避暑就靠着每天三次的冰块儿降温。

布木布泰问:"皇上那边送了吗?"

"已经有人送了。"小太监答道。

宫女摇着风,苏茉尔给皇太后送过来冰镇的冰糖莲子羹。

还没等布木布泰端碗,就见内务总管吴良辅小跑着进来,白胖的脸上冒着一层大汗珠子。吴良辅进来就跪奏:"禀报皇太后,皇上中午下朝回来中了暑气,午膳也未进,正难受呢!"

布木布泰一听,焦急万分,马上带着苏茉尔赶往保和殿。

皇上头上镇着凉手巾板儿,面色发白,不过嘴唇已经有了血色,看样子是缓过来了。皇上要坐起身,母亲按下了儿子。布木布泰心疼地抚摸着儿子的脸,亲手为儿子换上新的冷毛巾。

"让你当心身体,就是不听话!"布木布泰嗔怪儿子。

"皇额娘,这几天闷热,又赶巧事情多,哪里顾得上身体呢。"

布木布泰发现儿子的床头放着一堆奏折文书,顺手拿起一本翻看,就见上面皇上的朱批工工整整,规规矩矩,字迹刚劲有力,不由得在心头赞赏。放下一本，再拿起一本，布木布泰一本本地看下去，眉头开始皱起。

"皇额娘，怎么啦？是儿子批得不对吗？"皇上问。

布木布泰摇摇头说："不是。我问你，这折子怎么每件上都有郑亲王济尔哈朗的转批？还有不少是大臣给济尔哈朗的启本？这启本只有皇父摄政王多尔衮可以用，他怎么居然用起来了！"

"皇额娘，您不知道，现在的文书全是先通过辅政王济尔哈朗那里，经他审阅、转批，重要的才转呈给我。"

布木布泰一听，火从心头起，看看年轻的儿子，毕竟才十四五岁，斗不过那几个老家伙，看来全放手还真是不行。

布木布泰缓和地对儿子说："福临，记住了，从明天起，所有的文书奏报，不可以再经过郑亲王批转，你已经亲政，不需要他再为你辅政了！"

"皇额娘，儿子也是这样想，可是这些大臣，就是把折子往郑亲王那里送，送的时候我又不知道，这可怎么办呢？"皇上苦着脸，面露无奈。

"这事交给额娘来为你办，你不用管了，安心歇息吧。"布木布泰拍拍儿子的肩膀，给儿子留下微笑，起身回宫。

回慈宁宫的路上，布木布泰恨恨的，这个老不自爱的济尔哈朗，往死里整多尔衮的就是他，没有他撺掇皇上，皇上不会对多尔衮下这么狠的手！这明明是利用皇上之手报他的私愤，陷我们母子俩于不仁不义之地。

"苏茉尔，你把朝鲜特使送来的高丽茶拿出来，分作两份儿，包好放在我这里。你传鳌拜、遏必隆两位将军到我这里来。然后，你再叫郑亲王济尔哈朗来慈宁宫。记住了，一定要让两位将军先到，济尔哈朗后到！"布木布泰一回到宫里，就马上吩咐着。

苏茉尔麻利地照办。

不大一会儿，鳌拜和遏必隆来了，给皇太后行过礼后，布木布泰说："将军们为朝廷立下汗马功劳，一直就想着犒劳犒劳，可大家常年在外，回京的时间短，就只能是谁回来就犒赏谁了。昨天朝鲜来给朝廷进贡，特地给慈宁宫这里送来了解暑的高丽茶，我想着，两位将军正好在京休整,这解暑茶就送给你们,聊表我的一份心意。"

皇太后召见鳌拜和遏必隆,让这两位驰骋沙场的武将有些受宠若惊,他们诚惶诚恐,抢着在皇太后面前表示忠贞不二。

正说着,布木布泰听见侍女在外面传报:"郑亲王到。"

布木布泰对鳌拜和遏必隆说:"二位将军不必客气,回去好好歇息。"

鳌拜、遏必隆往外走,郑亲王济尔哈朗往里来。在门口处,两位身高马大的将军和瘦小枯干的济尔哈朗老头碰在一起,就像两座大山夹着一棵枯藤老树,他们打过招呼,大步出宫。济尔哈朗回头望着鳌拜、遏必隆,心里冒酸。

"叔叔来了?快请坐。"

"鳌拜他们?"

"啊,鳌拜他们在我这儿是常来常往,我也喜欢听听前线的新鲜事。叔叔来了就让他们走了。"

几句家常过后,布木布泰直入话题。

"郑亲王,听皇上说,现在所有的文书要先经过你那里,才可以转呈皇上?"

"这……是这样,摄政王多尔衮去了,老臣替皇上把关。"济尔哈朗心虚起来。

"郑亲王,你是开国功臣,辅政有功,又是前辈,我和皇上都很尊重你,不过,现在皇上已经亲政,我看就不用劳你费心了,摄政王一职,前无古人,后无来者,咱们大清就只有一个多尔衮,如今他去了,以后也不会再有了!叔叔,人老了,就要有所自知。咱们上岁数了,该退就退下来,你看,我就什么也不管,喜欢和年轻人闲聊聊,咱们不再操心啦,年轻人也就尊重咱们,不然为老不尊,让年轻人砍了脑袋还不知怎么死的呢,你说是不是?听说你的小贝子又给你添了孙子,叔叔也腾出点时间回家哄哄孙子,该享受天伦之乐啦!"布木布泰的话一阵硬,一阵软,绵里藏针。

济尔哈朗心里说,好厉害的女人,您还说什么不管,文臣武将来来去去地往您这里跑,这朝政的事什么您不知,什么您不管哪。

"是是，皇太后说的是。"济尔哈朗诺诺地点头。

布木布泰接着说："既是这样，从明天起，朝廷所有文书就直接交送皇上那里，启本只送皇上，摄政的启本绝不容许再出现！"

"是，皇太后。"

"这个事情由你亲自当朝告知！这样会树立你的好形象。"

"皇太后放心，老臣一定尊办！"济尔哈朗明白，不这样办他的下场会是什么，他现在斗不过这个女人。

济尔哈朗走了。老头儿佝偻着胸，走路脚跟"嚓、嚓"地擦着地。布木布泰感叹，当年那个跟着昆都仑汗努尔哈赤转战沙场的英俊汉子不见了，宫廷争斗磨圆了这位叔叔，时光这个魔鬼，将他变成了一个狡诈自私的老头。

顺治八年（1651）八月十三日，太和殿举行盛大仪式，皇帝册立皇后，大婚成礼。布木布泰的侄女儿博尔济吉特·孟古青坐着皇后的凤舆，经大清门，由午门的中央门洞入宫，抬进太和门。布木布泰同时为儿子选定了宁、顺、佟、惠四妃和四名庶妃。

位育宫东暖阁婚房内，洞房花烛之夜，皇上将新郎的冠帽和红绶带摘下来，随手扔到婚床上，一屁股坐在窗前的桌旁，根本不理睬坐在床边的新娘皇后。皇后的盖头还没有掀。

洞房内静静的，能听到喜烛"噗噗"的燃烧声。

"哎，哎，皇上，怎么还不给臣妾掀盖头啊！"好久，新娘终于绷不住了，蒙古贵族小姐受不了这样的冷淡。

"啪！"皇上拍了桌子，"大胆！和谁说话呢，哎哎的！"

"给人家掀盖头嘛！"盖头后面的新娘撒着娇，并不买皇上的账。

"要掀自己掀，又不是我娶的你！"皇上跷起了二郎腿。

"没见过你这样的皇上，自己掀就自己掀！"皇后一把拽下了自己的盖头。

皇上第一次看清了自己皇后的面容。确是如花似玉，柳眉杏眼，月貌花容，科尔沁出美女，真是不假，这要不是多尔衮给选的，说不定自己会喜欢她呢。

皇后面含愠色,一双杏眼直瞪着皇上。红黄的烛光下,新娘五彩绣帔,金凤盘绕,满身珠光宝气,炫耀夺目,光艳逼人,福临很不舒服。

盖头掀是掀了,洞房里的一对新人再没有第二句话。二人对视片刻,皇上别过脸,还是不理皇后,皇后也赌气别过身子。

洞房内又陷入沉静。不大一会儿,皇后听见门"吧嗒"一声响,等她回过身一看,皇上刚刚坐着的椅子空了,人不见了,新郎竟然出了洞房走了。

"清怡!"皇后愠怒地大喊。

"来了,来了。"侍女清怡慌忙跑进来。

"皇上呢?"

"皇上刚刚从这里出去。"

"到哪里去了?"

"吴总管跟着皇上,出位育宫去了。"

"去,跟上他们,看看皇上去了哪里,回来报我!"皇后气坏了。

工夫不大,清怡回来报告说,皇上去了佟妃那里。

在科尔沁娘家,父亲卓礼克图亲王吴克善喜欢女儿,博尔济吉特·孟古青被捧若明珠,从小娇生惯养,在家里说一不二,没受过委屈,新婚之夜皇上竟然扔下她,去一个妃子那里,分明是不拿她当事儿!这天大的委屈可怎么受!皇后伤心地哭了,佟妃的仇,她也记下了。

第二天一早,皇后一人到慈宁宫给皇太后请安。布木布泰没有想到儿子在新婚之夜就让皇后独守空房,气得够呛。皇后趴在姑姑的腿上,大哭不止。布木布泰劝解道:"得啦,皇上任性,我回头说他。你是大清国的皇后,皇后要有皇后的风范,这样哭哭啼啼的,没了身份,让人看笑话。"

小皇后擦了眼泪,噘着嘴说:"皇太后,侄女儿知道了,还求您给侄女儿做主。"

"好,有我呢,皇上那里我说他,回去吧。"小皇后哭得也可怜,布木布泰心疼地拉着侄女的手,好言安慰。

顺治九年(1652)七月初五,又是一年暑热之时。早上,布木布泰刚刚给笼中的金丝鸟儿喂过食,苏茉尔进来报:"内大臣索尼和遏必隆求见。"

"快快有请!"布木布泰心中诧异。

索尼二人进来,给皇太后请安。落座后,索尼擦着头上的汗给布木布泰递上一本折子。

"南方来了奏报,定南王孔有德六月二十九日在桂林殉国!"

"啊!什么,孔有德?"布木布泰不敢相信自己的耳朵,急忙打开索尼递上的折子看。

南明大西军在李定国率领下,从云南东征,打到广西,大败孔家军,将孔有德围困在桂林城。李定国破城之时,孔有德无路可走,手刃爱妻,闭门自焚。大西军进城后,杀了孔氏全家,唯有年不足十岁的女儿孔四贞被孔有德部下线国安救出。孔有德夫妇的死如此之惨烈,一代定南王壮烈为大清殉国,布木布泰拿着折子落了泪。

"索尼,遏必隆,你二人给皇上传我的话,请皇上下旨,彻朝痛悼。孔有德自归顺我大清,竭诚尽力,从关外到中原,战功卓著,诸将中甚为强勇,是大清的开国英雄,赐封,立碑纪绩,建祠。"

"嗻。"

布木布泰放下折子又问:"孔有德女儿孔四贞现在哪里?"

"臣听说已经北上,近日将接回北京。"索尼回道。

"小四贞就直接接到我这里,做我的干女儿,住在宫里,封固伦公主!"布木布泰决定收养尚未成年的孔四贞,报答为大清殉国的汉将孔有德。

"嗻!"身为满洲人的索尼被皇太后的决定感动了,他知道,前线的将士们,特别是汉族将士们听到这个消息将会得到怎样的鼓舞力量!

后宫里来了一位穿着汉服的小公主。

早朝后,皇上过来给皇太后请安。一个梳着双髻约十岁多的清雅女孩儿站在皇太后身后,乌溜溜的大眼睛上下扫着皇上。福临问道:"皇额娘,这一定是四贞格格吧?"

"知道还问。"布木布泰温和地笑着说,她搂过孔四贞,"来,四贞,见过你皇上哥哥!"

"四贞给皇上请安!"

"四贞,以后别叫我皇上,你就叫我福临吧。"刚刚和皇后又闹了别扭,福临第一眼就喜欢上这个小姑娘了。

"那可不行,君臣有别呢。"四贞认真地说。

"一家人嘛,皇额娘您说是吧?"

"就称呼皇上哥哥吧。"布木布泰发话了。

"嗯,皇上哥哥,听说你射箭百发百中啊?"

"听谁说的?"福临来了兴趣。

"早就听阿爸说,别看皇上年纪轻,武功骑射可棒了!"孔四贞羡慕地说。

"那当然了,我五岁那年,跟父皇去围猎,围了一天,那么多人都打不着猎物,就我一个人射下了一只大麋鹿,父皇好一通夸奖我。"福临沾沾自喜地炫耀。

"皇上哥哥,快给我讲讲!"四贞拉起皇上的手,央求着。

"走,四贞格格,我带你去箭亭,我们练习射箭去!"福临拉着四贞就走。

"皇额娘,可以吗?"孔四贞懂事地问布木布泰。

布木布泰微笑地点点头,看着他们蹦蹦跳跳地出了慈宁宫,若有所思。

紫禁城北箭亭,皇上意气风发,飞箭支支命中。让福临想不到的是,四贞格格的箭法也不差,小姑娘站在十步开外,拉弓的姿势如同挺拔的翠竹,也是箭箭命中。宁妃、佟妃、惠妃和一大群人在一旁观战,叫好。

众人正兴高采烈地喊着,笑着,忽然侍卫高呼一声:"皇后驾到!"宫女们簇拥着艳丽的皇后来了。站在稍后一点的宁妃、惠妃连忙后退,给皇后请安。佟妃站在前面,又一心一意给皇上和四贞格格喊好,皇后来了她没听见,还在前面拍手喊着。

皇后的心酸酸的,箭亭前,皇上和那个四贞格格玩得是那样亲热,还有那几个妃子,兴高采烈的,好不热闹!皇上的脸笑成了太阳。他什么时候对我这样过!皇后醋意大发,恨得咬牙。再看佟妃,皇后我来了,别人行礼迎接,这佟妃竟然不理不睬!女人的醋坛子一旦打翻,就失去理智,皇后上前去,对着佟妃的脸"啪"就是一巴掌!

佟妃猝不及防,被打倒坐在地上,一时懵了,回过神儿一看是皇后,吓得赶紧给皇后跪下:"皇后,恕奴才不知,奴才知罪!"

在场上射箭的皇上,忽然看见皇后在场边发泼,居然敢当着我的面动手打人,太放肆了!

福临将手中的弓交给四贞格格,几步冲到场边,怒斥皇后道:"不像话,你胆子也太大了!"

"我管我的后宫,不关皇上的事!佟妃见本宫不拜,难道还不该打吗?"皇后把头一仰,满脸不忿。

"我在这里,你不是也没拜吗?我也管管你!""啪!"皇上当着众人的面,扬起手给了皇后一巴掌。

皇后倒退几步,捂着脸,惊愕地看着皇上!她没想到皇上会发这样大的脾气,"扑腾"给皇上跪下,捂着脸在地上痛哭起来。

福临手一挥:"回宫!真扫兴!"

众人吓得不敢说话,散了。

福临送四贞格格回慈宁宫,到宫门口,福临摆摆手说:"四贞格格,我就不进去了。"

"皇上是怕挨说吧?"四贞格格歪着头,笑着看皇上。

"刚刚吓着格格了吧?"福临有些后悔,不该当着小姑娘的面夫妻动粗。

"皇上哥哥,其实,你不该当着那样多的人打皇后,这样不好。"

"四贞,你不知道,我心里难过。"

"皇上哥哥,我知道,我看出来了,和自己不喜欢的人在一起,是很痛苦的事情。"孔四贞深情地看着比自己只大几岁的皇上,她从心里钦佩皇上,她知道,皇上的婚姻不是自己选的,这个滋味不好受。

四目相对,无言的眼波可以流入心底,皇上有了红颜知己。

慈宁宫。

"当着皇上的面,有你教训后宫嫔妃的份儿吗?不看看场合,做事不动脑子,我跟你说过多少回了,让你动脑子,皇后要有皇后的风范,你可好,净给我捅娄子!"布木布泰数落着痛哭流涕的皇后。

"皇额娘,我错了!"

"知道错了,就主动去皇上那里认错,再哭我也不同情你!"布木布泰说着,递给侄女一块儿干绢帕,"得啦,明天我们娘儿俩出宫去隆福寺,听说隆福寺太平院来了一位女菩萨,能赐子嗣,准着呢,咱们去拜拜,求求她,赶紧地给皇上生个一男半女的,小两口的感情就好啦。"

"谢谢皇额娘!"皇后脸上还挂着眼泪,却笑了。

过了东四牌楼,就是巍峨的隆福寺。这里车水马龙,人来人往,老北京民间的小吃、小手艺、小作坊、小商铺门脸儿林林总总展示了一条街。因为是微服私访,车的外面看不出皇家品级,布木布泰和侄女坐在密封的车里,车内镇着冰盆,人在里面清清爽爽,很舒适。快到隆福寺山门时,车停了下来。

"兵爷,行行好,可怜我们家乡发大水,家全冲没啦!"

"兵爷,我们无家可归,漂流至此,留草民在这里讨碗饭吃吧!"

只听外面又哭又叫,噼噼啪啪,撕撕扯扯的嘈杂声。布木布泰好奇怪,撩起车帘儿,往外看去。拥挤繁华的街道边,跪着一群讨饭的乞丐,衣衫褴褛,面上脏兮兮的,乞丐中间还有妇女抱着吃奶的孩子,几个当兵的正赶他们走。布木布泰看得好心酸,她问皇后:"孩儿,身上可带了银两?"

"皇额娘,带了,不多。"皇后赶紧点头,从身上的荷包中掏出银子,她知道,皇太后是要接济这些乞丐,这些无家可归的难民真让人同情。

布木布泰把自己携带的银两全部掏出,加上皇后的,放在口袋里,叫跟车的太监阿在享把银子送给了那些乞丐的头领。

顺治十年(1653)夏,连天的暴雨下在河南,致使黄河泛滥,郑州附近的明屯口决堤,方圆百里黄水漫灌,村庄被淹,良田毁坏,眼瞧着到手的麦子颗粒无收。数千百姓流离失所,民不聊生,北上逃荒。布木布泰亲眼见了荒民的惨状,在她的发动下,后宫展开了一场赈灾运动。皇太后带头,停发自己三个月银俸,其余命妇、王公女眷,每人减半三个月的银俸。节省银八万两,以皇太后谕,赈济遇水灾民。

八月,皇太后做大媒,将太宗十四女和硕公主下嫁平西王吴三桂的儿子吴应熊。布木布泰又亲手挑了几件自己平日舍不得用的丝锦绸缎,让侍卫们给公主格格送去,作为嫁妆。

送走了搬嫁妆的马车,布木布泰和苏茉尔往回走。微风吹过,大殿西头的桂花树上,一簇簇的桂花挂满枝头,阵阵飘香,布木布泰对苏茉尔说:"苏茉尔,桂花树是南方的物种,在北京也开得这样好,真香啊。"

"可不是嘛,不过,桂花树一开,秋天就要过去了,皇太后您说这一年过得真是快呢。"

二人正聊着,皇后来了。

"孩儿给皇额娘请安。"

"起来吧。"

看着侄女一脸的愁容,布木布泰叹了一口气,说:"隆福寺的女菩萨不知灵验了没有?唉,我看你还是没动静。"

"皇额娘,这不能怪侄女儿,皇上他,他……"皇后苦脸支支吾吾。

"你苏茉尔姑姑不是外人,皇上他怎么啦?"布木布泰看着皇后。

"皇上他从来就没和我同过房。"皇后咬着嘴唇,喃喃说。

"你也是真笨,怎么就留不住皇上!既然是这样,你又为什么不早告诉皇额娘我!"布木布泰看着穿戴讲究的皇后,又气又怜,"你说你,一天到晚就知道瞎打扮,宫里都说皇后奢靡,谁知道你的委屈,穿戴那么好有什么用。"

"孩儿还求皇额娘做主。"皇后一副可怜模样。

"唉,我不给你做主谁给你做主,回去吧。"

皇后扭扭搭搭,闷闷地走了。布木布泰涌起心事,多尔衮和儿子,我这一生的所爱,你们俩怎么就这么不共戴天,还殃及可怜的孟古青,作为姑姑,原本想让侄女母仪天下,富贵荣华,哪承想遭到福临如此对待。

苏茉尔知道皇太后的心事,走过来柔声说:"皇太后,别难过,儿孙自有儿孙福,我们也没有办法啊。"

"唉……"布木布泰握住了苏茉尔的手,"苏茉尔,还是你知道我的心啊。"

到掌灯时分,范文程来了。老头儿带来了一个皇太后不愿意听的信息。

"皇太后,皇上今天下谕内院,说要查历朝历代罢黜皇后的事例。礼部的当值执事刚刚过来透信儿,皇上已经下谕给礼部,说皇后是睿亲王所定的,不是皇上选择的,以此为由,要废除皇后,降为静妃!"范文程说着,从袖中掏出一本制辞,恭恭敬敬地递给皇太后。

"什么?"布木布泰大吃一惊,这个冤家,真的是儿大不由娘了吗?母子之间的战争又要开始了。

第十六章　野火扑不灭

儿子来了,十七岁少年英俊而又稚嫩的脸上带着微笑,看上去心情极好,唇上一层绒毛,密密的,在阳光下泛着青黑色。皇上给皇额娘请过安,布木布泰恨恨地瞪着儿子,也不说话。皇上倒不着急,福临心里明镜似的,这么大的事,他早就准备着迎接皇额娘的暴风骤雨,见母亲不说话,正巴不得。他插着手,走到窗前的鸟笼子前,挑起一块鸟食儿喂鸟儿。笼中的金丝鸟,上下翻跳着,几下就啄完了福临手上的食物。布木布泰看着儿子,儿子却不看她。皇上突然拔掉插在鸟笼子门上的插销,打开笼子,双手捧出笼中的小鸟儿,伸出窗外,手往上一扬,又一张,放飞了鸟儿!鸟儿扑棱棱,翅膀拼命地往上飞,可在笼中待的时间太长了,眼看着鸟儿往下落,只怕险些掉在地上,然而,绝地反击般的鸟儿,翅膀又忽地伸展开了,上下快速有力地扇着,鸟儿升起,向着天空飞走了……

布木布泰突然明白了,儿子是在用这种方式,告诉自己,笼子不是鸟儿的家,只有天空,天空才是鸟儿可以展翅的家!儿子真的长大了、成人了,废后的事应该退让一步,换取下一步的海阔天空吧。

这场本来酝酿着滚滚风云的战争,就这样无声地结束了,它以母亲的失败儿子的胜利结束了!尽管满朝皆呼"废皇后之事要慎重详审",尽管皇太后反对废后,但皇上真正做了一回皇上,布木布泰的儿子胜利了。

在太和门,皇上面带微笑听着内务大臣高声诵读他的诏书。

奉天承运皇帝诏曰:皇后博尔济吉特·孟古青氏,因喜好奢华,为人刻薄尖酸，又不能容忍皇帝恩典于其他嫔妃，多次与皇帝动怒，无国母风范，不才不端无德，今下诏废黜，降为静妃。钦此。

顺治皇帝的第一任皇后，博尔济吉特·孟古青，孝庄皇太后的侄女，这位秀美聪慧的皇后，只因是摄政王多尔衮为皇上聘娶的，被皇上冷落三年，于顺治十年（1653）八月二十六日，带着处女之身，从皇后的寝宫迁出，改居侧宫永寿宫，被降为静妃。这成为布木布泰心中的又一个痛。作为对母亲的让步，皇上答应，尽管新皇后是自己定，但是范围只在蒙古科尔沁部贵族博尔济吉特氏的女孩子里面挑选。十月，新的皇后，又一个博尔济吉特氏，入主坤宁宫，新皇后是博尔济吉特·孟古青的侄女博尔济吉特·绰尔济，是布木布泰的侄孙女。

布木布泰总算找回一点面子，但是，她没有想到的是，一场更大的风暴，将劈头盖脸地砸向她，他的儿子将要伤透她的心！一个女人，走进了她的生活中，彻底夺走了他的儿子。

顺治十一年（1654）元旦，大朝会结束了。布木布泰回到慈宁宫，一个人坐着，忍不住发笑。苏茉尔送茶过来，挺奇怪，问："我的皇太后，您今天是怎么了，朝会上还不累，回来就一人发笑？"

"佟丫头怀孕了，看那利索劲儿，像是个男孩儿。"布木布泰喜滋滋地说。

孔四贞进来闻听，高兴地拍手道："佟妃姐姐有孕了？"

"嗯，四贞，你告诉皇上，让他好好照顾佟妃，当父亲的人了，细心点儿。"布木布泰点点头，接着又问，"苏茉尔，外命妇入宫执侍从明儿是不是又开始新的一轮执派了？"

"回皇太后，是。"

"那明儿第一拨来慈宁宫的是谁？"

苏茉尔掐指算着："明儿来的有几个亲王的福晋，有襄亲王董鄂氏、醇亲王瓜尔佳氏，还有饶亲王博尔济吉特氏。"

"好，从明天开始，我这儿就不用她们了，添人进口是喜事儿，让她们全去佟丫头那里，陪着佟丫头好好聊天儿，给我孙子做做胎教。"

布木布泰此时不会想到,聊天儿还能聊出事儿来!

她拉起孔四贞的手,边往书房走边说:"四贞,跟我来,我让你看一样东西。"又回头笑着对苏茉尔说,"苏茉尔,你别进来。"

"皇额娘,有什么宝贝,还这样神秘?"孔四贞好奇地笑着。

书案上,文房四宝打开着,案上摆放着一纸皇太后手谕,墨迹未干。

"四贞,这里没有外人,我给我干女儿做一回主,我看出来了,皇上喜欢你,你也喜欢他,额娘要成全你们,看看这个,高兴吗?"

孔四贞拿起皇太后手谕,只见上面写着"定南王孔有德之女孔四贞,忠勋嫡裔,淑顺端庄,堪翊壸范,宜立为东宫皇妃,尔部即照例备办仪物,候旨行册封礼"。

孔四贞脸上泛起羞涩,这岂不是她盼望着的。自从进宫后,她和皇上情投意合,相互视为知己,皇上的苦恼和欢乐常常向她诉说,她对这位只比自己大几岁的少年天子也倾慕有加,少女的心第一次为爱新觉罗·福临打开。她知道皇上也喜欢她,他们的爱情在日益滋生,皇额娘的安排正中她的心思,可是一阵苦涩随之涌起。母亲告诉过她,在她出生不久就已经定下了亲,未婚夫是父亲手下将领孙龙的儿子孙延龄,命运安排,孔四贞感到了无奈。

看到孔四贞为难的样子,布木布泰收起笑容,关切地问:"四贞,怎么了?是额娘做得不称你的心?"

孔四贞眼中泛起泪水,轻轻地摇摇头说:"我的好皇额娘,不是的,皇额娘的心意我高兴,我愿意和皇上在一起,可是,孩儿没有这个福气,孩儿刚一出生就被父亲安排了终身,定亲给了孙延龄!"

"啊,怎么会有这等事,把你给了孙龙的儿子?"布木布泰完全没想到孔四贞已经有了归宿!亲事是孔有德定下的,孔有德已在天,孔四贞的婚事不能更改,她叹了一口气,惋惜地说:"唉,刚刚我已传旨礼部,商议四贞你立妃的事,看来不行了,追回吧。"

孔四贞的泪水再也止不住了,她一把抱住皇额娘痛哭起来。布木布泰抱着四贞苦叹,轻轻抚摸着干女儿的头,这个汉将的遗孤,可怜的小姑娘,命怎么这样苦。

"好孩子,别哭,我知道你难过,是福临没有福气,虽然你和皇上没有夫妻之缘,可还是兄妹呀。从今儿起,在后宫你就不要再称他为皇上,就叫他福临哥哥好了,你们就是亲兄妹!"布木布泰的心也酸酸的。

皇上福临是在过来给母亲请安时,知道了四贞妹妹的事情的。他默然坐在母亲对面发呆。

布木布泰知道儿子难过,劝解着:"得啦,得啦,最见不得你这个样子,四贞格格命里就不是你的,你们就是兄妹的缘分,别想啦。"

福临苦着脸不说话。

"去佟妃那里看看吧,你这个当丈夫的,那丫头身子都八个月了你还不知道,你们是要气死我!"做母亲的调转了话题。

"是,儿子这就去。"福临起身,慢吞吞地离开了慈宁宫。

皇上刚刚走到东六宫夹道,就听见围墙里面传出一阵阵女人嘻嘻哈哈的说笑声,回头问吴良辅:"小吴子,今儿个里面怎么这么热闹?"

"回皇上,今儿个进宫侍奉皇太后的命妇们全被安排在了佟妃娘娘这里。皇太后说了,要照顾好佟妃娘娘。"

皇额娘的心真细,福临心存感激,想想很久没来看佟妃了,不免生出几分愧意。

跨入景仁宫宫门,吴良辅颠着胖滚滚的身子紧跑几步要去通报,皇上叫住了他:"回来,你在外边等着,我悄悄进去,倒要听听她们说什么呢?这么高兴。"

佟妃殿内暖火盆烧得正旺,房里一股暖气扑面而来,屋里有四五位王公的福晋说笑着。就见背着门处坐着的一位年轻女子正指着对面的女子笑着说:"你说的什么一条鞭子、两条鞭子的,那是'一条鞭法',是原来他们明朝首辅张居正创建的一种税役制度,现在咱们大清也沿用着呢,你以为是草原上赶马的鞭子呢!"

"哈哈哈哈,哈哈哈哈——",屋里的人全笑得前仰后合。

"好哇,连宫里的女人们也议论起政事来啦!"皇上一步迈了进来,房里的女人们吓了一跳,抬头见是皇上,连忙起身离座跪拜,屋内霎时安静下来。

"平身吧,起来,起来,大家接着说!"见一片花容失色,皇上笑了。

就在屋里的女人们抬起头来的一刻,福临愣住了,那个背门而坐,说"一条鞭法"的女子他见过,她不就是选秀那天在顺贞门慌忙逃走的紫衣女孩儿吗!眼下的她一身已婚装束,显然是做了哪位王爷的福晋。她头梳双髻式发型,燕尾状的后髻波浪般垂在如玉的后颈上,海蓝色的旗袍外套月白色的坎肩儿,显露出纤巧挺直的腰身,人高贵、典雅。

"皇上来了,我们就不打扰佟妃妹妹了,让人家小两口好好说会儿话吧!"为首的醇亲王福晋瓜尔佳氏扶着佟妃的肩,笑着对大家伙儿挤挤眼。

"就是,皇上,恕我们无礼,我们先回避了。"一个命妇接茬儿说道。

皇上的眼睛全在海蓝色旗袍女身上,哪里顾得上回答,几位女眷不等皇上点头,低头笑着鱼贯而出,留下又一阵嘻嘻哈哈的笑声。那女眷发现了皇上的目光,一双眼羞涩地瞥向皇上,又迅速地垂下收回,更显得粉面桃腮,楚楚动人。就是这临去的秋波一转,勾去了皇上的心魄,福临不禁怦然心动。

"后面这位是哪家福晋?"皇上问佟妃。

"她呀,她是有名的正白旗才女董鄂氏,是襄亲王博穆博果尔新娶的福晋,内大臣鄂硕的女儿。"

"想不到襄亲王好有福气!"不知为何,福临心底钻出几分嫉妒。

近一个月来,福临除了必要的请安,到慈宁宫来的时间少了。布木布泰叫来吴良辅,询问皇上的起居,顺便问了皇上在忙什么,吴良辅转转眼珠子,低着头回答说,皇上这一阵子每天都去佟妃那里。佟妃快生了,难得福临关心佟妃,这是好事,布木布泰也没有多想。

顺治十一年(1654)三月十八日,一大早,窗外的喜鹊喳喳叫,布木布泰推开窗子,暖暖的阳光立即跳进殿内,带来一缕清新的春意,布木布泰心情颇好。苏茉尔从外面跑进来,脸上洋溢着笑容:"皇太后,给您道喜了!"

"今儿一大早喜鹊就喳喳报喜,我估摸着应该有喜事了,是不是佟丫头生了?"布木布泰笑着说。

"皇太后猜得对,景仁宫报喜信儿了,佟妃生了位阿哥!"

"好哇,佟丫头争气,皇上没白疼她,走,我们去看看她。"

景仁宫。接生嬷嬷将新生儿轻轻地放在摇篮里,顺治皇帝的第三个儿子静静地睡着了。布木布泰坐在炕头,推着摇篮,疼爱地端详着这个刚出生的小生命,这是她的孙儿,爱新觉罗家的又一代。好可爱的小小孩儿,头发在阳光的照耀下乌黑亮泽,小模样英俊端正,天庭饱满地阁方圆,熟睡的他,小嘴还在不停地动,像在做着美梦。

"皇上呢?皇上不是在你这里吗?"布木布泰从摇篮上抬起目光,在景仁宫里环视了一圈,没有看见福临,就问佟妃。

"皇上大概是太忙了,一直没有来臣这里。"佟妃产后包着头,半倚在床头。

"什么?皇上不在你这里?吴良辅不是说皇上天天来看你吗?"布木布泰觉得奇怪。

"没……没有呀?"佟妃不会撒谎,支支吾吾起来。

"皇上还没有看见孩子?"布木布泰又问。

"嗯。"佟妃点点头,不敢再多说话。

见佟妃为难的样子,布木布泰便不再问。

皇上到底在忙什么?布木布泰感觉到儿子的反常。回到慈宁宫,布木布泰让苏茉尔给吴良辅传话,请皇上到慈宁宫来。

早朝后,福临来了。幸福写在皇上的脸上,作为过来人,布木布泰看出来了,儿子发亮的眼睛告诉了母亲,他沉浸在爱河中。福临已经是三个儿子的父亲了,这爱绝不是因为小皇子的出生,那么是女人?儿子的后宫恐怕没有谁可以令他这样神情洋溢,精神焕发,真是这样的话那个女人会是谁呢?

只要皇太后布木布泰想知道,宫里的事情恐怕没有能够瞒得过她的。没过几天,一个女人的名字就传到了皇太后的耳中——博穆博果尔的新婚妻子董鄂氏,皇上热恋上了他的弟媳!简直是胡闹!难道福临真的和这个女人相爱了吗？布木布泰不相信,这大概是福临的一时冲动吧？董鄂氏是在入宫侍奉佟妃时和皇上一见钟情的,是自己老糊涂,给了皇上这样的机会。布木布泰气得心发抖,起身来到书房,亲书手谕下令,自今日始,废止王宫外命妇更番入宫侍奉后妃制度！整肃宫纪,断了王公外命妇入宫的门路,让董鄂氏进不了宫,不再给皇上及以后任何人,留下再犯错误的机会。布木布泰想得太简单了,任何力量也扑不灭爱情的火焰。

又是一年初夏,顺治十二年(1655)五月,郑亲王济尔哈朗去世。皇上加封济尔哈朗和硕郑亲王,下诏书停止上朝三日,对这位开国功臣致哀。济尔哈朗丧期过后,主管风水的内官说,宫中要有些喜气儿,以壮国运。布木布泰倒也不信这些风水将军的话,可她心中确是有一桩筹划好久了的亲事要做,何不借此办了。布木布泰做主将显亲王的姐姐,和硕格格下嫁给靖南王耿继茂的儿子耿精忠。皇家公主下嫁给汉将的儿子,耿继茂父子万分感动。耿继茂在扫平南明政权的前方给皇太后发来奏表,谢皇太后的隆恩,表对朝廷的忠心。办喜事这天,布木布泰亲临耿精忠的婚礼。回来的时候,带着婚礼的热闹喜气,布木布泰兴致大发,一进内宫,就让轿夫落轿,自己沿着御花园漫步往回走。

初夏,天气适宜,空气清新,御花园一派生机勃勃,青莲叶绿花红,亭楼玉阁精巧秀美,管园子的太监张秀陪着皇太后,小心翼翼地介绍着。御花园建于明永乐十八年,园内建筑布局对称而不呆板,舒展而不零散,各式建筑,无论是依墙而建还是亭台独立,都玲珑别致,疏密合度。

张秀指着北宫墙的石山"堆秀"说:"皇太后,您看,这些石头都是用江苏太湖石叠筑的,当年用劳工千万,从江南万里搬运过来的。"

布木布泰顺张秀的手望去,就见叠石造型奇特,山势险峻,磴道陡峭,她点点头说:"明朝的皇帝好会享受！"

布木布泰还想再说下去,忽然停下来,她看见堆秀山石旁有一个人影一闪不见了。这个身影有点熟悉,矮矮的,胖胖的,怎么看着像吴良辅。

"苏茉尔,看见没有,刚刚山石后边的那个人,是不是吴良辅?"

"皇太后,看着像是他。"苏茉尔点头确认。

"吴良辅在这里干什么?看见我们不过来迎驾为什么要躲起来?"布木布泰很奇怪。

"苏茉尔,张秀,快带人去看看,前面是什么人,带他来见我!"布木布泰急命道。

侍卫们向石山包抄过去,就听噔噔噔、扑啦啦的一阵响,工夫不大,卫兵们押着一个人来了。布木布泰一看,还真是吴良辅!

"吴良辅,还真是你,你不去侍奉皇上,在这里干什么!"布木布泰大声问。

吴良辅扑腾跪下,体如筛糠,头似捣蒜,光磕头说不出话来。

"小吴子,你平常不是挺会说的吗?怎么这会儿不出声啦!"布木布泰生气。

"回太后,奴才该死!"

"平时听说你仗势向朝臣们收取见皇上的好处银子,是不是在这里又收什么见不得人的贿赂哪!"布木布泰厉声道。

"没有,没有,奴才不敢!奴才要是那样了,回太后您就剐了我!"

"等我抓住你的手腕子,饶不了你!"布木布泰狠狠地说,"说吧,在这里干什么呢?见着我为什么要跑!"

"这,这……"吴良辅支支吾吾不说。

"皇太后问你哪,快说!"苏茉尔也气不过了,催吴良辅。

看见吴良辅这副样子,想起就是他为皇上打马虎眼,骗了自己,让董鄂氏钻了空子,布木布泰刚落下的火气一下子又涌上来:"好,好,我问你你不说,张秀,上人,给我打,看他说不说!"

平时吴良辅仗着皇上,没少欺负张秀,张秀一听皇太后下令打,乐得报仇,一回手,先扇了吴良辅两个大嘴巴。几个卫兵上来,又是一通拳打脚踢,直打得吴良辅哇哇叫。

"皇太后息怒,奴才说,奴才说!"吴良辅捂着肿了的脸,求饶了。

"住手吧,让他说!"布木布泰摆手说。

吴良辅左右看了看皇太后的随从,似有不便,布木布泰挥挥手让众人闪开。

"说吧!"

吴良辅又是一阵磕头,抬起头,用发颤的声音说道:"回皇太后,是,是,是皇上,皇上在那边!"

"什么,皇上在这里?皇上大驾怎么会如此偷偷摸摸?你胡说!"布木布泰不相信。

"千真万确,是皇上,皇上和,和……"吴良辅趴在地上,不敢说了。

"皇上和谁?和谁在一起?"一股不祥爬上来,布木布泰的心拔凉拔凉的,"皇上在哪里?"

"钦安殿,皇上和董鄂氏在钦安殿浮碧亭,外人一概不知,让奴才在这里放哨,有动静就立刻通报!"

如雷灌顶!布木布泰原以为停止了外命妇入宫惯例,董鄂氏就进不了宫了,皇上就死了这份心了,谁承想,这么长的时间里,她被儿子蒙在鼓里,儿子他们并没有断!成何体统,成何体统!布木布泰气昏了,她撇下跪在地上的吴良辅,怒气冲冲,快步向钦安殿奔去!

钦安殿是御花园的中心,拐过重檐黄瓦的殿堂,就看见钦安殿北边的浮碧亭。浮碧亭跨于水池之上,朝南一面伸出的抱厦窗开着,窗下流水潺潺,窗里的一对情人相拥着,光天化日之下胶着为一体,那是她的福临,布木布泰看得清清楚楚!布木布泰疯了似的往浮碧亭疾走,她要去阻止这对不该在一起的恋人!她宁可棒打鸳鸯也要拆散他们,必须,立即!

一阵凉风吹来,她仿佛听到了窗内的一声声卿卿我我,一阵阵呀呀气喘。突然,布木布泰停了下来,冷静和理智让她收住了脚步,冲进去的结果会是什么?儿子的性情她清楚,除了尴尬和逆反,不会再有别的!她浑身发抖,双腿发软,靠在回廊的柱子上,心如刀割。

苏茉尔赶了上来,布木布泰痛苦地向她摆摆手,慢慢扶着柱子转回身,悄悄离开了钦安殿。回到慈宁宫,布木布泰一语不发,坐在宫里,等着儿子。自从儿子亲政,理政未见懒惰,处理政事逐步成熟,政出清明,她满意儿子,可她万万想不到儿子的个人感情总是和她相悖:她选的第一任皇后,儿子不喜欢,废了;第二任皇后,儿子还是不理不睬,谁知如今倒和自己的弟媳搞在一起,简直是不可理喻!她要等儿子来,听儿子怎样说。布木布泰故意不传旨命,吴良辅被打得鼻青脸肿,皇太后到御花园的事瞒不过皇上,皇上应该来慈宁宫向母亲解释,用不着传命,可是直到天黑,儿子也没来!无奈,布木布泰到书房,在灯下给儿子修书一封,彻陈利害,语重心长地劝导儿子,字里行间洒下母亲一片爱心。

信是苏茉尔连夜送去的,不一会儿苏茉尔就带来儿子的回信。只见儿子在母亲的原信上画了一个圈,御笔朱批了三个字:"知道了!"布木布泰气得一晚上没睡着觉,儿子眼里已经没了母亲,这就是董鄂氏的力量,这个女人太厉害了!

三天后,福临命令工部在交泰殿立十三衙门铁牌,牌上刻着顺治皇帝亲笔书写的严禁内监干政的禁令,算是对母亲暴打吴良辅的支持。儿大不由娘,母子之战明明暗暗地打着,布木布泰不知道儿子和董鄂氏的事情会有怎样的结果,她无奈,只能寄托于时间,幻想随着时间的流逝,儿子会放下这段感情。她又想错了。

顺治十三年(1656)八月二十二日,襄亲王博穆博果尔在自己的王府自杀了!自杀的原因是因为前一天皇上到襄亲王府和博穆博果尔打了一架,皇上打了弟弟襄亲王两个耳光!

布木布泰再也坐不住了,怒气冲冲地到乾清宫问罪。

福临不服地对母亲说:"皇额娘,是襄亲王先打了我的女人。"

"谁是你的女人?那董鄂氏明明是博穆博果尔的妻子,怎么就成了你的女人?"布木布泰质问。

"董鄂氏怀了我的孩子!该死的博穆博果尔踢了她,踢流产了!我的孩子流产了!那是龙种!"福临恨恨地说。

"什么?龙种?天哪,你知不知道丢人!你个孽障!"布木布泰怒不可遏,狠狠打了福临一耳光,"这一巴掌是我替博穆博果尔还的!"

"皇额娘!"福临捂着脸,跪下了,"皇额娘,息怒,孩儿知道错了!"

福临服软了,布木布泰的火气稍平息了下来。

"这个事情尽量保密,对外宣布博穆博果尔因突发急病去世,请皇上亲自下诏,行国葬礼厚葬!"

"嗻!皇额娘,我这就办!"

布木布泰刚刚回到慈宁宫,太妃娜木钟就来了。当年宛若天仙的麟趾宫懿靖大贵妃博尔济吉特·娜木钟如今已经老了,儿子的死让她顾不得尊严,在布木布泰面前哭哭啼啼。布木布泰好言劝了一阵,娜木钟还是伤心得一把鼻涕一把泪。

"姐姐,你也别哭了,哪里听说亲兄弟两个打了架就要寻死的,博穆博果尔没出息,心胸也太不宽绰了,他这样做置皇上于不仁不义,该当何罪知道吗?"布木布泰绷了脸儿,带着几分恶狠狠。

"还请妹妹做主,听说博穆博果尔的福晋跟了皇上,博穆博果尔才想不开的!"

"姐姐,我看你是老糊涂了,孩子没了你还要让他戴个绿帽子走!连自己的儿媳都管教不好,还有脸面在这里说吗?"布木布泰硬着心肠袒护自己的儿子。

娜木钟不哭了,她抬起泪眼,直直地看着眼前的布木布泰,昔日和蔼可亲的妹妹不见了,只有满脸愠怒的皇太后,变了,全变了!娜木钟起身要走。

布木布泰明白娜木钟的心思,没办法,不这样这个事情就平不了!她起身扶住娜木钟,软下口气,轻轻地说:"姐姐,身体要紧,孩子们的事情我们也没有办法,我刚刚已经教训了皇上,吩咐皇上对博穆博果尔行国葬礼,厚葬他弟弟!"

"谢谢皇太后!"娜木钟愤愤地跌跌撞撞走了。

参加完博穆博果尔的葬礼回来,布木布泰觉得身子发软,头痛不已。苏茉尔请来御医,给皇太后诊过脉。御医说无大碍,就是劳心过度,心郁不舒,气火攻心造成的,开了几服药。布木布泰躺在床上,闭目休息,脑子里总是转着博穆博果尔的影子。博穆博果尔从小就憨厚,和哥哥福临在一起玩从没赢过先手,布木布泰心里很喜欢这个孩子,如果不是因为比福临小几岁,说不定今天的皇位就是他的,如今孩子刚刚十六岁就自赴西天,真是罪过!恍惚地,好像是在沈阳永福宫,就见两岁的博穆博果尔蹒跚着进来,手里拿个毛茸茸的白色小球,走到福临面前,伸手将小球递给哥哥:"福临哥哥,给你玩儿。"福临蹲下,抱住弟弟说:"弟弟,哥哥不要。"一幅兄弟和睦图,布木布泰知道这是自己的幻觉,鼻子发酸,眼泪顺着紧闭的双眼流下来,湿了枕头。

正伤心,就听一语稚嫩的声音喊着"奶奶,奶奶不哭",这声音贴着她脸颊,软软的,甜甜的;接着,一只小手痒痒地抚着她的眼睛给她擦泪。布木布泰睁开眼,一个梳着冲天髻的男孩儿靠着她的枕头,虎头虎脑,清亮透彻的黑眸装满关爱,圆圆的小嘴儿嘟着,看见她睁开眼,兴奋地喊:"额娘,额娘,皇祖母醒了!"

"这孩子,不让你打扰,你看看,给皇祖母吵醒了吧!"是佟妃。

"额娘,皇祖母没有睡,奶奶在难过,我不想让皇祖母难过。"孩子喃喃地说。

布木布泰撑起身子,靠在床头。两岁的玄烨抻平衣襟儿,小腿儿跪在床下,清脆地大声说:"皇祖母,玄烨给您请安!"说完一个响头"咚"的一声。

"得了,得了,给我孙子磕傻了,可不得了!"看着孙儿夸张的小模样,知道这孩子在有意逗大人开心,布木布泰和佟妃呵呵笑了起来。

玄烨有些不好意思,靠过身子抱着皇祖母笑了,孙儿给布木布泰带来甜蜜的温馨,积郁心头的阴霾被孩子的阳光一扫而光。

福临来的时候,皇太后正在饲喂窗前的金丝鸟。笼中的鸟儿欢跳着,叽叽喳喳唱着,布木布泰赶福临离开窗前,嘴里叨咕着:"离我的鸟笼子远点,这回可没有鸟儿让你放飞。"

福临请过安也不走,插着手,百无聊赖,在房中转悠。

布木布泰想儿子一定有事,就故意装糊涂撵儿子:"请了安就请回吧,我的大皇上,日理万机那么忙,我老太太可不敢多留你。"

"皇额娘,儿子有事求您!"

"哦呵,有事儿求我?皇上有什么事要求老太太?"

"皇额娘,我,我……"

"我什么我,有事就说事儿,没事儿就请回!"

"皇额娘,我想娶董鄂氏!"福临咬着唇,终于说出了转在心里的话。

布木布泰停下来,儿子的请求她早就准备着呢,娶董鄂氏的事情,儿子早晚会和她摊牌,只是,她没有想到博穆博果尔刚刚去世不到一个月,儿子就急不可耐了!布木布泰一语不发,走出了慈宁宫,扔下皇上一人站在宫中发呆。

第二天,福临又来了。布木布泰绷着脸不理儿子,这回,福临"扑腾"给母亲跪下了!

福临带着哭腔,乞求皇额娘:"皇额娘,董鄂氏不是您想象的那样,儿子看中她绝不是因为她年轻貌美,而是她敏慧端良,婉静贤淑,才情兼备,观宫内所有后妃,没有比董鄂氏之上者,她知我的心,懂我的意,儿子与她情投意合,心心相印!儿子今生已经离不开她,她给了我生命的力量……"

看着儿子滔滔不绝地述说着董鄂氏的贤良,涕泗长流,动心动情,布木布泰心里生闷气,自己用一生的心血养育儿子,儿子从没有对自己的亲额娘说过这样动情的话,而这个董鄂氏,才几天就令儿子魂魄全无,今生都离不开了!她伤心。布木布泰长叹一口气,别着头,后背对着福临说:"皇上先回吧,我不想听,我累了!"福临失望地走了。

第三天,福临再来慈宁宫。这回福临一语不发,来了就给母亲跪着,那神情分明是在说,母亲,你不答应我就不起来了!

慈宁宫的时钟嗒嗒响着,母子两个无言对峙,空气凝聚。

不知过了多久,还是布木布泰绷不住了:"孽障,你给我起来!"她从怀中掏出一张文书,愤愤摔到儿子手中:"拿走,这是皇太后谕旨,如你的愿,你就气死为娘!"

喜从天降,福临如获大赦,双手颤抖着接过皇太后手谕,喜不自禁地趴在地上叩头:"谢皇额娘!不孝的儿子再也不气您了!"

"起来吧,你叫董鄂氏到我这儿来,我有话对她讲!"

弱纤纤,怯生生,刚刚小产过后的董鄂氏来了。一进慈宁宫门,布木布泰就对皇上说:"福临,你出去,这里只我们娘俩儿说话!"

皇上说:"是,皇额娘,我在外边候着。"

皇上出去了,屋内只剩下两个女人。俗话说,婆媳自古是天敌,自从这个女人搅进布木布泰母子的生活,皇上的心就离开了皇太后。自己身上掉下来的肉,含辛茹苦拉扯大的儿子,伤透了她的心,布木布泰尝到多少不眠之夜的苦头!布木布泰围着董鄂氏转了一圈,上下打量她,这位董鄂氏可说是姿容绝代,身材纤巧,确是俏美佳人。看她双眸沉静如水,无半点轻浮,举止得体,气质淡雅脱俗,无怪乎福临迷上她!

董鄂氏让皇太后看得浑身上下不自在,大气不敢喘,战战兢兢,刚要给皇太后行礼请安,就见皇太后扬起胳膊,一个巴掌狠狠扇向她的粉脸,打得她眼冒金星!娇生惯养的大家闺秀,哪里挨过这样的打,董鄂氏魂飞天外,"扑腾"跪在地上。

"贱人,这是我替博穆博果尔给你的耳光!皇上不是替你拔份儿,打了你丈夫两个耳光吗?我替你丈夫还!博穆博果尔自杀的那天,我已经给了皇上一个了,今天这个就该给你了!"布木布泰恨得咬牙咯咯响。

"不守妇道,勾引皇上!坏了皇族家风,让世人耻笑,董鄂氏你可知罪?"布木布泰怒问董鄂氏。

"皇太后,奴才知罪,奴才错了,求皇太后饶恕!"董鄂氏眼泪汪汪地乞求着。

"看在皇上苦苦哀求的份儿上,放你入宫!今后你要恪守宫规,谨尽妇道,痛改前非,精心呵护皇上,尊重皇后和所有后妃,如有半点差错,别怪我行家法!懂了吗?"布木布泰一字一句,句句话都带着凉气儿,令董鄂氏心肝胆寒。

"皇太后的话,奴才句句刻骨铭心,请皇太后放心,奴才今生一定谨守!"董鄂氏向皇太后保证。

"屋外边的,别傻站着了,进来!"布木布泰知道福临就站在门外偷听,向外边喊道,"带你的心上人出去吧!"

福临低着头急忙忙进来,和董鄂氏一起跪在皇太后面前,长跪不起。

顺治十三年(1656)九月,顺治皇帝娶董鄂氏,立为贤妃。不到一个月,加封董鄂妃为贵妃,到十二月,再加封为皇贵妃!顺治和董鄂妃不仅是有情人终成眷属,加封之快还创有清以来之最。布木布泰疼爱儿子,以博大的胸怀宽容了董鄂妃,平息了后宫的又一场风云。顺治皇帝爱如所愿,心和政顺,董鄂妃谨守着婆婆的约法三章,紫禁城后宫呈现一派祥和。

第十七章　母亲的心不如媳妇的泪

省心的日子没过多久,正月的一天下午,佟妃丢了魂似的跑来了,一进慈宁宫就跪下说:"皇额娘,三阿哥玄烨他高烧不止,整整快一天了,御医们围着,说……"佟妃哭着说不下去了。

"说什么? 快说,就知道哭,急死我!"

"御医说,恐怕是天花,要出痘!"佟妃哇哇哭出声来。

"啊!"布木布泰一屁股跌坐在椅子上,手开始发抖。

又是"痘"! 这个可怕的魔鬼又一次降临到她的家族。不知从什么时候开始,一道恶毒的诅咒紧紧地箍在爱新觉罗家族的头上,仿佛每个人的命运都掌握在这个恶魔手中,它无声地窥视着家族的每一个人,不知会在何时,突然伸出魔掌,抓住它相中的猎物,将他撕碎,再张开血口无情地吞下! 今天,恶魔抓住了布木布泰最疼爱的孙子玄烨,它要从她手中夺走他! 不行,坚决不行! 布木布泰拉起佟妃的手,往景仁宫跑去。

"别怕,我的好孙儿,奶奶在这里!"望着昏迷中的玄烨,布木布泰哭了。

高烧让孩子的嘴唇干裂起了皮,双眼浮肿紧紧闭着,脸色蜡黄,气若游丝。布木布泰掀起玄烨的衣服,小小的身体上已经可以看见微微隆起的斑斑点点,就是那个可怕的"痘"魔,这是无疑的了。

"张御医,给三阿哥用了什么药?"布木布泰问。

"回皇太后,用了拔毒散火的玄祖秘方和小儿安魂蜜丸。"几个御医跪下给皇太后递上所开的方子。

布木布泰放下药方,环顾景仁宫,殿内门窗紧闭,一丝风不透,空气闷热,气味难闻。

"佟丫头,你这里太闷气,对孩子不好,玄烨到我那里去,交给我,由我来照看!"布木布泰说罢,抱起玄烨。

怀中的小身体滚烫烫的,佟妃过来将孩子包严,布木布泰亲自抱着孙儿,回到慈宁宫。

慈宁宫对外封锁。宫门、窗户、宫墙挂起驱邪的经幡条幅,除了御医任何人不许进。宫内灯光一连几天没有熄灭,布木布泰昼夜不离守着玄烨,一支支艾灸轻轻地熏,一把把草药重重地搓,凉手巾板儿不知换了多少。苏茉尔和佟妃心疼皇太后,劝布木布泰歇会儿,布木布泰摇摇头:"我要从恶魔手中夺回孙子,万一我打盹,孙子没了可不行!"

七天后的早上,一缕朝阳射进慈宁宫,布木布泰疲倦地斜靠在孙子的床头,顺着阳光,忽然,玄烨的眼睛微微动了一下,她摸摸玄烨的额头,惊喜地发现孩子退烧了!再看身上,痘疹失去了光泽,神奇地瘪了,结了痂。

"苏茉尔,苏茉尔,佟丫头,佟丫头,快来,孩子不发烧了!"

听到皇太后兴奋的喊声,苏茉尔跑进来,佟妃跑进来,布木布泰忘记了自己是皇太后,像个孩子似的抱住苏茉尔,三个人流着泪欢呼起来!

玄烨缓缓睁开了眼睛,第一眼就见到奶奶慈祥、渴望的目光,奶奶紧紧搂着他,亲着他。奶奶的怀抱涌出一股清流,注入玄烨的身体,玄烨感觉到呼吸顺畅,生的力量回来了。玄烨伸出小手回抱奶奶,用弱弱的声音对奶奶说:"皇祖母,别怕,玄烨在和您玩捉迷藏呢!"

"哎哟,我的宝贝儿,你的这个捉迷藏可把奶奶给吓坏喽!"布木布泰眼中含泪,笑了,多可爱的孙子啊。

三天后,玄烨身上的痘疹竟然退尽了。布木布泰大喜,冒着严寒亲自去天坛祭天答谢上天佑护。从天坛回来,布木布泰决定将玄烨留在身边亲自调教。

"佟丫头,玄烨四岁了,到学习的年龄了,我愿让他在慈宁宫住下,让苏茉尔教他。苏茉尔的汉语和书法水平,还有历史知识,在紫禁城里是数第一的,这么好的先生可不能让她闲着,你看如何?"布木布泰搂着玄烨说。

"皇额娘,那敢情好,求之不得呢,奴才替玄烨谢谢您!"

当下,三阿哥玄烨拜苏茉尔为师。后来,一代康熙大帝高超的汉语水平和丰富的历史知识学贯中外,苏茉尔是康熙的汉学启蒙老师。

乾清宫西侧养心殿。从去年六月皇驾迁入乾清宫,福临就喜欢上了这里,养心殿的名字出自孟子的"存其心养其性以事天",意为涵养天性。大殿南窗外回廊是长长的紫檀木围墙,殿外绿松环抱,狭长的院落恬静、明澈,是个读书、办公的好处所,除了上朝会,皇上平日就在西暖阁批阅奏折。

董鄂妃轻轻进来,将铜暖炉的炭火挑旺,殿阁内升起一股暖意。福临眉头紧皱,地上散乱地扔着几本折子,董鄂妃明白皇上一定有了不高兴的事情。她悄悄捡起折子,整理好,小心地码放在案头,又回身给福临换上热茶:"皇上歇歇吧,喝杯茶暖暖身子,何事不开心?"

"这个郑成功,与我大清作对有近十年了吧,去年朕敕封他为海澄公,他不接受,如今仗着水上优势,占据金门、厦门和闽南沿海岛屿,控制海权,还潜入内陆贸易、走私累积资金,募兵买武器筹备军力、军备,实在可恶。刚刚奏报折子说郑成功统率水陆军十七万与浙东张煌言会师,要大举北伐,大军遭遇飓风被阻长江之南,暂且退回了厦门。朕看他不会死心,和他还是要有硬仗打!"

"有我平南尚可喜、靖南耿继茂二王会同驻闽清军平剿,皇上不用太担忧。"

"如何不让朕担忧啊,当年我满洲八旗,从赫图阿拉起家,勇猛坚强,百战不殆,国家之兴,全因治兵有法;可看看现今的满八旗,安于享乐,怠于武事,军旅不整,日渐萎靡不如过去,全指着汉军八旗和绿营军在前方拼战,朕怎能放心。"

"昨天有两个满洲武臣的公子哥,拎鸟笼进宫,说是给皇太后进贡西洋名贵鹦鹉,好没捞着,让皇额娘摔了鸟笼给臭骂出去了。皇额娘说武臣之子不习武上沙场,反在家中提笼架鸟,不务正业,丢祖宗的脸面。"董鄂妃一边给皇上揉肩一边说。

"皇太后多次提醒朕要从严治军,整顿吏治。嗯,朕现在就下谕令,从选拔人才入手,停止八旗举行乡会两试,制科取士,计吏荐贤,皆朝廷公典。今后不管大小臣工,一律杜绝弊私,恪守职事,犯者论罪。"

"我来给皇上研磨……"

董鄂妃话没有说完,忽然心口发堵,胃里一阵翻腾,一口呕吐上来。她急忙捂住嘴,跑出屋外。

福临起身跟出屋,欣喜地扶住董鄂妃的肩,上下打量自己心爱的人:"爱妃,是不是害喜了?"

董鄂妃满面幸福,笑着点点头。福临情不自禁,一把抱住她:"太好了!"

福临扶着董鄂妃坐下,深情地对她说:"爱妃,我要好好答谢你,朕要让你当皇后!"

董鄂妃不解地看着皇上,扑哧一声笑了:"我的皇上说笑话,臣妾可不敢妄想。"

皇上可不是说笑话。当天,福临喜滋滋地给皇太后报喜,说董鄂妃怀孕了,有大功啊!谁想皇额娘不买账。

看不惯儿子的偏爱,布木布泰抹搭着脸故意说:"我的皇上,这又不是第一位有孕的媳妇,叫尚膳监按照围产孕妇好生待承,董鄂氏自己在意着点儿,是女人就要生孩子,和母鸡下蛋一样,没那么娇气!"

皇额娘的冷淡让福临心里不爽,他高兴而来怨恨而去。我的爱妃在她那里成了老母鸡,岂有此理!好,明天我就让您也不高兴!

第二天早朝,快结束时,皇上当廷斥责皇后:"正月十五太后生病,皇后礼节疏阙,没有去照顾皇太后,朕下旨停用中宫笺表,请在下诸王大臣议论废后事宜!"

皇上又要废后!满朝文武大臣目目相觑,一时鸦雀无声,默默散朝。废后的消息长着翅膀飞一般传到布木布泰耳中,皇太后这回气坏了,儿子这是和自己干上了,这回决不妥协!

"苏茉尔,传董鄂氏到慈宁宫来!"布木布泰沉着脸吩咐道。

"嗻。"苏茉尔转身去了。

董鄂妃来了,进门一跪下请安,皇太后就没有让她起来。

"当朝的皇贵妃,听说要当皇后啦?"皇太后高高在上,脸上的笑里面藏着刀,眼睛并不看跪在地上的董鄂妃。

"皇额娘,孩儿没有,孩儿绝不敢妄想!"皇太后强大的心理攻势让董鄂妃自觉气短,头也不敢抬。

"皇后历来温厚纯良,仁义文静,对长辈孝敬周到,统领后宫礼让宽和,皇上独宠你冷落她,她也不在意,多好的孩子,现在你却在皇上面前争风暗害她,我岂能袖手不管!后妃不贤,蛊惑君心,知道该当何罪吗?"皇太后厉声道。

"孩儿知罪!"董鄂妃浑身发抖,吓坏了。

"天下人都看得出,皇上废后的念头,皆因你而起,这件事情你知道怎么办,办不好,别怪我无情!"布木布泰怒气冲冲起身离座。

高大空旷的慈宁宫正殿,董鄂妃孤独地跪着。好半晌儿,苏茉尔过来,轻轻对她说:"皇贵妃,请回吧。"

董鄂妃将一纸表心书交给了皇上,上面娟秀的小楷写着:"陛下若遽废皇后,妾必不敢生!"

福临怪怪地看着心爱的人,什么话不能亲口说,还要写表心书!董鄂妃缓缓跪下,坚定地说:"皇上不答应,今天臣妾就不起来了!"

福临急了,有身孕的人跪在地上受了寒,可不得了!

"起来起来,爱妃快快起来,朕答应你!"

皇上扶心爱的人站起身,董鄂妃纤细温软的腰身散发着淡淡的幽香,香气沁人心腑,福临不禁爱意蓬发,吻着董鄂妃雪白的玉颈,紧紧抱住她。董鄂妃委屈,在皇上怀中潸然落泪。福临猜得到,心爱的人是受了母亲的气,几分怨气暗积于心。

第二天,皇太后亲下旨:"废后之事不妥,不允。皇后暂移居西宫,如旧制封进。"在皇太后布木布泰的干涉下,皇上第二次废后未能如愿。到了三月份,遵太后旨皇后恢复如初。福临将对母亲的不满再一次发泄在皇后身上,可怜的顺治皇帝第二任皇后,一生没有得到顺治的关爱,安静地待在自己的后宫,和前一位博尔济吉特氏皇后一样,带着处女之身,形如守寡。

顺治十四年(1657)十月初七,董鄂妃生了位阿哥。福临欣喜若狂,这是他最心爱的女人所生的儿子,虽然是皇四子,福临却当众称之为"朕之第一子也"。小皇子一出生就被封为祚亲王,视为皇太子,这真是开了清朝皇子一出生便为皇储的先例。

顺治十五年(1658)正月,京城一冬无雪,二十四日这天好不容易盼着天阴沉下来,可是雪花硬是迟迟不落。慈宁宫门被推开,是乾清宫派来的太监李才。李才一进门就跪下说:"禀皇太后,四阿哥病危,皇上、皇贵妃请您过去。"

"啊?四阿哥刚刚过了百天庆,一直好好的,这是怎么啦!"布木布泰虽然看不惯皇上独宠四阿哥,可毕竟是自己的亲孙子,也着急起来。

布木布泰赶到承乾宫,皇上和一大群人围着四阿哥在哭。

"皇额娘,四阿哥已经走了!"福临满面泪水向额娘哭诉。

"皇额娘,是孩儿我照顾不周,四阿哥夜里开始高烧,早上就不行了!"董鄂妃眼睛红肿跪在地上,在皇太后面前强忍着,不敢放声。

真是好景不长,可怜的孩子才三个多月,无福享受父母的宠爱竟亡故了!布木布泰抚摸着四阿哥黑黑的头发,孩子脸上满是斑斑点点的天花,她心疼地连连说:"好孩子,可惜了,太可惜了!"

眼前的一幕,让布木布泰不由得想起姐姐海兰珠,痛失爱子的悲伤如今同样刻在董鄂妃的脸上,母亲的天性令她对这个不喜欢的儿媳有了恻隐之心,她拍着儿媳妇的肩膀,轻轻地说:"孩子,哭吧,哭出来就好了。"

皇太后第一次称呼自己为孩子,董鄂妃鼻子一酸,再也忍不住,转身趴在儿子的床头,失声痛哭。

哭声搅碎人心,布木布泰不忍再睹,默默地走出宫来。天空中,阴沉了一天的雪花终于零零星星撒落下来,打在脸上凉凉的,直冷到心里,她仰天长叹:"万恶的痘魔,连这么小的孩子都不放过,我们爱新觉罗家到底欠了你什么!"

四阿哥入葬前,福临和皇太后的冲突终于爆发。

午后,福临正在看书,吴良辅进来禀报:"圣上,司礼监说祚亲王的宝礼碑运到了,一应礼仪用制也备齐,圣上是否去视察一下?"

"小吴子,不用通知他们,你带路,朕去看一下。"福临放下书吩咐道。

"嗻,奴才带路。"

四阿哥的礼殡制备在西华门一侧的小院内放着,福临远远地就听见院内"当当"凿石头的声音。进了院门,见几个工匠正在凿着石碑上的字。再近了,看清楚了,石碑上祚亲王的"祚"字已被基本凿平,祚字隐隐约约依然可见。

福临不由分说,一脚踹倒干活儿的工匠,怒喝道:"为什么要砸字?"

"禀、禀报皇上,是皇太后下旨,要改碑铭。"工匠们吓得魂飞天外,全部跪倒,为首的头领浑身发抖,结结巴巴回答道。

"改什么碑铭?我怎么不知道!"福临火冒三丈。

"皇太后说具体改什么,让我们等皇上谕旨再刻。我们就先将原来的清掉,等谕旨来了再刻新字。"

皇太后,是皇额娘在背后搞鬼!福临怒火中烧,他愤然奔向慈宁宫。

见皇上怒冲冲而来,苏茉尔急忙行礼,小声说:"皇太后刚刚睡下,皇上是否稍等?"

"我有急事,还请姑姑为我报一下!"福临压不住火气,声音巨大。

"这……"苏茉尔不知如何是好。

正为难间,卧寝暖阁内传来皇太后的声音:"苏茉尔,请皇上进来吧!"

布木布泰醒了。

福临大步进了母亲的寝室,苏茉尔感觉到皇上心情不好,知道母子又将要有争执,她轻轻关上殿门,回避了。

请过安后,福临向母亲发问:"皇额娘,四阿哥的入葬制备已到,听说是母亲要改祚亲王的碑铭?"语气蕴藏着怒气。

布木布泰不急不忙,从卧榻边走到桌案旁,坐下,喝了一口茶,说道:"是我传旨,让他们改碑。"

"为什么!"

"额娘正要找你,和你商量。"

"商量什么!"福临脸色阴着。

"商量什么?你觉得四阿哥用祚亲王入陵,此事妥当吗?"布木布泰反问道。

"无何不妥!"福临很强硬。

"祚,是皇位之意,皇上的意思四阿哥是皇太子,可立皇太子是大事,皇上感情用事,不经朝议,岂不是将国家命运视同儿戏?这不仅影响皇上的形象,对其他几位阿哥也不公平,皇上觉得这样妥吗?"布木布泰逼视着儿子。

福临不语,面色仍然难看。

刚出生的皇子就封为祚亲王,皇太后对此早就不悦,当时儿子在兴头上,对他的任性布木布泰暂且先忍了。如今四阿哥没了,皇上坚持以皇太子礼制规格建陵,要以祚亲王入陵,引起朝中议论纷纷,布木布泰到了不得不出面阻止的时刻。

"母亲对皇贵妃有意见,迁怒于四阿哥,母亲这是泄私愤!从皇贵妃怀了四阿哥,到出生再到亡故,母亲关心过她吗!"

"好!儿子你说得好,从她董鄂氏入宫,我老太太哪一点对她不好?她独宠后宫,被你惯着,娇着,别人哪里还关爱得进去!皇上你扪心想想,你眼里还有别的媳妇吗?我替你关照着你的媳妇们,平衡着你的后宫,做母亲的苦心你体谅过吗?"布木布泰愤愤。

"您的儿媳妇全是您挑的,您就关照着吧!"福临一梗脖子,犯起了浑。

"好你个福临,说这种浑话,你是要气死额娘!"布木布泰气得发抖。

见母亲生气，福临觉得话有些过分，不言语了。

"四阿哥的封制一定要改，我想好了，把'祚'改成'荣'，以荣亲王入陵，不管你同不同意，就这样定了！"气头上，布木布泰捶了桌子。

福临心中虽然不服，但也自觉理亏，母亲的怒气击败了他，他无奈地走了。

四阿哥以荣亲王入葬，董鄂妃痛失爱子，自此一蹶不振。

顺治十七年（1659）夏天，不出福临预料，心腹大患福建的郑成功终于大举北伐了。郑成功再次会同张煌言部队，这一回郑家军势如破竹，顺利进入长江流域。

清军失利的折子如雪片般飞往紫禁城，飘落在福临的案头。"我军不敌郑成功，镇江、瓜洲相继失陷！""定海关战役、瓜州战役、镇江战役清军大败！""郑成功兵临金陵城下，包围了南京！"一时间，大江南北二十四府县叛清投降，张煌言部收复芜湖一带，江东大震！军情十万火急，千里加急传至京城，一天几报的折子像一把把火，烧焦了福临的心，福临没想到清军会如此不堪一击，一败再败，慌了。

慈宁宫，福临心烦气躁，在母亲面前来回踱步。

"皇额娘，情势紧急，您看可怎么办？我看还是请皇太后您带着后宫先回关外老家奉天府避一避吧！"此时的盛京沈阳已经改为奉天。

布木布泰盖上茶盅，眼皮未抬，冷笑一声："哼哼，真是我的好儿子，好孝心！"

"皇额娘，南京城内只有三千守军，洪承畴等将率八旗大军远在云贵，回防增援已来不及，事败恐成定局。南京到这里，快马用不了几天就可以到北京，现在不走怕来不及了！"

"躲得了一时，还能躲过一世？祖宗开创的基业不要了？"布木布泰抬眼瞪了儿子一眼，反问道。

福临读出了母亲的不悦，低下头，没有回答。

"这难道是我的儿子说出的话吗？你还是爱新觉罗的子孙吗？我满洲祖辈浴血征战多少年开创的大清基业，就让这样一个小小的郑成功推翻了吗！你祖父太祖努尔哈赤起兵于白山黑水，与明廷相抗衡，建立大金国，你父太宗皇太极骁勇善战足智多谋开创帝业，再到多尔衮，他猎猎铁骑踏平中原，统一中国，我八旗将士哪一个在敌人面前躲一躲，避一避了？亏你说得出！"布木布泰气得拍了桌子，茶盅跳起，当啷直响。

母亲的责骂让福临面红耳赤，开始是羞愧，可听到母亲提起多尔衮，福临坐不住了，他热血沸腾，直冲脑海，冲着皇太后喊："多尔衮，多尔衮，您就忘不了多尔衮！您儿子难道不如多尔衮？好，皇额娘我要让您看看，是他强还是您儿子强！您儿子死也死在沙场上，是顶天立地的男子汉！"

福临腾地起身，撩起皇袍，大步走了，嘴里还喊着："郑成功，你等着，我福临不收拾了你誓不收兵！"

望着儿子激愤的样子，布木布泰担心地摇摇头。

福临走了不到两个时辰，忽然，苏茉尔急忙进来通报说："主子，苏克萨哈来了，说有急事求见。"

"他来做什么？"自从苏克萨哈检举多尔衮以后，布木布泰极其反感这个人，可皇上欣赏他，擢他任巴牙喇纛章京护军统领。这些年苏克萨哈与洪承畴会剿湖广，镇守湖南，攻九江、常德，屡建战功，最近听说刚刚从贵州回来。

正思忖，苏克萨哈等不及闯进来，进门就拜。

"皇太后，恕臣冒昧，皇上刚刚召唤臣等，速去南苑行宫，商议皇上亲征之事，臣想着此等形势之下，皇上御驾亲征，万万不可，遂劝阻皇上，可皇上大怒，不听，看样子只有皇太后您亲自出马才行！"

"皇上现在在哪里？"

"应该快到南苑行宫了。"

"好，我知道了，你下去吧！"布木布泰很淡然，让苏克萨哈捉摸不透。

苏克萨哈一片忠心，冒死又说了一遍："皇太后，皇上千万、千万不能御驾亲征！"

"去吧，我知道了。"布木布泰仍是面无表情。

苏克萨哈看皇太后威严地坐着,不敢再说什么,失望地走了。

苏克萨哈刚刚出慈宁宫院门,布木布泰立即跳起,吩咐苏茉尔:"苏茉尔,快,你亲自去备马,和我一起骑马去南苑!"

"还有,传我的命令,备轿车,速接董鄂氏去南苑行宫,务必劝阻皇上!"

"皇太后,您年岁大了,又好久没骑马了,还是备上轿车去吧。"苏茉尔劝着。

"不行,来不及了,我们去晚了皇上御旨一下,就挽不回来了!董鄂氏身体不好,让她坐轿去,我们先到,她可以晚到一会儿。"

苏茉尔点点头。

"事不宜迟,要快,赶在皇上议事之前!"

天安门朱红色的城门大开,两匹白色的骏马,从紫禁城内冲出。马上的两位女子,八旗军官打扮,矫健的身影一闪而过,守门的卫兵还在揣测是谁,马儿已经奔出大清门向南疾驰而去。正阳门大街闹市叫卖声声,车来人往,熙熙攘攘的人们谁也不会想到擦身而过的骑士,会是当朝皇太后!马上的布木布泰后悔,是自己不冷静,刺激了儿子,方法太简单了。儿子亲政后,勤政好学,励精图治,理政执政崭露头角;但是,儿子是性情中人,身上的人性弱点她也清清楚楚,年轻气盛,任性偏激,又多愁善感,性情敏感脆弱,缺乏钢铁般的坚强意志。眼下大清政权根基未稳,四方危机潜伏,盲目御驾亲征会使京城权力出现真空,朝廷政治风云瞬间可变,身为皇上岂能轻易出朝!苏克萨哈的担忧不是没有道理。再者,一旦亲征失败或阵亡,后果不堪设想!儿子是在较劲,自己可以拦下他吗?布木布泰没有把握,心急如焚,狠狠打了一马鞭,马儿箭一般飞奔。

南苑行宫。议政殿空气中夹杂着火药味,在京的文臣武将全在这里,已经有好几位重臣跪在地上在劝阻皇上了。

"臣等直谏,请皇上冷静,万万不可亲征!"

"大胆!是朕平常给你们惯出来了,居然敢说朕不冷静!"皇上怒气扬眉,"嚓——"剑出鞘,一把劈向自己的座椅,"啪嚓"一声,半个木靠背被劈了下来!

"我意已决,哪个敢再劝,就是这个下场!"皇上收了剑,气呼呼地瞪着下面的群臣。

群臣又急又怕,不知如何是好。

"皇太后驾到!"守护太监娘着嗓子喊道。

皇额娘怎么来了?福临愣了一下,不过,他马上更来了气。

"暂且散朝,再议!"皇上一挥手,宣布散朝。

皇太后来了,皇上竟然散朝,众臣擦了一把汗,退去,把火药味儿十足的大殿留给了母子俩。

母子对视。皇上冷冷地说:"皇额娘不该来这里。御驾亲征我意已决,谁也撼不动儿子的决心!"

"福临,是母亲一时情急,误解了儿子,现在江南情势尚不到不可控,没有必要御驾亲征,皇上还是留在京城指挥吧。"皇太后口气不再强势。

"皇额娘不是说我没志气吗?是您逼我,好心让您回沈阳避一避,您说我没出息,我要御驾亲征,这回该有出息了吧!您就等着看我和多尔衮谁有志气吧!"

"福临,现在金陵形势危急,断不是使性子的时候,皇帝一旦亲征失败甚至阵亡,局势将无法收拾!"

"我死在外边不回来了,这个破皇上谁爱当谁就当!"

"福临,你可以和母亲赌气,可是你不要忘了你现在是皇上,是一国的君主,百姓的天!天子生生为民,这是你学过的,中国经年战乱,好不容易等来清明圣主,万千百姓生灵涂炭等着皇上去统治拯救,皇上的宗旨就是造福于民,为百姓负责,既然做了一国之主,你自己的生命就不属于你!"

母亲进得殿来一开口就服了软,福临心里就好过了些,别着面子,他继续强硬。皇上是天,皇上的责任深深打动了他,他一直以来要做负责任的皇上,要治理好这个国家。可是,现在战局如此紧急,自己御驾亲征的话已经喊出去了,椅子都劈了,如何收场!福临一时无语。

"皇上出京将会牵一发而动全身,引起时局动乱,请收回御驾亲征的成命,算母亲求你了!"布木布泰见儿子不语,苦苦哀求。

"皇额娘,您不用求,我说出的话,就没打算收回来,皇额娘,您就回宫吧!"母亲的苦求带来了儿子的反感,布木布泰没料到她的哀求没有用!

福临扔下母亲,甩手往外走,外面一个人正急急忙忙往大殿这边来。怒冲冲的皇上刚出到门外,猛地就和这个人撞了个满怀,"哎哟"一声,福临定睛一看,竟然是皇贵妃!

"啊,爱妃,你怎么也来了?"

"臣妾听说皇上要御驾亲征,这么紧急的事情,怎能不来呢?"董鄂妃捂着心口,皱着眉头。

"撞疼了吧?"皇上没了火气。

董鄂妃摇摇头。

"爱妃,最近身体一直不好,匆匆忙忙跑这来干什么,不会是皇太后让你来当说客的吧?"福临回身看,母亲没有跟出来。

"干什么?臣妾实在是不放心皇上,真怕皇上御驾亲征出发了,今生就见不到皇上了!"董鄂妃说的是心里话,眼泪在眼眶中转。

董鄂妃的真情感染了皇上,这个世界上,也就只有爱妃一人牵挂我福临!

"皇上,听臣妾一句话,御驾亲征万万使不得!为了大清的江山万年永固,皇上,也为了臣妾,臣妾舍不得皇上离开!"董鄂妃紧紧握住皇上的手,眼泪顺着腮边流淌下来。

福临见不得心上人流泪,加上刚刚母亲的相劝之言,心已然软了,长叹一声:"爱妃,别哭,朕把话已说了出去,泼出的水如何收回。"

"皇上,既然是皇太后和众臣全力相劝,不如就以上体谅皇太后之心,下合众臣之意,收回成命,倒落个从谏如流的美名!是不是?"董鄂妃明白皇上的心思,不失时机,给皇上搭了一个台阶。

福临沉思片刻,点点头,同意了。皇上终于有了面子,御驾亲征作罢。儿子和儿媳在外面的话,布木布泰在殿堂内听得一清二楚。看来安排董鄂氏来南苑行宫,做对了,皇上终于被拦了下来!布木布泰一屁股坐在儿子刚刚劈坏的椅子上,浑身就像散了架。她心发紧,自己的儿子,不拿母亲当亲人,而把媳妇这个外来人当作他的亲人,母亲的一片苦心,不及董鄂氏的一滴眼泪!这真是养儿养得娘伤心,娶了媳妇忘了娘。她忽然感到身心疲惫,心里呼喊着:我的夫君太宗你在哪里?看看你的儿子吧,我快要管不了他了!多尔衮,如今要是你在,哪里用我着这么大的急!空荡荡的殿堂让布木布泰感到了无助和孤独,她的泪无声地落下。

半个月后,捷报飞传北京。郑成功中了江南总督郎廷佐缓兵之计,总兵梁化凤勇破郑家军。这一战,郑成功丢盔卸甲逃回海上,元气大伤,从此再也没有力量重回江南。

婆媳关系因为御驾亲征事件缓和了,布木布泰开始对董鄂妃另眼看待。董鄂妃也是苦命人,失子的痛苦让这个儿媳妇的身体好几天坏几天,皇太后没少派人给承乾宫送过去补养品。顺治十七年(1660)八月,董鄂妃染病,皇太后派了皇宫中最好的御医,御医回皇太后话儿说,皇贵妃得的是天花!又是这个万恶的"痘"魔!在董鄂妃垂危之时,婆婆布木布泰到床头看望,给了这个儿媳妇无微不至的关爱。皇太后在儿媳妇的身上,再次看到了姐姐海兰珠,尽管集三千宠爱于一身,终难敌红颜薄命,两人的命运竟然如此相似。

这年的八月十五,又到中秋,夜空晴朗,玉兔东升。

承乾宫里重病的董鄂妃紧紧依偎在福临怀中,纤弱的手指着夜空说:"皇上,天上的月亮真圆啊,可惜臣妾看不到下一次月圆了!"

"爱妃,不,我们还会看到的!"福临心如刀绞,紧紧攥住董鄂妃冰凉的手,放在唇边轻轻吻着。

月明清秋没有给这一对爱人带来喜悦,他们有的只是愁苦哀伤。享有至高无上权力的少年天子福临,惶惶然悲戚戚。他一生追求的爱情是两情相悦,是两颗心的倾慕相通,他曾经认为他拥有了,董鄂妃带给他生命中的幸福和欢乐。他认为他是皇上,他们的爱情就可以在森严的宫殿中任意飞翔,他们的爱情可以无法无天打破一切锁链,他们的爱情可以永远。但是他错了,命运的造物主他无法左右!福临抱着奄奄一息的爱妃,泪流满面,在这深宫重锁的紫禁城中,他忽然觉得他和她就像是挣扎在蛛网中的两只小虫,又像是被烛火烧伤的飞蛾,是那么可怜、无奈!

四天后,八月十九日,皇贵妃、绝代佳人董鄂妃在福临怀里玉殒香消,病逝于承乾宫,年仅二十二岁。布木布泰伤心,而她的儿子福临则更是伤心欲绝,痛不欲生。福临疯了一样命令"上至亲王,下至四品官,公主、命妇齐集哭临,不哀者议处"。皇上为爱妃"辍朝五日",亲下诏书:"奉圣母皇太后懿旨,皇贵妃佐理内政有年,淑德彰闻,宫闱式化。倏尔薨逝,予心深为痛悼。宜追封为皇后,以示褒崇。朕仰承兹谕,特用追封,加之谥号。"谥号为"孝献庄和至德宣仁温慧端敬皇后"。董鄂妃之丧,按国丧用蓝笔批奏章,皇上破了体制规定的二十七天,从八月到十二月长达四个月之久行使蓝批奏章。为了彰显董鄂妃的贤德、美言、嘉行,福临命大学士金之俊撰写《董鄂氏传》,又令内阁学士胡兆龙、王熙编写董鄂氏语录。福临亲自动笔,饱含深情地撰写了四千字的《孝献皇后行状》。布木布泰默许了儿子的所作所为,可是福临并不体谅母亲,他将董鄂妃的死迁怒于布木布泰,怨母亲待皇贵妃刻薄,致爱妃抑郁而死!福临将布木布泰看作了无亲情的仇人而不是母亲,母子之间冷到了冰点。

霜重露浓的深秋,紫禁城内出现了奇怪的事情。一位身穿袈裟的僧人频繁出入皇帝寝宫,打破了内廷宫禁之区不允许皇帝以外男性出入的规定。皇太后布木布泰知道这个人是茆溪森。还是在顺治十五年(1658)九月,福临派人专程到江南湖州报恩寺召名僧玉林琇来京,封玉林琇为"大觉禅师",并以禅门师长礼待,后来玉林琇不愿在北京待,请求回还,福临赐给他黄衣、银印,遣官送归。玉林琇便让他的弟子茆溪森到京代替师父主持禅门,为福临讲经诵佛。董鄂妃去世火化入葬,执火炬点燃柴堆的人就是茆溪森,这茆溪森是皇上的座上客。可是,现在儿子放着朝政的事不理,每天待在内宫,和这个僧人干什么呢?

布木布泰叫来福临身边的吴良辅,嘱咐道:"皇贵妃去世,皇上身心俱疲,你要多加小心,好好伺候皇上,有什么事情及时告诉我。"

"嗻。奴才一定不负皇太后旨意!"吴良辅颠儿颠儿地走了。

布木布泰对吴良辅不放心,前些日子御史弹劾他,说他勾结内外官员作弊,接受贿赂,皇上下诏警示,本应严办,他凭着三寸不烂之舌,处事圆滑,躲过处罚。吴良辅这小子太滑头,和慈宁宫不是一条心!布木布泰又让苏茉尔悄悄招来皇上的贴身小太监李琛,吩咐李琛每天寸步不离看紧皇上,皇上一有风吹草动马上报慈宁宫,只要立功就提拔奖赏!

安排好一切,布木布泰自感疲倦,年近五旬,体力不如从前,儿子的状态令她提心吊胆,总预感着要出啥大事。

苏茉尔过来,轻轻地说:"皇太后,脸色不好,歇息一会吧。"布木布泰点点头,靠在东暖阁暖榻上小憩。苏茉尔将羊毛毯盖在她身上,又搬过暖炉放在脚下。一股暖意袭来,布木布泰瞌睡上来了。

不知过了多久,缥缥缈缈,布木布泰就觉得脚下踩着软软的浮云,来到一个禅院,好像是五台山清凉寺,又好像不是。一位僧人迎了上来,深作一个揖,说道:"凉露侵衣红叶鲜,寒鸟归巢黄草边;藜杖几回探青塔,西风一阵抹霜天。施主,请随我来。"

布木布泰跟着他,走入一条深深的小径,路旁是古木参天,青松翠柏,小路上没有第三个人。前面是高高的围墙和陡直的台阶,布木布泰拾级而上,来到一座柴门前。那僧人推开门,闪到布木布泰身后,垂首而立,轻轻说:"施主请进,贫僧到此止步,不奉陪。"

布木布泰好生奇怪,待进了柴门,里面的景象令她大吃一惊。

和门外的清冷完全不同,这里伽蓝长廊四接云端,百余尺高的殿宇,层轩重阁,区界八分,每个区里耸立着黄金佛像,时隐时现。布木布泰抬眼望去,殿宇前牌楼上写着"鹿野苑"三个金光闪闪的大字,她心中疑惑,我莫不是来到了西天印度的鹿野苑?再往上看,众僧仰望之处,一棵巨大茂密的菩提树遮天蔽日,荫凉洒满庭院,僧徒一千五百人专心听道,梅花麋鹿悠闲地踱步其中。五位比丘恭恭敬敬地站在左右,护着一位佛陀,那佛祖手中转着巨大的法轮,背对着众僧。

正仔细观看之时,佛祖忽然停下讲经,大声说道:"阿弥陀佛,下面的皇母可是劝佛陀回家的吗?"声音响亮脆若洪钟。

布木布泰吓了一跳,看到那一千五百位僧徒齐刷刷地抬眼盯着自己,方明白佛祖是在和自己说话,正不知如何作答时,佛祖又开口了:"我本释迦族的王子,当年不顾父王劝阻,别离妻子,舍弃王位,剃除须发,披袈裟出家修行,创立佛教,是为了普度众生,让众生探究诸苦的原因,就能够遵循佛教的方法,以'四谛'学说去消除痛苦。"

布木布泰吓得腿软,慌忙下拜,不敢抬头。

忽然,佛祖的声音变了,变得那样熟悉:"您莫不是还要追到这里来管教我吧!还要左右我的一生吧!皇帝我不当了,我要追寻佛祖,舍弃王位,出家修行!皇位您爱给谁就给谁吧!哈哈哈哈——"

这不是福临的声音吗?是他,是儿子!布木布泰抬起头,只见云端上的佛祖徐徐转过身来,笑眯眯的,忽然佛祖的脸变成了福临的面孔,又渐渐地远去。布木布泰大声呼唤着:"福临,你回来!儿子,额娘不能没有你,你回来吧!"儿子头也不回,消失在她的眼前。

刷刷啦啦,四周的僧徒包围上来,伸出手向她讨要佛祖,三千只手挥舞着,刷啦啦,刷啦啦,这声音越来越大,淹没了布木布泰……

布木布泰大叫一声,醒了,浑身早已被冷汗浸湿,窗外的树叶在"刷刷"作响。

苏茉尔跑进来。最近皇太后总是睡卧不宁,醒来经常虚汗津津,她为皇太后擦去脸上的汗。布木布泰紧紧握着苏茉尔的手。苏茉尔的手温暖有力,传给她心灵的力量,两人的眼睛湿润了。

第二天,李琛带来了和布木布泰梦境中一样的信息,皇上和茆溪森约定好了,要在十月二十九剃发出家!

还有七天,这可怎么办!

布木布泰来到乾清宫养心殿,董鄂妃走后,皇上不让皇后和其他嫔妃近身侍奉,养心殿里的奏折乱堆,佛经如山,生活物品杂乱。布木布泰唤李琛来收拾,李琛小心翼翼地说:"皇太后,皇上不让奴才碰殿内的物件儿,奴才不敢。"

布木布泰说:"我在这里,叫你收拾!"

李琛方才放下胆子,手忙脚乱地收拾起来。

福临看着母亲，也不说话。万念俱灰，福临一人独处之时常常会想起一个字——佛。爱妃的死，对福临是极大的刺激，悲痛欲绝的他，精神几乎完全崩溃。遁入空门，寻求解脱成了他的追求。

布木布泰挥挥手，让李琛出去，养心殿中只剩下母子俩。

布木布泰缓缓说道："福临，额娘知道你心中的苦，董鄂妃已去是谁也改变不了的事实，你要接受，慢慢就会好了。"

福临不语。

"儿子，人生漫长的道路上，免不了有不如意和挫折，要学会坚强面对，挺过去，前面就是美好的生活。"

"母亲，您错了，人生是无常的、无我的、痛苦的。造成痛苦的根源，在于人自身的欲望和行为。而这种欲望和行为，又导致生命轮回的善恶报应的结果。您说的美好生活，那是骗小孩子的，您的儿子不是小孩子了！"福临冷冷地反驳。

"儿子，你这样做对得起大清社稷？对得起祖宗的期望吗！"

"正是因为儿子时常觉得做得不够，对不起大清社稷，对不起列祖列宗，时时处于痛苦之中。要想摆脱这种痛苦，只有通过修悟，彻底转变自己世俗的欲望和认识，才能超出生死轮回的报应获得解脱。"

"儿子，你这样做不是太自私了吗，难道你不知道你这样做会让母亲伤透了心吗？"

"皇额娘，您不觉得您也很自私吗？您伤心，那是您自己找的，世俗的每个人就生活在这种无常无我的轮回报应之中，要想不伤心，就和儿子一样，皈依了佛门吧！"

"你！你……"布木布泰心痛得说不下去了，儿子走入另一条道，谁也拉不回来，她流着泪离开了养心殿。

布木布泰找到茆溪森，那茆溪森和尚给皇太后行过礼，点燃佛灯，虔诚地打坐佛前，对皇太后说："万法归一。"

布木布泰说："高僧说万法归一，我要问一又归何处？"

茆溪森说："佛说世上本来无一物，何处惹尘埃，六祖好语话，几人不错会。皇上有悟性，决意披缁山林，孑身修道，贫僧拦不住。"

布木布泰在他这吃了软钉子,回慈宁宫一筹莫展,茶饭不思。

苏茉尔坐在布木布泰身边,宽解着皇太后。

玄烨放学过来给皇祖母请安,看到奶奶不开心,明白又是因为父皇,便转身出去了。不大一会儿,二阿哥福全、五阿哥常宁还有悫格格蹦蹦跳跳地跟着玄烨来到祖母面前,布木布泰明白,是玄烨这孩子叫着哥哥姐姐和弟弟给奶奶开心来了。

俗话说得好,最疼隔辈人,布木布泰看着孙儿们,暂时放下烦恼,笑了。玄烨哄着说:"皇祖母,今天学堂里可是有一乐子,听不听?"

"我孙孙说的,奶奶爱听。"布木布泰望着八岁的玄烨,心情稍稍好了些。孩子这两天又长高了,越来越懂事。

"奶奶,奶奶我说。"悫格格喳喳抢着要说。

"哦,今天你们有没有好好听先生讲书呀?"布木布泰故意绷起脸。

"没有,皇祖母,就是悫格格今天答错了题,笑死人了。"福全推了妹妹一把。

"悫格格是女孩子,答错了可以原谅,你们男孩子可不许笑话她,要帮助她,听见了吗?"布木布泰看着几个孩子说。

"奶奶,我们知道了。"两个上了学的大男孩儿有点不好意思了。

"嗯,好孩子,奶奶问你们,将来你们要是做了皇上,都准备做什么呢?"布木布泰忽然问孩子们,连她自己也不知道为什么在这个时候,问孩子们这样的问题。

"福全,你先说。"

孩子们谁也没想到皇祖母会出这样的考题。福全吭吭唧唧想了一会儿,红着脸说:"皇祖母,那您就给我娶一位像我额娘那么好看的皇后!"话刚落,悫格格嘻嘻笑着点他的脑瓜:"好不害臊的哥哥!"福全红着脸傻笑,大家全笑了。

"皇祖母,我说。"是最小的五阿哥常宁。

"听听常宁要干什么?"布木布泰笑着,让大家安静。

"皇祖母,我要有一把最好的刀,杀敌人!"

"好!是我的孙儿!"布木布泰亲亲常宁,"玄烨,该你了。"

玄烨沉吟了一下,抬起头对奶奶说:"孙儿无他欲,唯愿天下治安,民生乐业,共享太平之福而已!"

布木布泰赞许地看着玄烨,这孩子年岁不大,却有如此之大志,看来没有白疼他。玄烨从学步开始,布木布泰就喜欢他,出天花以后,留养膝下,住在慈宁宫,一举一动悉心调教。这孩子现在坐有坐样,站有站样,举止规矩有度,说话有条有理,为人处世显露朴实善良,才思敏捷果断,今后必有大略!

"嗯,常宁说得好,玄烨更好,福全呢,也对,赶明儿给奶奶多生重孙子。"布木布泰笑了,接着又说,"你们不仅要学文,还要习武,我们大清的祖宗基业,是靠八旗勇士在马上打下来的,现在虽然入关,坐了天下,生活安逸了,可祖宗的武功骑射不能废弛,记住!"

"皇祖母,我们记住了。"孩子们一脸严肃地点点头。

"那,我们去书房箭亭射箭,怎么样?"玄烨提议。

"好,好!"几个孩子高兴了。

"皇祖母,我们可以去吗?"玄烨问奶奶。

布木布泰笑着点头:"去吧,去吧。"

孩子们欢笑着跑出宫去,布木布泰陷入沉思。

事不宜迟,要马上接茆溪森的师父玉林琇进京!布木布泰望着孩子们的背影做了决定。派朗哈图速去湖州报恩寺,七天之内返回,务必请来玉林琇,只有玉林琇才可以救下福临。

朗哈图只用了六天就接来了高僧玉林琇,玉林琇到京并没有到紫禁城,而是直接去了万善寺。布木布泰顾不得礼节其他,亲临万善寺拜求高僧。面对痛断肝肠的皇太后,玉林琇的态度并不明朗,他说,明天阻止皇上落发,贫僧也没有把握,皇太后要有准备。玉林琇的话就像一盆冷水,泼灭了布木布泰心中的希望。十月二十八日夜,皇太后布木布泰眼睁睁地一宿到天明,痛苦折磨着她,自己的儿子真的就皈依佛门了吗?皇上剃度出家,史无前例,这将如何对天下交代!她要崩溃了。

一抹朝霞染红了中南海椒园北边的万善寺,皇家禁卫军早已将这里围得水泄不通,皇上的出家剃度仪式在万善殿的戒台举行。布木布泰赶到的时候,没有看到玉林琇和峦溪森,福临已经将黄袍换为了紫色的袈裟,只是发辫还在。

当当的晨钟敲响,钟声回荡在古老的寺院上空,是那样的空凉悲寂。霜露打湿了布木布泰的衣裙,她身子冰凉微微发抖。

开始了。主持僧人高唱:"行痴和尚出家剃度仪式开始!"布木布泰知道"行痴"是儿子的法号。

珈乐声响起,众僧开始燃香唱赞诗,导引僧人引着皇上走上戒台,福临求度走到戒台中间礼佛。

儿子嘴里在唱:"朕为大地山河主,忧国忧民事转烦,百年三万六千日,不及僧家半日闲。"

福临向北四拜,再向南四拜。

儿子还在唱着:"黄袍换得紫袈裟,只为当年一念差,我本西方一衲子,为何生在帝王家?"

引导僧人严肃地带着福临走到戒台前面辞谢天地、父母、师长诸恩,拜到母亲时,布木布泰疯了一样冲上戒台,紧紧抱住儿子,声嘶力竭地喊道:"福临,我的儿子,回来吧!回来吧!"声声哀戚,这是一个母亲的绝望!然而,福临木然地望着前方,两眼空空,仿佛什么也没有听到,嘴里还在喃喃地唱:"十八年来不自由,南征北讨几时休?我今撒手西方去,不管千秋与万秋。"

引导僧人高唱三遍:"请顶礼剃度师!"

奇怪的是,剃度师峦溪森迟迟不出现。布木布泰四处张望,玉林琇和峦溪森全都没有露面!

正疑惑间,咕噜噜,咕噜噜,几个僧人推着高大的柴车出现了,车上驾着满满的柴火,柴堆上面盘坐着一个人,是峦溪森!只见他身穿崭新的袈裟,双手合十,双眼紧闭,口中念念有词。车后面一群僧人高举僧幡,簇拥着身披袈裟的玉林琇,缓缓走来。

福临见到玉林琇,在戒台上高喊:"师父,弟子今天皈依佛门,还望高僧引渡!"

玉林琇给皇上跪下行君臣礼,再拜到佛前,然后起身对皇上说:"皇上一心向佛,大彻大悟,诚心难能可贵,令人敬佩。只是天子龙命,佛门难容,还请皇上随皇太后回宫!"

福临不依:"高僧,想佛祖释迦牟尼、禅宗祖师达摩不都是放弃了王位的王子吗?福临皈依佛门心已决绝,请禅主允许茆溪森师兄为福临落发!"

"弟子茆溪森扰乱天子禅心,过度强权教义,我已处罚他自省,皇上今天要是执意出家落发,就是让茆溪森错上加错,按照佛家罚规,今天我就亲自执掌火炬,点燃薪柴,送他去西天涅槃!"

福临望着盘坐在柴车上的茆溪森,高喊:"师兄,不是说好了剃度行痴,现在如何撇下我不管!"

茆溪森在柴堆上高声念道:"阿弥陀佛——"不再答话。

玉林琇拿过弟子手中的火炬,高高举起,火苗熊熊跳跃着。两个小和尚开始往干柴上泼油,柴车一触即燃,茆溪森命在旦夕。

空气凝聚了,寺院中的人们紧张万分。

玉林琇举着火炬又说话了:"皇上,观历朝历代,国运兴佛缘旺,靠的是信奉佛门的天子,皇上你是天之骄子,你的人生注定不仅仅是自己当一个和尚修行,佛需要你在世间护持佛法,保护寺庙,这是更重要、更有意义的使命,这个使命是非你做皇帝的不能完成的!"

高僧玉林琇的一番话说得皇上哑口无言,再看看柴堆上的茆溪森,福临实在不忍他的生命就此完结,回过头,母亲期哀的目光正望着他。福临动摇了,长叹一声,低下了头。

时机到了!布木布泰一把抱住儿子,对吴良辅和李琛喊道:"愣着干什么,还不快搀扶皇上回宫!"

福临被一拥而上的侍卫们搀护着回了紫禁城,一场危机化解了,布木布泰给高僧玉林琇深深地跪下了!当朝的皇太后给一位僧人行如此之大礼,也算是史无前例。

慈宁宫。李琛跪在皇太后面前:"皇太后吉祥,奴才李琛听皇太后盼咐。"

皇太后布木布泰从桌上拿起一个红布小包说:"李琛,这是奖赏给你的银两,拿去吧。"

李琛双手接过,感激地叩头再拜。

皇太后说:"李琛,我问你,皇上出家的事吴总管可知道?"

李琛跪着说:"回皇太后,皇上每次与㞭溪森和尚会晤、讲佛,吴总管和我全在场,吴总管还带着皇上去悯忠寺拜佛,不让奴才跟着。"

布木布泰点点头:"嗯,小李子,皇上昨日出家的事不可外讲!"

"嘛,奴才记着了。"李琛又是一个叩头。

"去吧,好好侍奉皇上,有了机会本宫会提拔你的。"布木布泰说。

李琛千恩万谢,拿着银子高高兴兴地走了。

第十八章　白发人送黑发人

养心殿。皇太后在亲自收拾着儿子的书案,她将奏折票本一件件过目,替儿子批示,然后让李琛将批好的折子转出,送六部执行。皇上在靠椅上坐着,看着母亲,不知在想什么。案头上的奏折批示干净了,布木布泰起身坐到儿子身边,轻轻地说:"皇上,我有个想法,可以了却皇上皈依佛门的心愿。"

儿子来了兴趣,看着母亲:"皇额娘有何想法?"

"皇上可以找替身,代皇上出家修行呀!"

"对呀,我怎么就没有想到呢!"福临眼睛发亮了。

"有额娘为你想呢,"布木布泰看儿子来了精神,高兴地笑了,接着说,"皇上,选一个忠心于你的人,代你出家,替你尽心供奉佛祖,这和你出家一样啊。"

"嗯,皇额娘说得太对了,选谁替我呢?"福临开始思索。

"这个人一定要是皇上身边的人,忠心不二,还得了解皇上你的心思。我看……"布木布泰故意停下来,想了想,"嗯,我看皇上身边的吴良辅合适,跟在你身边多年,能体察皇上的心思,我看他忠心耿耿,代皇上出家最合适不过了。"

"哎呀,皇额娘,您和我想的一样啊!"皇上高兴得站了起来。

"那好,就这样定了吧?"布木布泰趁热打铁。

"好,皇额娘,就这样定了!"福临走到皇历前,认真地看着,掀起一页又一页。

"皇额娘,正月初二是个黄道吉日,就定这一天让吴良辅代我出家,我去过悯忠寺,那里佛门清净,法场宏大,是个修行的好地方,就让吴良辅在那里修行吧。"

"好,就这样定了。"布木布泰没有想到自己的想法这样顺利地就被儿子接受了,心中喜悦万分。让吴良辅出家,布木布泰除了安抚儿子出家修行的心愿之外,清除儿子身边不良之人也是一个重要的原因。

顺治十八年(1661)正月初一,紫禁城响起新年的鞭炮声。正月初一是岁之始、月之始、年之始,本应在太和殿举行的大朝会,因皇上身体不适没有举行。年三十晚上福临觉得头有些发沉,布木布泰决定取消这次大朝会。她不会想到,她的儿子,年轻的顺治皇帝将再也没有机会驾临大朝会。布木布泰到养心殿嘱咐李琛小心侍奉,亲手给儿子冲了红糖姜茶驱寒,看儿子喝下,赶着这位二十四岁的大男孩儿上床睡觉歇息。

"皇额娘,让您费心了,大白天我哪里睡得着啊。我没有事,您回吧,一会儿我还要准备明天去悯忠寺的事。"

儿子身体不适,还惦记着明天吴良辅去悯忠寺净身落发出家,布木布泰赶忙说:"明天吴良辅出家剃度,皇上就不要去了,我派内务府大臣索尼代皇上去。"

"皇额娘,没有事儿,小吴子是替我出家修行,本主儿不去哪行呀。"福临坚持着。

"天气寒冷,皇上身体不适,就不要去了吧!听额娘一句话。"布木布泰掖好儿子的被角,着急了。

福临看母亲着急,不再坚持,点点头说:"皇额娘,好吧,我知道了。"

自从出家事件以后,母子俩关系好了起来,儿子对自己说话不再横着戗着,布木布泰心里好受许多。她轻轻摸了儿子的额头,额头不热,心略放下。手往回收的时候,被儿子一把握住了,福临笑着小声说:"皇额娘,您的手好软好暖。"

"唉,这孩子——"布木布泰微微松了口气,嗔怪地笑了。

第二天正月初二,皇上没有听皇太后的话,还是瞒着皇额娘去了悯忠寺。布木布泰心中惦记万分,皇上刚一回宫,就让苏茉尔去乾清宫问候。

苏茉尔带来不好的消息,皇上从悯忠寺回来身子发重,发烧了!

布木布泰急了。从董鄂妃去世,她就替儿子担心,董鄂妃得的是天花,她病中儿子一直不离左右,天花是传染的!儿子为了爱妃不顾一切,她拦也拦不住。本来每年的秋冬之交,皇上都是要出京避"痘"的,可今年,儿子闹着要出家没有出去,这成了布木布泰的心病,这个冬天,她无时不担忧身体羸弱的儿子,心灵备受打击。现在,儿子真的倒下了!上天保佑,保佑我的福临,愿他仅仅只是一时受寒,明天就会好起来。布木布泰不顾一切,奔向乾清宫养心殿,从正月初二到正月初七,她一直守护在那里。

紫禁城最好的御医来了,北京城里最好的医生来了,大清的皇太后调动了所有可以找到的最好的医生,聚齐到乾清宫。

万恶的"痘"魔没有饶过布木布泰的儿子,在正月初三,布木布泰给高烧的儿子擦身降温,她突然发现,儿子身上出现了微微隆起的斑点,依稀可见,那是可怕的"痘"!

如山崩地裂,万万千千的巨石向布木布泰劈头盖脸砸过来,布木布泰大脑一片空白,胸口发闷喘不上气。她浑身发软,双膝无力地跪在儿子的床前,双手伸向高高的殿堂藻井,苍天哪,这是为什么,难道是对我的惩罚吗?那你就惩罚我好了,为什么要让我的儿子为我受罪!儿子是我的命,我不能失去我的儿子,我要抢回儿子!上次不是已经抢回我的孙子了吗,这回我一定要抢回我的儿子!

所有可以使用的医疗手段全使用上了,正月初四早上,福临的病情平稳下来。布木布泰仿佛见到了希望。福临睡着,布木布泰挥手让殿内的侍从们退下,她要一个人静静地守着儿子。阳光从低垂的幔帐缝钻进床帷,照在皇上瘦瘦的身躯上。布木布泰思绪联翩,儿子,快快好了吧。

"皇额娘。"福临干裂的嘴唇微动,睁开了眼睛。

"嗯,额娘在呢。"布木布泰轻轻地回应着。

"皇额娘,儿子对不起您!"福临伸出发烫的手,为母亲拭去脸上的泪,硬要撑着坐起。布木布泰坐过来,将儿子的背靠在自己胸前,轻轻抱住福临。

"皇额娘这样抱着儿子,让我想起了小时候,真好。"

"嗯,额娘会一直这样抱着你,不放手。"

带着哭腔,福临对母亲说:"皇额娘,对不起,儿子这一生让您失望了。"

"儿子,没有,额娘没有失望,我儿是大清入关的第一位皇上,年轻有为,十四岁就独立亲政,统一中国,大胆改革,整顿吏治,还注重农业生产,提倡节约,减免苛捐杂税,广开言路,网罗人才,成就那么大,为巩固大清作出了贡献,额娘我为儿子骄傲着呢。"

"额娘夸我,孩儿领受不起了。"福临含泪笑了,"皇额娘,您知道那天我为什么同意不出家了吗?"

"为什么?不是听了玉林琇师父的话吗?"

"皇额娘,不是的,玉林琇师父的话说不服我,您想,连佛祖都是王子出家,为什么我就出不得?"

"哦?福临,那你为什么服了呢?"

"皇额娘,您不知道,那天我看着玉林琇师父要点柴垛,火炬的光芒照在皇额娘身上,火光中我看见您头上一缕白发在冷风中飘动,我就想,皇额娘什么时候白了头呢?您刚满四十八岁啊,这是为了我,操碎了心,愁得白发早生!看着您为我哭,我心里忽然很难过,我要是就这样遁入佛门,我的皇额娘可该怎么办,我连孝子都做不了,还出的什么家!修的什么佛!"

布木布泰一阵心酸,眼泪扑簌簌流淌下来。儿子,我的好孩子,有你这样的孝心,额娘知足了。

"皇额娘,您知道吗?在那以前我恨您。"福临坐直身子,转过头看着母亲。

布木布泰用手擦着泪,拼命忍着,点点头说:"儿子,额娘知道,是额娘做得不好。"

"皇额娘,我六岁父皇就离开了我们,是额娘含辛茹苦拉扯我长大,扶我坐上皇位,教育我做好皇上,教导我养性修身,要亲贤人,远小人,赏罚公平,不要奢侈,要勤学好问。我暗地里发过誓,今生一定不辜负您的教诲,做个利国利民的好皇上!我起五更睡半夜拼命读书,习武练箭,苦读兵书,为的就是将来成就文韬武略,做好皇上,可是,这一切全被那一天夜里发生的事情改变了!"

"哪一天夜里?"布木布泰问。

"皇额娘,我想,您一定也不会忘记那个雷雨之夜,多尔衮闯进您的房间吧。"

布木布泰心中一抖,儿子他真的没有忘记那一夜。

"多尔衮欺负我们孤儿寡母!那一夜,雷雨交加,漆黑的夜里闪电划过,照亮了您脸上那惊骇的面容,它深深刻在我的心里,从那时起,我就发誓,一定要保护您,要向多尔衮复仇!"福临的手握住母亲的手,接着说下去。

"怀着对多尔衮的恨,我做到了,可是,我发现,我做错了。"福临的声音弱了下来,儿子在抽泣。

"皇额娘,我的皇额娘,您心里根本不恨多尔衮,您爱他,您心里装的全是多尔衮,没有您的儿子!"

"不不,福临,你说得不对,你冤枉了额娘!"

"不,皇额娘,您听我说。"福临咳了两下,布木布泰赶紧端起茶盅,让儿子压一压。

"您心里除了多尔衮,还有一样东西,那就是皇权!儿子是您权力欲望的傀儡,您根本不爱我,这可能您不承认,您认为皇位给了我无上的权力,可是我不稀罕!"福临看着母亲。

"不是吗?您为了爱新觉罗家的荣耀,费尽心机扶我坐上皇位,牺牲儿子,夺走我正常人的生活! 不是吗?您为了科尔沁贵族部落的荣耀,牺牲儿子,不给我婚姻自由! 不是吗?您享受着皇太后的万乘之尊的荣耀,高高在上,您的儿子却在无尽的苦难之中挣扎……"

"儿子,快别说了,你冤枉了额娘!"儿子的话似钢针,针针扎进母亲的心。

"不,皇额娘,我要把积郁在心头的话统统说给我的额娘,您听我说下去。皇额娘,知道吗,亲政以后,为了让您高兴,我通宵理政累得吐血,可您却没有满意的时候,我们的认知差异如此之大,从来没有想到一起去过!儿子在您面前总是错,您就像一个影子,时时刻刻跟在我身后,又像盯在我身上的一双眼睛,让我无处藏身。"

福临呜呜地哭出声来。布木布泰抱着他,儿子哭得她心碎,她悔断肝肠没有早些理解儿子的委屈。

"儿子的一生,只有董鄂妃懂我知我,可是母亲您又容不得她!"呜呜呜——福临哭得成了泪人。

"儿子,你听额娘给你说。"布木布泰用绢帕给儿子擦着泪,轻轻抚摸着福临的肩,"儿子当皇上,是额娘用了心机,可是,额娘真是为了儿子好啊,我的儿子是真龙天子,这是你的使命,额娘就是要扶持你完成这个使命!事实上也没有错,福临是个好皇上,只不过年轻了点。天将降大任于斯人也,必先苦其心志,劳其筋骨,饿其体肤,空乏其身。儿子受的苦,额娘全知道。"

"额娘还要说,多尔衮,是爱新觉罗家族的英雄,这是事实,福临你要承认。"布木布泰看着儿子,儿子没有激烈地反对。

"对多尔衮,额娘爱他,不过额娘更爱自己的儿子,这是多尔衮怨恨额娘的重要原因!皇位是多尔衮让出来的,江山是多尔衮打下来的,但是,额娘要让自己的儿子坐江山,额娘做到了!多尔衮要娶我,福临你不同意,我就依你不嫁,额娘承认自私,但是对儿子我不自私,儿子虽然做了皇上,可是我们孤儿寡母,要能在大清复杂纷繁的政治旋涡中立住脚,没有多尔衮这样的人怎么能行呢?额娘依靠孝端皇太后,对多尔衮既重用,又牵制,采取了多少复杂的政治手段,才使他最终没有突破摄政王的圈子,而保证了我儿子你的皇位,保证了大清的稳定。因为你小,国事家事还要依靠皇父摄政王,额娘在许多时候采取了委屈政策,这一切全是为了你呀,福临难道你还体谅不到额娘的一片苦心吗?说起来,福临你别不爱听,额娘这一生最对不住的就是多尔衮!多尔衮爱我,可是我为了儿子利用了他!儿子,你也是经历了爱的人,这些你能理解吗?你说额娘心里没有你,额娘要告诉你,福临是额娘的命根子,为了儿子,我什么都可以舍弃,就是赴汤蹈火也在所不辞!"布木布泰再也说不下去,泪水让她哽咽了。

"皇额娘!"福临抱住母亲的手,将手贴在自己的脸上,哭了。母亲的苦心他理解了,母子的两颗心融化了,他们和解了。

"皇额娘,对不起,儿子错了!儿子还对不起孟古青,孟古青是个好女人,皇额娘选她做皇后,我也曾试着接受她。可是每当我看着她的脸,多尔衮的脸就会重叠出现;想到多尔衮,我就会想起那雷电交加的夜,我就会充满仇恨!只有废了她,儿子才会心安,可是,儿子也毁了孟古青啊。"

"福临,不提了,不要说了,全过去了,让我们重新开始。"布木布泰不忍心看儿子太激动,福临还在重病中,不能过于激动,儿子需要安静。

布木布泰哭着给福临擦干净脸,轻轻扶他躺下。

御医进来,给皇上把过脉,李琛端过汤药,侍奉皇上服下。布木布泰嘱咐道:"皇上还需要歇息,大家小心为是。"

为了儿子尽快好起来,布木布泰派内大臣苏克萨哈传谕,大赦天下,京城内除十恶不赦者外,其他死刑犯一概释放。苏克萨哈刚走,布木布泰又命索尼传谕民间,不得炒豆、不得燃灯、不得泼水;命皇后到宫中内庙为皇上祈拜痘神,为皇上消灾。布木布泰祈盼着这一切可以使儿子转危为安。

可是,天不由人愿。正月初五,皇上身上的痘,开始大面积发作。福临看着自己的斑斑点点,对母亲说:"皇额娘,儿要做一件事。"

"我儿要做何事?"

"留遗诏,立太子!"

心,忽地发痛,布木布泰潸然泪下。

儿子突然提议立太子,此刻的含义不言而明。福临刚刚二十四岁呀,本应如朝阳日上,可如今却在打理后事!面对残酷的现实,布木布泰不得不接受。

"在皇上兄弟中挑选?"布木布泰目光空视,好似自语,福临摇摇头,兄弟中确实是没有合适的人选。

"还是父位子承吧!"布木布泰低头看着儿子说,福临点点头。

老二福全九岁,老三玄烨八岁,五阿哥常宁四岁,其他几个阿哥还太小,看来只有在这三个儿子中挑选了。福临伸出两个手指,看着母亲,好像在征求意见。

"二阿哥,福全?"布木布泰问,福临点点头。

布木布泰摇摇头,说:"我观福全这孩子,平庸欠聪敏,无大志向,不适合做君主。二阿哥不如三阿哥玄烨,玄烨勤奋好学,聪慧机敏,处事稳重谨慎,为人宽博仁爱,五阿哥常宁还太小,我觉得玄烨更合适。"

这就是母亲,关键的问题上永远是强势,福临浑身无力,不想再和母亲争辩:"皇额娘,问一下汤法玛吧。"

这福临,怎么会想起那个西洋老头!大概是因为刚刚发生的出家事件,怕母亲信不过佛门,就想起了西洋教的汤若望。不过钦天官汤若望和皇帝、皇太后关系都很好,福临倒是很信服这个高鼻子蓝眼睛老外的。

布木布泰点点头,回头吩咐李琛:"速去钦天监请汤法玛!"

"嗻。"李琛走了。

时候不大,汤若望一身黑色传教士服饰,急急赶来。聪明的西洋传教士汤若望很快就明白了皇太后的心思,果断地帮孝庄皇太后和顺治皇帝下定了决心:立三阿哥玄烨为太子,理由简单而充分——玄烨已出过天花,对这种可怕的疾病有终身免疫力,将来朝政不会再受到威胁。这个结果就是布木布泰想要的。

太子之事定下来,福临又说:"皇额娘,借前车之鉴,儿想不依旧制,皇帝年幼不再由宗室亲王摄政,改由异姓大臣来共同辅政,如何?"

布木布泰点点头说:"这也正是额娘所想,那由谁来辅政呢?"

"皇额娘,就定内大臣索尼、苏克萨哈、遏必隆、鳌拜四大臣辅政吧。"

"这……"福临如此之快就念出这四个人,说明早有打算。四个人都是上三旗高贵出身,资深老练,位高权重,有军功、有能力、有影响力,特别是索尼,一等侍卫,四朝元老,功勋卓著没的说。布木布泰对苏克萨哈不喜欢,但是,这个人对皇上忠诚,上次御驾亲征之事苏克萨哈表现不错,四个人倒是可以互相钳制,想到这里,布木布泰同意了:"好,就这样。"

福临神情舒展起来,母亲和自己想到一起,有生以来这样的时候不多。汤若望走了以后,福临又召贴身秘书保和殿大学士麻勒吉、王熙到养心殿密语,布木布泰给儿子留出空间,回避了。

正月初六子夜,福临又召王熙到养心殿,说:"朕患痘,势将不起。尔可详听朕言,速撰诏书。"王熙退到乾清门下西围屏风内,根据顺治皇帝的意思撰写《遗诏》,写完一条,立即呈送。一天一夜,三次进览,三蒙钦定,《遗诏》到正月初七傍晚撰写修改完毕。

正月初七的夜,在布木布泰心中将永远是黑色的,她没有从"痘"魔手中夺回自己的儿子,她经历了人生最痛苦的时刻。深夜,福临病情突然恶化,面色发绀,四肢冰冷,不时抽搐昏迷,发作时关节咯咯响。养心殿里所有的人在竭力挽回皇上的生命,此时此刻,人的力量是那样的渺小,人的生命又是那样的脆弱,不论你有多么至高无上的权力,不论你有多少金银财宝,在病魔面前全没有用!

布木布泰紧紧抱着儿子扭曲的身子,肝肠寸断地喊着:"福临!福临!"

"皇额娘,孩儿、孩儿不孝,先走了……按祖制,火浴,烧了吧!"福临在布木布泰的怀里,大口大口地喘着气,断断续续,话不成句,命若游丝。

"皇额娘,孩儿生时用心禅理,火、火浴之时要请、请行森师兄……讲法……方可转世轮回……"福临的喉咙咕咕响着,话语含混不清,布木布泰知道儿子的心事,听得明白,她泪眼模糊地点着头。

"额娘知道,额娘知道,我的儿,你就放心吧!"

福临脸上仿佛现出一丝微笑,忽然闭上眼睛,喃喃道:"董鄂……我来了……"说完,长长呼出一口气,头一歪,扎在母亲的怀中。

儿子将最后一口热气扑在布木布泰脸上,头贴在母亲两乳之间,安静了,紧握着的手松开了,身子柔顺下来,永远不再和她执拗了!年轻的顺治皇帝告别了人生烦恼,从此不再痛苦。

眼睁睁地看着自己的血脉,自己视为生命的至亲至爱,就在自己怀中无助地死去,布木布泰此时心如刀绞,白发人送黑发人,世上最惨痛的事击倒了她!从怀胎十月到长大成人,自己倾注全部心血教养培育儿子。夫君早逝,自己费尽心机扶儿子坐上皇位,又苦苦期盼他早日担纲大业,成就国家;儿子亲政后,虽有造就,但年轻气躁,理政尚嫩,自己一天也不敢清闲。二十四年来,在暗藏杀机的皇宫里,在胆战心惊的旋涡中,她们孤儿寡母相互依靠,小心翼翼地躲过了多少血剑风霜。虽说母子时有怄气,但血浓于水,关键时刻母子的心是连在一起的。为了儿子,放弃再嫁多尔衮,自己牺牲爱情,无怨无悔,付出再多也在所不惜,儿子是自己的欢乐和希冀,儿子是自己的命根子,她对儿子寄予了无限的期望,如今这一切全没有了,活着还有什么意义,万事皆空!

布木布泰轻轻放下儿子,将儿子的衣服整理平整,仔细端详儿子的面容,颤抖的手再次抚摸儿子冰冷的脸,小声说:"福临,额娘来了。"说毕,她一头向床柱撞去!身边的苏茉尔早有防备,一把死死抱住皇太后,宫女们涌上来,将昏厥了的皇太后搀扶下来。

在苏茉尔的呼唤中,布木布泰渐渐醒来,是真的吗?儿子走了?昏黄的灯光里,索尼跪着呈上皇上《遗诏》,这是儿子最后的遗言,布木布泰再一次泣不成声。她想不到儿子在遗诏中除了诏立第三子玄烨为太子,特命内大臣索尼、苏克萨哈、遏必隆、鳌拜四大臣辅政外,还写满了对自己十八年朝政的检讨,林林总总罗列十四项罪责。里面有对母亲不孝的自责,有理政不到的检讨,还有对董鄂妃任性爱恋的悔意……

布木布泰趴在遗诏上哭喊着:"福临,你为什么要这样对待自己!"

这一夜,养心殿内哭声一片,这哭声划破深沉的子夜,紫绕在皇宫的上空,无比悲痛哀伤。

顺治十八年(1661)正月初七子刻,顺治皇帝因罹患天花,病逝于紫禁城内的养心殿,终年仅仅二十四岁。

正月初八,天刚刚亮,皇太后布木布泰遣宣诏官到天安门外金水桥下颁行《遗诏》于全国,金水桥下等候了一夜的群臣,无比震惊,哀声痛哭!

正月初九,就在顺治皇帝驾崩后的第三天,皇太子即位,顺治皇帝的第三个儿子,布木布泰的孙子爱新觉罗·玄烨战战兢兢地坐在了紫禁城金銮殿的宝座上,定第二年为康熙元年。这个不满八岁的孩子给了皇祖母布木布泰新的希望。

顺治皇帝的灵堂设在乾清宫,白幔遮天,哀鸿满城;乾清门两边幡幢林立,建起佛、道两道场,日夜诵经焚香。正月十四,乾清门外燃起了熊熊火堆,大行皇帝"小丢纸"丧仪在哀乐中开始,福临生前用品一应遗物被扔进火中焚烧,百官哭灵。布木布泰身着黑色长袍,伤心欲绝令她苍老、黯然,在全身白色孝服的宫女们的搀扶下,她缓缓拿起福临生前最喜欢的弓箭,用衣袖小心拂去上面的灰尘,将弓箭投入火堆,哭泣着喊:"福临,我的好儿子,拿去吧,在那边习武围猎用得着它——"

熊熊的火苗瞬时吞灭了弓箭,噼噼啪啪声如爆竹,大火在无情地烧着布木布泰的心,哭声和哀乐声四起。布木布泰面南而立,火光中她看见五岁的儿子举着弓箭,欢笑着向她跑来,大声喊着:"额娘,快看,我射中了一头麋鹿——"随着火光闪动,儿子的影子逐渐消失。布木布泰再也忍受不住巨大的哀痛,瘫坐在乾清门台阶上,嚎啕失声!

依福临遗言,百日之后,由茆溪森掌炬,在景山寿皇殿进行了顺治皇帝火化仪式。顺治皇帝福临,庙号"世祖",谥号"体天隆运定统建极英睿钦文显武大德弘功至仁纯孝章皇帝",与董鄂妃的骨灰合葬在河北遵化县孝陵。

在儿子火化之前,布木布泰做了积压在心中已久的一件事。裁撤内监十三衙门,所辖事务重新归属内务府,削减大批太监,整肃朝中纲纪,处罚贪腐官吏,恢复清初的俭朴风气。作为首恶,吴良辅被从悯忠寺抓出,五花大绑,在顺治皇帝梓宫前历数其惑君之罪,处吴良辅以斩首极刑,警示百官。

康熙元年(1662)八月,康熙皇帝颁旨昭告天下,布木布泰被尊为太皇太后,皇后博尔济吉特·绰尔济封为皇太后,皇上生母佟妃封为慈和皇太后。

四个月之后,天有不测风云,慈和皇太后突然病逝,布木布泰命将慈和皇太后与世祖皇帝合葬孝陵。慈和皇太后病重时，玄烨亲侍生母喂水喂药，三天三夜没有合眼。不到十岁的孩子竟有如此之孝心，布木布泰看出孙儿是个可教之材，又可怜孩子一年之间父母双亡，她将玄烨恩养膝下，倾注全部心血，吸取教育福临失败的教训，对孙儿精心调教。

四大臣辅政第一天，索尼等人上书奏请太皇太后垂帘听政。布木布泰淡然一笑，坚决拒绝说："各位的好意本宫明白，四大臣辅政是世祖在世时我们共同商议的，不可更改，这事儿不容商量。"

索尼等人再三请求，索尼说："四大辅臣定当不负先帝重托，和衷共济辅佐幼主，但是军国大事还由太皇太后做主！"

布木布泰点点头说："皇上亲政前，由四大臣辅政，皇族宗亲勋贵对辅政大臣实行监督，遇有军国大政由本宫总裁，垂帘听政的事坚决不可以。"

大清帝国进入了康熙时代。布木布泰作为太皇太后，在大清入关尚未根深蒂固，南方边陲尚未完全收复，国未强民未宁的关键时刻，义不容辞再担朝纲。少年皇帝康熙内有祖母懿训，外有索尼、苏克萨哈、遏必隆、鳌拜四大臣辅政，承继父祖鸿业，立志万民康宁。

第十九章　除鳌拜平三藩

斗转星移,转眼到了康熙六年(1667),皇上玄烨十四岁。

一乘便轿出了大学士索尼的府邸,谁也不会想到,轿中之人会是太皇太后。索尼生病已经有一个月了,布木布泰微服出宫看望。病中的索尼感恩太皇太后,在家人的搀扶下一直送到府门口。

小轿轻摇,穿行在市井中,布木布泰无心观景,陷入沉思。刚刚索尼说,他曾在三月上奏本,请求皇上亲政。按祖制,皇上已经十四岁,到了亲政的年龄。请求皇上亲政是个大事,奏本却没有上报到太皇太后,而是被鳌拜私留了!这个鳌拜,是何居心?前几年,四大臣辅政还能够协同合力,尽心不二,但是几年过去,索尼体弱老迈,遏必隆中庸,苏克萨哈与鳌拜处处不和,鳌拜居功自傲、个性张扬、专横跋扈,四人之间已经显露出失衡的局面。

轿子到了西四牌楼,往北转弯回宫。外面热闹起来,布木布泰掀起轿帘儿,原来是一个集市,一个挑挑儿的小贩吆喝着:"有年糕,有枣糕,还有这又软又黏的驴打滚儿啦——,您尝一口儿来吧您……"一声声的老北京腔,听着还怪好听的。布木布泰问苏茉尔:"这挑挑儿的可卖的是啥?"

"回太皇太后,这唱的是卖年糕驴打滚儿的。"苏茉尔笑着说。

"北京这地界儿真有趣儿,年糕明明是入口的东西却说成是'驴打滚儿'。看上去这东西黏软香甜。苏茉尔,我们买回去尝尝如何?"布木布泰这位太皇太后忽然想吃北京民间这一口儿了。

苏茉尔扑哧笑了，叫轿夫停下，说："嘁，我的太皇太后，奴才这就去买！"

就在苏茉尔要下轿的一刻，忽然，不知从哪里蹿出来几个清兵，挥着长枪将人们往道两边赶，看见道边停着布木布泰坐的轿子，也嫌碍事，轰着让往边上靠。轿夫大怒，就要骂那群清兵不长眼，被布木布泰拦住了。

布木布泰倒要看看，是什么事情，什么人。

一列挎刀的马队，"嗒嗒嗒"疾驰而过。紧接着咕噜噜、咕噜噜过来一个囚车，木栏高高围起的囚笼里，站着一男一女两个囚犯，头插死刑牌，被木枷紧铐着，浑身血淋淋的，遍体鳞伤。那女人被剪了头发，蓬头垢面煞是可怜。一队刀斧手押着囚车，扬起一道尘土，向南而去。

布木布泰让侍卫朗哈图去打听一下是什么人。

朗哈图回来报告："士兵头目说刑部在执行鳌拜将军的指令，去菜市口行刑，杀的是户部尚书大学士苏纳海的侄子和小妾。"

布木布泰听了，头嗡地一下大了，这个鳌拜胆子太大了！去年十二月，鳌拜为讨好他与遏必隆所在的镶黄旗，打击苏克萨哈所在的正白旗，借平反多尔衮当年永平换旗换地之事，让正白旗与镶黄旗再次互换土地，这明摆着是镶黄旗对正白旗的报复，遭到上下反对，作为太皇太后的自己和皇上也明确表态反对。可这个鳌拜，最后瞒着皇上，下假诏杀了反对他的大学士兼户部尚书苏纳海、河北总督朱昌祚、巡抚王登联，引起朝野不平，旗民公愤。如今事已过去好几个月，鳌拜还在诛其九族，妄杀无辜！更触目惊心的是，今天要不是自己微服出宫路遇，这个事她根本不会知道！

多尔衮当年独裁辅政，自己尚能控制，如今鳌拜一旦成了气候，大权旁落，自己将无法左右政局！皇上必须马上亲政，刻不容缓。

回到慈宁宫，布木布泰直入书房，亲书谕旨，立即着礼部挑选吉日上奏，定规皇上亲政事宜。

谕旨发出，布木布泰才喘了一口气，回到西暖阁，刚刚坐下，玄烨下学回来了。十四岁的孙子，身着家常对襟儿马褂，更显身材修长，和他父亲一样英气豪发，眉宇间比福临多了几分刚毅果断，透着青出于蓝而胜于蓝的气质。

"玄烨给太皇太后请安!"玄烨不及放下手中厚厚的书本,忙着给祖母请安行礼。

"皇上下学啦?"布木布泰故意逗着孙子。

"皇祖母,您别羞煞孙儿了,叫啥皇上啊,玄烨在皇祖母面前,永远是孙儿。"玄烨不好意思,又有几分撒娇地笑着说。

"嗯,今儿皇祖母可不是开玩笑,玄烨,我已经谕旨礼部,挑选吉日,扶你亲政!"布木布泰一脸严肃地说。

"真的?不瞒皇祖母,孙儿也正考虑呢,那鳌拜最近行事越来越霸道,不听太皇太后的旨意,假公谋权,结党营私,我大清朝岂容皇权旁落!"玄烨将手中的书放在桌上,愤愤地说。

布木布泰点点头,孙子的目光很敏锐,看着平时是在读书,其实头脑在思考朝中的事情。

"不过,皇祖母,孙儿倒是有些担心。"

"担心什么?"布木布泰问。

"担心自己年轻不能胜任。"在奶奶面前,玄烨露出了几分孩子才有的不自信。

"不怕,有皇祖母,我们两个在一起,还有什么怕的呢?自古以来,说做皇帝难,也确实难,做天子的一个人在那么多的百姓苍生之上,带领自己的子民从生到养,再到安居乐业,没有一件事是不需要精心操持的;君主就要明白自己的责任,要深思自己的治国之道,必须国强民富,让举国安定,百姓康乐,才能受到人民拥护。这样就能统治长久,绵延子孙呀!玄烨,你说是吧?"布木布泰给孙子打气。

"嗯,皇祖母,孙儿一定不会辜负您的期望!"玄烨坚定地说。

"好了,玄烨,别忘了,今儿你让皇后赫舍里回家去看看她祖父,索尼病得不轻,你也要尽心问候一下。"布木布泰关照玄烨。

"嗯,孙儿知道了,就去办。"玄烨告别奶奶,临出门,又回过头调皮地说:"皇祖母,皇后对我可好了,谢谢您给我挑了这么好的媳妇!"说完,美滋滋地转身走了。

望着孙子高高的背影挺拔坚定,这背影有几分像他爷爷皇太极,又有几分像他父亲福临,嗯,比福临稳重。太皇太后布木布泰笑了,这笑发自内心由衷而出。

十天后,索尼因病不治去世,这加快了玄烨亲政的脚步。索尼去世的第三天,太皇太后布木布泰召鳌拜、遏必隆、苏克萨哈,钦定皇上于七月初七日亲政,口气不容商量,只待吉日来临。

康熙六年(1667)七月初七日,玄烨按照先帝福临十四岁亲政的祖制,征得太皇太后允许,御太和殿举行亲政大典,在乾清门御门听政。当日,昭告中外,天下大赦,万民同庆。

玄烨亲政的第二天,就遇到了意想不到的事情,有人给他来了个下马威。

太和殿。吏部哈思出班上奏:"皇上,现在各省设官太多,建议裁减官员。除边疆重省可设二人布政使外,内地河南等十一省都只留布政使一员,停设左右布政使;再裁各省守巡道一百零八人、推官一百四十二员。"

把奏折双手递上,玄烨阅过,当场下旨:"准!"

云贵总督出班奏请:"皇上,臣等奏请吴三桂依旧总管云南、贵州事务。"

玄烨说:"吴三桂两月前刚刚因为眼疾自己请求解除管理云贵两省事务,今仍未痊愈,不宜恢复总管事务,再修养些日子,以后再说吧!"当下将奏折驳回。

山东巡抚周有德出班奏请:"皇上,臣建议给孤贫困苦之人增加口粮,抚恤告助无门百姓!"

"好,朕从你所请,准!"玄烨准奏。

一件件事务处理下来,玄烨得心应手,果断清晰,表现出卓越不凡的才智和决断力。群臣暗暗钦佩,唯有辅政大臣鳌拜心中不是滋味儿,不管怎样,军国大事以前都是我批,现在总要征求一下我的看法吧!可小皇上批处奏折,看都不看他一眼。准,不准,批得那个干脆,眼里根本没有我啊！正醋酸酸地闹着心,苏克萨哈出班上奏了。

"皇上,臣请求解除辅臣的职务,臣所剩残生愿往遵化守护先皇帝陵寝!"苏克萨哈一言既出,满朝诧异,一片安静。

玄烨没想到自己刚刚亲政第二天,苏克萨哈就会来辞职。跪在下面的老臣一脸虔诚,玄烨明白,苏克萨哈请辞是因为和鳌拜积怨成仇,这是他自认为的保命之举。

玄烨大声说:"辅政大臣苏克萨哈辅政有功,对先皇一片忠心,你的心意朕已知道,不过,所提核议未当,不许所请!"

玄烨当场驳回苏克萨哈,本来事情到此可以告一段落,没想到鳌拜大闹当庭。

玄烨的话音刚落,鳌拜腾地站起,点着苏克萨哈大声说:"苏克萨哈,你居何心,皇上刚刚亲政你就闹着辞职,看来是对皇上亲政心怀不满哪,你这样做是背负先帝,拿先帝压新皇,这个朝廷要装不下你了!"

鳌拜又转向皇上,拿出首席辅政大臣的样子说:"皇上,苏克萨哈背负先帝,别怀异心,一定要重罚!"

"鳌拜,朕旨意已下,不再议了。"玄烨挥挥手让鳌拜和苏克萨哈下去。

哪里想到,鳌拜不动,仍旧大声喊:"皇上,苏克萨哈必须重罚!"

鳌拜党羽大学士班布尔善也站出来,配合鳌拜向皇上施压。一时间,满朝文武群臣不知如何是好,谁也不敢得罪鳌拜,场面僵持不下。玄烨刚刚亲政就遇到下了旨意而臣下不服的局面,好尴尬。面前的鳌拜还左右着朝廷风云,强硬不得！皇祖母,这可如何是好,玄烨心里不由得想到了太皇太后,手心出汗。他想起皇祖母说过的要以静制动。

年轻的皇上面不露色,端坐不语,沉着脸盯着鳌拜。

鳌拜喊了半天,看皇上阴着脸不说话,也拿不准小皇上是什么意思,不觉短了底气。

玄烨看出鳌拜的犹豫,向下面一挥手,大声宣布:"散朝！"

玄烨谁也不看,大步出朝,皇上的威严镇住了群臣。

下朝后,玄烨直接去了慈宁宫。

布木布泰听完孙子的讲述,自言自语:"苏克萨哈这是自己在找死啊。"

玄烨问:"皇祖母,您说什么?"

布木布泰说:"玄烨,今天能冷静处理,做得好!用人行政,务敬以承天,只要虚公裁决,什么也不要怕!"

玄烨心中踏实了。

布木布泰暗想,看来苏克萨哈的死局已定,这对收归四大辅臣的权力有利,何不顺水推舟!谁也不知道,布木布泰内心深处还有未了的郁结,看来这回要有人替她了结了。

太皇太后告诉皇上:"不动声色,静观后事!"

玄烨明白,点点头。

接下来的几天,鳌拜不甘,苏克萨哈辞职就意味着自己的辅政大臣也做到了头,放弃手中的权柄,那绝不行!鳌拜眼里还没有小皇上。他罗列出二十四条罪证,要皇上处苏克萨哈死刑。玄烨明确表态,不同意。一连七天,鳌拜上朝强奏,威胁皇上。最后一天,玄烨看着挥胳膊大喊的鳌拜,说了一句:"你天天喊,朕说的你也不听,那你就看着办吧!"明明是皇上不满的话,鳌拜却得了圣旨似的,背着皇上,在自己家中定议,以大逆不道治罪苏克萨哈死刑!鳌拜大开杀戒,连同苏克萨哈长子内大臣查克旦在内的六个儿子、一个孙子、兄弟的两个儿子全部处斩,没收祖籍;连族人前锋统领白尔赫图、侍卫额尔德也一起处斩。

翠绿色的玉扳指,摆放在太皇太后布木布泰的书桌上,这是在月亮河边多尔衮送给布木布泰的那枚玉扳指。布木布泰抚摸着它,玉扳指光亮四射,看得出主人是多么的珍爱它,只有用日积月累的精血把磨,才能养育出这样光亮的玉翠。

"多尔衮,我替你出了一口气,当年苏克萨哈诬告你,如今他死了!"布木布泰眼中含泪,对着扳指自说自话。

自己大意铸错,后悔一生,儿子福临做得过分,对不起多尔衮。现今福临已去,多尔衮的罪名也成铁定,靠她一人平不了反,这成了压在心底的痛,这痛在无人之时常常钻出,使她心灵备受折磨……当年福临报复多尔衮,如果没有苏克萨哈的告密,多尔衮就不会这样惨,没有苏克萨哈告多尔衮篡位谋逆之罪,福临顶多也就找个茬口剥夺多尔衮诚敬义皇帝之名,至少还会保持睿亲王王爷之尊。豪格福晋锦氏害了多尔衮,死无对证,多尔衮屈死他乡,本来已是冤魂,苏克萨哈却再让他的主子变成野鬼。布木布泰心底里恨苏克萨哈,但从来也没有表露出来。苏克萨哈对顺治皇帝忠诚,这一点布木布泰是肯定的,布木布泰重用他,相信他,这次她也并不想让他死,可是,苏克萨哈自走死路,就像上天有意安排一样,这就叫自作孽不可活!鳌拜让她了了心愿,可是,鳌拜也触动了她的底线,鳌拜不除,孙子玄烨的江山就坐不踏实,这个人也不可活,他要给苏克萨哈抵命!

布木布泰将玉扳指放在锦盒中小心收起,刚要起身回西暖阁,玄烨过来请安。

行过礼后,玄烨说:"皇祖母,苏克萨哈就这么死了,我心里很不是滋味儿。"

布木布泰安慰孙子:"这苏克萨哈是个忠臣,可他也有毛病。明天你下旨,加恩授辅政大臣遏必隆和鳌拜为一等公。"

"啊?皇祖母,这鳌拜假借圣旨斩除异己,坏我名声,还要加封他?"玄烨不解。

"人家鳌拜是为了给皇上尽忠,替皇上你铲除异己,还不该封吗?"太皇太后笑着反问。

玄烨正不知说什么好,太皇太后接着说出的话,让他全明白了。

"玄烨,记住了,猪养肥了才好杀!"布木布泰收起了笑容。

康熙八年(1669)的春天就要过去了,一等公鳌拜就像这逐渐升温的天气,脾气越来越大,气焰越来越高,嚣张跋扈到在朝廷上当着年轻的皇上,就敢公然斥责和他意见不同的大臣。大臣不满,宗室亲王郡王也对他颇多怨言,可是皇上每次都不言不语的,大家认为皇上惯着鳌拜,怕鳌拜。

这一日,鳌拜生病,玄烨带了吏部右侍郎赫舍里·索额图等人到鳌拜府上看望。鳌拜躺在床上不起来,索额图忿不过,对鳌拜说:"鳌大人,皇上来了,您也该起来行个礼吧!"

鳌拜把身上的被子掖了掖,表情挺不自然:"哎哟,哎哟,老臣头痛得炸开了,实在起不来,还请皇上原谅。"

玄烨看出鳌拜在装,也不揭穿他,笑着说:"朕不怪你,好好养着,别起来了。"

有皇上在,索额图不怕鳌拜,一边说:"鳌大人,皇上不怪你,是心疼你,可你也该起来呀!"一边随手掀了鳌拜的被子,谁知亮闪闪的一把匕首露了出来!

索额图大惊,伸手就要拽起鳌拜,只见鳌拜一反手,倒抓了索额图的腕子!索额图和鳌拜对视着,一场风云就要掀起,鳌拜的卫兵跃跃欲动,在场的人全愣住了!

这就是鳌拜,武功高强,反应极快,一般人还真不是他的对手。千钧一发间,玄烨很轻松,笑着说:"索侍郎大惊小怪了,刀不离身是我们满族人的习俗,这有什么,鳌将军病着,你这样可是委屈鳌将军了。"

索额图松了手,自嘲道:"鳌大人,这满朝文武都知道皇上惯着你,这回我可见识了。"

"索侍郎说朕惯着鳌将军,那是因为鳌将军是朕的前辈,你可嫉妒不得哟?"

玄烨的话,鳌拜听着舒服,就是嘛,你小皇上还得尊着我,我鳌拜是三朝元老,这谁也比不得!

一场杀机被化解了,可是玄烨却闷闷不乐起来。鳌拜府差点上演一场"图穷匕首见"!那惊险的一幕让玄烨出了一身冷汗,如果不是自己轻松应对,鳌拜和索额图打起来,鳌拜的士兵就会上来,他这个皇上就很可能成为鳌拜的人质!再往下,玄烨不敢想了。

傍晚,玄烨陪皇祖母用晚膳,他夹起一块肉放在皇祖母的碗里,对太皇太后说:"皇祖母,猪养肥了,该杀了,可是不好杀呢。"

"不就是一头猪嘛,有什么不好杀的?难道还要皇上动用千军万马,大动干戈不成?"布木布泰吃着孙子夹来的肉,"嗯,好香。"

"那该怎么办呢?"玄烨放下筷子,望着太皇太后。

"好孙子,再给皇祖母夹过一块肉来,我就告诉你。"布木布泰逗玄烨。

玄烨抿嘴笑,夹起一大块肉,恭恭敬敬地放在太皇太后饭碗里,做出洗耳恭听的样子,虔诚地看着眼前这位慈祥的老太太,他亲爱的皇祖母,让他敬慕、钦佩的女强人。

"玄烨,你过来,皇祖母悄悄儿跟你说。"

玄烨凑过去,故意将头贴在皇祖母脸上亲热,布木布泰附在孙儿耳边……

玄烨不住地点头,心中的郁闷飞了,皇祖母您可真棒!他的耳朵被皇祖母说得痒酥酥的,临完了,布木布泰还拧了一把他的耳朵:"去吧,孙儿,成不成就看你的啦,我是不管了。"年轻的皇上笑了。

玄烨走了,布木布泰的心沉起来,孩子还年轻,斗得过鳌拜吗?

康熙八年(1669)五月,索尼的第二个儿子赫舍里·索额图,这个高大英俊的小伙子,被免去吏部侍郎职务,玄烨调他到身边任一等侍卫,不干别的,就天天陪着下棋。过了些日子,玄烨大概是棋下得没意思了,又改成练习摔跤武术了,满族人叫布库。索额图调了十八名十几岁的布库小孩子,天天在大内院子里陪玄烨练摔跤,玄烨没大事就不上朝了,摔跤摔得兴头上。

鳌拜先是挺滋润,小皇上就是孩子,这朝政还得是我把持着。后来又有点烦,皇上毕竟是亲政了,大事还得通过他,时不时还得跑到大内去请示。有时皇上和那帮孩子玩到起兴,也不顾他,让他在一边等着,一等就是大半天。就看着这些孩子在空地上排着队,练习基本功,做踢正腿,踢侧腿,十字腿,扫堂腿;还带点花架子,摆莲,侧翻,动不动的还耍旋风脚,仆步穿掌,旋子等,然后还练拳。鳌拜武艺高强,武功之人看得心里也痒痒;不过鳌拜拿着劲儿,放不下架子,看不起这些小孩子。

有一回,皇上去更衣,鳌拜在外面等着,一个叫都布利的小布库,蹲着扎马步,笑嘻嘻地招呼鳌拜:"大叔,我看您总来找皇上,您在边上看着,还不如跟我们一起玩呢。"

"你们玩的这叫什么,是蒙古派,还是南派、北派呀?"鳌拜嘲笑。

"我们……大叔,什么叫南派北派?"小布库都布利挠着头问。

"哈哈、哈哈哈……连这个也不懂,还练什么!"鳌拜大笑一阵,撇嘴道。

"嗯,大叔,您瞧不起我们!"孩子们围了上来,七一嘴八一嘴嚷嚷起来。

"大叔,看您的架势,我看像练过燕行拳吧,您别看您武功高强,可未必比得过我们,您信不信?"小布库的头儿走了过来,对鳌拜说。

鳌拜专权恣肆惯了,平时群臣见了他都是唯唯诺诺的,这几个孩子却拿他不当回事儿,大叔、大叔地叫,还挤对他,好,那就给你们露几手,让你们瞧瞧我的厉害,我一人打你们十个!鳌拜撸胳膊挽袖子,就要上场。

玄烨来了。

"鳌将军,走吧,我们走。"玄烨招呼鳌拜往外走。

"大叔不能走,给我们露几招!"孩子们不依不饶。

"鳌将军今天有事情,明天吧,明天就在这个院子,跟你们比一比。"皇上给定了日子,鳌拜也就应了。

"好,我鳌拜明天一早儿来,说话算话,比赛就得来真的,你们准备着哭吧。"鳌拜气呼呼地走了。

哭的不是布库小孩子,而是鳌拜。

第二天,鳌拜如约来了。皇宫规矩,臣子入大内是不允许带侍卫的,每次鳌拜入内院请示皇上,侍卫就待在乾清门外等候,所有大臣均如此,鳌拜也没什么想法,今天也不例外。

平日布库孩子练功的院子空无一人,一个小太监迎着鳌拜,向北面的一道小门指了指,意思是在内院里面,鳌拜大大咧咧地往里走。内院右侧是松柏,左边红墙下是绿竹,竹林青青,枝叶茂密,好幽静的处所。

鳌拜每次都是在外院等皇上,从来没有进来过,奇怪的是,还是见不到布库小孩子们,鳌拜想大概还在里面吧,就又往里走。一抬头,雕梁双凤舞,画栋九龙飞,走廊那边远远过来一个年轻女子,只见她蛾眉娇翠,粉面嫩玉,真是妖娆倾国色,窈窕挑人心,头上凤冠霞帔,身上绣带云瑶。她一步步向鳌拜这个方向走来,环佩叮当,鳌拜仿佛闻到了醉人的幽香。鳌拜心说,这一定是皇上的妃子,花钿娇态,美若天仙,相比之下,自己府中的女人简直是糟糠一堆了。常言道男人老了爱色,鳌拜张着嘴痴痴地看,呆呆地想,就在这时,那妃子抬头猛地看到鳌拜,"啊——"惊叫一声,慌慌张张转身就往回跑! 鳌拜心慌,自知不妥,再一抬头,看见了右侧松柏处露出的殿堂匾额,上面写着"昭仁殿"三个大字,鳌拜大惊,这不是皇上的休憩之所吗! 不好,自己怎么糊里糊涂到了皇上的寝殿! 莫不是……

鳌拜本能地拔出腰中的匕首,撒腿就往外面跑。慌乱中,鳌拜就觉得脚下一绊,身体失去重心,"扑腾"一下来了个嘴啃地,手一松,匕首顺势"嗖"地从手中飞出! 就在这时,小院门被推开,玄烨进来了,身后跟着索额图。

迎面飞来雪亮的匕首,让玄烨心花怒放,这正是我想要的! 玄烨一脚踢飞了匕首,大喊一声:"有刺客!"

几乎是与皇上的喊声同时,从墙上、门后、屋顶飞落出一群侍卫和小布库,几个布库孩子直接就砸到鳌拜身上,鳌拜身高膀大,本来就来不及爬起,又被孩子和侍卫们骑在头上,压着身子,抱着腿,好虎架不住一群狼,只有束手就擒。

"皇上,臣冤枉!"鳌拜不服,挣扎着大喊。

"朕亲眼见你飞来的匕首,要不是朕身手敏捷,早就做了你的刀下鬼!"玄烨怒冲冲,回身吩咐索额图,"给我绑好,押下去!"

慈宁宫。布木布泰和玄烨乐得前仰后合,苏茉尔在一边也抿着嘴乐。

"皇上怎么想出这么妙的招儿,那美若天仙的妃子是谁? 我的皇上舍得把谁赏给鳌拜过眼福啊?"太皇太后笑着问玄烨。

"皇祖母,我的妃子哪个也舍不得,那不是妃子,是皇后赫舍里的侍女红儿。这招儿嘛,是苏茉尔额涅给我想的!"

"我说的么,我的苏茉尔也厉害呢。"布木布泰点点头,又对玄烨说,"孙儿,那红儿立了功,听说也是花容月貌,要是皇后没意见,我看不如收了房如何?"

玄烨红着脸点点头:"好,我和皇后商量一下,皇后也喜欢她。"

鳌拜被捕,震惊朝野,这家伙居然要行刺皇上!大内侍卫索额图奉命又将遏必隆逮捕下狱,玄烨命令王公大臣广议鳌拜的罪行,把鳌拜、遏必隆交给康亲王杰书审问。

公审那天,在京文武大臣俱无缺席,玄烨亲自审讯。

鳌拜跪在朝下,尽管被侍卫押着,这个威壮的汉子仍是满脸的桀骜不驯。遏必隆也被押着跪在旁边。

康亲王杰书宣读鳌拜罪状:"鳌拜与其弟穆里玛、侄塞本特、讷莫及班布尔善等结党营私,辅政期间,独断独裁,凡事即家中议定,然后施行;各部院缺出徇情补用,安插亲信,并申禁言官不得上疏,以图闭塞言路。不顾皇上反对,先后杀死户部尚书苏纳海、直隶总督朱昌祚、巡抚王登临;又以怀有异心等为口实,违背皇上旨意诛杀苏克萨哈全家,引起朝野惊恐。鳌拜结党专权,紊乱国政,又私闯皇宫内宅,骚扰皇娥女眷,御前露刀,心怀不轨,三十条罪状俱在,廷议当斩。"

康亲王杰书又拿起另一卷文书念下去:"遏必隆与鳌拜结党营私,明知鳌拜作恶,保持缄默不加阻止,亦不劾奏上报皇上,遏必隆罪责十二条,论罪该死。"

皇上要斩鳌拜!这个权倾朝野,骄横一时的家伙也有今天,朝堂上人们屏住呼吸。遏必隆吓瘫在地上。鳌拜不干了!

鳌拜挣开卫兵,直挺挺跪在地上,一把扯开衣襟,露出满身伤疤!他摸着前胸,两行珠泪从布满沧桑的脸上淌下:"皇上,请看看老臣身上的疤痕!臣从太祖时开始跟随太宗,骁勇征伐,战功赫赫,忠心耿耿,太宗皇帝信任不二!这两块疤,是攻皮岛救太宗皇帝时留下的;这几块疤是松锦之战时留下的;还有这儿,是出征湖广时留下的;再看这块新疤,是出征四川,南充之战灭张献忠大西军时所留!我鳌拜效命世祖皇帝,受世祖皇帝信任委我重任辅政幼主,时局艰难,依太皇太后之意,共携满汉,恢复经济,整顿吏治,我鳌拜力尽三朝,没有功劳也有苦劳,皇上如今要杀我,鳌拜不服!"

鳌拜身上疤痕累累,玄烨看得心酸,他从没见过在一个人身上会有这样多的伤疤,那紫色的疤痕交错,触目惊心!大清江山是老一辈打下来的,鳌拜不能杀!鳌拜呀鳌拜,今天朕除你,那是因为绝不能容许中央主弱臣强,皇权旁落;是因为新锐与旧勋的较量,旧臣不去,年轻有为的一代就上不来;这更是平息满汉之争、平衡文臣武将的必要手段!朕除你实在是无奈之举。

"鳌拜,朕念你历事三朝,效力有年,不忍加诛,死罪免了,但御前露刃罪不可赦,仅命革职,籍没拘禁!穆里玛、塞本特、讷莫和班布尔善等不赦,听由刑部或死或革;念遏必隆三朝元老,战功卓著,功过相抵,免死,削去其太师之职,夺爵。"玄烨当朝下旨。

"皇上,御前露刃是误会,臣绝无歹意!"鳌拜不服,大喊道。

"朕旨意已定。"玄烨示意礼监官宣布散朝。

不久鳌拜抑郁死于禁所,其子纳穆福获释。玄烨念其功劳,在康熙五十二年(1713),追赐鳌拜一等阿思哈尼哈番以世袭,这是后话。

在太皇太后周密策划精心布置下,没动一刀一枪,朝野未发生任何骚动,鳌拜已除,党羽扫平。布木布泰给孙儿玄烨执政的道路铺开一片坦途,玄烨开始真正主持朝政。

康熙十二年(1673)二月,平南王尚可喜上疏请求告病还乡,玄烨准奏,并下诏书命尚可喜全藩撤离广东。此诏一出震动了云南的吴三桂和福建的耿精忠,一袭风暴将向年轻的皇上扑来。

慈宁宫。苏茉尔正给太皇太后梳头,牛角梳子刮下一把黑白参半的落发,她小心地将落发摘下团在手里。布木布泰看见了,想起孙子要给自己过六十岁寿辰之事,对苏茉尔说:"我已经和皇上说过了,国家现在用钱的地方多,不允许他大动财政搞什么太皇太后六十寿辰庆贺,苏茉尔,这些日子皇上没有再提吧?"

"没有,皇上听进去了,您不让做的事,皇上就不做。"

"就是嘛,人老啦就不愿意过生日,过一年就老一岁,老太太干不了什么有用的事了,还是给国家和子孙后代留点儿财富,就别折腾了。"布木布泰说完,拿起桌上的镜子。

镜中的女人花容已不再,鱼尾纹把原本秀美的双眼变得松弛,眼角下垂,深深的抬头纹不知什么时候占据了额头正中。

布木布泰把镜子推开,开玩笑似的感叹:"老啦,咱们都老喽。人常说时间把美女变成巫婆,苏茉尔,你看我这个原来的丑女,现在简直就成了老魔鬼啦。"

苏茉尔听太皇太后这么一说,"哈哈哈哈"笑弯了腰,说:"魔鬼要是这么慈祥,那可喜欢死我了,我也做魔鬼。"

布木布泰也笑了:"唉,人老了就是不招人待见。"

"还不招人待见呢,皇上这几年没少陪您出宫,夏天赤城避暑,冬天长城赏雪,还陪您回盛京待了三个月,那么漂亮的小伙儿陪着您,您老太太几世修来的福气全享着了,羡慕死我了。"

"漂亮小伙儿? 那是我大孙子。嗯,苏茉尔你说得没错,玄烨就是我的小情人! 对我老太太那就是好。"布木布泰自豪地咯咯笑起来。

主仆俩正玩笑,玄烨来了。

"说曹操,曹操就到,皇祖母正想你,我孙儿就来了。"布木布泰拉着玄烨的手,让孙儿坐在身边。

苏茉尔吩咐侍女给皇上端来茶,轻轻退下。

玄烨递上一封书信,布木布泰展开,是吴三桂请求撤藩!

"七月里耿精忠请求撤藩,现在吴三桂又来,这二人看来是商量好了。"布木布泰说。

"皇祖母,这是在试探我的意图,我想就将计就计,撤三藩! 您看如何?"皇上望着皇祖母。

布木布泰沉思起来。如何解决三藩割据、尾大不掉的问题是她一直以来的忧虑。从顺治年开始,三位降清汉将藩王——镇守云南的平西王吴三桂、镇守广东的平南王尚可喜和儿子尚之信、镇守福建的靖南王耿继茂,占据要地,拥兵自重,成为大清的三个地方割据势力。三藩宛若独立王国,设立税卡,私行铸钱,圈占土地,掠卖人口,平西王吴三桂还自行选派官员。三藩军费开支浩大,国家一年税赋银两,尚不足一藩的需求,这三藩留着就是祸害!可是,三藩已成气候,触一发动全身,多年以来无人敢触碰。现在孙儿要撤三藩,是时候吗?贸然撤藩会不会引起大乱?

"孙儿,三藩的利益受到冲击,他们岂可乖乖罢手,你就不怕三藩造反吗?"

"皇祖母,孙儿从小就认为三藩势力过大,久为必成害。亲政后以三藩及河务、漕运为三大事,削平三藩,强化皇权是一定要做的!现在吴三桂等蓄谋已久,不早除之,将养痈成患。今日撤他亦反,不撤将来也反,不若先发,我们持有主动权。"

"大臣们怎么说?"

"孙儿就是因为大臣们意见不一,才有些拿捏不准。反对的居多,拥护我的是少数,连我信任的索额图、魏象枢都反对,只有明珠、米思翰等少数大臣赞成。"玄烨实话实说。

"痈疮捂着看似不发,实际上是在往人心里发毒,只要一发就要人的命,这比喻三藩最恰当不过啊。"布木布泰自语。

"皇祖母,孙儿也这样想,我就给他来个早揭早好,吴、耿既然请撤,就顺水推舟,加以批准,撤藩!"

"好,皇祖母支持你!不过,开弓没有回头箭,你要想好撤藩会引发的连锁事情,有备无患!"

祖孙俩决定撤藩,一场考验开始了。

吴三桂起兵反叛了!十一月的昆明温暖如春,鲜花满城。吴三桂扣留朝廷钦差大臣折尔肯,扬起屠刀,杀死巡抚朱国治,自封"天下都招讨兵马大元帅",蓄发更换衣冠扯白旗造反。前来问罪的云贵总督甘文焜头落昆明城下,反对叛乱的大清官员血溅花城。吴三桂集结军队,关闭邮路,封锁了所有向外的消息,在贵州督办戍边军队粮草的郎中党务穆萨哈乘星夜逃出云南,快马奔向北京报信。马儿疾驰十二天,风尘仆仆的穆萨哈见到了皇上。

"吴三桂反了!"穆萨哈呈上写满吴三桂疯狂的奏折。

吴三桂反叛不出所料,但是没想到来得这样快,手段这样残忍,还是令年轻的皇上始料不及。

玄烨手中的奏折还没放下,湖广总督蔡毓荣的奏报也到了。

"吴三桂率叛军已近湖南!"蔡毓荣一路小跑冲进殿来,跪倒在皇上面前。

满朝文武震惊!

大学士索额图出班奏道:"撤藩已然引起动乱,为了避免动乱扩大,请求皇上立斩主张撤藩的大臣,只有用主撤大臣的首级安抚吴三桂才能平息吴军作乱!"

玄烨"砰"地一拍案头,沉着脸大声道:"索额图,撤藩是朕的决定!和大臣们没关系,你要拿朕的头去讨好吴三桂吗!"

索额图吓得跪下,廷下一片安静,主张惩罚撤藩的大臣们不敢再言语。玄烨放下手中奏折,太皇太后说过开弓没有回头箭,箭已离弦,就要射中敌人的心脏! 玄烨毫不动摇。

"用快马送诏书,停止福建、广东二藩迁移。"玄烨下诏了。这是为了缓解两藩,孤立吴三桂。

"嗻!"

"从今天开始,削去吴三桂的官爵,立即逮捕吴三桂在北京的儿子吴应熊!"玄烨的强硬令索额图吃惊,这是在给吴三桂下马威。

"嗻!"

"命都统巴尔布率满洲精锐骑兵三千,由蓟州守卫常德;命都统珠满带兵三千由武昌去守岳州;都督尼雅翰、赫叶、席布根特等人分别赶往西安、汉中、安庆、兖州、南昌等要地;任命顺承郡王勒尔锦为宁南靖寇大将军统率军队到荆州;命令西安将军瓦尔喀率骑兵赶往四川;命令大学士莫洛执掌陕西事务!"

"臣领旨!"皇上的坚决果断给将军们吃了定心丸,奔赴前线要的就是这种力量!

散朝后,玄烨赶往慈宁宫。布木布泰首肯孙儿的做法,告诉孙儿,对叛贼要坚决打击,毫不手软,立即处决吴应熊,以威扼吴三桂。

撤藩的战役打响了。出乎预料的是,吴军由云南,出贵州,略湖南,攻四川,仅三个月,连陷长沙、衡州、岳州,数月之间,六省失陷。一些同三藩有密切关系的汉族将领也起兵响应,孔四贞的丈夫孙延龄首先在广西造反,福建的耿精忠起兵响应,广东的尚之信也挟其父尚可喜起兵附叛。提督王辅臣在陕西叛变。三藩之乱的战火燃烧到西南的云南、贵州、四川,南方的广东、广西、湖南,东南的福建、江西、浙江,西北的甘肃、陕西、宁夏。

就在北京城中空虚之时,自称明朝皇帝后代的"朱三太子"杨起隆,在夜间像鬼魂一样出现在北京街头。他头缠白布,身束红带,招呼着一群复明反清的人举火起事,闹得百姓人心惶恐,京城戒备森严,天一擦黑街上就人迹寥落。

康熙十三年(1674)五月,南方的战争胶着激烈,布木布泰替孙儿担心日夜思虑,后宫又出了大事。

"太皇太后,皇后赫舍里难产,请您快去!"皇后坤宁宫的侍女惠荣满脸惊惶地跑来报信儿。

布木布泰二话不说,拉起苏茉尔就往坤宁宫赶去。

坤宁宫里气氛紧张,玄烨焦灼地在殿内来回踱步,御医们七手八脚抢救产妇,汗水顺着脖子往下流。可怜的孙儿媳妇头一个儿子没有留住,这次又是难产,布木布泰心疼赫舍里,孙儿媳妇躺在血水中,面色苍白。

"孩子,千万别睡,来,皇祖母帮助你使劲儿!"布木布泰抚摸着赫舍里的腹部,顺势轻轻推着。赫舍里点点头,攥住太皇太后的手。

"哇——"一声洪亮的婴儿哭声传出坤宁宫。又是男孩儿!

就在人们以为可以松一口气的时候,年仅二十二岁的皇后,松开了太皇太后握着的手,未来得及看一眼新生的骨肉,就离开尘世了。

皇后的离世让玄烨备受打击。玄烨辍朝五日,连续二十多天,每天都到皇后的梓宫前哀哭。布木布泰曾为这对恩爱的小夫妻欣慰,孙儿幸福美满的婚姻弥补了她对儿子福临婚姻不幸的歉疚,而眼下时局艰难,孙子内外压力让她既担心又焦急。孙子重情重义,玄烨的伤心丝毫不亚于福临失去董鄂妃时的难过,都说世上男人情薄,可夫君、多尔衮还有福临、玄烨,爱新觉罗家族的男儿们却个个是情种,孙子能承受得了吗?难道历史又要重演!

布木布泰摘下书房里挂着的晋朝书法家王羲之的《快雪时晴帖》,这是国子监祭酒冯源济进献给她的。布木布泰喜欢王羲之那圆笔藏锋、气定神闲的行书,字里行间传给人不疾不徐的情态。字帖上"羲之顿首,快雪时晴"这一句,会让她享受到雪后初霁的清朗,无人之时她还会想起盛京新宫那场忘不掉的大雪和雪中多尔衮那高大的身影,她让苏茉尔给皇上送去,期待孙儿心情尽快晴朗起来。

玄烨抱着太皇太后送来的字画哭了,他体会到了皇祖母的一片苦心。康熙皇上将它挂在昭仁殿寝宫的墙上,执笔言情,聊抒痛悼,写下《恭挽大行皇后诗四首并序》,含悲忍泪亲送赫舍里大行皇后梓宫于北沙河巩华城殡宫。在处理完皇后的丧事后,玄烨重归理政。

十二月二十三日,天下大雪。和阴沉沉的天气一样,御门听政上报来的奏折也没有晴朗的事情。

"报皇上,叛臣王辅臣攻打甘肃羌州,大学士莫洛在陕西阵亡,我军大败,陕西守军退守汉中。"贝勒董额低着头奏报。

"打了败仗还有脸来见朕!莫洛在前面打,你们在后面观望,不马上增援,行军慢慢吞吞的,等着让王辅臣打,你们这些统兵就知道在家享受,在战场上还知道怎么打仗吗!"皇上少有的暴怒,当朝大骂败阵之臣。

朝臣们无语答对,董额吓得跪在下面大气不敢喘。

"好,我来做给你们看,朕明天御驾亲征!"皇上拍了桌子。

兵部尚书明珠在下面急了,国家动乱之时,皇上岂能轻易出京师!这可怎么办,他悄悄吩咐侍卫,快去向太皇太后禀报。

又一个御驾亲征!福临意气用事御驾亲征的"闹剧",布木布泰还没有忘记,孙儿又来了!现在不是皇上御驾亲征的时候,布木布泰体会到孙儿的压力,她让送信儿的侍卫回去,叫来苏茉尔。

朝堂上,明珠、索额图等人以京师为根本重地,此刻国家战事需要皇上在京运筹指挥,不宜御驾亲征等苦劝皇上。正在这时,苏茉尔来了,进殿后跪拜皇上:"皇上,太皇太后刚刚身体不适,奴才见事急不敢耽误,特来禀报。"

玄烨大吃一惊,太皇太后生病,从来没有报到朝堂上来过,看来不轻,皇祖母是玄烨的命!

"皇上,太皇太后春秋已高,身体有恙,圣上此时出京似颇欠妥,请收回亲征之旨!"明珠知道这是太皇太后的计谋,赶紧出班奏请。

"皇上,臣等也是此意,为了太皇太后,皇上不能御驾亲征!"

众臣们纷纷跪下。

玄烨终于收回成命,一场惊险化解了。

玄烨立刻散了朝,撒腿就往慈宁宫跑。这时的他早已忘了自己是皇上,三步并作两步,几乎是蹿进皇祖母的寝宫!一进门,他就愣了,皇祖母满面红光,没有一丝患病的样子,正看着他笑呢!

"哎呀,皇祖母,您、您、您不是?"

"我,我怎么啦?"布木布泰点着玄烨的脑门儿,"遇事不冷静,我不生病,你下得来台阶吗!"

"皇祖母,孙儿是真的要御驾亲征,莫洛死得太可惜,那董额快气死我了!"

"事已至此,不是皇上意气用事就可以挽回的,君主做事头脑发热,国家能稳定下来吗?"

玄烨望着太皇太后,长叹一声,不好意思了。

孙儿这位年轻的皇上一贯稳重仁和,御驾亲征这不冷静的举动告诉布木布泰,孩子面对压力已几近极限,她必须尽早给孙儿解压,可是上天没有给她时间。

康熙十四年(1675),王辅臣降而再叛;潮州总兵刘进忠献潮州响应耿精忠叛变;浙江总兵祖宏勋叛变;郑经策应叛将于台湾、福建、浙江、江西、安徽告急。更严重的是,北方蒙古察哈尔林丹汗之孙布尔尼额驸反叛!原来平静的北方燃起战火。"东南西北,在在鼎沸",叛报频传,举朝震动,形势险恶,燎原之火从四面八方烧向北京。

外人不知道,只有布木布泰明白,这是大清生死存亡之时,孙儿快崩溃了!这可怎么办,布木布泰冷静地思索着,大清会完吗?难道我们就要放弃中原回东北老家去吗?她咬紧牙关,她博尔济吉特氏是成吉思汗的后代,科尔沁的女人身体里流着英雄的血,嫁给满洲爱新觉罗家,爱新觉罗同样是伟大的家族,满洲祖宗的基业丢在自己手中这是耻辱,绝不可以!

玄烨下了早朝过来请安。七月新秋,京城暑气未散,祖孙二人对坐在慈宁宫花园临溪亭,侍女们站在身后打扇。溪水清澈见底,金鱼闲游悠然,玄烨心比天燥,无心观景,半晌儿,欲言又止。

布木布泰说话了:"我的皇上,不是来劝老太太回东北的吧。"

"皇祖母,您怎么知道孙儿想的?"

"当年我孙儿他父亲就这样劝过。"

"皇祖母,我知道,这次和那时不同,这次是真的危险了!"

"怎么危险法儿?"

"皇祖母,您知道的,大军全在南方平乱,朝中已无将可派,北京现在是空城一座,察哈尔的军队只要一天就可以到达北京。"

"那么,皇上你想怎么办?"

"现在京师不少官员已经把家眷送往江南乡里,孙儿想让皇祖母也暂避一时。只要皇祖母平安回奉天,孙儿我留在北京亲自挂帅迎战察哈尔布尔尼!如果北京不保,孙儿我宁愿玉石俱焚!"

"好哇,看来是既孝又忠,孩子,你跟我来!"布木布泰拉起玄烨的手,出了慈宁宫花园。皇祖母的话耐人琢磨,玄烨丈二和尚摸不着头脑,只好乖乖地跟着皇祖母。

祖孙俩一直往北,来到景山。

站在煤山上,眺望京师,四城九衢薄雾缭绕,霞光流云,远处燕山山脉蜿蜒万里尽收眼底。布木布泰迎着太阳指向东方,拉起孙儿的手说:

"玄烨,想当年咱们清朝八旗大军就是从东方这条洒满阳光的大道上走来的。这阳光沾满血色,我们满洲祖辈几代人艰苦征战英勇拼杀,从赫图阿拉到萨尔浒,从辽阳到沈阳,一路鏖战所向披靡,踏着先辈尸骨打开北京的城门。明朝虽大,但汉民族如散沙自沦弱势民族;清国虽小,但满族团结勇猛,坚韧不拔就是强势民族。我们就像这冉冉升起的太阳,建立起新的满洲王朝,统治中国这个泱泱大国。孙儿,现在祖先打下的江山就交到你手中,从这莽莽苍苍的天地间,你看到了什么?"

"皇祖母,我看到了重任!不知说得对不对,孙儿俯首聆听。"玄烨在皇祖母面前不敢妄言。

布木布泰点点头:"孩子,你说得对,打江山难,坐江山更难!这里面还包含着一个民族的自信。来,我们往这里来。"

布木布泰拉着玄烨往山顶南面走,站在万春亭往下看,一片金碧辉煌展现在眼前,紫禁城皇宫气势恢宏,动人心魄。

布木布泰语重心长地说:"玄烨,如果刚刚东方告诉我们的是重任,那么南面写满的就是责任!孩子,你看,这是中国最高统治的心脏,它像紫微垣星位于中天,天人对应,天帝所居。这座城池,宫殿重重富丽堂皇,森严壁垒皇权独尊,但是,你要明白君因国而设,住在这里的天子,身负万千百姓生灵之重,责任似天!做君王轻言死,死不足惜,只不过是匹夫之勇,岂有责任之念!"

布木布泰轻轻摸着崇祯皇上自缢的那颗歪脖老槐树,感叹道:"明帝崇祯也算是勤奋从政,但是仅匹夫之勇以死殉国,留给人民的又是什么?战火纷飞,民生涂炭,亡国又亡天下!玄烨你不怕死,国家有难,你行孝行忠,送我回乡避难,大不了你以身殉国。你想过你身系着大清王朝的命运吗?你想过你的做法会动摇民心吗?你想过祖宗的基业会断送在你手里吗?如果那样,没有人会赞你忠孝,只会遭千夫指你败家,你将如何面对你的祖先!"

皇祖母一席话,让玄烨脸上热烘烘的,后背出了冷汗,大清一旦断送在自己手中,自己将是千古罪人!

"皇祖母,孙儿错了,孙儿忘记了自己的责任!可是,现在南方未平北方又乱,将帅悉数全派在外,连皇宫的禁卫军也派出去了,迎战察哈尔,北京无将无兵无饷,孙儿实在是没有办法了。"玄烨眼巴巴地看着皇祖母。

"想当初撤藩,皇祖母支持你,老太太和我孙儿同在一条船上,现在国家危难,决不允许我们两个有一丝的动摇!"

"好!可是……"

"不用可是,皇祖母已经为你想好,有将有兵,饷也有。"

"真的?"玄烨惊喜过望。

"皇祖母推荐一个人。"

"谁?"

"图海,中和殿学士图海。"

"图海?此人几起几落不是个省心的主儿,听说他也反对撤藩。平察哈尔关系京畿的安危,国之存亡,如此重担他能担当得起吗?再说,一介学士人微言轻,如何带兵!"玄烨疑惑。

"图海这个人我有过接触,你父皇曾经器重过他,做过太子太保。图海机智过人,文武全才,有些歪点子,毛病就是得理不让人,后来受人牵连被革职。现在非常之时就要起用非常之人,人微你可以提携,让在家养病的信郡王鄂扎为大将军,封图海为副将军,带兵打仗全听图海的,信郡王冠个名号,部队的规格上去了,也打王旗,是一王之军。至于兵嘛,就选八旗包衣家奴中骁勇健壮的参战。"

玄烨虽仍不放心,但这也是没有办法的办法,不妨一试。

"还有饷,我已经让苏茉尔收拾好了,将我这大半生的金银首饰、私己钱拿出来就够眼前出发的用度了,至于战争打起来,那就把羊交给图海,让他放去吧!草丰水厚的草原饿不死勇敢的羊群。"

玄烨感动得不知说什么,老太太,我亲爱的皇祖母,您太伟大了!皇上鼻子酸了。

"孙儿,你先别激动,老太太还有一事要你办。"布木布泰望着红了眼圈的孙子,笑着说。

"皇祖母,您说,孙儿听着。"

"每天太阳落山之时,你要陪皇祖母到这里来散步,皇祖母还想和你比试射箭、骑马,别看我老,我孙儿未必比我强。"

"这……"玄烨不懂,在这样危机的时刻,皇祖母居然还有玩心!

"君安、臣安、民安,国家就安,临大事,有静气,不论何时何地,要泰山崩于前而色不变!"布木布泰自信地笑着,慈祥地看着孙儿。

玄烨明白了。

金色的阳光照在祖孙俩的身上,远远的,皇城里的、皇城外的人们都看见了,在满城飘满惊慌、谣言、放弃、逃跑的危急时刻,北京城景山上,这个国家的当家人在悠闲地散步,骑马射箭,尽享天伦之乐。人们交头接耳,口口相传,皇上不急,我们慌什么。

图海没有辜负太皇太后的重望,在粮饷全无的困境下,使出歪招,带领着八旗包衣家奴,实行凡战斗勇者解放其身,凡抢掠财宝归其家人的政策,告诉家奴们察哈尔王布尔尼是成吉思汗的后代,他那里有无尽的财宝。包衣家奴们欢呼雀跃,高喊着"杀死布尔尼""夺宝回家做自由民"的口号,将察哈尔布尔尼叛匪一举全歼!

北方平息了,北京的后方安定了,布木布泰松心了。

康熙十八年(1679),就在吴三桂病死,平藩前线由防御转为进攻,取得决定性胜利之时,七月二十八日上午十时许,突发的京师大地震再一次让玄烨面临危机。这一天,天地间"声如雷,势如涛,白昼晦暝",紫禁城宫殿裂损,四城民居十倒七八,大地开裂成渠,黄黑色的污秽之水往外咕咕地涌,一股股呛鼻的黑气从地下冒出!这一次,玄烨没有惊慌,他的皇祖母和他在景山的帐篷里,发布上谕,抗震救灾。玄烨令户部、工部筹措物资赈灾济民,太皇太后再一次倾其所有,赈济灾民。布木布泰告诉孙儿,天象垂异不可抗,实修人事,挽回天心!

然而,天灾未完,人祸又来。这年的冬天格外寒冷,十二月初三这天寅时刚过,紫禁城冬夜的沉静被急促的"当当"钟声打破。布木布泰从睡梦中惊醒,只听外面风声呼号,人声鼎沸,正惊异不知何事,忽地慈宁宫的窗户被一片红光照亮。不好,是哪里着火了!她急忙起身,披上衣服跑出宫。

苏茉尔从外面跑来,连连喊道:"主子,不好了,先是御膳房起火,后来大火又烧到了太和殿!"

"啊!伤到人没有?"布木布泰急忙问。

"好在是夜里,没有伤到人,不过火势已经控制不住了!"

布木布泰和苏茉尔赶到太和殿广场,宫里的人们在来来往往救火。高耸雄伟的殿堂已被火舌吞没,狂风卷着气浪,火苗"噗、噗"怪叫着,足足有两丈高,火势凶猛,映红了半边天,烘烤着人们的脸。在救火的人群中,布木布泰看到孙子玄烨直直地站在大火前,好似雕像一动不动,火光在他古铜色的脸上跳跃着。

天亮了,火灭了,火场惨不忍睹。被大火洗劫的宫殿几乎只剩框架,琉璃瓦的明黄色变成了黑褐色,烧成黑炭的檩檐儿七错八插地塌落,失去巢穴的飞燕发出凄凉的鸣叫,绕着大殿蔽天而飞。

慈宁宫里,玄烨跪坐在布木布泰脚下,将头埋在皇祖母的腿上。良久,玄烨抬起头,问布木布泰:"皇祖母,难道我们错了吗?三藩打了六年未平,地震、火灾又接踵而来,是上天在惩罚我们吗!"这也是布木布泰心中的呼喊,但在孙儿面前,她不能表现出半点游移。

"不,玄烨,火灾是人为疏忽,责任决不宽免,沉痛的教训是对你治国的警醒!地震天灾虽说不可测,人的力量在大自然面前微不足道,但是我们绝不可以自己打败自己,人的精神不能被摧毁!"布木布泰拉起孙儿。皇祖母的手如春风温软,给了玄烨母亲般的呵护;又如铁腕有力,给了玄烨父亲般的鼓励。年轻的皇上情不自禁地抱着皇祖母流泪了。

玄烨按照皇祖母的提示,借机整顿吏治,改进朝政,严惩腐败,凡行私贪纵者罪当天诛。布木布泰又让皇上亲自前往天坛祈祷,表明治国理念,尊崇儒学,笼络汉人。天灾人祸面前,人们看到了年轻天子的治国智慧,更加崇敬皇上身后的太皇太后。

扫平三藩的这一天终于来到了。康熙二十年(1681)十二月二十日,玄烨在太和殿举行大典,"宣捷中外"平叛取得胜利!在扫平三藩的八年里,太皇太后布木布泰几次亲临前线,拿出自己的俸禄犒赏三军。她那银白色的头发,飘动在染满硝烟的战旗下,感动了三军将士的心。

玄烨为了表达对太皇太后的感激,亲撰《大德景福颂》并双手奉献到皇祖母手上。布木布泰谦逊地对孙儿说:"孩子,我老太太可没有你说的那样好,孙儿让我大清昌盛,才是我的福分!"

第二十章 叮 咛

转眼到了康熙二十二年(1683)的端午节。

从中南海颐年殿听戏回来,太皇太后不想坐轿。五月的阳光好,花草繁茂一派绮丽,令人心情愉悦。苏茉尔搀着太皇太后一路赏景,一路说笑,两位老人不似主仆,情同姐妹。侍女、太监们远远地跟着。

"太皇太后,今儿京师梨园弟子唱的《长生殿》咿呀呀的,慢悠悠的,我听着挺好听。"苏茉尔说。

"今儿个端午节,南方要赛龙舟,喝雄黄酒,北方要挂菖蒲、蒿草,薰苍术,吃粽子,咱皇宫里也没有龙舟,也就听听戏,吃个粽子。这出昆曲《长生殿》是皇上点的,是怪好听的,宫里南府这帮孩子也该好好学学。"布木布泰正说着,远远地瞧见几个小太监手拎食盒,排着队往康寿宫走去,就对苏茉尔说:"不是吃饭的时候,公公们送的一定是粽子,我们闲着也没事,过去看看。"

太皇太后一进康寿宫,就看见院子朝南的墙角下坐着一排老太太在晒太阳,她们都是先皇的妃子们,有的说着聊着,有的呆呆地扬脸看天。这些女人一见太皇太后来了,慌忙起身跪下请安,就有一个老太太动也不动,好像没看见太皇太后。一旁的小太监抖机灵,撕扯过这个老女人,一脚踢下去,让她跪下请安,这老太太"嘿嘿"傻笑,直眉瞪瞪地任由人扯着。布木布泰认出这是太宗庶妃奇垒氏,生有一女下嫁了吴应熊,吴应熊问斩,奇垒氏的格格看在是皇室骨肉被免了死罪,可她母亲奇垒氏却得了老年痴呆,如今成了这副样子,连小太监也敢欺负她。

"大胆,混畜类!老太妃也是你打得吗!"布木布泰怒不可遏。

"嗻,奴才该死!"原是要讨好,谁想却惹怒太皇太后,打人的小太监吓得筛糠般跪下。

"这是太宗太妃,岂能任你欺负!想当年她也是光鲜靓丽,位尊人上,你个奴才就是积几辈子阴德恐怕也见不到个影子,现在你倒上脸,胆大妄为!来人,给我把这个不知天高地厚的奴才拉下去,往死里打!"布木布泰回身命令道。

"太皇太后饶命!小的再也不敢了,饶奴才一命哇!"打人的小太监被拉下去。就听下面"噼里啪啦"一通板子声,小太监嗷嗷惨叫。

"姐姐妹妹们起来吧,今儿个端午节,我过来看看你们,都起来吧!"

跪着的老妃、闲妃们看见太皇太后给自己出了气,高兴地站起来,众星捧月般簇拥着布木布泰,七嘴八舌抢着说吉祥话儿。

布木布泰看着这些当年的美女,韶华尽失,人老枯黄,一个个落得老来寂寥,百无聊赖,只能在皇家宽大的院子里养尊处优,了度余生,心里不免悲凉。

忽然,一个太监慌慌忙忙跑来禀报:"太皇太后,有一位老太妃快不行了!"

"谁?"

"是乌拉纳喇氏继太妃。"

"去看看。"难道是豪格母亲?布木布泰急忙跟着太监往里走。

康寿宫里院东侧的一间小屋里,昏暗潮湿,宛若坟墓一般的静。布木布泰一进来,一股扑鼻的腥臭味儿呛得她不由自主倒退了一步。就见里间的床上躺着一个老太太,稀疏的白发蓬乱如草,双眼紧闭,佝偻着身子,身上盖的被子被尿沤湿了。当年的继妃捯着气儿,两只手被布带子一边一只绑在床头,惨不忍睹。

"为什么绑着?"布木布泰没想到在自己的后宫会有这样惨的地方。

"回主子,这老太太是个疯癫,不绑着,她就抓屎吃。"小太监跪着回答。

"快给我松开她,都不省人事儿了,不会动弹,还抓什么!"

"嘛。"

小太监和侍女一起上来解带子。

"平日里是怎么侍奉的？弄成这个样子！"布木布泰责怪地问。

"回太皇太后，刚刚是侍奉她的欣儿去请太医了，就这会儿子工夫，她就尿了。"侍女慌忙跪下回答。

"拿干爽被子换上，赶快收拾干净！"布木布泰吩咐道。

眼前的继妃，如枯槁僵尸，再也不是当年颐指气使的凶样子。往事一件一件涌出，迁都盛京的路上自己差点没有被她和乌仑嘎害死，她暗中挑拨让自己姐妹失和，指使青莲害死姐姐的儿子，夫君去世她上蹿下跳撺掇豪格争夺皇位，这个女人着实可恨。豪格死后，布木布泰听说继妃精神受了刺激，布木布泰不计前嫌，看在豪格面上将她颐养康寿宫。这么多年过去，继妃的影子已然淡忘，没想到如今又亲眼见到她弥留之际的可怜。人啊，争宠嫉妒一辈子，算计来算计去，最后却是这个下场！转念想，当年继妃和自己争宠"五宫"只差一步，如果自己那时败给她，如果生不了福临，如果福临坐不上皇位，自己的下场会比这好吗？

布木布泰想得心中冷飕飕的。太医来了，布木布泰吩咐太医好生看着，她不愿意再在这里受刺激，拉着苏茉尔，出了康寿宫。她们路过佛堂，里面香烟缭绕，磬钟木鱼声声，是有人在念经。

布木布泰心中惆怅，也想去拜拜佛，就对苏茉尔说："苏茉尔，谁在里面？"

苏茉尔小声问扫院子的太监，太监回说："回主子，里面是永寿宫的静太妃。"

可怜的孩子，对不起，原本是想让你有享不尽的荣华富贵，可却落得独坐青灯古佛前，这心中的痛几时才能了啊。她低声叹了一口气，虽是五月艳阳，却想起李商隐一句"萧瑟秋风百花亡，枯枝落叶随波荡"。人们艳羡宫门似锦，哪里晓得宫门里也有秋风萧瑟，谁人又体会到这残花落泪的断肠惨景！她默默回了慈宁宫书房，下手谕，交给苏茉尔传下去，改善康寿宫、永寿宫环境，后宫别的地方要节俭，但是老太妃们的日常用度要保障，两宫太监、侍女，必须尽职尽责，不得怠慢，违者罚俸，重者罚出宫去。

自端午节后,不知为何,布木布泰总会想起过去的事情。独坐宫中,不由自主眼前会出现蓝蓝的天,天上飘着白云,小时候的自己和姐姐海兰珠坐在草地上看着远处悠悠的牛羊,看着那蹲在母牛肚子下挤奶女人柔软的手;还有科尔沁草原落日之时,金色余晖尽染,她和哥哥们骑马而归,赛桑府炊烟袅袅,家里餐桌上饭软肉香。她常想起夫君牵她的手,如父兄般扶她走过十七年的难忘岁月;还有就是多尔衮,这个让她悔愧、让她思念、让她放不下的人,他们爱至成伤,一生剪不断理还乱,无数次午夜梦回,醒来会让她心酸不止。她明白人老爱忆旧,一直以来心中纠结着的一件事情是该要做的时候了。

玄烨来请安,太皇太后布木布泰对孙儿说:"孙儿,天气热了,皇祖母想出古北口去喀喇河避暑,等你手上的事情忙完了,陪皇祖母去好吗?"

"只要皇祖母想去,孙儿就一定陪着,下月朝廷的事情少些,我们就去如何?"玄烨想了想又说,"皇祖母,赤城汤泉是关外第一泉,那里风景秀丽,我们那年在那儿驻跸洗浴五十多天。您修养的气色可好了,回来都说您鹤发童颜了呢,这回咱们还是去赤城吧。"

"不,这回皇祖母就要去喀喇河!"布木布泰老小孩儿似的,笑眯眯地坚持着。

"那好吧,就依皇祖母,孙儿让下边准备着。"玄烨不知道皇祖母是心中有事。

孙儿陪着,布木布泰再临喀喇河。这里依旧峦青岭翠,泉水淙淙,在布木布泰看来如今已物是人非。到喀喇河的第二天,天气好极了,天蓝得像宝石,宝石下是阳光洒下的一片绮丽锦绣。布木布泰换上骑马装,让玄烨带上小土铲,他们向着树林深处出发了。

就是在这条路,她和多尔衮同骑一匹马,如今小路上的马蹄印,可还是她和多尔衮当年留下的吗?在这条路上,她靠在多尔衮的怀中,她听见多尔衮剧烈的心跳,他宽厚的臂膀拥抱着她。她还清晰记得,多尔衮让她闭上眼睛,他们在两心交融之中体会到飞的感觉。

就是在这片树林前,多尔衮说:"本布泰,我爱你,嫁给我!我愿意死生契阔,与子成说,执子之手,与子偕老。"这滚烫的话语,如今是否还回荡在树林中?她曾为此喜极而泣,这让她永生难忘,这是她等了一生的爱。

就是在这片草地,是的,当年就是这片草地,一团烈火燃烧了两个人,他们相拥而卧在花丛中。如今地上的花和草,你们是否还记得我们?你们是否曾和我们一起体会到爱的甜蜜,一同沉浸在爱河中?

银发飘飘的布木布泰回到了青春年少,她跳下马大步在前面走着,这梦里几回回来过的地方是那样熟悉。玄烨骑在马上在后面慢慢跟着,他惊异皇祖母的健步如飞,老太太好像是十七八岁的少女,一会儿张开臂膀拥抱林中粗壮的树干,一会儿亲吻翠绿茂密的枝条,一会儿又坐在草地上眼中含泪一语不发。如此感情丰富的老人,心中有爱,而且一定是大爱无疆,皇祖母,您让孙儿为您骄傲,玄烨今生有您很幸福!

就是在这儿了。布木布泰回转身对玄烨说:"孩子,你把土铲放下,我的手帕找不到了,你帮我到来时的小路上找一找好吗?"

玄烨不知是皇祖母的小计,欣然拨马,沿小路找寻起来。

支走了孙儿,布木布泰拔掉地上的草,拿过小土铲,开始一铲一铲地挖土。很快,一个圆圆的小土坑挖好了。她从怀中掏出一个精美的锦盒,轻轻打开,一枚碧玉扳指在阳光下晶莹剔透,发出翠绿色的光。她把玉扳指放在手心,留恋地轻吻,又从自己手腕上摘下白玉镶金的手镯,将手镯和碧玉扳指套在一起放入锦盒中。她深情地抚摸这两个物件儿良久,然后合上锦盒,小心翼翼地将锦盒放在土坑里,一铲一铲,芳香的泥土掩埋了它。

静静的林间小路满眼青翠,哪里有手绢的影子,想起皇祖母刚才的神情,玄烨似乎明白了什么,老太太执意到喀喇河来,这里一定有缘由有秘密。他笑着勒住马悄悄返回,远远地坐在草地上一动不动,生怕惊扰了皇祖母。

皇祖母在地里埋下了什么?是金银财宝吗?为什么要把它埋在这里?老太太庄严的表情让玄烨心中顿生肃然。

布木布泰起身看见了孙儿,祖孙俩相视而笑。玄烨什么也没说,走过来向皇祖母伸过手。这是一只年轻、充满活力的大手,修长温暖,布木布泰紧紧握住,感受着新一代的力量,孙儿拉着她,他们迎着太阳走去。

玄烨陪皇祖母在喀喇河屯住了一个月。他们沐浴在大自然的美景中,踏着朝霞上山,披着夕阳下山,这一老一小如影随形。布木布泰苦尽甘来,她的儿子福临一生都和母亲拧着干,她寄望儿子最深,而儿子伤她最重,现在她的孙儿给了她晚年幸福,她享受着人生的天伦之乐。有好几次,玄烨想问皇祖母树林里埋的是什么,但是他都忍住了,这成了玄烨心中的谜。

他们回北京的时候,赶上了瓢泼大雨,车队前不着村后不着店儿,只得冒雨前行。原野混沌一片,雨雾茫茫,万千雨点在地面上跳跃着,汇集成无数条银蛇般的水流,飞快地扭动着流向路边的水沟。山路泥泞,在一片上坡路上,车轮打滑,侍卫们推着拉着,车行缓慢。布木布泰心疼侍卫,急忙命令停车,可是没有人听她的。她隔着车窗纱帘往外看,忽然看见推车的侍卫中一个高高的身影与众不同,皇冠红缨,龙袍着身,那是皇上!是玄烨!是自己心爱的孙儿!布木布泰掀起车帘儿,向玄烨大声喊着:"孩子,快快上来!别推了,停下来避避雨——"

玄烨双手用力地推着车帮,龙袍被雨打透,雨水顺着脸颊往下淌。他抬起头,抹一把脸上的雨水,笑着向皇祖母喊:"皇祖母,没关系,您尽管坐好——"

自盘古开天,历朝历代,哪里有过皇上推车!一代天子,在古北口崎岖的山路上,和侍卫一起脚踏泥浆,冒着滂沱大雨为皇祖母推车,此情此景实堪载入史册,感动天地!布木布泰心中暖流激荡,回想起去年孙儿东巡盛京祭告祖陵,在吉林乌拉与官兵捕了好多鱼,孩子马上想到了远在京城的皇祖母,当即命令将亲捕之鱼浸在羊脂中密封,差人快马急送紫禁城。玄烨回来说,这一切只为皇祖母看到鱼时那微微一笑。百善孝为先,这孩子治国安邦一定错不了,布木布泰不禁老泪纵横,皇祖母此生因你而自豪、幸福!

康熙二十六年(1687),这一年的冬天很冷很冷。十一月初,蒙古科尔沁部来京进贡上好毛皮给太皇太后。娘家来人,七十五岁高龄的布木布泰高兴,在西暖阁设宴招待,饭后又亲自送出慈宁宫。客人走了,布木布泰和苏茉尔挽着手站在台阶上,布木布泰抬眼远望,斜阳西下,几缕残云浸染。寒风中紫禁城红墙上的太阳通体暗红,上面好像压了千斤石块逐渐下坠,又倏地钻进云层,天色暗下来。一阵冷风袭来,布木布泰不禁打了一个寒颤。

　　回到书房,宫女过来点上灯烛,布木布泰酒后微醺,就觉得八个闪亮的紫檀木书橱在烛光中静静地俯视着她,不由得涌起一阵苍茫的意绪。

　　"本布泰,这是我送给你的新婚礼物,喜欢吗?"烛光中,仿佛太宗缓缓向她走来。她抚摸着书橱,满文、汉文、藏文的精美书籍琳琅满目,如今物是人非,布木布泰眼睛湿润了。她打开中间的书橱,太宗最爱看的那本书在上面那层,她踮起脚,手刚刚够着,有些吃力地拽着。

　　"哗啦啦——"整层书随着那本书一起翻落而下。

　　布木布泰被书砸倒在地上,她爬起来,自嘲地嘟囔着:"老喽,老喽,不中用喽。"

　　就是这一天,太皇太后偶感风寒,一病不起,后来竟然越来越重。玄烨慌了,衣带不解亲奉床前。

　　"皇祖母,该吃药了。"玄烨端着药碗,将羹勺放在自己嘴边尝了一下,不烫。

　　"玄烨,皇祖母自己能行,我自己喝。"布木布泰坐起身。

　　"不行,还是让孙儿喂您吧!"玄烨一勺一勺地将药给皇祖母喂下,擦去皇祖母脸上的虚汗,又扶她躺下。

　　玄烨将床头幔帐放下,又过去挑了挑炭块儿,火苗立刻"噼噼"响起,烧红的炉壁散发着热气。听着皇祖母熟睡的声音,玄烨盘腿坐在地上,托着腮,眼巴巴地望着老太太,盼望着她能快快地好起来。

　　昏昏沉沉,布木布泰做了梦。

　　那个红衣喇嘛老头儿又来了,他引领她来到江边一座楼阁,他们登高远望。江对岸如花似锦美若仙境,美景中,夫君和姐姐海兰珠在花中散步,姐姐幸福无比;再往远处看,儿子福临和董鄂妃手拉着手,坐在假山石下呢喃细语,如胶似漆。布木布泰惊喜地对红衣喇嘛说:"我的亲人还活着?他们原来在这里,快领我过去!"红衣喇嘛扬起禅杖指着对岸对她说:"你命中的冤孽不在这里,太皇太后你还是往那边看,那个人等你一生了!"布木布泰顺着红衣喇嘛的指向望去。这里是科尔沁草原,眼前的江水变成了美丽的月亮河,隐隐约约,多尔衮骑在栗色高头大马上,在河边忧郁地独自徘徊,一身军戎,蓝铠甲银盔胄,头顶的那一缕红色络缨分外醒目。布木布泰心潮涌动,多尔衮,你在这里,还记得你说过的话吗?红衣喇嘛一把将布木布泰推出阁楼……

身子飘在天空,心儿在飞翔,亲人们我来了——,布木布泰醒了,心中似有所悟。

"玄烨,你过来,皇祖母有话给你说。"

"孙儿,看来我老太太这回是不会好了。"

"皇祖母,会好的,有孙儿在,您一定会好起来的!"

布木布泰吃力地笑了笑,说:"好孩子,我的病我知道。我心中有一事,必须交代给你,只有你能懂得皇祖母的心。"

"皇祖母,您说,孙儿一定照办!"玄烨带着哭腔。

"孙儿,人到这时回想一生,感慨万分。你皇祖母既不幸又幸运,不幸的是,小小年纪离开父母嫁入豪门,科尔沁的'小牛儿'从此失去了她自由自在的生活,又在风华正茂之年失去夫君,更遭遇了暮年丧子的悲惨,女人的苦难我都尝到了。幸运的是我嫁入你们爱新觉罗伟大的家族,遇到了你爷爷太宗,他爱护我,手把手教我,给了我施展作为的天地。皇祖母经历了四世朝纲,尝遍了爱情、亲情、权力的重重滋味儿,人都说政治家要狠,我狠不起来,所以我不是政治家。你皇祖母就是一个平平常常的女人。她有私心,她也犯错误,她做过对不起人的事,可是她心里永远装着爱。从小我的阿妈就告诉我忍让,所以我这一生凡事忍为先,不强悍,说得好听点,就是以柔克刚吧。忍是牺牲,也是为爱,我用一生的爱换取大清朝纲稳如泰山,值得。欣慰的是,皇祖母亲眼看到了孙儿你的雄才大略;看到了盛世如日初升,享受到孙儿给我奉上的无尚尊号,皇祖母此生足矣!孙儿,皇祖母爱你皇祖父,你皇祖父太宗奉安已久,不可为我轻动,况且我心恋你们父子,舍不得离开你们,我死后,你当于孝陵近地安厝我,这是我最大的心愿!"

"嗯。皇祖母,孙儿记下了!孙儿从小父母早逝,皇祖母收养我在膝下,三十多年养育教诲,使小树成材,假如没有皇祖母,孙儿断不能有今日的成绩,皇祖母,孙儿不能没有您!"玄烨哭了。

"孩子,我的好孩子,不哭,生老病死是自然规律,皇祖母不能永远陪你,你一定要把我葬在孝陵附近,让我离你们近一点,离我的爱近一点,皇祖母舍不得你们!"布木布泰伸出手,紧紧攥住玄烨的手,祖孙俩抱在一起。

"苏茉尔,你过来。"

"主子。"

"苏茉尔,与你相识是我最大的幸运,你一生未嫁陪着我,和我共度人生,你是我不可缺少的一部分。苏茉尔,我们是姐妹!你知道吗?你就是我生命中的一缕阳光,带给我温暖和愉悦,风雨中你帮助我,我们一起侍奉几代皇帝,特别是对我孙儿玄烨;苏茉尔,我走了,你也别闲着,我把曾孙胤祹托付给你抚养教育,行吗?"

"主子,行,行!您这是怕我孤单啊!谢谢主子,主子对我的恩情我永生永世不忘!"苏茉尔早就把自己的生命和太皇太后合在一起,她的眼泪落在布木布泰手上。

"皇上,来,今后你们要称呼苏茉尔为额涅,她就是你的母亲,皇子格格要叫她苏茉拉姑!记住!"布木布泰嘱咐玄烨。

天空飞着雪花,祭幡飘动,队伍在茫茫白雪中穿过京城玄烨从紫禁城步行走向天坛,为皇祖母祈寿祭拜,大雪无声地将皇上落成雪人。玄烨在神坛前将亲笔书写的祈祷致辞点燃,缕缕升起的香火寄托着他的心愿,玄烨虔诚地乞求上天保佑他至亲至爱的皇祖母转危为安。

然而,美好的愿望挽救不了人的生命。

康熙二十六年(1687)十二月二十五日,雪停了,太阳出来了。慈宁宫病榻前,玄烨扶起皇祖母,布木布泰虚弱地躺靠在孙儿结实的臂膀上,幸福无比。

她望着窗外银装素裹的雪景轻轻感叹道:"雪后初霁,好美啊!"

玄烨深情地说:"皇祖母,您比雪美!"

布木布泰无力地笑了:"我的傻孩子。"

忽然,她的呼吸急促起来,她明白,该走了。

布木布泰恋恋不舍地拉着孙儿,用尽最后的力气艰难地说:"还……还有一件事,孩子,想知道那天皇祖母在喀喇河树林里埋下了什么吗?"

玄烨抱紧皇祖母,点点头。

"他,是冤枉的!"

"谁?"

"多尔衮!"

她吃力地摇摇头,泪花闪动:"孩子,皇祖母埋下的是人生的遗憾!"

谜团揭开,玄烨明白了。他郑重地说:"皇祖母放心,您的儿孙一定会替您了却遗憾!"

布木布泰笑了,眼前一片黑幕落下,一缕香魂出窍。她飞出森严的皇宫,飘向洁白的大地,呼吸着自由的空气,纯洁的精灵护送她袅袅升上蓝天。博尔济吉特氏·布木布泰面容慈祥安逸,含笑离开人世,享年七十五岁。悲痛欲绝的玄烨,割掉自己的发辫,身着白色孝袍褐麻孝靴服重孝,住到慈宁宫旁边的小屋里为皇祖母守孝。大行太皇太后尊谥为孝庄文皇后,升祔太庙,颁诏中外。

布木布泰没有走远,她舍不得远离她的后代儿孙。玄烨依照她的遗愿,在清东陵顺治皇帝孝陵附近择宝地建起了和慈宁宫一模一样的暂安奉殿。康熙二十七年(1688)四月,春光灿烂的一天,玄烨眼含热泪亲自护送亲爱的皇祖母住进这个新家。雍正三年(1725),她的重孙雍禛将这里扩建为昭西陵。乾隆四十三年(1778),她的玄孙弘历为多尔衮平反昭雪,复睿亲王封号,布木布泰至此无憾。孝庄仁宣诚宪恭懿至德纯徽翊天启圣文皇后幸福地安息在河北遵化县的清东陵以西,陵名为昭西陵,守护在她子孙的身边。